Jan 20

Tigres de cristal

TONI HILL

Tigres de cristal

Grijalbo

Primera edición: mayo de 2018

© 2018, Toni Hill Gumbao
Autor representado por The Ella Sher Literary Agency, www.ellasher.com
© 2018, Penguin Random House Grupo Editorial, S. A. U.
Travessera de Gràcia, 47-49. 08021 Barcelona

Printed in Spain — Impreso en España

ISBN: 978-84-253-5648-3
Depósito legal: B-5.638-2018

Compuesto en La Nueva Edimac, S. L.

Impreso en Rodesa
Villatuerta (Navarra)

GR56483

Penguin
Random House
Grupo Editorial

Al barrio que descubrí con catorce años, y a mis amigos de la adolescencia que, por suerte, siguen cerca de mí más de tres décadas después

A mis hermanas, Núria y Roser, por aguantarme desde que nací

La noche en que murió
fue una noche cualquiera,
salvo el morir: eso hizo
a la naturaleza diferente.

EMILY DICKINSON

En cierto modo esa es la peor parte de este crimen. Qué cosa más terrible cuando los vecinos no pueden mirarse los unos a los otros sin preguntarse... Sí, es algo muy duro con lo que convivir.

TRUMAN CAPOTE,
A sangre fría

Prólogo

Desde la cama, el silencio de la casa le resulta extraño, poco acogedor, y apoya los pies descalzos en el suelo sin saber muy bien qué hora es. Se mueve despacio, nota la cabeza embotada después de una siesta profunda. El parquet no está frío, y aun así busca las zapatillas antes de levantarse. Lo hace en dos tiempos, su espalda necesita unos segundos para estirarse del todo; luego camina lentamente hacia la puerta. Cuando sale al pasillo se queda quieto, desconcertado ante una distribución del espacio que no termina de encajarle. Puertas equivocadas a lo largo de un pasillo demasiado largo, demasiado vacío. Puertas blancas que cubren agujeros negros.

El piso nuevo, joder, murmura entre dientes, y, ahora sí, avanza con más presteza hacia la cocina. Tiene la garganta seca y se sirve un vaso de agua que consigue aclararle las ideas. Enciende la luz; el fluorescente parpadea antes de iluminar a regañadientes el reloj de pared, que marca las ocho y veinte, y se pregunta asombrado cómo puede haber dormido tanto. De repente, la quietud que lo rodea vuelve a pesarle, ahora acompañada por los remordimientos. Salud debe de estar a punto de llegar de la tienda, enfadada, y con razón. En diciembre hay mucho trabajo en la papelería y ella sola no puede con todo, menos aún desde que empezaron a vender también juguetes. Mientras tanto él se ha pasado la tarde durmiendo como un bendito, soñando con Dios sabe qué. Luego, por la noche, le darán las tantas sin poder conciliar el sueño. No es la primera vez que le sucede: caer rendido a media tarde, convertir el día en noche y la noche en vigilia, despierto como un búho hasta la madrugada. Se han acabado las siestas, se reprende con severidad, y un acceso de tos seca y fuerte rubrica su enojo. Es entonces, en plena bronca consigo mismo, mientras intenta sofocar la aridez de su garganta con un segundo vaso de agua, cuando piensa en los chicos.

La niña estará con Salud en la tienda, seguro, es un cielo de bebé y sólo llora cuando tiene hambre, pero Joaquín debería haber llegado. Ahora mismo tendría que estar mirando la tele o haciendo los deberes, aunque esto último pertenece más al reino de los deseos que al de las imágenes comunes. Es más: él le dijo a su hijo expresamente que, durante todo este curso, quería verlo en casa a las siete de la tarde. Nada de deambular por ahí como el año pasado, hasta la hora de la cena; nada de suspender una y otra vez hasta volver a repetir. ¿Qué coño le pasa a ese crío?, piensa, aunque la respuesta le viene de manera automática, sin asomo de duda. Su madre. La culpa, mal que le pese, es de Salud. Se ha pasado los años malcriándolo, excusándole todo, desautorizando a sus maestros y, sí, también a él, a su propio padre, en las contadas ocasiones en que intentó poner orden. Ahora se da cuenta, claro, cuando el cántaro ya se ha resquebrajado y recomponerlo no es tarea fácil, y es inútil echarle en cara las discusiones que mantuvieron al respecto. Inútil y contraproducente. Agua pasada no mueve molino, y si por fin ambos están de acuerdo en que hay que atar corto al chico, mejor es dejarlo así. Y, sobre todo, actuar en consecuencia.

Tarda unos segundos en ponerse una chaqueta y salir,

decidido a sacar al niño de donde esté y arrastrarlo hasta casa, a empujones si hace falta. Si está con sus amigos y eso lo avergüenza, peor para él. Se lo dejó muy clarito cuando el curso empezó: este año las cosas se harán a mi manera. ¡Y vaya si piensa cumplirlo!

La calle lo recibe con un viento desapacible, frío incluso para diciembre, que agita las luces brillantes que anuncian la Navidad, y se mete las manos en los bolsillos de la chaqueta en un gesto instintivo. Suelta una imprecación, que a Salud no le gustaría oír, al percatarse de que ha olvidado coger las llaves. Las putas prisas. Y el puto despiste también. Acelera el paso hacia la plaza, uno de los lugares donde los chavales se reúnen por las tardes, cuando anochece. Los ha visto al salir de la papelería: corros de chicos, y también chicas, encadenando un cigarrillo con otro, apoyados en los bancos como bandadas de palomas vagabundas que buscan los rincones oscuros del parque. Joaquín acaba de cumplir catorce años, y pobre de él si lo pilla con un cigarrillo en la boca. De una guantada se lo tiro al suelo, lo juro por la Virgen, y ya puede venir Salud a decirme que no son modos, que a golpes no se enseña ni a las bestias, que así el niño te va a pillar ojeriza y luego no te contará nada, y otras monsergas por el estilo.

Rodea la plaza por dentro, fijándose en los bancos que hoy, sorprendentemente, se encuentran vacíos. Le extraña ver a una chica negra, mulata más bien, y se aleja rápidamente de ella al oírla hablar sola, a gritos. Negra y loca, joder. Ya lo dice Salud: el barrio se está poniendo imposible. Antes, al menos, conocías a todo el mundo, para bien o para mal. Ahora… ahora de hecho no sólo no se ha cruzado con ningún conocido, sino que de repente no consigue saber dónde diantres está. Venía de la derecha y ha recorrido tres cuartas partes de la circunferencia de la plaza, pero lo que tiene delante no es lo que debería haber.

Busca con la mirada y suspira, tranquilo. Los bloques verdes están a su izquierda, ahí vivían antes y por ahí sigue rondando Joaquín con sus amigos de vez en cuando. Aprieta el paso y cruza la calle, empujado por un viento que no es sólo climático. Oye un frenazo y un grito, ¡Abuelo, a ver si miramos, coño!, pero prosigue sin prestar atención. Ni a ese coche ni a la gente que lo observa y se aparta ligeramente; ni a una joven rubia que, al contrario de los demás, se le acerca para preguntarle algo que no se molesta en escuchar.

Porque ahora ya no es el enfado lo que dirige su camino ni las ganas de dar una lección a un hijo díscolo. Ahora empieza a sentir un nudo en el estómago que casi lo dobla, como si las tripas se le enredaran. A medida que se acerca a los cuatro edificios de color verde, situados uno frente a otro, en diagonal, nota que los ojos se le humedecen sin saber por qué. Y el aullido del viento, que se cuela como una serpiente entre los bloques, se mezcla con otro que parece salir de sus entrañas, llevándose consigo todas sus fuerzas.

Las rodillas le flaquean y no tiene más remedio que dejarse caer al suelo. ¿Por qué, Joaquín, por qué? ¿Por qué no me has hecho caso?, cree que grita pero en realidad susurra, mirando hacia una de las ventanas del tercer edificio, aturdido, arrepentido de algo que no recuerda, quizá de algo que debería haber hecho y que olvidó; quizá de algo que dijo y de lo que ya no puede desdecirse, aunque no sepa muy bien de qué se trata. Porque lo cierto es que nada sabe ahora mismo, sólo siente, siente un dolor espeso que le sube desde el estómago hasta el pecho y le corta la respiración. A pesar del viento frío necesita despojarse de la chaqueta; erguir la cabeza, abrir la boca para llenar sus pulmones de aire, deshacer el grito que se le ha quedado estancado en la garganta. Como una pena sólida y negra.

Levántese, levántese, oye que le dicen. Y alguien, la chica con la que se ha cruzado unos minutos antes, vuelve a ponerle la chaqueta sobre los hombros. Con suavidad, haciendo gala de la misma gentileza con la que podría haber arropado a un bebé. Él no opone resistencia ante esos ojos azules, desconocidos, que lo miran. La joven se ha arrodillado frente a él y le susurra algo: He avisado a Iago, tranquilo, no tardará en llegar. No, no, es a Joaquín. Busco a Joaquín. A mi hijo. No ha vuelto a casa, ¿sabes? Quizá lo conoces, tiene... tiene tu edad más o menos. Ella mueve la cabeza y saca algo del bolsillo. Teclea rápidamente, como si tuviera delante una máquina de escribir diminuta. Iago ya viene, repite, y él supone que eso debería ser una buena noticia, y de hecho así se lo parece, aunque no tenga muy claro por qué.

—¡Abuelo!

Oye unos pasos a la carrera y de repente se da cuenta de que hay más gente. No sólo la joven rubia sino un par de señoras más, de edad avanzada, y un chico cuyo rostro, ese sí, le resulta definitivamente familiar. ¡Joaquín!, dice con un hilo de voz, aunque enseguida es consciente de que no se trata de su hijo. Los ojos castaños y el pelo más largo, casi rozándole los hombros... A pesar de eso, siente que es con él con quien debe ir. Se deja levantar, oye que ese joven, Iago lo llaman, da las gracias a la chica rubia y tranquiliza a las dos mujeres. Él lo sigue, obediente, pensando que la historia parece haber terminado al revés: no es el adulto quien acompaña al joven a casa, reconviniéndole su conducta, sino al contrario. Aunque ese joven no sea quien debería ser y lleve un monopatín bajo el brazo.

—¿Adónde ibas? —le pregunta el chico—. ¿A pasear en pijama y zapatillas con este frío? A mamá le va a dar un ataque cuando se entere.

—¿Quién es mamá?

—Mamá. Mi madre. Tu hija Miriam.

Él se detiene un momento. Las palabras de ese joven chocan contra sus pensamientos. A la cabeza le viene una imagen: olas que golpean las rocas, azotándolas sin compasión con fuerza insistente pero inútil, olas que no consiguen deshacer el muro de piedra.

—¿Y Salud? ¿Dónde está Salud?

El chico, Iago, le echa un brazo sobre los hombros.

—¿Ya empezamos? La abuela Salud murió. Hace ya años. Yo apenas la recuerdo.

Otra ola. Otro golpe. Pero la piedra no cede; al revés, resiste, terca, incapaz de permitir ni la más leve grieta.

—¿Murió?

—Sí. Ahora no te acuerdas, ya lo sé. En cuanto volvamos a casa y te calmes lo irás viendo todo más claro. Siempre es así.

A pesar de su juventud hay algo en el tono del chico que lo convence, aunque no termina de saber quién es hasta que el espejo del ascensor le devuelve la imagen de ambos. Él, con cara de viejo loco, de loco viejo avergonzado al verse en pijama, el vello blanco del pecho asomando, lacio y delator. Su nieto, claro, ¿quién va a ser si no?, a su lado. Tiene la mirada triste este chico, o quizá sólo reflexiva; en cualquier caso, Iago siempre fue un niño serio y ahora es un adolescente introvertido, callado pero amable.

—¿Cuántos años tienes? —le pregunta.

—Quince, abuelo. Ya mismo voy a pedirte la moto, así que ve ahorrando.

Él sonríe. Eso lo recuerda: le prometió a su nieto una moto en cuanto cumpliera los dieciséis, y espera tener suficiente memoria para cuando llegue el momento.

El ascensor se detiene y Iago abre la puerta del piso. Él se para en el umbral, le da apuro lo que va a decir y prefiere hacerlo antes de que su nieto encienda la luz.

—No se lo cuentes a tu madre —le pide—. Por favor.

Iago no responde, tal vez también él sienta algo de embarazo ante ese cambio de papeles, ante el adulto convertido en niño travieso que implora complicidad.

—Vale —dice por fin—. Pero no vuelvas a escaparte, abuelo. En serio. Si quieres salir, espera a que estemos en casa mamá o yo, ¿okey?

Han entrado los dos en el piso, que ahora él reconoce perfectamente. Ahí vive desde hace unos meses, con su hija y su nieto, desde que Miriam se empeñó en que no podía seguir solo, aunque ella se pasa el día trabajando, en la peluquería, y en el fondo la soledad únicamente ha menguado un poco.

—Sí, sí. No volveré a marcharme así, de noche. Te lo prometo.

—¿Adónde ibas? —pregunta Iago mientras apoya el monopatín en la pared.

Se dirigen hacia el comedor, él dos pasos por detrás de su nieto.

—Fui... —Toma aire antes de terminar la frase—. Fui a dar una vuelta —miente.

Es una mentira deliberada y consciente que no le hace sentir bien, pero que no puede evitar. Porque ahora sí que lo sabe todo —quién es, dónde está, por qué está ahí—, y los acontecimientos de la hora anterior se le antojan los de un anciano enloquecido que no tiene nada que ver con él. Sólo un demente habría salido en busca de un hijo que murió hace más de treinta años. Sólo un demente habría repetido los actos de esa noche: la maldita noche del 15 de diciembre en que recorrió el barrio entero, una y otra vez, buscando a su Joaquín. Primero enfadado, enojado ante un chico que se le escapaba y al que no parecía poder controlar; luego, ya más tarde, con el corazón en un puño porque nadie, ni los otros muchachos ni las vecinas, cotorras odiosas siempre atentas a todo, sabían darle razón del chaval. A ratos, para reducir la congoja, alimentaba la furia, ya que esta parecía una emoción más positiva, más alentadora, que la desesperación que amenazaba con vencerlo. Y la verdad era que no se atrevía a volver con las manos vacías a casa, junto a una esposa histérica, aunque al final tuvo que hacerlo, claro, más arrepentido aún que esta noche. Salud ensayaba ya esa mirada que contenía todo el desprecio del mundo, la misma que se mantendría en sus ojos durante años, indiferencia helada ante cualquier cosa que no fuera el horror que ella, con su instinto de madre, ya debía de intuir. Permaneció sentada en la butaca, abrazando a Miriam, que se había dormido en su regazo, y no le dirigió la palabra hasta que la Guardia Civil llamó a la puerta de madrugada.

Hay olas que pueden destrozar vidas enteras, se dice él al recordarlo, resquebrajar la roca de un solo golpe de mar. Las frases sucintas, el tono imperativo de unos hombres que parecían acusar en lugar de hablar. El grito de Salud, hondo y abrupto, que despertó a la niña y congregó al vecindario en la escalera. Las órdenes del sargento: ¡Váyanse a sus casas, coño, que esto no es una fiesta! Y usted, acompáñenos. El camino hasta el lugar, largo como el vía crucis antes de una ejecución, hasta aquellos pisos que empezaban a construirse al otro lado de la carretera, cimientos desnudos rodeados de montículos de tierra. Amanecía a lo lejos, y Joaquín, su Joaquín, estaba tendido en un hueco de la obra, acurrucado como si durmiera, con la piel de cera y las ropas cubiertas de polvo.

A este crío lo han matado, dijo el guardia civil de más edad al otro mientras encendía un cigarrillo. Mira lo que te digo: esto es lo que va a pasar de ahora en adelante, ya podemos ir preparándonos. Un país sin ley ni orden tomado por los hijos de puta de los comunistas. ¡Ni Constitución ni hostias!

En otro momento él se lo habría discutido, habría saltado en defensa de unos tiempos que prometían libertad sin rencores. Esa madrugada de invierno, ya 16 de diciembre de 1978, sólo pudo arrodillarse ante esa fosa improvisada donde yacía su hijo y rezar la primera oración que le vino a la cabeza, un padrenuestro entrecortado que había jurado muchas veces no volver a pronunciar.

PRIMERA PARTE

El viento comenzó a mecer la hierba

1

Ciudad Satélite, años setenta

Nadie sabe muy bien por qué la llamaban la Ciudad Satélite. Creo que fue un periodista quien acuñó la expresión para describir aquella zona, antiguos campos de cereales y algarrobos convertidos en suelo edificable, donde crecieron viviendas para los inmigrantes que llegaron alrededor de los años sesenta. Hileras de bloques idénticos de ventanas pequeñas, rectángulos de inspiración soviética levantados en pleno franquismo. Un espacio construido sin orden ni concierto que, una década después, albergaba ya a más de cuarenta mil personas.

¿Satélite de qué?, se preguntaban sus habitantes. Es posible que el autor del término se refiriera a que el barrio, en su conjunto, dependía de la población de Cornellà, cuyo núcleo urbano quedaba al otro lado de las vías del tren. En cualquier caso, el nombre cuajó, en forma abreviada, «la Satélite», y fue adoptado por casi la totalidad de sus habitantes, a pesar de que con toda seguridad nadie entendió su significado. Me consta que mis padres, que llegaron desde Azuaga, provincia de Badajoz, en 1962, ni se lo plantearon en aquella época. Eran años de pocas preguntas y menos respuestas, de obediencia aprendida y enseñada, y aunque sólo una década más tarde las cosas empezarían a cambiar, había temas más importantes por los que protestar que un nombre que, en realidad, tenía su punto exótico, casi futurista. En definitiva, resultaba menos ofensivo que otro de los apelativos que se dio a la zona, «la Ciudad sin Madre», también acuñado por un periodista ingenioso tras oír que siempre que algún cobrador llamaba a una de las puertas de los pisos era un niño quien acudía a abrir; un niño que no podía pagarle porque su madre, invariablemente, nunca estaba en casa.

Los ciudadanos de Cornellà, los de toda la vida, también hablaban de «ir a la Satélite», aunque, de hecho, no lo hacían. A pesar de que vivían en una ciudad obrera, carente por completo de glamour, aventurarse más allá de las vías del ferrocarril les parecía innecesario y, todo hay que decirlo, también desazonador e incluso peligroso. Cuando uno es básicamente pobre, los que lo son aún más provocan más miedo que compasión. Se habla mucho ahora de inmigración y de guetos, pero en San Ildefonso, nombre por el que se conoce en la actualidad a la antigua Ciudad Satélite, casi podías dividir las calles por las provincias de origen de sus habitantes y, en algunos casos, incluso encontrabas un pueblo entero de Andalucía trasladado a un único edificio, como si sus habitantes hubieran cambiado la disposición horizontal del entorno previo por otra más urbana y vertical. En realidad, todo ello obedecía a una lógica bastante comprensible: llegaban, llegábamos, y buscábamos la cercanía de los antiguos conocidos, de la misma manera que intentábamos reproducir nuestras costumbres. Se fundaron agrupaciones de flamenco, peñas taurinas, cofradías y demás asociaciones propias de las tierras de origen. Las mujeres sacaban las sillas a la fresca en las noches de verano, frente a las puertas de los bloques, y los hombres se tomaban chatos de vino en los bares aledaños que se habían abierto en los bajos de los edificios. Comprendo que a los oriundos catalanes todo esto les pareciera una colonización inversa, por eso no se acercaban demasiado; para nosotros era una cuestión de seguridad, de confianza: el paisaje había cambiado; las costumbres, en cambio, se resistían a hacerlo.

Es verdad que muchos se vieron empujados a la emigración por el hambre y la necesidad, pero me consta que también hubo bastantes familias que emprendieron ese viaje por sus hijos. Sabían lo que les esperaba en el pueblo: trabajo duro, de sol a sol y con poca sombra para los varones; matrimonios precoces y preñeces continuas para ellas. Y no querían eso. Mis padres lo dijeron, y lo repiten aún a menudo: ya tenían tres hijos cuando llegaron a la Satélite, mi hermano y mis dos hermanas, y de no haber sido por ellos se habrían quedado en Azuaga, donde mi padre ganaba un jornal más o menos decente a cambio de deslomarse trabajando en una finca. Pero por las noches, cuando se acostaban, se pasaban horas pensando en el futuro que aguardaba a su prole. No exigía demasiada imaginación, era más o menos el mismo que su presente, y un buen día decidieron agarrar los bártulos, liarse la manta a la cabeza y marcharse. Es posible que también influyera un ansia de aventura, aunque ellos no lo reconocerán nunca, o el relato edulcorado de los primeros inmigrantes, que regresaban contando maravillas de su tierra de acogida y despertaban en los que se habían quedado una comezón muy cercana a la envidia. En las miradas de los que se fueron brillaban la valentía y la satisfacción y, por lo tanto, a los que se habían quedado les tocaba representar la cobardía y el arrepentimiento de no haber dado ese paso.

Y es que ciertamente, en los primeros años, hasta la década de los sesenta, ese traslado no fue sencillo. Antes de que se construyeran los inmensos bloques que cambiaron para siempre el paisaje de la zona, la falta de viviendas era clamorosa. Muchas familias se instalaron en las cuevas, aprovechando la tierra arcillosa que descendía hacia el parque de Can Mercader, por entonces abandonado a su suerte. Las autoridades franquistas, siempre temerosas de los asentamientos descontrolados, tampoco se lo pusieron fácil: eran muchos los recién llegados a quienes se detenía en la estación de Francia, en cuanto descendían de los vagones, cargados con más sueños y esperanzas que bultos de equipaje, y se trasladaban a un improvisado campo de concentración para inmigrantes en Montjuïc, desde donde eran devueltos a sus provincias de origen. Fueron muchos los que, ya advertidos del peligro, se apearon del tren en estaciones cercanas a Barcelona y prosiguieron el último trecho a pie.

Para mis padres, Antonio López y Trinidad Arnal, todo resultó un poco más sencillo. Emprendieron su partida en 1962 con una única razón: nosotros (incluido yo, que tardaría cuatro años en nacer), para que pudiéramos estudiar, ser personas de provecho y salir de la rueda implacable que marcaba las vidas en Azuaga, sin caer en la cuenta de que la rutina de los pobres tiende a repetirse dondequiera que vayan. Eso sí, por un extraño mecanismo emocional, ese mismo pueblo del que habían escapado se convirtió en el Valhala soñado, un paraíso al que regresar el primer día de vacaciones. Yo, que ya nací en la ciudad, odié siempre esos veranos interminables precedidos de un viaje eterno, todos amontonados en un Renault 8, cruzando la piel abrasadora de España a ochenta kilómetros por hora y parando de vez en cuando para echar agua al radiador, mientras en el radiocasete del coche sonaba Marifé de Triana hasta que el calor fundía la cinta y le estrangulaba la voz. Jamás se me ocurrió dar mi opinión sobre el trayecto ni sobre el pueblo, claro, ya que lo más probable es que hubiera sido recibida con un bofetón épico. El pueblo, ese lugar antaño claustrofóbico y estéril, se había transformado por los misterios de la nostalgia en un edén añorado cuyo influjo nos llevaba hasta él, hechizados, durante treinta largos días de agosto.

Pero no es del pueblo de lo que quiero hablar ni de esos treinta días de verano, sino de los trescientos treinta y cinco restantes que pasábamos en la Ciudad Satélite. Me gustara o no, ese fue mi hogar, y aunque pasé años odiándolo y me alejé de él con la misma arrogancia con que mis progenitores abandonaron el pueblo pacense, ahora comprendo que allí crecí, me eduqué y me convertí en el hombre que soy. Allí aprendí a rehuir el peligro, que en su momento tomó la forma de las bandas callejeras, o cuando menos a sobornarlas con un pago mínimo. Recuerdo que la gente nos advertía de una, los kiowas, cuyo simple nombre aterrorizaba a los críos. Oí historias sobre ellos durante toda mi infancia, aunque nunca llegué a cruzármelos, y con el tiempo he acabado pensando que eran como el ogro de los cuentos: unos seres difusos, amenazantes, cuya principal función era infundir el miedo suficiente para que la chavalería regresara a casa a la hora de cenar y se alejara de ciertas zonas al anochecer. Podían surgir, como trolls perversos, cerca de la Torre de la Miranda, ese promontorio que delimitaba el barrio, o más allá del cine Pisa, donde echaban programación doble los fines de semana. Quizá los kiowas no existieran o tal vez sí; en cualquier caso, había otros: cuadrillas de gitanos que nos aterraban y luego jóvenes desnortados que cayeron en las drogas y la delincuencia sin que sus padres pudieran preverlo ni evitarlo. Los habían llevado hasta allí para que tuvieran un futuro mejor, pero el progreso se les resistía. Se veían a sí mismos trabajando en la fábrica como sus mayores, y la perspectiva no los emocionaba demasiado. El tedio es tan poderoso como paralizante, y en los setenta, cuando aún coleaba la dictadura, el barrio era para los adolescentes un lugar tan asfixiante como había sido el pueblo para sus mayores. Su rabia, sin embargo, era distinta, o eso pensaban, porque para la generación de mi hermano mayor ya no había adónde escapar. La posibilidad de una huida ficticia, a base de porros, de alcohol y luego de heroína, al ritmo de Los Chichos y La Banda Trapera del Río, resultaba demasiado fácil para resistirse a ella.

Barcelona, la gran ciudad, estaba cerca y a la vez era un lugar remoto, inaccesible. Una urbe moderna y elegante donde no encajábamos. Creo que, dejando a un lado las excursiones escolares, que tampoco fueron tantas, mis padres nos llevaron allí en contadas ocasiones: al zoo; al rompeolas, montados en las golondrinas; a la catedral y las Ramblas, y poco más. Íbamos con los bocadillos y las bebidas a cuestas, normalmente en el bolso de mi madre, porque allí todo era más caro que en la Satélite. Se rumoreaba, y probablemente sea verdad, que algunas señoras de Pedralbes o Sarrià pedían a sus asistentas, residentes en la Satélite, que les compraran el marisco u otras exquisiteces en el mercado del barrio, el de San Ildefonso, ya que su calidad y su buen precio no tenían comparación con los de otras zonas de Barcelona ciudad. «Mucho hablar de la Boquería y del *Ninó* —comentaba alguna amiga de mi madre—, pero los langostinos de Año Nuevo se los llevo yo de aquí, de la parada de la Pili. Y encima luego los cuenta uno a uno, la muy *jodía*.» Se sobreentendía, por supuesto, que la Pili, al fin y al cabo vecina y amiga además de pescadera, había encarecido levemente los langostinos para que la compradora, por su parte, pudiera llevarse a precio de saldo unas gambas y unas almejas a su casa.

Esa era a grandes rasgos la relación que manteníamos con los barceloneses de la capital. Un batiburrillo de desconfianza, picaresca y servilismo. Seguramente porque las únicas referencias que teníamos de ellos eran de gente de la llamada zona alta (Sarrià, San Gervasio, Pedralbes) que empleaba a nuestras madres como asistentas, e ignorábamos, al menos yo en ese momento no lo sabía, la existencia de otra Barcelona, la de Nou Barris o de Sants, cuyos habitantes no iban a esquiar en invierno ni a un chalet con piscina en verano. Ahora resulta ridículo, pero me acuerdo perfectamente de que para cada una de esas visitas a Barcelona mi madre nos vestía como si fuéramos de boda. Eso era Barcelona para mí en aquellos años: el convite de unos parientes lejanos, excéntricos y altivos, al que tenías que ir arreglado y donde no sabías del todo cómo comportarte.

Y si muchas mujeres cogían el autobús que cruzaba el barrio, el BI, para ir a limpiar a las casas de Pedralbes y la Diagonal, los hombres, por regla general, trabajaban en las fábricas de la zona, en Cornellà o Almeda: Siemens, Elsa, Laforsa, Cláusor, Corberó... Dichas fábricas fueron el escenario de las huelgas que darían al área metropolitana de Barcelona el apelativo de «cinturón rojo». La de Laforsa, en 1975-1976 fue la más sonada y su lema, «O todos o ninguno», un grito de guerra que anunciaba el final del franquismo y el poder de la lucha obrera. Esa la recuerdo bien, ya tenía casi diez años, y duró lo bastante para que dejara huella en mi memoria. Arrancó por el despido arbitrario de un empleado que se negó a marcharse y continuó durante meses, en un *tour de force* insólito para la época. La empresa comunicaba nuevos despidos y los obreros se negaban a reincorporarse hasta que todos fueran readmitidos. De ahí surgió el lema. La huelga acabó bien, la empresa cedió, y esa victoria sindical supuso la prueba fehaciente de que las cosas podían cambiar. Las cargas policiales, los grises disparando pelotas de goma con las que nosotros jugábamos al día siguiente, no pudieron con la tenacidad y la unión de los trabajadores. Cuando los obreros se encerraron en la parroquia de Santa María, al amparo de una Iglesia que en esos días también viraba a la izquierda, se realizaron colectas de dinero para sus familias, que llevaban meses sin cobrar. Las esposas de esos encerrados se convirtieron en el sostén de sus hogares. Poco se ha hablado del papel de las mujeres de la época y fue mucho mayor del que quisieron darles: no sólo trabajaban en la limpieza de casas ajenas, o en las fábricas, sino que se ocupaban de la propia, y de los niños, en jornadas agotadoras para las que no existía el fin de semana. Para ellos la vida no era fácil tampoco, nadie lo duda, pero siempre había tiempo para un vino o un par de cervezas, y nunca tuvieron que preocuparse por más asuntos domésticos que cambiar las bombillas o empapelar las paredes. La cena siempre estaba lista, la tartera con la comida para la fábrica también, y ni a mi padre ni a ninguno de sus contemporáneos se le ocurrió jamás agarrar un trapo si no era para matar una mosca intrusa. Es probable que tampoco ellas se lo hubieran permitido, todo hay que decirlo, como si ver a un hombre con una fregona entre las manos fuera una afrenta a su masculinidad. «En mi cocina no te metas», decía mi madre, y es obvio que ese posesivo aplicado a un lugar de la casa constituía ya toda una declaración de principios.

Si las madres reinaban en la cocina y los padres en el resto de la casa, nosotros ejercíamos nuestra diminuta cuota de poder en las calles. Los de la tuya eran algo más que niños vecinos, eran compañeros de juegos, hermanos o, más bien, primos que acudían en tu ayuda para defenderte de los otros vecinos, no exactamente enemigos pero tampoco aliados. Por esas calles, alrededor de los bloques verdes, rondaba Juanpe, el niño triste de los Zamora, el Moco, debilucho y algo lento de reflejos, solitario e imán para las collejas, las patadas y los insultos. Él era el que siempre se quedaba fuera cuando formábamos los equipos para los partidos de fútbol simplemente porque daba la impresión de que el balón le daba miedo y se apartaba de su trayectoria en lugar de frenarlo. Por ello fue una sorpresa que, de todos los chavales, Víctor Yagüe lo escogiera como amigo íntimo y sus padres se lo llevaran de vacaciones al pueblo en el verano de 1978, en parte, tal vez, para alejarlo de una casa en la que los gritos y las broncas hacían retumbar las finas paredes de papel de los edificios.

Los bloques verdes, que acabo de mencionar, destacaban en el entorno por su color y su altura, cuatro edificios situados uno frente a otro con unas fachadas inusuales. Alguien dijo, creo que fue un cantante de punk rock que nació en el barrio, que esos cuatro inmuebles constituían la «única zona verde» de una zona y una época donde se imponía el blanco y el gris, y donde las calles, quizá para compensar, tenían en muchos casos nombres de árboles.

Como decía antes, Víctor y Juanpe se hicieron inseparables, para asombro de todos y ante mi más secreta y retorcida envidia. Porque en esa época, a los once o doce años, si había algo que yo deseara con todas mis fuerzas era ser amigo de Víctor Yagüe: que él me sacara del anonimato, del barullo de críos, y me concediera ese estatus especial que obtenía cualquiera a quien él tocara con el dedo mágico de su amistad. Ahora, con una vida entera a cuestas, sé que Víctor fue el primer gran amor de mi vida, la primera señal de que mi sexualidad no iría por los cauces previsibles; entonces únicamente sentía una urgente necesidad de acercarme a él, de ganarme su amistad, de caerle bien... algo que, por desgracia, nunca conseguí del todo. En un mundo donde los motes eran moneda común, él ni siquiera tenía apodo, era sólo Víctor o Yagüe, o, para algunos, el hijo de Sandokán, porque su padre, Emilio Yagüe, se parecía mucho al actor de ojos verdes y cara felina que lideraba en televisión a los valerosos Tigres de Malasia.

Por esas calles andaba también Joaquín Vázquez, a quien nadie se atrevía a llamar a la cara por su apodo, el Cromañón, y que en el último curso se impuso a sí mismo uno propio, el Mazinger, en honor a la serie de dibujos animados que nos volvía locos. Lo único que el chaval tenía de Mazinger era un cuerpo robusto, casi simiesco, y una mala leche que rebasaba la raya del sadismo. No escribo estas páginas para caer en la corrección política ni pretendo con ellas nada más que desahogarme, así que no tendría sentido ocultar la verdad: aunque en ningún caso merecía morir, Joaquín Vázquez era un cafre, un abusón de marca mayor que disfrutaba torturando a quienes eran más débiles, es decir, a casi todos nosotros. Compraba la amistad y la protección de los mayores a cambio del dinero que sisaba del negocio familiar. A los que teníamos más o menos su edad, o a los más pequeños, que no podíamos ofrecerle ninguna de las dos cosas, tendía a torturarnos.

Me gustaría saber por qué lo hacía, cuál era el placer que extraía de hacernos daño, qué mecanismos internos se activaban cuando, grande como un oso, hacía uso de su fuerza bruta para acogotarnos y robarnos la merienda, que luego pisoteaba, o algún juguete que él, en la papelería-juguetería de sus padres, podía conseguir con sólo pedirlo. Me gustaría saberlo porque esa fue la causa principal de su muerte, el 15 de diciembre de 1978, diez días antes de Navidad.

La noticia no fue portada de ningún periódico ni abrió los telediarios, pero se extendió como una nube de polvo por el barrio la mañana del día siguiente, impregnando todas las conversaciones de esa capa superficial que define el escándalo. «Han encontrado al chico de los Vázquez en una obra, allí donde se juntan los drogadictos por las noches.» «Ay, Dios, qué vergüenza, ¿adónde vamos a llegar? Pobre Salud.» «De una cosa así no se recupera una, te lo digo yo.» Sin embargo, un rato después, cuando empezó a soplar el viento, esas corrientes que rugían entre los bloques y en los terrenos por edificar, esa pátina de lugares comunes y lamentos sinceros salió volando para ceder el paso a las emociones verdaderas, las que se expresan en corrillo bajando la voz. Porque ese mocoso iba por mal camino y porque eso ya se veía venir. Demasiada libertad, afirmaban los mismos vecinos que poco antes habían acudido a enormes manifestaciones para reclamar precisamente eso: *Llibertat, amnistia, estatut d'autonomia.* ¿Qué hacía un crío normal a esas horas en la obra, ese espacio cuyos alrededores amanecían sembrados de jeringuillas usadas? Como sucedía con otras zonas de la Ciudad Satélite, los alrededores del parque de Can Mercader sin ir más lejos, acercarse por allí estaba vedado a la gente decente, sobre todo al anochecer. «No es lo mismo la libertad que el libertinaje», sentenciaban con firmeza, aunque ambos conceptos eran demasiado abstractos para que los vecinos pudieran dar de ellos una definición precisa.

Aun así, la muerte de un joven alumno del colegio, el hijo de los dueños de la papelería del barrio, siguió rodeada de misterio durante todo ese día y los siguientes. Las vecinas que acudieron a ofrecer sus condolencias a los padres se encontraron con una persiana bajada y un timbre que sonaba sin respuesta. El negocio familiar estaba cerrado, sin cartel alguno, y los rumores se intensificaron. Unos decían que habían detenido a dos muchachos, «dos de esos que se pinchan», que, con toda seguridad, habían matado al pobre chico para robarle. Otros, en tono más enigmático, hablaban como si supieran algo que no podían revelar, dejando sus frases a medias como flechas disparadas al aire que luego caían con languidez.

El lunes, en la clase de Joaquín Vázquez, nuestro tutor, el señor Suárez, se esforzó por mantener una normalidad aparente, aunque el silencio del aula era cualquier cosa menos normal en vísperas de las vacaciones de Navidad. Y, sin poder evitarlo, nuestras miradas se volvían hacia la última fila, hacia el asiento vacío que debería haber ocupado Joaquín, el Cromañón, sin saber muy bien si nos sentíamos o no apenados por su ausencia. Después del recreo, el director se dirigió a nosotros en un tono de complicidad que, entonces, despertó más recelos que otra cosa. Los adultos no solían pedir nuestra cooperación con amabilidad, al menos no en mi barrio, no en las calles de la Satélite.

Y, sin embargo, ese día tres de los niños que escuchábamos sentados las cálidas y comprensivas palabras del director tuvimos la impresión de que nos las decía justo a nosotros, como si alguien le hubiera chivado algo que no debería saber. Ignoro lo que pensaron los otros dos, pero yo no pude olvidar su mirada en toda la tarde. Soñé con él, y con el Cromañón, y con el Moco, y desperté enfermo, tiritando, aquejado por una especie de gripe invernal que casi me impidió levantarme. Mi madre se sentó a mi lado en la cama y me acarició la frente, como hacía cuando era niño, y fue entonces cuando comprendí que, al menos yo, tenía que contar la verdad.

También es cierto que ignoraba lo que pasaría después. No podía prever el pacto que se estableció entre todos; era incapaz de adivinar que el resultado de mi confesión, de lo que sabía y de lo que vi, se manipularía en nombre de la amistad y de la misericordia. Ahora, después de tanto tiempo, pienso que fue el espíritu de esos años lo que se impuso al final, pero en ese momento yo sólo buscaba aliviar mi conciencia, contar qué le había ocurrido a Joaquín Vázquez, el Cromañón, y luego olvidarme de todo para que la vida volviera a ser como antes.

2

Cornellà de Llobregat, diciembre de 2015

L a diminuta luz roja que parpadea en el cartel del vagón de metro le indica que faltan cinco estaciones para llegar a su destino y, a la vez, que aún existe la posibilidad de apearse, cambiar de andén y volver atrás. De bloquear ese número de teléfono que ha estado atacándolo con insistencia en las últimas semanas: llamadas perdidas, ignoradas, atendidas en algún caso con tanta rapidez e impaciencia que cualquier otra persona se habría dado por aludida y habría desistido. Es eso lo que más lo inquieta, que en ningún momento ese hombre, su interlocutor, se ha mostrado ofendido ni ha pronunciado el más leve reproche. Ha aceptado sus negativas con sorprendente docilidad, sin dejar nunca de sugerir una nueva fecha, un nuevo encuentro, como si supiera que la perseverancia es la clave del éxito.

Y así ha sido, se dice mientras la lucecita roja avanza inexorable en el espacio y en el tiempo, restándole la posibilidad de cambiar los planes o, como mínimo, volviéndola más absurda, más cobarde. De repente, un buen día, la voluntad flaquea y el impulso de terminar de una vez con eso es más fuerte que la precaución o la desidia. Eso le sucedió anoche, tras descubrir cuatro llamadas perdidas de

Juanpe en el móvil. La urgencia de zanjar el tema, de cerrar esa puerta inesperada que se había abierto por culpa de un azar erróneo, ganó la partida a su prudencia natural. Su propio tono al hablar fue brusco y seco, el timbre del señor Víctor Yagüe, un ejecutivo acostumbrado a dar órdenes educadas que, a pesar de las formas, esperan ser obedecidas. «Nos vemos mañana. Sí. En tu casa, sobre las ocho, ocho y media. Cuando salga de trabajar voy para allá.»

Le parece curioso no tener que preguntarle la dirección. Después de treinta y siete años, Juanpe sigue viviendo en el mismo piso donde lo conoció. No es que haya residido siempre allí, se lo comentó en la dichosa entrevista de trabajo en la que coincidieron y que ha sido el origen de todo ese embrollo, pero ahora la crisis, el paro, la maldita crisis y el puto paro, para ser exactos, lo han llevado de vuelta al viejo piso de sus padres. A los bloques verdes de la antigua Satélite.

Quizá fue eso lo que más lo conmovió. Más que el aspecto del hombre que tenía delante —esa camisa demasiado estrecha para una barriga más que incipiente y los zapatos de punteras gastadas, el pelo que clareaba, las bolsas debajo de los ojos y un leve, aunque perceptible, olor a sudor—, le impresionó ese presente en el cual un adulto se veía forzado a regresar al lugar donde había crecido. Para él, Víctor Yagüe, que se marchó de ese mismo barrio con doce años, que conserva alquilado su piso de soltero en Granada, que mantuvo un apartamento en Madrid hasta hace poco y que, finalmente, posee un hogar en La Coruña, en la exclusiva zona de Ciudad Jardín, una vuelta atrás de ese calibre resultaría patética. A su llegada a Barcelona, hace apenas dos meses, tuvo problemas para acostumbrarse al precioso estudio que su respetado jefe, y no tan querido suegro, le había arrendado para su traslado temporal a la ciudad, en la calle Aragón, no muy lejos del hotel que va a dirigir. No es que el lugar no fuera cómodo, pero tenía la impresión de que aquel *loft* de apenas cuarenta metros cuadrados, compensados con una terraza enorme, pertenecía ya a otras épocas de su vida. El reducido interior lo atrapaba, como a un Gulliver secuestrado en una casa de muñecas. Ahora, sin embargo, admite que existe algo rejuvenecedor en ese entorno diáfano, como si a sus cuarenta y nueve años le hubieran concedido una beca para estudiar en el extranjero y allí pudiera empezar de nuevo. No quiere pensar, aunque su conciencia se lo mordisquea al oído, que parte de esa sensación de libertad reside en hallarse a casi mil kilómetros de su verdadero hogar. Lejos de Mercedes, de su hija Cloe, de sus suegros y amigos varios; lejos de alguna amante ocasional; lejos, en definitiva, de todo lo que ha sido su vida en los últimos dieciocho años.

El pitido agudo le hace volver la mirada hacia el indicador de estaciones de nuevo. La luz roja ilumina ya la parada de Can Boixeres, la zona de peligro, y de repente, como si una fuerza interna lo impulsara, decide levantarse y abandonar. Nada bueno va a salir de ese encuentro; es más, la no comparecencia será el mensaje definitivo y necesario que cierre esa puerta antes de asomarse de verdad al otro lado. Mientras aguarda de pie a que el convoy salga del túnel, se palpa el bolsillo trasero del pantalón para asegurarse de que la cartera sigue ahí: un gesto patético, revelador, ligeramente provinciano, ya que es difícil que alguien haya podido robársela mientras estaba sentado.

Se halla a punto de bajar en la estación de Can Boixeres, dispuesto a regresar a su diminuta pero encantadora zona de confort, cuando dos chavales de unos diez u once años suben corriendo al vagón, cortándole el paso. Uno agarra al otro por la mochila y lo empuja, entre risas, y el segundo, tras recibir el empellón, se agarra a la barra del centro y gira a su alrededor como si orbitara. Un viejo sentado los increpa y los críos continúan riéndose mientras se alejan hacia el extremo opuesto, donde prosiguen con sus peleas fingidas.

Víctor se percata de que aún está dentro del vagón, de que esa escena casual ha paralizado su instinto de huida. La nostalgia ha ganado la batalla a la seguridad. Dos chicos, habían sido sólo eso, dos chavales amigos. Los Tigres de Malasia, un verano largo y caluroso; un Juanpe menudo, nervioso, frágil, tan distinto del tipo que acudió al hotel para la entrevista del puesto en el aparcamiento que ni siquiera ahora, poniéndole todas las ganas, consigue relacionarlos. Claro que han transcurrido treinta y siete años, más del doble de los que tiene su hija Cloe, y seguramente en el rostro que contempla en el cristal opaco del vagón tampoco queda demasiado del Víctor niño, aunque uno mismo siempre consigue encontrarlo.

Quieto ante la puerta, esperando a que se abra para saltar hacia un encuentro ya inevitable del que, está seguro, no saldrá del todo indemne, Víctor se repite el mantra que ha estado rondándole la cabeza desde que volvió a pensar en todo eso: Éramos unos críos, no fue culpa mía.

Una frase que, lo sabe, es sólo cierta a medias.

Éramos unos críos.

Sí, sólo unos críos.

3

Apostado en la ventana del sexto piso, el sexto primera del bloque tres, los transeúntes le parecen soldaditos de plomo que buscan un lugar donde agazaparse. Cruzan por delante de la farola, bajo ese halo blanco y potente, antes de fundirse en las sombras oscuras. Las luces de Navidad, antaño brillantes recordatorios, también han menguado por la crisis y su resplandor es apenas un apunte lamido, más bien tristón, que sólo ilumina las caras de los candidatos, carteles que planean sobre la ciudad como falsos ángeles empeñados en guiar al rebaño hacia un portal lleno de urnas. La celebración de las elecciones en pleno diciembre distorsiona el paisaje, como una nevada en agosto o una ola de calor sahariano en plenas rebajas de invierno. Una mujer vestida con chador empuja un carrito de bebé y, mientras apura la cuarta cerveza de la tarde, Juanpe se dice que su estampa es la más navideña: vista desde arriba, parece una pastorcilla de Belén de camino al pesebre.

Hace fresco y aunque algo lo retiene asomado, buscando con ahínco la silueta de la persona a la que espera, abandona el puesto de vigía y se tumba en el sofá, con la lata en la mano. Unas gotas le caen sobre el chándal al beber, uniéndose a otras manchas absorbidas por la tela de color azul oscuro. Había pensado cambiarse de ropa, darse una ducha y ponerse al menos unos tejanos y un suéter, pero la pereza ha ido derribando las ganas de causar buena impresión. O, tal vez, en el fondo, intuye que su aspecto desastrado puede activar mejor la simpatía del visitante. Ha estado esperando una llamada, una cancelación en el último minuto y ha preparado las frases oportunas. No te preocupes, ya sé que andas muy liado; otro día será... Sin embargo, cuando son las ocho y media de la tarde no hay señales de Víctor todavía pero tampoco anuncio alguno de que no vaya a comparecer. Esta última posibilidad, la de que simplemente no se presente sin ni siquiera avisar, lo irrita bastante. Hasta ahora se ha mostrado paciente y comprensivo: intuyó al instante que el otro necesitaba tiempo para procesar el encuentro, para vencer las reticencias lógicas y aceptar la cita.

Juanpe es un tipo tranquilo, eso le dicen todos y no siempre como un elogio, pero incluso los más calmados pueden perder los estribos.

Ahoga un eructo tras el siguiente trago y se incorpora un poco, lo justo para dejar la lata al lado de un cenicero repleto de colillas. Busca el paquete de tabaco en el bolsillo lateral, antes de recordar que lo olvidó en la cocina cuando fue a por la bebida. Por simple pereza, revuelve entre los restos del cenicero por ver si hay alguna colilla aprovechable, sin pensar que el mechero también se quedó sobre la encimera, emparejado con los cigarrillos. Cuando cae en la cuenta maldice para sus adentros, toma otro sorbo largo para darse fuerzas y se levanta de un asiento en el que su silueta está ya tatuada, dejando en él un hueco imborrable. Es un sofá inmenso, demasiado grande para ese comedor, y lo mismo puede decirse del televisor: una pantalla gigante, negra, ahora cubierta por una densa capa de polvo, cuya imagen invade el interior de la sala. Son muebles regalados, que alguien compró para él por puro compromiso sin plantearse las medidas, pero hay personas a quienes es más sensato no desairar. No tuvo más remedio que aceptarlos, agradecido.

Eso también lo dicen mucho de él. Juanpe es un tipo cumplidor, le haces un favor y puedes contar con su gratitud para toda la vida.

Salir al pasillo que conduce a la cocina es como introducirse de golpe en una cámara frigorífica. El radiador calienta la sala, ayudado por la densa nube de humo de los cigarrillos, pero su efecto termina ahí. Por las noches, andar hasta el cuarto de baño sería como cruzar la estepa siberiana si no fuera porque el recorrido es tan breve que la distancia puede cubrirse en apenas dos pasos largos. Localiza el tabaco donde lo dejó y comprueba que no le quedan suficientes reservas para toda la noche. No si llega Víctor y mantienen la conversación que cabe esperar. Hará falta mucha nicotina para sobrellevarla.

Aunque lo más probable es que no se presente, le dice una vocecilla burlona desde un rincón de la cocina. *¿Acaso no ha estado dándote largas durante las últimas semanas? ¿Haciendo caso omiso a tus llamadas o devolviéndotelas con mensajes desganados?* Juanpe lanza una mirada incendiaria hacia esa esquina vacía y amenaza a la voz con un gesto brusco antes de optar por ignorarla y regresar al comedor. Jódete en la estepa, niñato.

La sorpresa inicial fue absoluta para ambos, eso no puede negarlo, reflexiona mientras el sofá vuelve a acogerlo con un crujido casi placentero. Acudir a una entrevista de trabajo para el puesto de vigilante de un aparcamiento, una tarea que Juanpe se veía preparado para desempeñar, y encontrarse, así de repente, frente a tu mejor y único amigo de la infancia podría haber sido un golpe de suerte. Rediós, cuando aquel tipo trajeado, de cabellos aún negros y ojos inquisitivos de un intenso color verde, le dijo su nombre, apenas podía creerlo. Lo más fuerte de todo el asunto es que ese encuentro no se habría producido si él no se hubiera equivocado de día. El hotel contrataba a todo tipo de personal, y claramente su director no se ocupaba de todas las selecciones, pero Juanpe se confundió de fecha porque a veces la cabeza le juega malas pasadas y apareció en el lugar indicado cuando se entrevistaba a los encargados de recepción. Podrían haberlo enviado a su casa, claro, pero después de unas cuantas idas y venidas aquella chica tan amable le había informado de que el señor Yagüe lo entrevistaría de todos modos.

Un punto para Víctor, se dice. Siempre fue un chico amable, formal y considerado, y, si hoy no le demostraba lo contrario, seguía siéndolo. Al verlo sentado al otro lado de la mesa, asoció esa cara con el apellido que acababan de darle y aguardó a que el otro se presentara, con su nombre de pila, para decirle: «No te acuerdas de mí, ¿verdad? Soy Juanpe. Juanpe de los bloques verdes. Juan Pedro Zamora, tu... amigo del colegio».

Víctor tardó en identificarlo. Esos rasgos marcados, parecidos a los de su padre aunque más suaves, menos abruptos, habían pasado del desconcierto a algo que no podía calificarse de alegría. O al menos no tanta como la que lo embargó a él: durante unos minutos, el buen recuerdo de la amistad compartida borró la distancia que los separaba. Los cuánto tiempo, más de treinta y cinco años, joder, si éramos unos críos; los te acuerdas de cuando nos perdimos en el pueblo, de la bronca que nos echó tu padre, tío, cómo se puso. Por cierto, ¿aún vive? Sí, a diferencia de los padres de Juanpe, que habían fallecido tiempo atrás, tanto el padre como la madre de Víctor seguían vivos. Fue entonces cuando él le contó que había tenido que volver al piso de los bloques verdes, el puto paro no perdonaba a los cuarentones, y ante la perspectiva de dormir en la calle... Tiempos difíciles, sí. Pero a ti te va bien, ¿no? Bueno, al menos eso parece. Tuviste suerte. Sí, siempre fuiste un chico afortunado... incluso entonces, cuando... bueno, ya sabes.

Y ahí la charla nostálgica llegó a un callejón sin salida y las palabras empezaron a rebotar contra unas paredes imaginarias como pelotas dispersas que ninguno de los dos quería recoger. La mesa que los separaba crecía por momentos. La vida. Sí. Los años. Tenemos que vernos un día con más calma. Claro, cuando quieras. Ahora tengo que seguir con las entrevistas, pero haré que te llamen. Gracias. Oye, nos vemos, ahora mismo ando muy liado pero... Claro. Suerte con todo. ¿Me das tu número? El mío consta en el currículum. (Silencio, duda.) Si no quieres, no hace falta. No, no es eso, es que no voy a tener tiempo para nada, te llamo yo cuando esté más desahogado de trabajo. (Otro silencio, un duelo potente de miradas que ninguno de los dos quería perder y del que Víctor se retiró al final.) Llévate mi tarjeta, el móvil consta ahí. Gracias. En serio, para mí significa mucho; no... no me quedaron muchos amigos. Lo supongo. Y es duro haber tenido que volver, la calle trae recuerdos. De verdad, no puedo dedicarte más tiempo ahora. Claro, claro; hablamos.

El viejo reloj de su madre da las nueve como si anunciara el funeral de un obispo. No ha conseguido acostumbrarse a esas campanadas con eco que siempre lo sobresaltan. Mira el teléfono móvil con la esperanza de encontrar al menos un mensaje de disculpa, pero en su lugar hay otro que nada tiene que ver con el visitante al que espera. Unas líneas que lee, memoriza y borra al momento, tal como le dijeron que hiciera. Es importante cumplir las reglas.

Nadie ha podido nunca decir que Juanpe no sea un tipo obediente. Quizá no el más despierto ni el más ágil de reflejos, pero sí fiable como el mejor perro guardián.

Y es entonces, mientras se esfuerza por almacenar en la

43

memoria los cuatro datos que debe recordar, cuando suena el timbre de la puerta. El telefonillo está en la cocina y se detiene a lanzar una mirada hacia el rincón; ahora lo ve vacío y sonríe. Te escondes para no darme la razón, ¿eh, niñato?

Sabía que Víctor no le fallaría.

Esta vez no.

4

Si hay algo contra lo que no puede luchar, ni siquiera con su acopio natural de buen humor, son los malditos números. Es lo único que Miriam se permite odiar cuando, después de revisar las cuentas de la peluquería, comprueba una vez más que el negocio sigue tambaleándose en la línea frágil que separa la mera subsistencia de la quiebra absoluta. Hasta el momento ha ido sorteando esa crisis que, según las noticias y las promesas televisadas, ha dejado ya atrás su punto álgido. Pues bien, ella podría informar a políticos y economistas de que en su microcosmos particular la citada recesión sigue campando a sus anchas como una bacteria agresiva eludiendo los antibióticos —ofertas especiales, precios reducidos para jóvenes y personas de la tercera edad, y muchas otras medidas paliativas que ha puesto en práctica en los últimos años— y amenaza ahora con mandar su pequeño negocio al cementerio de los locales en traspaso. Sobre todo desde que dos puertas más abajo, en la misma calle Buenestar, han abierto una peluquería regentada por tres chicas chinas que ofrecen un servicio sin interrupción a precios irrisorios. Intenta no hacerse mala sangre con eso, y en términos generales casi lo consigue.

Miriam cierra el libro de cuentas y decide olvidarse de

ellas mientras le sea posible. El poder de las cifras es devastador, pero en cuanto guarda las pruebas del desastre en el cajón regresa la capacidad de eludir ese desánimo creciente que la haría estallar en sollozos. No, ni siquiera ahora, con la peluquería cerrada y sin la presencia de Evelyn, la chica cubana que la ayuda algunos días, puede permitirse desfallecer. Miriam odia los lamentos, quejarse le parece una pérdida de tiempo. Lo que necesita ahora para borrar del todo los restos perniciosos de la preocupación es sentarse en el sofá de casa y ver una película con Iago y, si le apetece, también con su padre.

Se mira en el espejo antes de salir y se sonríe. Está segura de que muchos —sobre todo muchas— siguen creyendo que es un bicho raro, aunque lo que nadie puede negar es que posee un estilo propio. Miriam adora los años cincuenta, los vestidos ajustados de talle y con falda de vuelo; el blanco y negro, los colores vivos, los corpiños de encaje y los escotes pronunciados. Le encanta dibujarse una raya oscura muy marcada debajo de los ojos y rizarse las pestañas. También le gustan los lazos en el pelo. De hecho, ahora mismo añadiría uno al conjunto que lleva: un delicioso vestido *vintage* de color azul zafiro, estampado con estrellas blancas, que compró por internet y que luego una amiga de Evelyn tuvo que arreglarle. La mulata de piernas escandalosas, que va a misa un par de veces por semana y es una verdadera artista con los trenzados que demandan las nuevas vecinas de orígenes diversos, cuenta con un ejército de amistades siempre dispuestas a echarle una mano y cuyas habilidades van desde la costura hasta la fontanería. Miriam no es muy religiosa, pero está segura de que Dios, o alguien parecido, puso a esa chica y a sus huestes en su vida para salvarle el negocio. Contradiciendo el estereotipo, Evelyn es seria como un paso de Semana Santa y su mirada puede congelar los avances de cualquier moscón. Una mujer tan guapa y con un cuerpo como el suyo podría disfrutar de tanta atención ajena, pero Evelyn los aleja con un bufido y se enorgullece de ser, a sus veinte años, la única virgen de su círculo de amigas (y Miriam podría añadir sin temor a equivocarse demasiado que de todo el barrio). Ella, que tuvo una adolescencia francamente loca de la que, en general, no se arrepiente, se esfuerza por comprender qué mecanismos han convertido a una mulata caribeña de sangre caliente en la joven arisca y monjil que desdeña tanto a los hombres como a las mujeres: Miriam ha sido testigo de los avances de alguna que han sido despachados con el mismo desdén.

Escoge una cinta ancha y azul de un cajón y se recoge los rizos oscuros con ella. Genial, era lo que pedía ese conjunto; ahora un toque de pintalabios para terminar de sepultar el recuerdo de esos números rojos. Y, para llegar a casa definitivamente de buen humor, necesita lo que ella llama su chute de Bowie, así que busca *Heroes* en el pequeño reproductor de discos compactos, y a solas en ese espacio que está empezando a pedir una reforma canta con Bowie a pleno pulmón, atinando con la letra y sin desafinar demasiado. Adora a los Smiths, a Bruce e incluso a la Madonna que inspiró su look cuando era joven, pero David es el Artista, y sus canciones consiguen salpicar los días más terribles con unas maravillosas gotas de perfume alentador. No es que borren los problemas, ni mucho menos; sólo le dan el ánimo necesario para llegar a casa y contemplar el deterioro físico y psíquico de su padre, esa batalla lenta y perdida de antemano que, en algún momento, cuando él no la reconoce o empieza a divagar más de lo razonable, le parte el alma en dos. Por suerte está Iago, quien a sus quince años es mucho mejor de lo que Miriam habría podido imaginar, mejor incluso de lo que merece. Cada vez que oye los lamentos de las clientas (hijos irresponsables, ninis vagos, milenials caprichosos), Miriam contiene la respiración y se dice que, en ese aspecto, es la madre más afortunada del mundo. No porque su hijo sea perfecto, claro, nadie lo es; sin embargo, es un buen chaval y será un buen hombre, de eso está segura. Le gustaría concederse el mérito de haberlo logrado sola, aunque en el fondo sabe que Iago nació con una decencia natural, que sus travesuras fueron siempre más fruto de la inexperiencia que de la mala intención porque sería incapaz de hacer daño a propósito. En definitiva, que es mejor que ella y, desde luego, que la contribución genética de un padre anónimo.

Tres dosis de Bowie y pensar en Iago bastan y sobran para darle el ímpetu que requerirá el final del día. Ya sale de la peluquería, está cerrando la persiana de hierro que cada vez se atasca más, cuando oye una especie de silbido de admiración. Miriam odia los piropos soeces y está habituada a que más de un imbécil se crea con derecho a opinar sobre su aspecto simplemente porque no es el habitual. Suele ignorarlos sin problemas, pero en esta ocasión no puede evitar darse la vuelta porque intuye, un segundo antes de constatar la verdad, quién es el autor del sonido.

Y, maldita sea, no se equivoca. Rober, su novio de la adolescencia, uno de los posibles dueños del espermatozoide que engendró a Iago, su amante ocasional durante casi dos décadas, está mirándola con esos ojos de leopardo en celo que siempre, siempre, consiguen devolverla a la piel de la adolescente insegura y enamorada que fue y que nunca ha superado del todo.

La biblioteca ha dejado de ser hace tiempo un espacio donde reina una quietud rígida y monástica. No es que haya follón, ni mucho menos; sólo el susurro sano de jóvenes que nunca consiguen concentrarse tanto como deberían.

Aun así, Iago prefiere aislarse del rumor del mundo a través de los auriculares y escuchar a Linkin Park, *New divide*, concretamente, sin darse cuenta de que su cuerpo se agita ligeramente cuando el cantante ataca ese verso mágico, ese «Let the floods cross the distance in your eyes» que, si está solo en casa, no puede evitar clamar en voz alta a pesar de que odia que su madre haga lo mismo. Ahora, en la sala de lectura, se limita a murmurarlo mientras en su mente se dibujan imágenes de mares bravíos y ojos de anime llenos de lágrimas. Pocas canciones le hacen evocar imágenes tan potentes como esa, a pesar de que debe de haberla escuchado unos cuantos miles de veces en los últimos años, junto con *Numb, In the end* o la que suena ahora en sus oídos, *Castle of glass*.

A Iago le gusta pasar un rato allí, rodeado de libros, aunque últimamente la frecuenta menos. Sobre todo desde que el abuelo está en casa y él ha llegado a un pacto con su madre que consiste en volver a casa, realizar en el comedor las tareas escolares y, al tiempo, hacer compañía al anciano hasta que ella llegue de la peluquería, sobre las nueve de la noche, más o menos.

Pero hoy sí ha tenido que ir a buscar información para un trabajo que debe presentar después de Navidad, una de esas entregas rutinarias sobre temas variados que tanto gustan a los profes. En concreto, a la de Lengua y Literatura se le ha ocurrido la genial idea de que busquen, en poemas contemporáneos, alguna referencia al duelo, aprovechando que están estudiando las *Coplas por la muerte de su padre* de Manrique. Así que Iago lleva un buen rato leyendo poemitas de cuatro versos que empalma uno con otro sin encontrarles ningún sentido hasta que, aburrido, cierra el último que había seleccionado y se dispone a recoger sus cosas. Son más de las ocho, y hoy su madre llegará un poco más tarde; le ha hecho gracia su mensaje de hace unos minutos, como si ella quisiera justificarse porque no estará en casa a la hora de siempre. Claro que puede ocuparse de la cena por un día, ya no es un niño, sobre todo si se trata de meter algo en el microondas y calentarlo... No hace falta un curso de alta cocina para eso, mamá, de verdad.

Se quita los cascos y el murmullo circundante llega hasta él, bisbiseos y risas sofocadas de otros estudiantes, tan hartos de libros como él. En la mesa contigua hay unas chicas de su clase; lo sabe casi antes de dirigir la mirada porque oye el bufido típico de Saray Lozano cuando una estudiante mayor le pide que baje la voz. Iago la observa con disimulo. Sabe que es la preferida de muchos de sus colegas y que ahora, oficialmente, sale con Christian; a él, en cambio, le fastidia un poco esa pose de autosuficiencia, de rebeldía desdeñosa. A Saray le gusta dar la nota y su cada vez más extensa corte de seguidoras tiende a reírle todas las gracias. Iago no necesita fijarse demasiado para distinguir a su lado a Noelia, a quien Saray parece haber escogido como superamiga desde el curso pasado, cuando Wendy perdió el puesto y tuvo que conformarse con ser la segunda dama.

Ya está bajando la escalera de la biblioteca, corriendo con la mochila al hombro y el monopatín bajo el brazo, cuando unos pasos rápidos a su espalda hacen que se detenga.

—¡Eh, no huyas!

Reconoce la voz. Es Alena, la que lo llamó por teléfono para avisarlo de que su abuelo deambulaba perdido por la calle la semana anterior. Hace días que Iago se pregunta cómo consiguió su número de teléfono, y lo piensa de nuevo al tiempo que ve la sonrisa tímida de la chica, que ahora se ha detenido y parece no saber qué decir.

—No huyo, tengo que ir a casa —comenta él.

—Ya. Claro.

—Oye, quiero darte las gracias otra vez por lo de mi abuelo.

—No hace falta. ¿Cómo está? Supe quién era porque lo había visto con tu madre...

Él sonríe.

—Sí, a mi madre es fácil reconocerla.

—Bastante, sí. —Alena se sonroja un poco—. Vaya, no pretendía insinuar que...

—Ya, tranquila. Llevo toda la vida con ella, sé cómo es. Por cierto, ¿de dónde sacaste mi número?

—Se lo pedí a Lara.

Iago asiente.

—Okey. Me alegro de que me llamaras. No sólo por mi abuelo.

Es lo máximo que se atreve a llegar y, si la chica fuera más hábil, recogería el mensaje embotellado y lanzado al océano de los acercamientos sentimentales para decir lo que, en el fondo, está deseando expresar. No lo es, y las palabras se hunden en el profundo mar de las ocasiones perdidas. A cambio, Alena busca otra aproximación, más física, y desciende un escalón hacia Iago, quien consigue ver el libro que ella lleva en la mano. *Poemas*, de Emily Dickinson. Iago se devana los sesos para encontrar algo que añadir, alguna frase ingeniosa que dé un final digno a ese encuentro fortuito, pero sólo se le ocurre un «Hablamos luego, ¿vale?» que en realidad no significa nada (¿cuándo es luego?, ¿y de qué van a hablar?). Por fin huye, ahora sí, sin poder evitar lanzarle una última mirada antes de salir por la puerta.

Al lado de Alena está Lara Carrión, quien ha adoptado a la nueva como amiga íntima en poco más de un trimestre de clases. Coge a la joven rubia por la cintura y sacude su melena recta, que parece alineada con una regla de madera. Sonríen y miran, sin duda, en dirección a Iago. Normalmente tanta atención le molestaría, pero hoy no. Hoy piensa que el «luego» también existe, y que enviará un wasap a Alena dentro de un rato. Cuando haya leído algo de esa tal Emily Dickens.

Let the floods cross the distance in your eyes.

—No... No, no es buena idea. ¡No!

Miriam protesta con la voz; su cuerpo, en cambio, se resiste a separarse de las manos cálidas que recorren con caricias de seda el interior de su blusa y le quitan la cinta azul del cabello. Rober, el visitante inesperado, no será el mejor hombre del mundo (desde luego no es el más cabal ni alguien en quien se pueda confiar demasiado), pero a ella siempre le ha costado no ceder ante sus avances, ante la invitación a entrar en su piso después de una cerveza rápida, a los gestos tiernos de esos brazos de mármol, esculpidos por horas de entrenamiento militar.

Rober se despoja del suéter y las últimas barreras de Miriam se desvanecen en un fuego mudo que sofoca las palabras. Lo besa, la besa: sus lenguas se dicen todo lo que en ese momento necesitan saber. La fuerza del deseo invade todos los rincones del cerebro de Miriam, barriendo las reticencias a ese desván brumoso donde se acumulan las dudas, los reproches, los porqués. Él la conduce con una suavidad firme hasta la cama deshecha, y ella siente que eso es lo que han sido, ahora y siempre: un torbellino confuso, inexplicable, dos cuerpos que se buscan y se enredan entre sábanas revueltas.

Tardan en culminar, saben que el éxtasis es mayor cuanto más se prolongan los juegos previos y Rober es un experto en hacer dulce la espera. Recorre su cuerpo con la cinta azul, haciéndole unas leves cosquillas. Miriam saborea cada instante, sabe que los retendrá en su memoria y acudirá a ellos alguna vez en las largas noches que separan un encuentro del siguiente. Lucha por no pensar en ello; en realidad, lucha por no pensar y limitarse a sentir, por concentrarse en el presente. En el aliento de él, jadeos con un ligero olor a menta. En la mano derecha, traviesa y peligrosa, que desciende por su cuerpo hasta alojarse entre sus muslos, mientras la izquierda la sujeta por una muñeca con tierna firmeza después de cubrirle los ojos con el lazo.

No, no quiere pensar. Destierra los reproches, evoca esos ojos brillantes que sonríen y se deja llevar sin más objetivo que ese goce que él sabe darle. Rober, siempre juguetón, empieza a recorrerle el cuerpo con la punta de la lengua, deteniéndose en los pezones el tiempo justo para hacerla gemir, antes de enterrarla entre sus piernas con la avidez de un adolescente que descubre el jugoso sabor del sexo.

El orgasmo llegará unos minutos después, pero sólo será el primero en una larga sesión que termina con los amantes exhaustos, abrazados en una cama que poco a poco va dejando de arder. Miriam querría moverse del lecho y, al mismo tiempo, permanecer para siempre en él, acomodada en la penumbra entre unos brazos que la arropan. Rober suele quedarse callado, y a ella le gusta saborear ese rato de intimidad cómplice porque sabe que él no tardará en soltarse. Lo hará con un movimiento brusco, casi instintivo, un par de centímetros de separación que definen sin lugar a dudas que la realidad vuelve a imponerse. Y que en esa realidad ella ya ha desempeñado su papel.

En los muchos ratos que ha dedicado a lo largo de los años a reflexionar sobre su relación con él, Miriam se ha preguntado a menudo cómo un amante tan entregado, feroz o tierno, según el momento, puede convertirse en un tipo tan arisco, tan despegado, cuando no está en la cama. Por eso hace ya tiempo que decidió aceptar las cosas como son: Rober no le sirve como pareja ni como probable padre de Iago (algo que, en realidad, tampoco puede adjudicarle con absoluta certeza), ni siquiera como compañero de vida. Rober desaparece en alguna misión del ejército sin decir adónde va, y suele regresar cuando está de permiso. De jóvenes, cuando empezó esa historia sin final conocido, sólo llena de largas pausas, ya era más o menos igual. Entonces él se largaba sin misión alguna y regresaba ávido de una sensualidad que, por alguna razón, había estallado entre los dos desde su primera experiencia sexual, cuando ambos tenían un par de años más de los que Iago tiene ahora. Miriam intuyó que había otras y que las habría siempre, y desde el principio adoptó el único papel digno que le quedaba, una vez descartada la ruptura total: intentar tomárselo como uno más. Un amante entre muchos, un polvazo sin más complicaciones. A finales de los noventa, cuando ambos creían tener toda la vida por delante, ella podía fingir que todo le daba igual e incluso llegar a creérselo. Y así la independencia de Rober quedaba a salvo con alguien que nunca le reprochaba nada y que disfrutaba de una vida sentimental variada y alternativa. El problema es que, al cabo de quince años, los escarceos de Miriam con el sexo opuesto son tan escasos que Rober se ha convertido casi en la única e infrecuente fuente de placer: un manantial que él abre y cierra a voluntad.

Pero hoy, precisamente hoy, él no parece tan dispuesto a alejarse, al menos no físicamente, y es Miriam la que se aparta un poco, más por extrañeza que porque desee interrumpir el contacto.

—¿Pasa algo? —susurra Rober—. ¿Adónde vas?

Ella no sabe qué contestar y vuelve a refugiarse en unos brazos que ahora la rodean, casi sujetándola, como si quisieran retenerla toda la noche. Y eso, Miriam lo sabe, queda fuera de guion.

—Tendré que irme en algún momento —dice.

—Espera.

Permanecen así, enlazados y en silencio. Si él nota su perplejidad, prefiere no comentar nada al respecto; ella entrecierra los ojos, incapaz de relajarse del todo. Intuye que algo es distinto hoy y no está muy segura de que, a esas alturas de la historia, un giro en la trama vaya a hacerla feliz. De hecho, esa alteración de una rutina que lleva años desarrollándose de manera idéntica es la última e innecesaria confirmación de que, ni siquiera en lo relativo a sus defectos, Rober es un tipo de fiar.

Han transcurrido sólo diez minutos desde que volvió a sus brazos y Miriam no aguanta más. Tiene que irse, y no tanto porque Iago y su padre estén en casa, esperándola, aunque es seguro que a esas horas ya habrán cenado, sino porque empieza a presentir que esa alteración mínima es un simple preludio. Y necesita saber de qué.

—¿Te pasa algo? —le pregunta por fin.

Rober se mueve un poco, momento que Miriam aprovecha para liberarse y darse la vuelta. Se miran, ambos, como viejos amantes que fueron alguna vez amigos.

—Voy a dejar el ejército. Ya está decidido.

—¿Te has cansado?

—Da lo mismo. No pienso volver.

Ella asiente para sus adentros, no más sorprendida ahora que cuando Rober le comunicó, quince años atrás, que se había presentado a las pruebas y lo habían admitido, sin darle más razones ni explicaciones adicionales. Claro que en aquel entonces ella cargaba también con una ración propia de secretos: ya estaba embarazada de Iago y no tenía la menor intención de contárselo a uno de los posibles padres de la criatura.

—Eso significa que te quedarás por aquí... —Es casi una pregunta que Miriam no se atreve a formular porque no sabe muy bien qué respuesta prefiere oír.

—Un tiempo, sí.

—Ya, claro.

Él le da un beso rápido, más amistoso que sensual, y se levanta de la cama para liarse un porro. Por fin, piensa Miriam: las aguas vuelven a su cauce.

—¿Quieres? —le ofrece.

Hace mucho tiempo que ella no fuma marihuana. Las drogas de cualquier tipo se terminaron quince años atrás, cuando supo que estaba embarazada. Fue la única condición que su madre le impuso y que ella no tardó en aceptar, quizá porque en el fondo estaba harta de esa rebelión en forma de juergas. Noches largas de recuerdos imprecisos, días perdidos entre la náusea y el sueño. Por fin, esa madre a la que había visto toda la vida encerrada en una especie de mutismo indiferente (ajena a su marido, a su hogar y a su propia hija) reaccionaba como cabría esperar. La ilusión por el bebé aún no nacido la sacó del encierro voluntario, y en cuanto lo tuvo en brazos mutó definitivamente de madre distante a abuela entregada. En ese instante Miriam comprendió la amarga verdad: si bien como hija no había logrado compensar la pérdida de aquel hermano muerto, de repente, a los veintitrés años, conseguía darle a su madre lo único que deseaba de ella. Otro varón. Un niño al que cuidar.

—No, gracias —le dice mientras empieza a vestirse, sentada en la cama—. He perdido la costumbre, ya lo sabes.

Un olor nunca olvidado circula por el cuarto. Rober camina hacia ella, desnudo, y se tumba a sus pies.

—¿Ni una calada?

—Que no. Me marcho ya.

Él yace en el suelo, una pantera vigilante y satisfecha que no impide del todo el paso, pero lo entorpece. Miriam le da una ligera patada en el pecho con el pie descalzo.

—¡Sal de ahí!

—¿Te apetece tenerme por aquí? —pregunta Rober—. Podremos vernos más a menudo.

—No sé si eso es bueno o malo —murmura ella, porque en realidad no sabe bien qué decir.

Él le agarra el pie y se lo acerca a la boca; el humo dulzón le roza el empeine y Miriam intenta usar el otro pie para empujarlo.

—¿Cuándo nos enrollamos por primera vez? ¿Hace veinte años?

—No me digas que te acuerdas —ironiza ella.

—Tengo buena memoria para las cosas importantes.

Miriam consigue soltarse por fin y se incorpora, apoyando los pies con firmeza en el suelo. Sólo ha conseguido ponerse la ropa interior y, así, casi en cueros, mirando el cuerpo de su amante que yace en el suelo, tiene la incómoda sensación de estar metida en una peli porno.

—Va, Rober, no te pongas serio ahora. No te sienta bien. Y déjame pasar o acércame el vestido. Está en la silla.

Él se ríe, se pasa la mano por ese cráneo rapado que ella adora acariciar.

—Tenía que largarme. Supongo que no lo entiendes. No se me da bien explicar las cosas.

—Inténtalo. Practicar ayuda. ¡Y dame el vestido!

Miriam mantiene el tono intrascendente, un recurso habitual del que en ocasiones se arrepiente más tarde, una vez que han concluido esos encuentros.

—Habría acabado muy mal si no me hubiera metido en el ejército. Y, a lo mejor, te habría arrastrado conmigo.

—Eh, no te embales. Nunca tuviste tanto poder sobre mí, chaval —miente Miriam, a sabiendas de que es una mentira que, a diferencia de otras, no ha logrado creerse del todo.

—Da igual. Me habría ido a la mierda yo solo. Necesitaba un cambio. Un orden. Cortar con todo esto. Yo qué sé.

Y entonces ella cae en la cuenta de que tal vez él esté siendo absolutamente sincero y que el ejército, por extraño que pueda parecerle, fuera en ese momento lo mismo que su bebé: una tabla de salvación que aparece en medio del naufragio inminente. Por eso se agacha a su lado y le quita el porro de las manos para darle una calada corta, y luego otra más profunda.

—Me alegro de que te quedes por aquí, Rober, pero ninguno de los dos tenemos ya diecisiete años.

—¿Y quién quiere tenerlos? —replica él, quitándole el porro, ya casi consumido.

Miriam sonríe y alarga el brazo para coger el vestido.

—Llámame en unos días y seguimos hablando, ¿vale? Ahora me voy. Quiero volver a casa.

5

Las dos chicas andan despacio, toman el camino más largo porque, a su edad, esos quince años llenos de dudas íntimas y certezas externas, tienen una idea fija: volver a casa es algo parecido a entrar voluntariamente en una jaula. Y aunque saben que es inevitable, deseable incluso, disfrutan de esa prolongación del tiempo de libertad. Por eso Alena, que vive a dos minutos de la biblioteca y sólo tendría que cruzar la calle Mossèn Andreu para llegar a los bloques verdes, está dando un rodeo con la excusa de acompañar a Lara y comentar por enésima vez los cotilleos del día. No es la única: la otra también se desvía a veces de su ruta para retrasar a propósito una separación que, de hecho, será sólo física porque, en cuanto cada una llegue a su respectivo hogar, la comunicación proseguirá a través del teléfono móvil hasta que alguna de sus madres, la de Alena probablemente, amenace con tirar ese chisme a la basura si vuelve a sonar.

Alena aún sabe poco de su nueva amiga, sólo retazos de información que le han ido llegando sin necesidad de preguntar, porque, en general, no es una chica especialmente curiosa y guarda bastante las distancias. Sin embargo, intuye que la vida familiar de Lara no es muy plácida: a pesar de que hace tres meses que la conoce, la ha oído quejarse con amargura de una madre que ha vuelto a casarse y de una hermana pequeña a la que tiene que cuidar muchos sábados, cuando mamá y el marido número dos deciden que quieren salir al cine y a cenar. Alena ha visto a la cría, un encanto de bebé que justo empieza a dar los primeros pasos, pero asiente con fervor a las reivindicaciones de su nueva amiga cuando proclama que no es una criada ni una canguro por horas, y que a ella nadie le preguntó si le apetecía convivir con un supuesto «padre» y una mocosa que llora hasta desgañitarse. Es curioso porque, dejando a un lado ese discurso, Lara es una chica tranquila, incluso un poco sosa a veces. Alena siempre ha deseado tener una amiga más lanzada, menos responsable, pero siempre acaba con personas como ella. Quizá porque, en el instituto, los polos opuestos nunca se atraen, y las chicas con auténtica chispa, las que llevan una vida más interesante, como Saray, prestan una atención mínima a quienes, como ella, las miran con una mezcla de recelo y admiración.

Muchas veces se ha dicho que le gustaría ser más decidida. Incluso su madre, Lidia, se lo ha aconsejado alguna vez: «Espabila, Alena. Reclama tu sitio, no te dejes pisar. El mundo es un lobo hambriento y si no le plantas cara te va a comer. No puedes quedarte leyendo en un rincón, viendo pasar las cosas». El problema es que, hasta el momento, el mundo que ha rodeado a Alena ha sido más suave que áspero, empezando por unos padres que adoran a su única hija y siguiendo por un físico agradable y una inteligencia superior a la media. Nunca, hasta ahora, ha tenido grandes amigas, pero sí siempre alguna inseparable. En realidad, a sus quince años, el momento más difícil tuvo lugar al inicio de ese mismo curso, cuando la familia cambió el tranquilo pueblo de Premià de Mar por un piso de ocasión en los bloques verdes, e incluso sus padres tienen que reconocer que su niña, tímida y poco tendente a tomar la iniciativa, ha superado la prueba con éxito.

Aun así, ella es consciente de que fue Lara Carrión quien dio el primer paso y la escogió como amiga con una determinación firme y amable. Es algo que nunca podrá agradecerle lo bastante: llegar sola a tercero de la ESO a un nuevo centro, tras haber cambiado de población, la había tenido aterrada durante todo el verano anterior. Sabía lo difícil que podía ser adaptarse a nuevos compañeros y nunca, ni en sus días más optimistas, imaginó que en poco tiempo tendría una amiga de verdad. Alguien que la espera, le cuenta sus cosas y se interesa por lo que ella tiene que decir. Se lo ha preguntado alguna vez a Lara, ¿por qué yo?, pero, claro, no hay una respuesta obvia. «Las amistades surgen así, tía. Me encantó tu nombre y luego comprobé que eras legal», afirma Lara con la misma seguridad con que a ratos despotrica contra el nuevo marido de su madre, el Cabrón, y contra el bebé, la cagona. En los mensajes se han convertido en C mayúscula y c minúscula por si a la madre le da por echar un vistazo al móvil de Lara, un acto que es, para las dos, vergonzoso e imperdonable. La peor muestra de desconfianza y una afrenta a su intimidad.

—Oye, ¿estás segura de que Iago merece la pena? No sé, será porque lo conozco desde que éramos críos, pero sinceramente no lo veo... A mí sigue pareciéndome un niño.

Alena sonríe. Iago le gustó desde el primer día que entró en clase y es una enorme prueba del afecto que siente por su nueva amiga que se haya atrevido a contárselo. Hasta ahora jamás le había confesado a nadie algo así.

—Tampoco yo tengo kilos de experiencia, la verdad. Así que ya me va bien, ¿no crees?

Sabe que es un tema en el que la mayoría de las chicas van mucho más avanzadas. Es consciente de que lleva un retraso considerable y está bastante decidida a ponerle remedio cuanto antes.

—Aunque, si no se decide, tendré que buscar a otro.

—Se ríe porque es mentira. Alena puede no ser una experta en novios, pero es tozuda, y no tiene la menor intención de rendirse.

—Por eso no te rayes —le dice Lara—. Con ese pelo y esos ojazos podrías enrollarte con cualquiera. Estoy segura de que a Christian o a cualquiera de los otros se les caería la baba contigo.

Alena enrojece un poco, pues la mera idea de un tipo babeando parecido al novio de Saray, musculoso y tatuado, le resulta lo bastante desagradable para eludir el tema.

—¡Y si quieres ir despacio puedes probar con Marc!

Lara se echa a reír y Alena le da una palmada cariñosa en el brazo. Marc había sido Marta hasta que, un par de años atrás, empezó los tratamientos para cambiar de sexo y, por supuesto, también tuvo que cambiar de instituto. No puede decirse que esté totalmente integrado, pero el hecho de haber llegado a él ya como Marc lo ayuda bastante. Cuenta, además, con el apoyo del claustro en pleno y nadie se atreve a hacer ningún comentario ofensivo dentro del aula. Fuera, no obstante, ya es otra cosa.

—No seas mala. ¿Sabes que durante años odié esta melena rubia? —pregunta Alena para cambiar de tema—. Pensaba que me daba aspecto de muñeca tonta.

—Siempre puedes ir a la pelu de la madre de Iago para que te haga algo. La tía está un poco pirada y parece un cromo, pero a mi madre le encanta cómo la peina.

Han llegado al cruce con la calle Salvador Allende, donde vive Lara. Se hacen una selfi de despedida con la Torre de la Miranda de fondo, una costumbre que han adoptado desde hace sólo un par de semanas y que, sinceramente, a Alena la pone un poco nerviosa. Cede de todos modos, y pone una mueca divertida, sacando la lengua y doblando los brazos como si estuviera bailando rap.

—No seas mongui —la regaña Lara—. Ponte seria y guapa. Si yo tuviera esa piel tan blanca y esos ojazos, mandaría todo esto a la mierda y me buscaría un curro de modelo. O me haría youtuber. ¿Has visto a la petarda esa que se pasa el día de compras? Tú le das mil vueltas. Y con tu nombre, arrasarías: Alena Kiwerski. ¡Lo veo en letras grandes en cualquier revista de moda!

—Ya, y sería una modelo encerrada en su cuarto a perpetuidad —replica Alena sonriente.

Ya le ha hablado de su padre, Tomasz, un polaco joven pero estricto que no ve con buenos ojos ni la España en la que vive ni las costumbres relajadas de sus jóvenes. A pesar de que Alena lo adora, no puede dejar de constatar que es, como dice Lara, un «muermo de otra época». Su madre, Lidia, es distinta, enérgica e independiente, tan fuerte que a veces Alena se siente un poco apabullada por alguien con tanta iniciativa, que nunca parece albergar ninguna duda sobre cómo proceder o qué decir. Ambos trabajan en fábricas situadas en el Polígono de la Zona Franca, y el traslado desde Premià les permite, cuando menos, dormir un poco más.

—En menos de tres años seremos libres. Y pienso arrastrarte a un fotógrafo, aunque tu padre nos mande a Siberia.

—Tú también eres muy guapa.

Alena lo dice, aunque honestamente no lo cree. Lara no es hermosa, tiene los ojos demasiado juntos y unos labios tan finos que a veces, cuando está seria, casi dibujan una única línea. Su delgadez extrema tampoco ayuda y el tono pálido de su piel le confiere un aspecto enfermizo que podría haber sido atractivo en otro siglo, donde la belleza tenía un componente más etéreo, menos carnal.

—A los tíos les da igual que seas guapa. Sólo miran esto

—dice Lara señalándose las tetas, poco menos que inexistentes—. Fíjate si no en Saray y Christian. ¿Qué gracia tiene la tía esa? Es bajita, basta como un camionero y con un culo inmenso, pero tiene unas tetas enormes y Christian no ve nada más que eso. ¿Qué les pasa a los tíos? ¿Están enfermos o qué? —Es una pregunta retórica, así que se queda mirando fijamente a Alena y añade—: Pero tú lo tienes todo. Cara, pelo y un cuerpo bonito.

Alena sabe que lo dice con afecto, aunque los halagos la han puesto siempre un poco nerviosa. Incuso los de su madre. Pensar en el ambiente familiar le recuerda que debería estar ya en casa si quiere evitarse problemas.

—Tengo que irme. Son las nueve y cuarto, y cenamos ya mismo. A mi padre le dará un ataque si llego tarde.

—Uf, yo me quejo del Cabrón, pero tu viejo es un verdadero coñazo.

—¡Ya! ¡Besos! Me voy, en serio.

Le lanza una sonrisa y besos al aire mientras apresura el paso. Exagera un poco con la puntualidad de su padre; no es que el hombre sea tan maniático como ella proclama. A veces siente que tiene que quejarse de algo para corresponder a las confidencias de Lara y a su perpetuo estado de guerra familiar. En realidad hay otro motivo para alejarse por hoy: le molestan las críticas desaforadas que lanza Lara a veces contra otros alumnos de clase, especialmente contra Saray Lozano y su grupo. Los más guais, sin duda, un círculo de gente que para Alena irradia un brillo atrayente y atemorizador a la vez.

No cabe duda de que Lara tiene razón cuando habla de Saray, aunque se muestre despiadada en exceso. Es obvio por qué Saray tiene éxito: es deslenguada, atrevida, voluptuosa y, sí, roza la vulgaridad, pero a la vez desprende una intensidad que los tíos deben de percibir de manera automática: unas ondas de color rojo fuego, como su cabello o sus labios carnosos. Y hay algo que Alena le habría confiado a Lara si esta no fuera tan exagerada en su odio hacia la otra y si, en el fondo, no fuera un episodio que no ha conseguido olvidar, un momento perturbador que se ha quedado grabado en su memoria y que, en realidad, le da vergüenza compartir.

Cuando está llegando a casa la vibración del teléfono le indica que ha recibido un wasap, y por una vez no es de Lara, sino de Iago.

6

Lo primero que Víctor percibe distinto es el ascensor: aunque el hueco tiene que ser el mismo, el interior se le antoja más amplio, seguramente debido a la luz. En un truco extraño de la memoria, el espejo le devuelve la imagen de sí mismo, a los once o doce años, en las escasas ocasiones en que fue a ese piso. Recuerda su propia desazón infantil ante el desorden, los platos acumulados en la cocina y la ropa que rebosaba del barreño en medio del pequeño comedor; la incoherencia de una madre que dormía a media tarde o, a veces, si estaba despierta, se comía a su hijo a besos, presa de una felicidad exagerada. Recuerda también la tensión que cercaba el hogar a medida que anochecía, cómo Juanpe lo urgía a marcharse antes de que se produjera la llegada de su padre y la mirada de temor del niño al oír la amenaza de la llave en la puerta.

Víctor lo revive todo en unos segundos y toma aire antes de salir al rellano. El desasosiego que llevaba consigo se acentúa al atisbar el recibidor oscuro, del que emerge un penetrante olor a tabaco. Tose sin querer y permanece en el umbral, vacilante, hasta que alguien enciende la luz.

—Ya creía que no vendrías —le dice Juanpe desde el otro extremo del breve pasillo—. Me alegro mucho de verte.

Y, a pesar de los kilos de más, de las facciones flácidas

que de nuevo le cuesta relacionar con las de aquel crío escuchimizado y nervioso, Víctor percibe en esa sonrisa de bienvenida un afecto genuino que ha perdurado, en contra de toda racionalidad, a lo largo de los años. Es esa falta de lógica la que lo intranquiliza, porque está casi seguro de que, si los papeles pudieran intercambiarse, él no sentiría ese cariño. O quizá sí: tal vez, tantos años después, la balanza se incline hacia el lado de los buenos momentos compartidos, de las risas, de los Tigres de Malasia y del verano que pasaron juntos en el pueblo. Se aferra a todo eso, él también, para borrar lo que llegó después.

Acepta una cerveza y ambos entran en el minúsculo comedor, casi vacío a excepción de una pantalla de televisión gigantesca, incongruente, y un sofá que va de pared a pared. Pegada a él hay una mesita que, a juzgar por las migas y los rodales de vasos, debe de usarse para comer.

Juanpe se deja caer en el sofá y lo invita a hacer lo mismo; por suerte, es lo bastante grande para acogerlos a ambos y mantener las distancias. Víctor va a sentarse, con la lata de cerveza en la mano, pero antes se afloja el nudo de la corbata. Hace demasiado calor allí dentro y el olor a colillas muertas se le incrusta en la garganta.

—¿Te importa si abro un poco el balcón? —pregunta, y no espera respuesta para hacerlo porque en verdad necesita aire: no había sabido hasta ahora lo que es la claustrofobia.

Se queda de pie, agradeciendo el manotazo frío que lo hace reaccionar, mientras Juanpe enciende un cigarrillo. No quiere sentarse. De hecho, siente la necesidad de controlar la situación y permanecer en pie le ofrece, al menos, esa ilusión. Iniciar la conversación es otro truco para dominar el ambiente, eso lo sabe bien, y por eso afirma:

—No habría reconocido el barrio. Me he retrasado un poco porque me he entretenido en dar una vuelta. Pasé por donde vivíamos nosotros... ¡Dios, los bloques son los mismos pero el entorno es completamente distinto!

No miente, o al menos no del todo. Mientras descendía por la avenida de San Ildefonso, repleta de carteles electorales y luces navideñas, tuvo la fuerte impresión de estar pisando esas calles por primera vez. Cierto es que habían transcurrido más de treinta años y que, sin haber pensado mucho en ello, estaba preparado para los cambios, para esa abrumadora sensación de novedad. A medida que caminaba, sin embargo, su ánimo fue variando. Abandonó la avenida principal y se internó por las calles adyacentes, mejor iluminadas de lo que las recordaba: esa luz daba a los inmuebles un aspecto más cuidado, más vistoso, menos obrero, aunque, si mirabas con atención, los edificios seguían allí, idénticos, meramente disfrazados por algún parterre que dotaba a la zona de un punto de verdor falso. No había niños jugando al fútbol en su antigua calle ni señoras en bata llamándolos desde las ventanas. Lo único que le resultó familiar fue la imagen de cuatro ancianos sentados en un banco, desafiando el frío y el aburrimiento, que podían haber estado en el mismo sitio desde que él abandonó el barrio. Fue entonces cuando se dio cuenta de que, en realidad, estaba asistiendo a una especie de *remake* de una película que ya había visto: el fondo, lo más sustancial de la historia, seguía incólume a pesar de los esfuerzos del nuevo director por actualizarlo, por aportarle otra tonalidad y, sobre todo, por asignarle un reparto distinto, más internacional. La inmigración latina y magrebí representaba ahora los papeles principales. Tardó un poco en localizar el antiguo piso de su familia y se preguntó quién viviría en él. Desde la calle se veía vacío: las macetas con geranios que su madre tenía en el minúsculo balcón (apenas una ventana alargada con alféizar) habían desaparecido. Recordó lo orgullosa que estaba de ellas, el mimo con el que las atendía, como si estuviera cuidando de un pequeño y exquisito jardín. Tengo que quedar con ella, se repitió por enésima vez desde su llegada a Barcelona, a pesar de que cualquier encuentro con su madre le dejaba siempre un regusto en la boca de reproches no pronunciados que luego le agriaban el estómago.

—Hace mucho que no venías por aquí —replica Juanpe con una débil sonrisa—. Nosotros hemos cambiado más que estas calles. Tú para bien, otros no tanto.

Víctor asume el reproche implícito sin responder. Espera que el encuentro no se convierta en una letanía de victimismo y lugares comunes, una escena de película de las cuatro de la tarde entre el triunfador y el desgraciado, pese a que pueda estar satisfecho del papel que el destino le ha otorgado en ese reparto.

—La vida da muchas vueltas. Uno nunca sabe cómo acabará. —Se arrepiente al momento de haber usado una frase hecha, un comentario tan falso como los parterres de las calles.

—Todos acabaremos igual. —La sonrisa de Juanpe se hace más amplia—. El final ya lo sabemos, lo que importa es lo que nos pase en medio.

—Bueno... —Víctor da un trago antes de continuar y busca mentalmente un terreno donde sentirse seguro—. No nos pongamos trascendentes. Perdona que no haya venido antes, pero no puedes imaginarte la cantidad de trabajo que tengo estos días.

—No. De hecho, no puedo.

—Ya. ¿Te han llamado para lo del aparcamiento? —Víctor sigue forzando un tono enérgico, eficaz y controlado—. Si no lo han hecho aún, dales unos días. Andamos desbordados con la contratación de personal.

—Claro, claro. No... no te preocupes por eso. No quería hablar contigo para pedirte trabajo.

—Entonces ¿qué es lo que quieres? —No puede evitarlo: una brusquedad indeseada se le cuela en la voz—. No tengo mucho más que ofrecerte.

Juanpe lo mira, y en sus ojos no brilla ya el menor atisbo de nostalgia sino algo más indefinible que alguien podría calificar de dolor contenido. Apaga el cigarrillo antes de hablar, como si necesitara tiempo para ordenar sus pensamientos. Víctor contempla el gesto, expectante, y repara en el aspecto de su amigo. El chándal manchado, esa mirada que no llega a enfocar del todo, las uñas sucias... Por primera vez se da cuenta de que hay algo raro en esas manos: a ambas les faltan los meñiques y en su lugar queda un pequeño muñón que deforma la curva natural. No puede dejar de mirarlas, la imagen le repele y atrae a la vez; por un instante piensa en el dolor de la amputación y se lo imagina en carne propia. Se pregunta qué extraño accidente pudo ocasionar esas pérdidas simétricas y la cerveza le provoca un vuelco en el estómago.

Juanpe murmura algo para sus adentros, y es ese murmullo lo que saca a Víctor de su ensoñación malsana. Desvía la mirada hacia la calle: una joven rubia se ha detenido bajo el gran foco de la farola.

—¿Sabes que siguen viviendo en el barrio?

La pregunta de su amigo coge a Víctor por sorpresa.

—¿Quién?

—Los Vázquez. ¿Quiénes van a ser? La antigua papelería es ahora una peluquería. La lleva la hija. Miriam se llama, creo recordar.

Víctor traga saliva, busca algo que decir mientras sigue observando a la chica, pero ya ha entrado en el portal.

—¿De verdad tenemos que hablar de eso?

—¿De verdad crees que tenemos algo más de lo que hablar?

No, por supuesto que no, piensa Víctor. Y de repente

decide lanzarse contra el tema, destruirlo con la fuerza de su voluntad y sepultarlo para siempre.

—Muy bien. ¿Qué es lo que quieres? ¿Que te pida perdón por algo que pasó cuando éramos unos chavales?

Juanpe parece sorprendido. Su rostro abotargado demuestra un asombro genuino que pilla a Víctor desprevenido.

—¿Perdón? ¿Perdón por qué? Voy... voy a por otra birra. ¿Quieres una?

—Aún no me he terminado esta. Juanpe, a lo mejor no deberías beber más.

Oye el bufido del otro.

—Seguro que no —le responde de espaldas mientras se aleja—. Quizá tú sí deberías tomarte otra.

Son sólo unos segundos los que tarda en reaparecer, pero en ese brevísimo lapso de tiempo Víctor ha decidido zanjar el tema y no espera a que su interlocutor se siente para abordarlo.

—Si no buscas que te pida perdón, ¿qué diablos quieres, Juanpe? ¿Desenterrar eso que sucedió hace años? ¿Que nos flagelemos el uno al otro con reproches y sentimientos de culpa?

No hay peor sonido que la risa amarga de un posible demente. Juanpe se ríe haciendo muy poco ruido, como si fueran sus tripas las que se carcajearan.

—¿Culpa? Víctor, por Dios, estás hablando conmigo. ¡No me digas que te has sentido culpable alguna vez de lo que hicimos!

Es una frase tan dura que Víctor tarda un rato en comprenderla del todo. Su mano se dirige hacia la puerta del balcón y la cierra, aislando el interior de un mundo que, si hace unos minutos le parecía necesario para respirar, ahora se le antoja taimado e indiscreto. Porque no puede negar que lo que Juanpe acaba de decir es un hecho cierto: una verdad sobre sí mismo que debe permanecer a buen recaudo, en ese interior polvoriento y asfixiante.

—No. Supongo que no. Sé que no debimos hacerlo. Mi cabeza dice que estuvo mal. Pero...

—Pero no te sientes culpable. —Juanpe hace una pausa; aún no se ha sentado y asiente con la cabeza, mirando de reojo a un rincón oscuro y vacío—. Yo tampoco. De hecho, cuando pienso en él aún lo odio. Me acuerdo de las veces que ese cabrón me insultó, de sus hostias, del puto miedo que me agarraba de los huevos cada vez que me cruzaba con él.

Víctor también lo recuerda. Cierra los ojos y ve, como si estuviera sucediendo ahora, la cara entre irónica y enfurecida de Joaquín Vázquez. El Cromañón. Aquel chaval corpulento y cruel que convirtió la vida de Juanpe en un infierno.

—Hice... hice lo que pude para ayudarte —susurra—. No sirvió de mucho.

—Al final sí —afirma Juanpe con una sonrisa—. Le dimos su merecido. No, no te pongas estupendo conmigo. Ambos sabemos que es así.

—Nunca pretendimos matarlo.

—Es verdad. Ni tampoco lamentamos que muriera. También es así.

—Éramos unos críos. —Es una excusa débil, la misma que oyó cien mil veces antes de olvidarlo todo. Cosas de críos. Un accidente. El chaval se dejó llevar. Hay que pasar página.

—Bueno, si nos atenemos a la verdad, él también lo era. Tenía sólo dos años más que nosotros.

—En el fondo fue... fue un accidente.

—¡No! No me vengas con cuentos, Víctor. Aquí estamos solos tú y yo, como aquella tarde en la que planeamos darle una lección porque ya no podíamos aguantarlo más.

—No queríamos matarlo —repite Víctor en voz baja, y al hacerlo se da cuenta de lo débil que es esa excusa.

Juanpe se acerca a él y apoya en su hombro una de sus manos mutiladas.

—¿Sabes cuál es la diferencia entre nosotros, Víctor? ¿Aparte del traje que llevas, y tu empleo, tu familia y tu vida donde sea de Galicia? A ti te permitieron olvidar lo que habías hecho. A mí me lo recordaron todos los días durante años, así que he tenido tiempo de pensarlo bien.

Hace mucho que Víctor no siente verdadera tristeza. No ha sufrido grandes pérdidas en la vida: sus padres aún viven, su hija ha gozado siempre de buena salud, nadie cercano ha padecido nunca un daño irreparable. Ahora tiene que hacer un esfuerzo para contener el pesar, no ante el Juanpe actual sino ante aquel crío asustado que cargó con la culpa de ambos.

—Debí... debí haber dicho algo.

—No, Víctor, no. —Juanpe menea la cabeza, aunque su mano aferra el hombro del otro con más fuerza—. Los Tigres no se delatan. Yo callé por ti. Me comí el marrón entero por los dos.

—¿Por qué lo hiciste?

—¿Ya no te acuerdas? Eras mi amigo. El único que he tenido nunca. Por eso me he alegrado tanto de volver a verte. Por eso necesitaba hablar contigo. —Juanpe acelera la voz—. No quiero un empleo, aunque no me vendría nada mal. Ni dinero. Ni nada. Sólo quiero que nos veamos, que hablemos...

—No quiero hablar más de eso, ni contigo ni con nadie.

—¿Es que no lo entiendes? —grita—. Eres el único que estaba allí. Víctor, he tenido una vida de mierda. Mira a tu alrededor, mira dónde estoy. Hay muchos días en que lo único que me impide saltar por esa puta ventana es pensar en aquel cabrón y en lo que le hicimos.

—No. —Víctor se separa del otro, el torbellino de simpatía y compasión que lo arrastró hace apenas un minuto se rompe ahora, como si de repente hubiera aterrizado en tierra firme—. Puedo aceptar que no tengamos remordimientos, lo cual no nos hace mejores personas en absoluto, pero no vas a convencerme de que me sienta orgulloso. ¡Matamos a alguien, Juanpe! Lo único... lo único sensato es olvidarlo.

—En cambio yo sólo vivo para recordarlo. Pero no puedo.

—¿Qué quieres decir?

La expresión de Juanpe adopta un tono suplicante, casi desesperado. Le tiembla la mano y la cerveza se derrama sobre el suelo.

—Me acuerdo de cada una de sus palizas. Me acuerdo de esa vez en que se meó en el suelo y me hizo lamer su orina. Me acuerdo del pánico que tenía cada tarde, al salir del maldito colegio, porque sabía que él me esperaba. Me acuerdo de que intentaste defenderme en alguna ocasión y oigo el sonido de las hostias que te dio. Recuerdo todo eso. Todo. Al detalle.

Víctor asiente. Acaba de descubrir que el odio tiene mucha más memoria que el amor; en algún lugar de su cabeza o de su corazón seguía ardiendo una llama diminuta que el discurso de su viejo amigo ha logrado avivar. Por un instante se regodea en esa corriente agria que viene cargada de humillaciones, de golpes, de miedo. Sí, odió a Joaquín Vázquez. Y probablemente si ahora lo tuviera delante le partiría la cara de un puñetazo.

—¿Lo ves? Tú también lo recuerdas. —Juanpe jadea, y durante un momento Víctor teme que vaya a sufrir un infarto o algo parecido—. Tienes que acordarte también del final.

—¿Del final?

—Del día en que nos lo cargamos. En mi cabeza sólo hay imágenes sueltas. El terraplén. La obra. La huida.

Y entonces Víctor se da cuenta de que también a él le sucede algo parecido. Han transcurrido treinta y siete años de olvido voluntario y ahora, por mucho que lo intenta, sólo puede pensar en la tensión de la espera: se ve con Juanpe, apostados, listos para atacar, y luego huyendo a la carrera, cuando ya Joaquín Vázquez era un monigote derribado en un hoyo de tierra. En medio queda un barullo incoherente y un montón de ruidos sordos.

—¿Qué más da? Le dimos una paliza y murió. No hay mucho más que recordar.

—Sí lo hay. Al menos para mí. Fue el único momento de mi vida en que me sentí bien.

—No. No pienses así. Fue un error. Espera… —Víctor busca las palabras, revuelve en su conciencia para encontrar la manera de expresar lo que siente—. Deja que me explique. Ese chaval era un cabrón, los dos lo sabemos. Se merecía que alguien le parara los pies y eso hicimos. Tuvimos mala suerte, todos, y él… él murió. Eso cambió nuestras vidas. Pagaste por ello un precio mucho más alto que yo, y no sabes cuánto me gustaría poder compensártelo, pero no puedo.

—¡Entonces sé mi amigo, hazme este favor! ¿No entiendes que todo lo demás me da igual? Sólo quiero ser capaz de revivir qué pasó aquel día: recordar quién le dio el primer golpe, cómo cayó… No te imaginas lo horrible que es esforzarse por recordar algo que hiciste y no lograrlo.

—Estás enfermo, Juanpe. No voy a seguirte en esto. Si es lo único que quieres de mí, será mejor que me marche.

La conversación cesa en seco. Víctor ha sido lo bastante contundente para poner un punto final y definitivo que en realidad, sin embargo, es apenas una coma, un momento de silencio en el que ambos replantean sus posturas.

—¿Cómo te hiciste eso en las manos?

—¿Los meñiques? —Juanpe menea la cabeza—. Es una larga historia.

—Escucha... —Víctor piensa despacio lo que va a decir, porque teme que será uno de esos ofrecimientos de los que tendrá que arrepentirse—. ¿Por qué no empezamos por ahí? ¿Por qué no nos contamos lo que nos ha pasado en estos años?

—La mía no ha sido una vida bonita.

—Ninguna lo es. Los amigos están para todo, ¿no crees?

Juanpe asiente antes de volverse de repente hacia el sofá, como si hubiera oído algo allí. Hace un gesto despectivo con la mano y se rasca la nuca con fruición. Le queda poco cabello, y aun así su cabeza pide a gritos un corte decente y un lavado a fondo.

—Tienes razón. Creo que tendré que resumir mucho. Y hay cosas que no te van a gustar.

—¿Me traes otra cerveza? Ahora sí que me apetece.

—Claro.

Calla un par de segundos en los que esos ojos hundidos y apagados, devorados por unas bolsas inmensas, concentran una expresión de súplica que Víctor sólo recuerda haber visto años atrás, en una perrera, cuando él y Mercedes fueron a buscar un cachorro para su hija. Habían deambulado por el lugar, consternados ante las caras implorantes de los animales, y finalmente habían vuelto a casa deprimidos, porque escoger uno y dejar a los otros les resultaba aún más injusto. Terminaron comprando uno en una tienda de mascotas donde todos parecían felices. Se da cuenta de que Juanpe ha empezado a hablar.

—No he tenido otro amigo como tú. Nunca. En todo este tiempo, y...

—¿Sabes una cosa? —Víctor lo corta porque de repente es consciente de que ese hombre necesita unas palabras de apoyo, aunque no sean del todo ciertas—. Si te soy sincero, creo que yo tampoco. Ha habido colegas, compañeros, algún amigo íntimo, pero con nadie he compartido lo mismo que contigo.

Juanpe sonríe, agradecido, y Víctor decide aprovechar el momento para imponer su voluntad.

—Prométeme que dejaremos el otro tema aparcado. —Es casi una orden, algo que Víctor ha aprendido a hacer: mandar y rogar a la vez—. Al menos de momento.

—Sí. Sí, de verdad. Te lo juro. Como quieras. Sólo... sólo... ¿Me dejas que te haga una última pregunta? No, no es sobre aquel día, te lo prometo. Es otra cosa. Algo que me volvió loco un tiempo y que luego pensé que no importaba, y ahora... Bueno, ahora de vez en cuando me vuelve a la cabeza.

—Juanpe...

—Por favor. Es de después, de cuando ya todo había pasado. —Carraspea y coge aire, como si no se atreviera a pronunciar las palabras que tiene en la cabeza—. Cuando vinieron a por mí, aquí, a casa... Llegó la Guardia Civil. ¿Te imaginas? Con doce años, joder... Entonces me dijeron que alguien me había visto hacerlo. Tu nombre... tu nombre nunca surgió. Luego supe que te habían enviado al pueblo después de Navidad, y que te habías quedado a vivir con tu abuelo.

Víctor comprende de repente lo que el otro piensa y por primera vez, en toda la conversación, da un paso atrás y agarra a su amigo con firmeza por los hombros.

—Yo no abrí la boca. Mi padre entró en mi cuarto y me dijo que sabía lo que habíamos hecho y que lo mejor era que cambiara de colegio. Cuando pregunté por ti me respondieron que no me preocupara, que el tema estaba arreglado. Todo pasó muy deprisa, estábamos en plenas vacaciones de Navidad y recuerdo que ya pasé el día de Reyes en Montefrío.

—El juez me dijo que un compañero de colegio me había delatado. Quizá mentía... Vete a saber.

—No fui yo. En esto tienes que creerme. No supe qué te había pasado hasta meses después. Un día le pregunté a mi abuelo por qué no podía volver aquí, a casa... Él me explicó que si lo hacía acabaría en un correccional, como tú; que habían logrado salvarme con la condición de que me quedara en el pueblo y no regresara nunca. Pensé que era una especie de destierro, como el que nos explicaban en Sociales. Yo no te habría delatado nunca, eso lo sabes, ¿verdad? Ni a cambio de salvar el pellejo.

Juanpe lo mira y sonríe. No es un gesto agradable, es más bien una mueca que busca complicidad sin demostrar alegría.

—Si no fuiste tú, ¿quién lo hizo? ¿No sientes curiosidad? ¿No te gustaría saber quién diablos se fue de la lengua?

Y es el rencor acumulado durante casi cuarenta años que desprende esa frase lo que hace que Víctor sienta de nuevo la necesidad urgente de escapar; de respirar otro aire que no esté enrarecido por el humo y la rabia. No puede evitarlo: huye murmurando apenas una excusa y ni se molesta en esperar el ascensor. Baja corriendo los seis pisos hasta alcanzar la calle, que, a pesar de la soledad nocturna, se le antoja un refugio seguro. Un lugar por el que caminar dejando el pasado atrás.

SEGUNDA PARTE

La araña sostiene un ovillo de plata

7

Ciudad Satélite, años setenta

Esta no es sólo la historia de un crimen infantil, las rencillas de unos niños que desembocaron en una tragedia. Para ser justo, debo asumir también que es la crónica de una infancia, de una época, de unos adultos que resolvieron el tema atendiendo más a cuestiones de amistad que de justicia, y de unos chavales, incluido yo, que nos dejamos llevar por emociones tan básicas como la lealtad, la venganza o el miedo. Supongo que nosotros teníamos la disculpa de la edad, aunque no puedo decir con franqueza que no supiéramos distinguir entre el bien y el mal. Al menos yo, Ismael López Arnal, testigo y ahora narrador de esta historia que empezó a mediados de los años setenta y cuyo verdadero final aún me resulta desconocido.

Quizá os suene extraño, pero para alguien como yo, que se dedica a inventar y escribir historias, enfrentarse a la tarea de contar un hecho real es fascinante y a la vez terrorífico. Temo sobre todo no estar a la altura, porque a pesar de que conozco la verdad, seguramente mejor que sus propios protagonistas, también soy parte implicada en el asunto. Sé lo que vi, lo que conté; sé también cuándo mentí y por qué lo hice, y quiero que este texto, que nunca verá la luz, sea tan sincero como sus protagonistas se merecen. Al menos les debo eso, a todos: a ellos, a sus padres, a los míos, al barrio en general. Y ahora que la historia ha vuelto a empezar, después de una pausa de casi cuarenta años, es más importante que nunca explicar bien el pasado, los orígenes de un crimen cuyas consecuencias se extienden hasta hoy como ramas torcidas de un árbol de raíces secas.

Si cualquier muerte es capaz de cambiar las vidas de su entorno, el homicidio de un niño de catorce años a manos de dos de sus compañeros de clase extiende ese influjo perverso a todas las familias que se vieron implicadas. Víctimas y verdugos se confunden, la justicia se distorsiona y el futuro de todos se altera sin remedio. Nada fue igual para los Vázquez, la familia del niño que murió, pero tampoco para los Zamora o los Yagüe. Creo que los únicos que seguimos adelante como si nada hubiera sucedido fuimos nosotros, sobre todo porque mi papel se limitó al de testigo mudo primero y chivato de turno después, y ambas cosas suelen quedar ocultas. Lo sabía yo, y también mis padres, y el señor Suárez, nuestro profesor y tutor, y siempre he pensado que alguien más pudo sospecharlo. No voy a decir que esa delación convirtiera mi vida en un infierno de culpas, no sería cierto. Sin embargo, lo que sí puedo afirmar es que aún ahora, treinta y siete años después de aquel anochecer de diciembre, a veces, cuando no puedo conciliar el sueño, vuelven a mi memoria los escenarios y los personajes, y me desvela la comezón de haber faltado a una de las reglas básicas de mi infancia. Si los impíos tenían un lugar reservado en el infierno, los chivatos merecían arder lentamente en él, abrasarse en el fuego de la penitencia, durante toda la eternidad. Lo habíamos aprendido en la calle, que es donde se aprenden las cosas importantes, las que sirven para algo. Y quizá sea por ahí por donde deba empezar, por las calles que formaban el paisaje de mi infancia. Las calles y los habitantes de la Ciudad Satélite.

Supongo que cada pueblo, cada colectivo o, en nuestro caso, cada barrio genera unos líderes. Una especie de realeza cercana, cotidiana y tangible, personas de carne y hueso, trabajadores como los demás, tocados con un halo indefinible que los hace destacar de la mediocridad restante. Resulta difícil explicar la combinación de valores —belleza o sensualidad, seguridad en sí mismos, modernidad y elegancia— que desprenden, o por qué algunos seres dotados de los mismos atributos provocan sólo envidia y otros franca admiración. Creo que la diferencia radica en la intencionalidad de esa luz propia: los segundos brillan por sí mismos, ajenos al hechizo que causan en los demás, mientras que los primeros se obligan a destacar movidos por un deseo egoísta de ser deseados, queridos o imitados.

En cualquier caso, si en la década de los setenta alguien hubiera preguntado por los Yagüe en las inmediaciones de la Ciudad Satélite, todos habrían sabido darle razón de ellos; y si esa persona hubiera insistido, pidiendo referencias, se habría encontrado con un alud de opiniones elogiosas, algo más infrecuente de lo que parece en un mundo donde se criticaba a menudo, se cotilleaba bastante y se exageraba hasta el absurdo. Quizá esa exageración se aplicaba también a Emilio Yagüe y Anabel Llobera, a sus hijos (Víctor, Javier y Emilio, porque la niña, Ana, nació más tarde, en marzo de 1979, cuando ya la familia había perdido ese resplandor característico), y sin embargo, en su momento álgido, cuando yo los recuerdo, incluso los más recalcitrantes habrían asegurado que los Yagüe eran ejemplares de pura raza, buena gente en la que se podía confiar. Como decía, eran un poco nuestros príncipes escogidos. En los albores de la democracia, el modelo familiar a seguir debía incluir una serie de elementos modernos sin excesos, avanzados mas nunca alarmantes. Y los Yagüe los tenían, seguramente sin proponérselo y sin darse demasiada cuenta de ello, lo cual, todo hay que decirlo, aumentaba ese encanto natural.

No podemos obviar el físico, al menos no en ellos, ya que los cinco miembros de la familia (había primos, tíos, padres y abuelos, pero estos no les hacían sombra) eran, cada uno a su manera, únicos y atractivos. Apenas recuerdo al hermano pequeño, así que sólo puedo hablar de los otros cuatro y confiar en mi memoria, en las escasas fotografías que he sacado de los álbumes familiares y en los comentarios de mi madre, buena amiga de Anabel Llobera en su época y defensora suya incluso en sus momentos más controvertidos, cuando pasó de ser la esposa perfecta a convertirse en una fulana facha y traidora.

Pero quizá sea mejor empezar por el cabeza de familia, por Emilio Yagüe Bernal, el Sandokán, como lo llamaban algunos. Ni siquiera las fotos descoloridas ni la estética de aquellos años (con los pantalones ajustados con pata de elefante, las camisas prietas y abiertas siempre un botón más de lo necesario, las patillas pobladas a lo bandolero cordobés) consiguen ocultar del todo su atractivo. Sin duda se daba un aire a Kabir Bedi, el actor de fama espuria que lideraba una banda de piratas, sobre todo en el corte del rostro, en los ojos verdosos y en los gestos agrestes, felinos, que evocaban los de un gato montés. Era, como se diría ahora, un hombre de verdad, pero su mayor atractivo residía en que, aunque exudando masculinidad por todos sus poros, en las distancias cortas se mostraba siempre cordial, muy cariñoso con los ancianos y juguetón con los críos. Un granadino serio sin ser *malaje*, moreno y recio como un jornalero del campo, y con una risa que los adultos solemos perder: torrencial y contagiosa. Había nacido en Montefrío en 1943 y cuando acabó el servicio militar, en la región de Huesca, ya no volvió al calor del pueblo. Poco después de instalarse en la Satélite, primero viviendo en casa de su hermano mayor, que había emigrado de Andalucía unos años antes, conoció a Anabel Llobera y en cuanto pudo alquilar un piso propio cerca de la Torre de la Miranda se casó con ella.

Lo recuerdo participando en nuestros partidos de fútbol, en una época en que los padres no solían jugar con sus hijos (así eran las cosas entonces: los niños nos perdíamos en la calle para no incordiar a los adultos), cambiando de equipo a la mitad del encuentro en aras de la imparcialidad, y sus celebraciones cuando cualquiera de los jugadores marcaba un gol. Lo mejor de Emilio Yagüe era que en esos momentos se divertía tanto como nosotros y que, al mismo tiempo, no le costaba nada regresar a su papel de adulto y zanjar una pelea o una entrada poco deportiva con una mirada y un chasqueo de los dedos que no dejaban lugar a dudas sobre sus dotes de mando. Víctor siempre decía que su padre nunca le había puesto la mano encima, algo bastante raro en esos años, pero al verlo actuar se comprendía: simplemente no le hacía falta. Poseía esa autoridad natural que suele asociarse a la gente que manda poco y bien, y casi todos le habríamos obedecido sin rechistar sólo por no contrariarlo.

Pondré un ejemplo que quizá explique del todo por qué los críos adorábamos a Emilio Yagüe y lo habíamos convertido en nuestro Sandokán particular, en el defensor de nuestras causas, generalmente perdidas. Sucedió cuando cursábamos quinto de EGB, un par de años antes de los acontecimientos de 1978. Nuestro profesor entonces era un viejo medio sordo, con ínfulas de coronel, que se encontraba al borde de la jubilación y que, eso lo veo ahora, contaba con desesperación los días que le faltaban para llegar a ella. Don Eduardo, se llamaba. Era un maestro de la antigua escuela, poco permeable a los cambios que ya empezaban a recorrer las aulas como una brisa fresca. Apenas se relacionaba con sus nuevos colegas, más jóvenes y modernos, y solía imponernos una ingente cantidad de ejercicios que debíamos realizar en el más absoluto silencio mientras él escribía en un cuaderno (se rumoreaba que estaba enfrascado en una serie de novelas, y, a juzgar por los años que llevaba metido en la tarea, según algunos alumnos mayores, podría haber escrito ya una réplica de los «Episodios nacionales» de Galdós), leía el periódico o, sobre todo por las tardes, dormitaba en su silla. Fue durante una de esas siestas, ya en el perezoso y eterno mes de mayo, cuando alguien, no recuerdo quién, armó tal barullo que acabó despertándose, con el consiguiente malhumor. Don Eduardo no era un hombre de físico imponente, no pasaba del metro sesenta y tenía un cuerpo bastante raquítico —el nudo de la corbata parecía bailarle siempre a medio palmo del cuello y tenía que ceñirse los pantalones con un cinturón que apretaba hasta el límite de su capacidad—, pero para unos críos de diez u once años que habíamos vivido ya alguna de sus explosiones de ira resultaba aterrador. Cuando se enfadaba, como aquella tarde, se generaba en el aula un silencio tenso, similar al nerviosismo que te invade antes del primer descenso vertiginoso en una montaña rusa: sabíamos que el peligro, en forma de reglazo, se cernía sobre cualquiera de nosotros, daba igual quién, aunque siempre había algunos que tenían más números para recibir el premio de ese sorteo. Y digo «algunos» porque, si bien en clase había niñas, a ellas sólo las castigaba de pie contra la pared o les mandaba copias; nunca, al menos que yo recuerde, les atizó con la regla en la mano. Aquella tarde, en lugar de emprenderla con alguna de sus víctimas habituales (el Moco, por ejemplo, firme candidato a collejas por todas partes), don Eduardo decidió encauzar su ira y su frustración vital contra alguien que no solía meterse en líos: Víctor Yagüe. Supongo que lo hizo porque sabía que castigando a Víctor nos demostraba a todos que nadie, ni los mejores, estaba a salvo, o quizá había intuido ya en él alguna vez un aire de desafío que su rancidad acumulada no podía dejar pasar. El caso es que lo llamó a su mesa, con la voz gangosa de quien acaba de despertarse, y cogió la pesada regla de madera que solía usar para los escarmientos públicos. La gran sorpresa llegó cuando Víctor se levantó del asiento y, en lugar de recorrer el pasillo entre los pupitres para enfrentarse al castigo, se quedó parado y preguntó, en voz alta y clara: «¿Por qué?».

Es posible que nadie hubiera retado nunca a don Eduardo, entre otras cosas porque tampoco era un bruto: te propinaba un par de golpes con la regla en la palma de la mano y te mandaba de vuelta a tu sitio, un castigo impensable hoy y no tan infrecuente en mis primeros años de EGB; así que el «por qué» de Víctor sonó tan inesperado como si el trayecto de la montaña rusa hubiera cambiado de dirección de repente, y tan atrevido para el resto de nosotros, pobres pardillos atemorizados, que por unos momentos yo, que me tenía sin serlo por uno de sus mejores amigos, pensé que se había confundido, que no había entendido lo que se esperaba de él.

Permanecieron unos instantes, maestro viejo y alumno valiente, mirándose como duelistas de un western de sábado por la tarde. Don Eduardo repitió la orden y Víctor insistió en su pregunta; así hasta cuatro veces, el tono del maestro cada vez más crispado y el del chaval, en cambio, progresivamente más y más tranquilo, como si intuyera que, fuera cual fuese el resultado final, estaba ganando una partida que ninguno de sus pares se había atrevido nunca a iniciar. Por fin, movido por una furia inusitada, don Eduardo se alejó de su mesa, blandiendo la regla como si fuera una espada de juguete, y recorrió a trompicones la distancia que lo separaba de Víctor. Este siguió de pie, y sólo yo fui consciente de que palidecía, del temblor de su labio inferior, de un balbuceo que traicionaba su miedo y que se tragó con una respiración honda. Aguantó el tipo. Siguió preguntando «por qué» cuando don Eduardo le agarró el brazo derecho y se lo extendió, cuando le aplicó la regla en la palma de la mano con todas sus fuerzas y cuando hizo lo mismo con el otro brazo y la otra mano. Fueron una docena de «por qué» que terminaron cuando el maestro comprendió que la cosa podía no tener fin y recurrió a su sordera ante el último, que, todo hay que decirlo, Víctor ya pronunció casi en un susurro.

Habría sido nuestro héroe del día, de la semana y de lo que quedaba de curso si al día siguiente no hubiera sucedido algo tan inaudito que dejó la escena anterior reducida a la categoría de preámbulo emocionante. A media mañana, vestido con el mono de Cláusor, la fábrica donde trabajaba (junto con mi padre y muchos otros progenitores del barrio) apareció en el aula Emilio Yagüe. En aquellos tiempos ver a un padre irrumpir en una clase nos chocó tanto como si Luke Skywalker hubiera entrado por la ventana armado con una espada láser. Emilio no era Luke, y en 1976 aún faltaba un año para que los españoles conociéramos al héroe galáctico, pero tampoco necesitaba más *fuerza* que la de su hombría. Avanzó decidido hacia el maestro, que de entrada ignoraba quién era, y le dijo, con voz serena y ese acento granadino de vocales abiertas que nunca llegó a perder: «Ayer usted castigó a mi hijo. Y hoy he venido a preguntarle lo que no quiso decirle a él. ¿Podría usted explicarme por qué, si me hace el favor?».

Don Eduardo boqueaba como un pez, sin atinar a dar una respuesta que, en el fondo, no tenía. Para él, los castigos eran siempre justificados por definición, y no requerían excusas ni explicaciones. Tampoco iba a decir que había escogido a Víctor al azar, o, aún peor, porque un ruido en el aula de origen indeterminado lo había despertado de la siesta. Creo que tampoco pudo sustraerse a esa autoridad natural que emanaba de Emilio Yagüe y aceptó enseguida que no había as en la manga que resolviera esa partida.

Entonces, ante la falta de respuesta, el padre de Víctor dio un paso más, cogió la maldita regla que reposaba en la mesa del profesor y, volviéndose hacia nosotros, la partió en dos contra su rodilla en un gesto tan contundente y poderoso que todos empezamos a aplaudir. Cortó nuestro entusiasmo con un chasquido de los dedos y se volvió hacia el maestro. «Si alguna vez mi hijo le falta al respeto o se comporta malamente, me avisa usted y le juro por la memoria de mi madre que yo me ocupo. Pero esto... —añadió señalando los dos pedazos de madera—, esto ya pasó a la historia. Como su querido Caudillo.»

Y aquí los aplausos ya fueron incontenibles, abrumadores. En medio del alborozo general miré a Víctor: era el único que no parecía contento, como si esa actuación de su padre, que a sus compañeros nos llenaba de orgullo, a él le avergonzara ligeramente. Emilio se encaminó hacia la puerta y, antes de salir, se dirigió a nosotros con más frases que todavía recuerdo como si las estuviera oyendo ahora: «Y ustedes menos aplaudir y más estudiar, que lo que quieren algunos es que no salgan de burros para así seguir tratándolos a palos. Aquí hoy se acabaron los palos, pero si no dejan de ser burros la vida se los dará igualmente».

Con el rabillo del ojo observé a Víctor, el único que en lugar de estar pendiente de su padre tenía la atención puesta en otra persona. Seguí la línea invisible que marcaba su mirada y comprendí la razón. Parapetado tras su mesa, don Eduardo parecía haber menguado de repente y las arrugas de su cara resultaban más visibles que nunca. Cabizbajo, más menudo que nunca dentro de su traje, sus hombros hundidos transmitían una patética sensación de vejez, de incomprensión absoluta ante un presente que se rebelaba contra él demostrándole que su lugar se hallaba en un pretérito muerto y enterrado. De hecho, don Eduardo cogió la baja al día siguiente y una sustituta joven, risueña y adornada siempre con un largo fular de vivos colores con el que jugueteaba mientras nos daba la lección ocupó su puesto hasta el final de curso. Ya no volvimos a verlo ni creo que nadie lo echara de menos.

Si Emilio Yagüe era nuestro Sandokán particular, y uno de los líderes sindicales de la fábrica donde trabajaba, nadie dudaba de que su esposa, Anabel, no sólo se hallaba a su altura sino que en porte y cultura general lo superaba de lejos ya que había cursado hasta el bachillerato, un hito infrecuente en un ambiente donde las mujeres habían estudiado poco y mal. La diferencia entre Anabel y el resto de nuestras madres, incluida la mía, que apenas sabía leer, es que ella había nacido en Barcelona, en el barrio de Sants, la tercera de las cuatro hijas de un catalán medio gitano y una jovencita de buena familia oriunda de Albacete que había ingresado en un convento de la Ciudad Condal como novicia. Los planes de entrega al Altísimo sufrieron un varapalo cuando en su camino blanco y virginal se cruzó aquel barcelonés moreno, rumboso y algo caradura. A diferencia del Señor, Llobera no le proporcionó ni un ápice de sosiego, sino más bien una vida llena de sobresaltos (infidelidades múltiples y descaradas, retornos plenos de contrición, embargos por deudas e incluso una condena de cárcel por traficar con bienes robados), pero ella nunca se arrepintió de haber abandonado el silencio monacal, ni siquiera cuando su familia le anunció por carta que no volvería a dirigirle la palabra tras haber dejado a Dios plantado en el altar. Todo eso me lo contó mi madre, que fue, como ya he dicho, una de las pocas amigas de Anabel.

Charnega de pura raza, valga la contradicción, en Anabel Llobera coincidían por un azar genético la belleza serena de su madre con la chispa alegre de la mitad gitana de sus ancestros paternos. El resultado era visible en unos ojos negrísimos, «ojos de copla», decía mi madre, que centelleaban en un rostro de piel de nácar, y en un cuerpecillo esbelto y a la vez voluptuoso. Como si se hubiera empeñado en recoger lo mejor de ambos mundos, Anabel era sensata pero no lánguida, alegre sin perder la cabeza y lista en el sentido más pícaro de la palabra. De su devota madre conservaba también una inamovible fe en la Virgen (uno de los únicos puntos de roce con su marido fueron siempre las obligaciones religiosas, que él aborrecía) y unas manos que hacían maravillas con la costura. Durante años, esas mismas manos confeccionaron los vestidos de primera comunión de la mayoría de las niñas del barrio, entre otras muchas prendas para vecinas y clientas. Cosía tan bien y copiaba con tanta gracia los patrones ajenos que en esa época debió de aportar tanto dinero a la economía familiar con sus labores como Emilio con su trabajo en la fábrica. Pero además Anabel era generosa con su talento y con su tiempo, no le importaba aprovechar cualquier retal y hacer un vestidito para la hija de alguna vecina sin cobrar por él, sólo por el gusto de ver a la chiquilla contenta; o aceptar, como habría hecho su familia paterna, un pago en especie. Así, por ejemplo, proveía a la mujer del carnicero de un traje chaqueta para una boda a cambio de llevarse, durante tiempo indefinido, los mejores cortes de carne sin pagar (filetes de potro, porque, aunque parezca mentira, la ternera era para días especiales), o conseguía casi gratis el material escolar de sus chicos vistiendo a Salud, la madre de Joaquín Vázquez, aunque, como a la hora de la verdad esta siempre refunfuñaba, Anabel acabó hartándose y mandándola, literalmente, «al carajo, por bruja».

Quizá la imagen de Anabel Llobera que tengo más grabada en la memoria, pasados los años, es la de una fiesta mayor de mediados de los setenta en la que se arrancó a bailar ante una concurrencia estupefacta. Según parece, en el origen de aquella exhibición, poco acorde con su temperamento, estuvo una prima de mi madre que había llegado hacía poco al barrio y que durante el rato previo había estado coqueteando con Emilio Yagüe un poco más de la cuenta. Anabel no dijo ni una palabra, conservó una sonrisa fría de dama paciente, hasta que comenzó a sonar la música de guitarra que debía acompañar a un cantaor. Entonces se puso de pie, abandonó en la silla el chal que le cubría los hombros, lanzó sus zapatos a un lado y se entregó a un baile que, incluso a mis ojos de niño, poseía un poderío y una sensualidad inquietantes.

Recuerdo sus pies desnudos, los muslos firmes que asomaban por debajo de un vestido amarillo con margaritas blancas bordadas. La amplia falda que ella recogía a un lado con una mano mientras la otra acariciaba el aire, embrujando a los presentes con la sabiduría de sus ancestros gitanos. El cabello oscuro, largo y ondulado, y esos ojos casi diabólicos, los ojos de Carmen la Cigarrera, arrogantes como diamantes negros. Siempre la recuerdo así, bailando para todos y sólo para uno, deseada por todos y amada sólo por uno, alardeando ante unos hombres a los que dejaba mirar pero no tocar. Entregada, en definitiva, al único a quien en ese momento esquivaba con la mirada, un castigo sutil que prometía la recompensa más dulce y jugosa si él aceptaba la reprimenda pública con estilo.

Jaleado por los amigos, Emilio no pudo resistirse a acompañarla. Intentó ser su pareja de baile, pero Anabel siguió ignorándolo con giros imprevistos mientras lucía una sonrisa voraz en sus labios de fuego rojo. Se contorsionaba como una zíngara, y al ritmo de las palmas del gentío y las cuerdas de la guitarra, taconeó con aquellos pies descalzos, haciendo volar las margaritas de la falda que parecían caer a su alrededor como ramos de homenaje hasta que Emilio, incapaz de estar a su altura y quemando por dentro, la atrapó por la cintura y la atrajo hacia sí para hacer lo que el noventa por ciento de los hombres del *envelat* soñaría esa noche y algunas otras más: besarla en los labios hasta cortarle la respiración y susurrar a su oído algo que nadie más oyó y de lo que sólo entendimos la palabra «prenda», porque nadie más que ella debía escucharlo.

Y claro, como no podía ser de otro modo, al otro lado del espectro de popularidad, tan distantes como planetas remotos del universo, estaban los Zamora. El Moco, Juanpe, y sus padres, Juan Zamora y Rosalía Cuesta. «La pobre Rosi» según los bienintencionados y «Rosi la loca» para los que tenían menos pelos en la lengua. Rosi «la que bebe», decían casi todos, bajando un poco la voz, al tiempo que dibujaban con las manos el gesto inconfundible con el que suele describirse a los borrachos.

Pobre Rosi. Incluso ahora, muchos años después, aparece ante mí como una de las víctimas más tristes de la historia, una mujer cuyo destino se vio marcado por los problemas propios y la incultura del mundo que la rodeaba. Es cierto que bebía (todos la habíamos visto haciendo eses por la calle y hablando sola); lo que no podíamos comprender entonces era que el alcohol para ella era una salida, una salvación, lo único que acallaba las voces que oía a su alrededor. Supongo que hoy en día la tratarían por esquizofrenia, o al menos por delirio paranoico, la medicarían y, cuando menos, paliarían los síntomas. En aquella época y en nuestro barrio la pobre Rosi, que contaba entre sollozos a quien quisiera oírla que había un fantasma en su casa que le hablaba, tuvo que recurrir a un remedio que la destrozó más aún: el vino barato. Era muy joven: había tenido a su único hijo, Juanpe, con apenas diecisiete años y se llevaba más de quince con su marido.

No creo que pueda ser objetivo con Juan Zamora, aunque debo admitir que para él tampoco debió de resultar sencilla la convivencia junto a una mujer como Rosi. Juan Zamora era un tipo casi analfabeto, nacido en alguna provincia de La Mancha, que había vivido en su infancia los peores años de la posguerra. Juanpe contó alguna vez que su padre había sido pastor y que de niño pasaba semanas enteras en las montañas, rodeado sólo de animales. Los del barrio, con esa ironía que los caracterizaba a veces, lo llamaban el Lobo, porque gruñía más que hablaba. En realidad, sus circunstancias no se diferenciaban tanto de las de otros adultos, y sin embargo, por la razón que fuera, esa amargura había hecho mella en él convirtiéndolo en un individuo irascible, áspero de formas y muy solitario. Lo peor, ahora lo veo, fue que, a pesar de su carácter asocial, logró ganarse de alguna manera la complicidad tácita de una amplia mayoría del barrio.

Y es que nadie entendía del todo qué diablos pasaba con Rosi. Al principio las vecinas contaban, abrumadas, que la habían encontrado sollozando en el rellano, sin atreverse a entrar en el piso donde vivía, en el bloque tres de los célebres bloques verdes. Ahí aún la compadecían, a pesar de que las enfermedades mentales eran vistas con desconfianza y nunca creídas del todo. En cambio, cuando empezó a beber, las simpatías femeninas se esfumaron como por ensalmo y lo que era una solución desesperada se convirtió, para el barrio, en la causa original de todos sus males. Y si su marido, harto de verla borracha y sucia, con la casa hecha unos zorros, terminaba sacudiéndola un poco, pues bien merecido se lo tenía.

Suena brutal y lo era. Está claro que no vivíamos en un

mundo de blandas nubes de algodón. La opinión pública dictó una sentencia sin misericordia y se puso al lado de un hombre que, aunque ceñudo y malasombra, se deslomaba trabajando, no tenía más vicio que el tabaco (que entonces no se consideraba como tal) y no se metía con nadie. Lo único que el barrio no le perdonó fue su reticencia a unirse a la huelga que tendría lugar en la fábrica a lo largo de 1978, y es que en aquellos años de luchas obreras ser un esquirol estaba mucho peor visto que maltratar a las mujeres. Incluso le perdonaron, con esa indulgencia machista que nos caracterizaba, su aventura con una que llegó al barrio un año y medio antes de la tragedia, más o menos. Nunca supe su nombre porque, para todos, era simplemente la Viuda.

Pero no adelantemos acontecimientos: en el momento en que nos encontramos, en los dos años previos a diciembre de 1978, Juan Zamora aún no conocía a la que después fue su amante, aunque ya hacía tiempo que le había perdido todo respeto a su esposa. Había otra regla no escrita que señalaba que «en las cosas de dentro de las casas nadie debía meterse», así que el mundo en general aprendió a mirar hacia otro lado cuando se cruzaba con la pobre Rosi y le veía los moratones de la cara, y los vecinos sólo se quejaban si las broncas y sus llantos les fastidiaban la siesta. De hecho, el cura de la parroquia fue uno de los pocos que intentó mediar en la situación. Ya he explicado que en aquellos años, al menos en mi barrio, la Iglesia intentaba congraciarse con los obreros, defender sus reivindicaciones, y el sacerdote, en un gesto que lo honra, se apiadó de la pobre Rosi. No es que ni ella ni su marido se dejaran caer mucho por misas ni similares, pero cuando llegó la hora de la comunión de Juanpe, y de la catequesis que la precedía, el cura, un joven progre e inexperto de la nueva escuela, se enteró de sus problemas y decidió ayudarla.

Resumiré el hecho en una línea: nunca unas intenciones tan divinas tuvieron un efecto más diabólico, al menos a corto plazo. Rosi, que en el fondo se sentía aterrorizada en su casa, empezó a acudir al templo, no a misa, sino a reuniones de beatas, mucho menos comprensivas y modernas, que no la soportaban ni por piedad cristiana. La Iglesia podía virar levemente a la izquierda, pero esas mujeres seguían siendo intolerantes hasta la desesperación. Así que, cuando se descubrió que alguien había sustraído dinero de la caja donde guardaban las colectas para las ofrendas florales a la Virgen de Mayo, tardaron dos segundos en acusarla de robar para comprarse el vino que seguía bebiendo. El escándalo fue mayúsculo y se saldó con una de las mayores palizas de Juan, a quien las malditas meapilas recurrieron para que devolviera el dinero robado y, de paso, para que metiera en cintura a la borracha de su mujer. Se dice que el día de la comunión de Juanpe, que tuvo lugar poco después de aquel odioso incidente, Rosi apareció sin maquillaje, obligada por su marido a mostrar las marcas, difuminadas pero aún visibles, de los golpes recibidos, con la teoría de que «si no has tenido vergüenza *pa* robar y *pa* beber, tampoco debes tenerla *pa* que te vean la cara». Nadie, ni el cura progre, dijo una sola palabra.

Desde aquello han transcurrido muchos años. Algunos adultos han muerto ya y esos niños del barrio nos hemos convertido en hombres hechos y derechos. Algunos hemos sido más o menos afortunados, o eso podría decirse a simple vista. Sólo uno tiene el aspecto de haber sufrido en carne propia más de lo que quiere reconocer. Quizá por mi culpa, quizá por culpa de todos. A veces uno piensa que Dios entregó al nacer a tipos como Juanpe una baraja de cartas en la que faltaban los cuatro ases.

8

San Ildefonso, Cornellà de Llobregat,
diciembre de 2015

S abe que el niñato anda por ahí, escondido en algún
rincón del piso, aunque en estos últimos días, desde la
partida brusca de Víctor, sólo se ha dejado oír por la noche. Unos días en que el humor de Juanpe ha oscilado
entre el enojo hacia su antiguo amigo y los reproches
para consigo mismo. Debería haber desistido, haber es-
trechado esa mano tendida y haber aceptado lo que Víctor podía ofrecerle en ese momento. En su lugar, se dejó
llevar por sus propias obsesiones, por los demonios que a
ratos le mordisquean las orejas con preguntas que, en realidad, ya nunca tendrán respuesta. No puede evitarlas a
pesar de que es consciente de que debería habérselas reservado para él.

Todo ello disminuye a ratos el enfado contra el otro. No
lo absuelve del todo, apenas lo disculpa un poco en algunos
momentos en que se siente más generoso. Le cuesta, además, mantener el rencor vivo contra él. Siempre le ha resultado casi imposible, lo cual no es óbice para que la mayor
parte del tiempo no se repita que Víctor se merece un susto,
algo que lo atraiga de nuevo hasta ese piso. Algo que le

haga comprender que el pasado ha vuelto de verdad y no piensa irse sin obtener al menos una pequeña satisfacción.

Anda pensando en eso durante los pocos momentos en que baja a la calle a por cigarrillos, cerveza o algo de comer. Juanpe no es un tipo maquiavélico: las ideas se le atascan en el cerebro sin avance ni retroceso, como bolas negras de billar. Le ha sucedido desde la infancia: en muchas ocasiones, en clase, durante la larga explicación del maestro, su mente se quedaba enganchada a una palabra que desconocía y cuyo sonido le resultaba atractivo. Palabras como «alegato», «rudimentario» o «aranceles». Las repetía para sus adentros, paladeando las sílabas, mientras buscaba asociaciones con otras que ya sabía. Tenía el viejo diccionario Iter prácticamente hecho trizas en esa investigación constante sobre significados y grafías. Mientras se enfrascaba en ello perdía por completo el hilo del discurso, de manera que cuando llegaba el momento de responder preguntas o realizar ejercicios no sabía ni por dónde empezar. Los que tratan con él ahora lo saben: a Juanpe hay que darle órdenes concretas, absolutamente precisas e inequívocas, y dejar poco margen para la improvisación.

Tengo que conseguir que Víctor vuelva a verme, se dice. Le consta, porque lo ha llamado un par de veces, que el otro no siente el menor interés. Ni siquiera se ha molestado en responder y eso, la verdad, sí que se merece un toque de atención. Él sólo busca pedirle disculpas y se niega a dejarle ese mensaje grabado en el buzón de voz, como si fuera un fantasma. Ha pensado en ir a verlo en persona, al hotel, pero en cierto sentido se le antoja impropio y lo último que desea es un espectáculo en un lugar más o menos público. No, debe ser aquí, en casa, o al menos en un sitio donde podamos estar solos. Sigue dándole vueltas cuando sube en el ascensor, con una chica que parece mirarlo de manera extraña, y en el rellano, justo antes de abrir su puerta. Juanpe apenas conoce a sus vecinos. La mayoría de las veces avanza por la vida abstraído, concentrado en sus pensamientos, y apenas consigue balbucear un saludo. Sin embargo, mantiene una relación relativamente cordial con la señora que vive enfrente, una anciana llamada doña Flora, que de vez en cuando recurre a él para alguna tarea doméstica (un desagüe atascado o algo que necesita). Él lo resuelve con moderada eficacia a pesar de que los gatos de la buena mujer, una pareja de siameses ágiles y ariscos, lo observan con absoluta y taimada desconfianza. El tercer piso del rellano está ocupado por una pareja joven de ecuatorianos, con dos niños pequeños que se pelean sin parar. En ocasiones la mujer los amenaza con llamar al «ogro» que vive al lado, y Juanpe necesitó escucharlo un par de veces para comprender que esa figura aterradora era él.

Víctor ha intentado olvidarse de la escena durante días. Concentrarse en el trabajo tiene sus ventajas y una de ellas es que la mente se despista de pensamientos indeseados. Y, en realidad, hay tantas cosas por decidir en la reforma y la puesta en marcha del hotel que uno podría dedicarse sólo a pensar en ellas durante la mayor parte de la jornada, sobre todo cuando hay que dar cuenta de la más nimia decisión a un jefe presente en espíritu. Víctor admira a su suegro a pesar de que no es, en ningún momento, una persona de trato fácil. El proyecto del hotel en Barcelona fue una jugada maestra: en una época complicada para la apertura de nuevos establecimientos hoteleros consiguió que aprobaran la licencia poco antes de esa paralización que ha afectado a otros, más poderosos. Don Rafael Carballo nunca se quitará de encima la satisfacción de que su hotel sea el que salga adelante, y no el de Amancio Ortega, a quien lleva años envidiando sin el menor recato. Sus fortunas no son comparables, por supuesto, pero en La Coruña se mueven por los mismos círculos, y meter un gol al dueño de Inditex, que quería expandir sus negocios con un hotel en Barcelona, ha sido un triunfo para el viejo Carballo. Le habría gustado dirigir las obras en persona y aceptó a regañadientes que fuera su yerno quien lo hiciera por él. Y ahora esa temporada que para Víctor suponía un cambio en la rutina, un ansiado descanso de la vida familiar y profesional en Galicia, corría el riesgo de estropearse con la reaparición en su vida de alguien como Juan Pedro Zamora.

Se siente mal cuando piensa en esos términos porque le da por considerarse egoísta y falto de empatía, adjetivos que le han dirigido más de una vez sin que llegara a creérselos. Él no tenía la culpa de que alguna mujer, concretamente dos a lo largo de sus casi veinte años de matrimonio, confundiera unos ratos de sexo ocasional con un gran amor que cambiaría las vidas de ambos. Intentaba dejar las cosas claras desde el inicio y ellas, las dos, decían aceptarlo, pero apenas un par de meses después llegaba la primera mala cara, un reproche suelto, el enunciado de un plan futuro tan imposible como fuera de lugar. La última, Estela, una mujer casada y, siempre según ella, en busca de simple diversión, provocó escenas de lo más desagradables, hasta tal punto que Víctor se prometió a sí mismo no volver a caer en tentaciones que, en el fondo, le reportaban sólo un placer inmediato y olvidable, a cambio de dolores de cabeza mucho más persistentes. Se reprochaba dejarse llevar por esas aventuras fáciles, instantes que animaban algunos días lluviosos, travesuras impropias de alguien sensato y cabal... Pero, en el fondo, albergaba en su interior un anhelo nunca satisfecho, una insólita afición al riesgo que, con bastante seguridad, procedía de un exceso de bienestar. Todo en su vida marchaba bien, demasiado bien, como un coche potente avanzando por una autopista recta y vacía. Hacía falta algo, algún imprevisto que supusiera un toque de atención para que el conductor no se durmiera al volante. Quizá por eso fue a ver a Juanpe y, sin duda, por eso mismo huyó de allí, para refugiarse de nuevo en ese «coche» confortable y seguro en el que pensaba seguir el resto de su vida, dejando atrás un pasado que sólo podía comportarle problemas.

El ogro, piensa Juanpe mientras abre la puerta de su piso, cargado con dos cartones de cigarrillos y unas cervezas. Espera que el niñato no lo haya oído o tendrá algo más con lo que meterse con él. Se imagina sus pullas insidiosas si llega a enterarse. ¿Qué vas a hacer, ogro? ¿Colarte en su casa? ¿Secuestrar a los críos de sus camas porque no se han comido la verdura? En ocasiones Juanpe cree que él podría ser más duro consigo mismo de lo que ese niñato logrará jamás. Otras le sorprende, sin embargo, con un insulto de esos capaces de reabrir heridas que creía cerradas. *No se te levanta con las mujeres, ¿verdad, inútil? Bueno, ni con las mujeres ni con nadie, imbécil.* Juanpe se pregunta cómo lo sabe y cuándo ha llegado a conocerlo tan bien, teniendo en cuenta que ha aparecido en su vida desde que volvió al piso donde su madre vivió hasta su muerte. Nadie daba un duro por Rosi, y en cambio ella sobrevivió a muchos, incluido su marido. Seguramente por eso sus últimos años fueron mejores.

A veces la muerte de alguien era el precio a pagar para la supervivencia de otros.

A veces había que hacer algo malo para salir adelante.

A veces es bueno colarse en la casa de tu enemigo y sacudir su conciencia, piensa, y por primera vez en muchos días sonríe de verdad.

9

Existen bastantes momentos en que Alena echa de menos su piso anterior. No tanto el hogar en sí mismo sino la posibilidad de dar un paseo por la playa en invierno, cruzarse con los conocidos de toda la vida y, sobre todo, contemplar ese mar que nunca es del todo idéntico. Cosas que no apreciaba demasiado cuando vivía en Premià de Mar porque formaban parte de su cotidianidad. Ahora a veces se asoma a la ventana de su cuarto buscando ese horizonte despejado y se siente cercada por los altísimos bloques de hormigón que se alzan frente a ella, barreras sólidas que ni siquiera sus sueños más desbocados son capaces de atravesar: chocan contra esa realidad fea y se deshacen en los barrotes mal pintados de los balcones sin plantas.

Las primeras noches en su nueva habitación estuvieron pobladas de pesadillas extrañas, imágenes inconexas en las que se veía atrapada en espacios angostos y oscuros, una gruta laberíntica y subterránea de la que trataba de salir guiándose por una luz remota, por el susurro lejano de unas olas que buscaba con denuedo antes de terminar cayendo en un pozo. Era entonces cuando despertaba de repente, angustiada, y tenía que levantarse de la cama aunque aún no fuera de día para recuperar la calma. Esos malos sueños pasaron, por supuesto, pero cinco meses después sigue quedando un poso de inquietud que la asalta a traición, sobre todo cuando está sola en casa, y la obliga a salir a pasear. Al principio lo hacía sin rumbo fijo, movida por una curiosidad ante el nuevo entorno que se vio colmada con un par de vueltas. Nada allí era bonito, le faltaba el azul, ese fondo marítimo capaz de embellecerlo todo. Ahora, cuando sale, se dirige al parque de Can Mercader y se sienta en uno de los bancos, se acerca al borde del lago de los patos o se instala en la glorieta. No hay mucha gente los días laborables: media docena de personas haciendo running con los cascos puestos, alguna pareja de jubilados y un par de madres que llevan a los críos al barco pirata de madera. Descender desde el paisaje abigarrado de bloques rectangulares, encajados uno tras otro, hasta los senderos que conforman el parque significa para Alena la posibilidad de penetrar en otro mundo, más ensoñador, como si ese bosquecillo tranquilo y ordenado fuera un oasis donde sus pensamientos volaban libres, sin ataduras, enredándose en las ramas de los árboles o posándose plácidamente en el estanque. Los espacios abiertos siempre habían alentado su imaginación desde que, varios años atrás, su padre le mostrara el bosque mágico de Gryfino, en su Polonia natal, en uno de los escasos viajes que habían hecho para conocer su país de origen. Nadie tenía una explicación plausible para aquellos cuatrocientos pinos torcidos en su base que conformaban un paisaje único, troncos doblados y sinuosos entre las subyugantes brumas del Este. Un paisaje que podría haber ilustrado uno de esos cuentos en los que un hada perversa hechizaba un lugar y a sus habitantes. Recuerda la impresión que le causaron aquellos árboles que parecían enfermos y sin embargo crecían fuertes, desafiantes ante la extraña deformación que los afectaba como una tara de nacimiento que debían esforzarse por superar.

Extrañamente, ese parque, el de Can Mercader, no le

inspiraba el menor temor, ni siquiera en las tardes inverna-
les en que apenas había nadie y el viento agitaba las hojas
de los árboles. Llegaba hasta el palacio, antigua residencia de una familia acomodada ahora propiedad del Ayuntamiento, y se sentía como una princesa moderna disfrutando de su jardín privado.

Fue un jueves de noviembre a última hora, poco antes
de que el lugar cerrara sus puertas, cuando se topó por azar
con esa escena que no ha podido olvidar. Lo primero que
le extrañó fueron los gemidos, la prueba evidente de que en
algún rincón, al otro lado del estanque, sucedía algo que
rompía la quietud perenne del parque. Se acercó, rodeando
el agua, a aquella zona algo más boscosa, exuberante incluso en invierno debido a las enormes palmeras que man-
tenían su verdor pese al tiempo inclemente. Luego no habría sabido decir si fue la simple costumbre o una curiosidad
mucho más morbosa lo que la llevó hasta allí, a apostarse
detrás de un árbol y contemplar a esa pareja que hacía el
amor al aire libre, en plena noche, como lobos solitarios
que no hubieran conseguido contener su instinto animal.

Al principio no los reconoció; estaba demasiado oscuro
y las caras quedaban ocultas entre los matorrales. Fascina-
da, observó a esos dos seres sin rostro, cuerpos que se en-
tregaban al placer más primario sin recato ni vergüenza.
Podría haberse ido tal como había llegado, sin hacer ruido;
es más, tan sólo unos minutos después habría deseado no
estar allí, no distinguir la cara del chico cuando se levantó,
con el torso desnudo, mientras la otra persona, una chica
morena de rizos oscuros, permanecía arrodillada ante él.

Alena no conseguía verla bien, pero, dada la expresión
de placer de él, no hacía falta ser muy hábil para adivinar
lo que ella estaba haciendo. Durante unos largos segundos
siguió mirando sin ser vista, absorta en el espasmo que se
apoderaba de las facciones del chico hasta casi deformar-

las. El perfil de Christian, su brazo tatuado y fuerte, el sonido gutural que salía de su boca abierta y la tensión que arqueaba su cuerpo. Entre las sombras podía ver sus manos, que aferraban con firmeza la cabeza de la chica, Saray, ya sin duda alguna.

La fuerza del sexo estaba ahí, frente a ella, poderosa y salvaje, tan magnética como ese cuerpo joven, casi sin vello, brillante en la oscuridad como si una luz poderosa surgiera del suelo para envolverlo por completo. Alena se estremeció, quizá por vergüenza, quizá porque nunca había vivido un momento como ese. Dos personas a las que conocía entregadas a un acto tan íntimo, tan apasionado y, a sus ojos, tan salvaje.

Christian soltó un último gemido, casi un estertor, y apartó con suavidad la cabeza de su pareja; en ese momento, cuando Alena ya retrocedía, temblorosa y a la vez excitada, se volvió hacia ella. La miró con ojos turbios y se relamió los labios, incapaz de contener la mueca del varón satisfecho que convertía sus facciones jóvenes en un rostro que podía ser el de todos los hombres de la historia, el del depredador que acaba de devorar a su presa y perdona la vida, temporalmente, a otra frágil e incauta que se ha acercado atraída por su poder destructor.

Alena echó a correr, avergonzada y nerviosa, consciente de haber sido una testigo involuntaria de algo pensado para la intimidad. Angustiada, huyó de la visión de aquellos dos cuerpos que parecían formar uno, un árbol con raíces femeninas y ramas fuertes, musculosas como los brazos de Christian. Pero huir nunca significa olvidar, y desde ese día fueron muchas las noches que, antes de dormirse, la imagen de ambos, sublimada y embellecida por la distancia, aparecía en su mente cuando cerraba los ojos. Cuerpos de alabastro, cubiertos de una capa de rocío e iluminados por una luna insolente, sonrientes como estatuas obscenas que disfrutaban de una fiesta a la que nunca estaba invitada.

Por suerte, ninguno de los dos dio señales de haberla reconocido, a pesar de que Alena estaba segura de que Christian la había visto. Ella no se lo contó a nadie, ni siquiera a Lara. No quería hacerlo; así, en cierto sentido perverso, se convertía en parte de aquella escena, en una especie de participante involuntaria pero leal.

Y fue allí también, uno de esos días, no muy lejos de la zona de los columpios, cuando Alena se fijó en un individuo cuyo rostro le resultaba familiar. Tardó unos instantes en identificarlo del todo, hasta que más tarde cayó en la cuenta de que era un vecino de su bloque: un tipo tímido, retraído, de edad indefinida entre los cuarenta y cinco y los sesenta años, no exactamente sucio pero tampoco limpio. El hombre no la saludó ni dio muestras de reconocerla, algo que la alegró. Sin saber muy bien por qué, siempre que han vuelto a coincidir en algún rincón del parque se apodera de ella una tristeza instantánea, como si el hombre fuera el ejemplo perfecto de esa apatía vital que, a sus quince años, parece la peor de las condenas. Está claro que no trabaja, o al menos no en los horarios habituales, y no hace falta poseer una gran capacidad de deducción para concluir que tampoco tiene esposa ni familia. En esos paseos, Alena se divierte imaginando las vidas de las personas con las que se cruza, y esa, la del «vecino triste», como ella lo llama, se le antoja francamente desoladora. Una vida amarillenta, de un color ocre desvaído que la hace pensar en asilos de ancianos y colas del paro. Lo recuerda ahora porque, según parece, Lara ha subido con él en el ascensor: tiene que ser ese al que su amiga acaba de calificar como un «pedazo de friki».

—Es que ni me ha mirado. Iba todo el rato con la vista en el suelo, como si fuera el portero o un criado. Y olía raro, como a humedad.

Alena asiente, convencida de que tiene que ser el mismo.

—Iba al sexto. Uf, qué ganas tenía de bajarme. Oye, ¿tienes un vaso de agua? Vengo muerta de sed.

Es la primera vez que invita a Lara a su casa, y por un momento le gustaría vivir en otro sitio, en su antiguo hogar.

—Vamos a mi habitación —le dice, ya que se avergüenza un poco de los muebles pasados de moda que hay en el comedor. Los de casa de Lara tienen otro aire, más moderno, porque cuando su madre se casó por segunda vez reformaron todo el interior.

Lara se toma su tiempo y recorre el espacio con la mirada como si estuviera evaluando el posible valor de la vivienda. Se acerca al gran aparador de madera oscura y observa las fotos que hay en él.

—¿Eres tú de pequeña? —pregunta al tiempo que señala la carita rechoncha de un bebé rubio.

—¡Debería haber guardado eso! Era una bola —le responde Alena, y se dirige a su habitación.

Su amiga tarda unos instantes en seguirla mientras apura el vaso de agua. Bebe despacio, a sorbitos. Sus labios finos apenas se humedecen. Lleva una cazadora tejana, muy estrecha, que la hace aún más delgada, más infantil.

—Me gustan las paredes blancas —dice con voz de experta—. Al Cabrón le dio por pintar la mitad de las nuestras de un amarillo absolutamente hortera.

—¡No exageres, no es tan feo!

—Es horrible. Al menos mi cuarto lo dejó como estaba. Tuve que ponerme como una fiera para que me hiciera caso.

—Ven, vamos a mi habitación —repite Alena—. He buscado ya algunas cosas en Google. Para el trabajo de Ciencias —añade al ver la cara de desconcierto de Lara.

—¡Es verdad! Estoy fatal este trimestre, no me entero de nada.

No miente, aunque como Alena la conoce desde hace poco ignora si su desinterés por los estudios es o no algo pasajero. Según ha oído, Lara era una de las mejores alumnas hasta hace un par de años y ella no tiene por qué dudarlo. Sin embargo, ese trimestre sus resultados de los exámenes parciales han sido pésimos.

—Pues para eso estás aquí. Ven, vamos a sentarnos.

Lara obedece con desgana. La sigue hasta su habitación y ambas se sientan frente al escritorio.

—Va, nos quitamos esto de encima rápido y así luego podemos ir a dar una vuelta. Quiero mirar algún detalle para mi madre, su cumpleaños cae dos días antes de Navidad y siempre se queja de la falta de regalos —dice Alena para animar a su amiga.

Lo intenta: al menos hace lo posible para explicar a Lara la tasa de metabolismo basal y cómo calcularla, esforzándose por ignorar que su compañera de estudios responde con monosílabos y parece completamente abstraída, como si en su cabeza hubiera millones de cosas que nada tienen que ver con la lección de Ciencias.

—Déjalo ya —murmura Lara un rato después—. Tengo un dolor de cabeza horrible, en serio. No te mosquees. Me llevo tus apuntes y los repaso en casa, ¿vale?

Alena es tenaz y se siente molesta, pero no puede evitar que su amiga se levante de la silla y se acerque hasta su armario.

—Seguro que lo tienes megaordenado —afirma Lara, casi al mismo tiempo que abre la puerta—. ¿Ves? Lo sabía.

Hay cosas que no deben hacerse en casas ajenas, piensa Alena, aunque en realidad no le importa demasiado. Le parece extraño, sin embargo, permanecer sentada mientras Lara va revisando las perchas una por una y se detiene al llegar a un vestido rojo que destaca como un faro entre las otras prendas de tonos más suaves.

—¿Y esto? —pregunta sin volverse.

—¿Lo quieres? No es mi estilo en absoluto. Los antiguos dueños se dejaron una caja con ropa dentro del armario. La donamos casi toda porque era de niña, pero mi madre se empeñó en conservar ese vestido.

Lara saca la percha y lo observa con atención.

—No, me vendría enorme. Venga, pruébatelo —dice por fin.

—¡No! A mí tampoco me viene bien.

—Por favor, no seas rancia. ¡Hazme caso o no estudiaré todo ese rollo de la tasa metabólica!

Alena se ríe, se deja llevar. El papel de maestra la tiene harta y le resulta fácil, ahora, ponerse en manos de su supuesta alumna convertida en asesora de imagen.

—Sin el sujetador, tía, no seas cutre… Así, a pelo. ¡Vaya! Por favor, mírate en el espejo.

Y Alena lo hace, y sonríe. Porque, aunque nunca se atrevería a salir así a la calle, no puede negar que ese vestido rojo la hace sentir distinta. Mayor, guapa, incluso sexy. No importa que le quede un poco estrecho, que el escote profundo deje a la vista más de lo que nunca querría enseñar en público, que el color haga destacar su piel blanca y sus cabellos rubios. En ese momento Alena se siente adulta, más segura de sí misma de lo que ha estado hasta ahora. Se imagina con un vaso de cóctel en la mano, bailando hasta el amanecer; se imagina en brazos de un amante desconocido que la agarra por la cintura y la atrae contra su cuerpo.

—Espera, hay que hacer algo con ese pelo —dice Lara—. Y añadir un poco de color a esa cara tuya de muñequita inocente.

El juego prosigue, y Alena se sienta con la indulgencia de una joven novia mientras la otra improvisa un recogido rápido, descuidado. Unos mechones rebeldes le caen sobre los hombros, acariciando su cuello desnudo.

—Me estoy muriendo de frío —protesta Alena, a pesar de que no es verdad.

—Ya termino. ¿Dónde guardas las pinturas? Nada, sólo un toquecillo de maquillaje. Tienes ojeras de tanto estudiar, so boba.

Lara cumple su palabra y acaba enseguida.

—Si fueras así a clase, iba a montarse la mundial —dice muy seria.

Alena sabe que nunca irá así a clase, ni a ningún sitio, pero se deja inmortalizar en una serie de fotos que, cuando luego las ve, se le antojan de otra persona, de una chica atrevida y provocadora que se muerde el labio inferior y es capaz de guiñarle un ojo a la cámara. Lara dispara con el móvil de su amiga como una *paparazzi* profesional, le pide que se tumbe en la cama, que se lleve un mechón a la boca, que cierre los ojos y se relama los labios, que piense en que el hombre más guapo del mundo está ahora a sus pies, mirándola con adoración sin atreverse a tocarla. Busca la última canción de Maluma en el ordenador y la anima a soltarse, a dejarse llevar por esa melodía pegadiza y esa letra sensual. Alena piensa sin querer en Christian, no porque le guste, sino porque desearía provocar en los hombres la sonrisa felina y voraz que vio en él aquella noche en el parque.

Más tarde, la anfitriona acompaña a su amiga a la puerta y ambas esperan el ascensor. Se ríen como si hubieran bebido y el recogido de Alena es ya sólo un recuerdo. La combinación de sus cabellos revueltos con la sonrisa pícara y el brillo en los ojos haría pensar a cualquiera que acaba de tener una cita. Es la pura casualidad lo que hace que el vecino raro haya decidido bajar en ese momento y, cuando las puertas se abren y ellas lo ven desde fuera, no pueden evitar estallar en risas. Carcajadas burlonas que no buscan ofender a nadie, pero lo bastante evidentes para que alguien se sienta ofendido.

Transcurren unos segundos en los que Lara no se decide a entrar ni el hombre hace el menor gesto para cerrar. Son unos instantes tan fugaces que en la vida de las dos adolescentes apenas significan nada, a lo sumo un recuerdo incómodo que asaltará a Alena justo antes de dormirse, cuando piense en la cara del vecino, su expresión reconcentrada, quizá dolida, y la sensación de que, antes de seguir bajando solo en el ascensor, rezongó algo con la cabeza ladeada, como si regañara a un perro diminuto de esos que siempre ladran a los desconocidos.

10

La vida a veces es sencilla, sobre todo cuando alguien la organiza por ti. A la hora en punto, tal como rezaba el último mensaje, el coche estaba aparcado en el sitio previsto. Juanpe ya tiene la llave del vehículo de otras veces así que sólo ha de ponerlo en marcha y seguir un camino que ya se ha aprendido de memoria. Dirección Lleida por la A-2 durante unos ochenta kilómetros hasta la salida 517, seguir hasta Artesa de Segre y luego avanzar por la carretera que cruza el Pallars para llegar hasta Rialp. Unas tres horas de camino si no hay demasiado tráfico.

Es un trayecto que suele efectuar cuatro o cinco veces al año, aunque no siempre con regularidad exacta. Se esfuerza por recordar cuándo fue el último viaje hasta la masía. Ya hacía fresco, de eso se acuerda porque la primera instrucción de la lista era encender la calefacción, así que debió de ser a finales de octubre. Pensar en el mes le da la solución: fue en el fin de semana largo del 12 de octubre, y si hoy es viernes 18 de diciembre, han transcurrido poco más de dos meses. Le extraña mucho que hayan organizado algo estando tan próximas las fiestas; los encuentros en la masía son, definitivamente, poco navideños. Es posible que la falta de nieve y el templado invierno los haya animado a realizar esa última excursión, una especie de despedida hasta la primavera siguiente.

Juanpe suele conducir con cuidado, poniendo la máxima atención en los avatares del tráfico y en no rebasar el límite de velocidad. Un buen conductor le diría que lleva el asiento demasiado pegado al volante y que sus manos se aferran a él con excesiva fuerza, pero Juanpe podría responder que nunca ha sufrido el menor percance automovilístico, y que eso ha de significar que no lo hace tan mal. Señaliza las maniobras más nimias como un principiante, mira cada diez segundos hacia el retrovisor interior y nunca fuma dentro del coche para no distraerse. Es un individuo precavido, eso se percibe a simple vista.

Un camión avanza por el carril de incorporación a la autopista y Juanpe opta por dejarle el acceso libre. Su filosofía de vida fue, casi siempre, ceder el paso a los mayores. Es en ese momento, al dirigir la vista hacia el espejo para asegurarse de que puede regresar al carril de la derecha, cuando percibe una sombra en el asiento trasero. No hay nadie, por supuesto, al menos no un ser de carne y hueso, pero Juanpe ya ha aprendido a asumirlo. La risa sofocada que resuena en el vehículo no hace más que confirmar su impresión. El niñato viaja con él hoy, lo que significa que tendrá que aguantarlo durante todo el fin de semana, maldito sea.

Lleva días dándole la lata, mortificándolo más de lo habitual. Desde el encuentro con Víctor, rara es la noche que no deja oír su vocecilla de infante malcriado. Empezó la misma madrugada, cuando Víctor ya se había ido, con todo tipo de comentarios incisivos que se superponían conformando un coro de burlas, críticas y reproches. *¿Lo ves, imbécil? Tanto esperarlo, tanto cuento con que erais amigos... Pues ya ves: se largó y te plantó con la cerveza en la mano. Se esfumó como ha hecho siempre, dejándote en la estacada.* A fin de acallarlo, Juanpe necesita dormirse y para conciliar ese sueño liberador ya no le sirve el alcohol.

Tiene que pedir al amigo de Rai otra receta: una de esas pastillas lo tumba unas cinco o seis horas y, lo que es mejor, le provoca un aturdimiento que se prolonga durante un buen rato más. Ocho horas de paz y silencio son algo por lo que merece la pena solicitar un favor. En especial Juanpe, que, según todos, nunca pide nada y se conforma con lo que le dan.

Mira a tu espalda. Es raro que la voz se manifieste fuera de casa; no suele molestarlo mientras conduce o en los pocos momentos que está en la calle. Por eso Juanpe obedece y tiene la sensación de que ese coche negro, un Golf no muy nuevo, iba ya detrás de él antes de que cambiara de carril para no entorpecer la incorporación al camionero. Vuelve a fijar su atención en la autopista, pasa a la derecha de nuevo para no saltarse la salida 517, aunque faltan todavía unos veinticinco kilómetros, y comprueba, alterado, que el Golf negro ha efectuado la misma maniobra. Eso lo pone nervioso. Una de las primeras instrucciones que recibió, hace ya cinco años, al comienzo de esos viajes fue: «Procura que no te sigan». Era una de esas órdenes que alteran a Juanpe porque, si bien es capaz de obedecer escrupulosamente cualquier mandato sin poner objeción alguna, siempre se ha preguntado cómo se cumple con algo que, en realidad, depende de otra persona.

La respiración se le acelera y mira por el retrovisor de nuevo. El coche sigue ahí, colocado a una distancia prudente, no tan lejos como para perderlo ni tan cerca que resulte llamativo en exceso. Quizá sean tonterías del niñato, se dice. Lo expresa en voz alta sin obtener respuesta alguna, claro. Dar la murga sí lo hace, pero nunca ha conseguido sacar de esa vocecilla la menor ayuda. Lo mejor es olvidarse a medias, piensa: no ponerse nervioso y a la vez asegurarse de que no lo siguen, sobre todo en el último tramo, el que lleva directo a la masía. Así que observa, bastante intranquilo, cómo el coche toma su misma salida y avanza tras él en dirección a Cervera. Juanpe duda: aumentar la velocidad puede llamar la atención, aunque si el otro lo imita significará la confirmación definitiva de algo desagradable, un hecho del que tendrá que informar a Rai, y él a su vez al Míster. Y cuando se molesta al Míster con ciertas cosas siempre acaba uno recibiendo aunque haya hecho lo correcto. Eso sin contar con que a Juanpe lo aterra la velocidad excesiva. Prueba a dar un poco más de gas y sus manos casi arrancan el volante con la tensión de un adolescente en prácticas. El Golf se aleja apenas, no demasiado, lo que indica que su conductor también ha pisado el acelerador. Esta no es la solución, se dice, porque no se atreve a correr más, al menos no tanto como para dejar atrás el problema. Entonces piensa en lo que haría alguien más listo que él. En lo que haría Víctor, por ejemplo, y sonríe al caer en la cuenta de que sí hay algo que puede funcionar. Frena ligeramente y, en contra de lo habitual, no toma la carretera comarcal que lo lleva a la masía, sino que entra en el pueblo de Cervera. Es temprano. Puede tomar un café. Fumarse un cigarrillo. De hecho, lo segundo entra ya de lleno en el terreno de la necesidad. Una leve ansiedad, provocada por la falta de nicotina, está empeorando su capacidad de reflexión. Eso es lo que debe hacer: aparcar el coche, buscar una cafetería, fumar y averiguar qué pasa. Puede también llamar a Rai con el móvil y pedirle consejo, a pesar de que preferiría no tener que dar ese paso. Cualquier cosa menos permitir que el Golf le pise los talones hasta Rialp.

Repara con preocupación en que el Golf se mantiene a la misma distancia y emprende el camino hacia el interior del pueblo. Sin embargo, cuando Juanpe se dirige al aparcamiento el otro pasa de largo, adentrándose en el núcleo urbano.

—¿Lo ves? Me has puesto nervioso para nada —masculla al del asiento trasero.

Los cambios en la rutina le afectan bastante y nota que la rodilla derecha le tiembla un poco. Un cigarrillo. Sí. Eso es lo que necesita ahora. Podría quedarse a fumar en el coche, pero necesita estirar las piernas. Al fin y al cabo, no va mal de tiempo: no se retrasará si se toma quince o veinte minutos antes de reemprender el camino.

No recuerda haber estado nunca en ese pueblo, así que camina en dirección al centro y se sorprende al encontrarse con una villa medieval. Juanpe no ha hecho muchos viajes en su vida, al menos no por ocio o simple turismo. Pasea, por tanto, encadenando un cigarrillo tras otro y sin dejar de mirar el reloj. Por suerte, el niñato se ha quedado en el coche: nunca se deja ver en espacios abiertos. Deambula sin más objetivo que encontrar una cafetería y de repente una indicación le llama la atención. El «callejón de las Brujas». Al internarse en él, sus pasos resuenan en esos balcones tapiados que confieren al breve pasaje un aire claustrofóbico, acentuado por el olor a piedra húmeda. A Juanpe no le gustan los pasillos, ni los túneles ni los puentes, eso es algo que no sabe casi nadie, tal vez sólo Rai. Se lo confesó en uno de los días raros en que intercambiaron confidencias sobre el lugar donde se conocieron. Habían bajado hasta el pueblo de Rialp desde la masía para comprar algunas bebidas, caprichos de última hora del Míster, y aparcaron el coche cerca del puente colgante que cruza el río. Rai se puso a hacer el tonto en mitad de esa superficie inestable, que oscilaba levemente a su paso. Él intentó cruzarlo y se quedó paralizado. El temblor de la plataforma le subió hasta las rodillas y su mente viajó hasta el correccional, hacia el largo pasillo que conducía al despacho del doctor Bosch. Tanto Rai como Juanpe, y seguramente la mayoría de los chicos que pasaron por el reformatorio, lo recordaban. Para muchos ese era un camino más o menos habitual y sin más connotaciones; para tres o cuatro, sin embargo, era otra cosa. Los más jóvenes (ellos dos y aquel otro chaval, Morales, a quien perdieron la pista) sabían que la puerta situada al final era la entrada a un mundo distinto. También sabían que los favores del doctor Bosch había que pagarlos con lo único que ellos podían ofrecerle. Y, por perverso que resulte, no conseguían alejar de sí la impresión de que, en la frialdad de aquel lugar, él era el único que al menos fingía quererlos. A su manera, claro.

El callejón está decorado con motivos extraños, puestos en su época seguramente para prevenir a los visitantes, o quizá después, sólo para enturbiar el ambiente. Un gato negro pintado sobre uno de los arcos. Un raro símbolo que Juanpe no puede descifrar, pero que recuerda haber visto en algún programa de televisión sobre ocultismo. Pierde más tiempo del que pensaba dedicar observándolos con atención. Le parece bien que las brujas anunciaran su maldad públicamente, así todo el mundo sabía a qué atenerse. Uno podía sacar provecho de ellas aunque era consciente de que debía pagar un precio.

Eso es algo que él entendió hace años. El arrepentimiento no tiene cabida, porque los actos tienen consecuencias. Intentó explicárselo a Víctor. No le desea ningún mal al Míster, por ejemplo, ni siquiera cuando hizo que le amputaran los meñiques como pago por su torpeza. Juanpe se ha habituado a una justicia directa, a una penitencia sin matices decidida por quien ostenta el poder, y aplicó ese mismo criterio con el doctor Bosch, saldando una cuenta que tenía pendiente. Ahora ya sólo hay una persona en el mundo de quien le gustaría vengarse, si bien hace ya mucho que descartó hacerlo. Los chivatos deben pagar por sus pecados. Juanpe quiere creer a Víctor, a pesar de todo, desoír las insidias que repite el niñato. *¿Y si fue él? ¿Y si fue tu su-*

puesto amigo quien te traicionó? Intuye que pronto lo sabrá; está convencido de que pasado el fin de semana volverá a tener noticias suyas.

Regresa al coche sin haberse tomado el café, pero no se atreve a demorarse más tiempo. No hay ni rastro del Golf negro y debe apresurarse un poco. La masía tiene que estar lista para la mañana siguiente y eso implica un día de duro trabajo.

11

Si la última clase del viernes suele ser ya una prueba para todos en las semanas normales, la inquietud aumenta cuando en el horizonte se avecina la Navidad. Para colmo, la lección de Inglés de hoy versa sobre el futuro y los distintos tiempos verbales que se utilizan para conjugarlo según si la acción es un acto planeado o una decisión repentina, y los alumnos de tercero de ESO, vagamente conscientes de que su futuro a largo plazo es más bien tenebroso, sólo pueden pensar en ese fin de semana que empezará dentro de unos cuarenta minutos y que supone el preludio a las largas vacaciones navideñas. Apenas falta media hora, en realidad, pero las manecillas de los relojes, como tercos animales de carga, se niegan a avanzar, reteniéndolos a todos, profesor incluido, en el interior del aula, condenados a pensar en futuro porque el presente, el momento preciso en el que se hallan, es apenas un mero preludio para la vida de verdad.

¿Qué harán esos días? Planear el futuro requiere, en inglés, un tiempo verbal concreto. *I am going to play games. He's going out with his friends. She's going to travel to Cambridge. People are going to vote on Sunday.* Los ejemplos los ponen todavía más nerviosos, les hacen pensar en esos días de asueto que casi se enlazarán con las vacaciones. En el aula reina ahora el ajetreo contenido de unos adolescentes tensos como perros atados a la puerta de un asador que parecen percibir el sabroso olor de las brasas y saben que el festín, en forma de restos de comida, los aguarda en cuanto los suelten.

Alena termina los ejercicios enseguida. Los idiomas se le dan bien, seguramente porque en su vida ha aprendido ya unos cuantos. Está acostumbrada a esperar, y se entretiene haciendo dibujitos en un folio en blanco mientras su compañero, Marc, mira con disimulo un vídeo de rock en el móvil. Alena intuye que estudia los gestos del cantante, aprende esa masculinidad que desea imprimir a su talante a toda costa. Y es que, por mucho que se esfuerce, a pesar del corte de pelo, las hormonas y la ropa —sudaderas anchas, vaqueros caídos—, sigue habiendo en él esa impronta genética indestructible que lo hizo nacer con el sexo indeseado. Alena no ha hablado mucho en casa de él, está convencida de que a su padre no le parecería bien, y sin embargo a ella le gusta. Marc es un buen compañero que, ya sea por timidez o por toda su historia previa, prefiere pasar desapercibido, y Alena se siente más cómoda con chicos como él que con Christian, Kevin u Oriol, machitos que rebosan testosterona y que creen que deben demostrarlo con cada gesto.

Ella no es del todo consciente de la distribución que, de forma natural, establece tres grupos en el aula. A la izquierda se sienta lo que un observador experto calificaría como el núcleo duro. Saray y Noelia en primera fila, seguidas de su séquito de chicas, mayoritariamente latinas, y, al final, los chicos guais de la clase. La verdad es que en esos tres meses ellas apenas le han prestado atención y Alena intuye que no debe de caerles bien. Ha oído algún comentario refiriéndose a ella como «la rusa», y sus excelentes resultados en los exámenes han levantado una especie de muralla hostil. Saray, en concreto, tiende a ignorarla en los pocos momentos en que coinciden, como en la clase de Educación Física. A Alena se le dan de maravilla los deportes y tiene un buen sentido del ritmo y el equilibrio. Saray los detesta y, al parecer, también aborrece a quienes destacan en ellos. Pero Alena no es tan tonta como para no percibir otro sentimiento en todo esto. De la misma manera que las chicas han optado por hacer ver que no existe, los chicos guais sí se han fijado en ella, y no hay día que Christian no le dirija una sonrisa o le lance un guiño. A Alena la incomoda más que otra cosa, pero a él parece divertirlo, y el enfurruñamiento de su novia hace que se sienta importante. Saray se enfada y aprieta los labios, mostrando al mundo un mohín de rabia que Alena encuentra ridículo y, sinceramente, bastante vulgar, aunque menos que el «mi hombre» o «mi machito» que ha oído salir de su boca de cuando en cuando. La primera vez que lo escuchó sufrió un ataque de vergüenza ajena que la otra adivinó, lo cual la enojó más aún.

La fila izquierda permanece, pues, inalterable. Algún profesor ha intentado deshacerla, pero ellos se empeñan en reagruparse de ese modo y, en general, salvo en días como el actual, ya no arman demasiado follón. Mucho menos, desde luego, del que se comenta que eran capaces en cursos anteriores. La fila central, donde se encuentra la mesa de Alena y Marc, está ocupada por los alumnos que desearían moverse hacia la izquierda pero que aún no han sido totalmente aceptados. Los que, a ojos de Saray o de Christian, tienen «posibilidades». Y a la derecha se hallan los otros: el grupo de las «indepes», como las llama Lara, que se sienta justo delante de dos de ellas. Y ahí, al fondo, mordisqueando el bolígrafo con aire aburrido está Iago, con los demás chicos, esos que aún no han entrado del todo en el mundo de la adolescencia. Alena lo busca con la mirada, pero él parece todavía enfrascado en los ejercicios. Según le han dicho, hasta el curso anterior él y Christian eran inseparables. Ahora, sin embargo, se lo ve a menudo solo, montado en su monopatín, al margen del resto. Completan la clase dos chicas musulmanas, silenciosas como monjas, y media docena de chavales y chicas a quienes Saray y los suyos ignoran de manera absoluta, aunque cabe decir que, en realidad, el desdén es mutuo y espontáneo. No tienen nada en común, ni en tono ni en aficiones, con los más populares, y no obstante actúan como si hubieran firmado un pacto de no agresión.

Alena intenta lanzar a Iago una sonrisa de complicidad, pero él no mira en su dirección, así que sigue dibujando hasta que un susurro, más audible de lo que sería deseable, la saca de su ensimismamiento. «¿Nos vemos a la salida?», pregunta Lara, vuelta de espaldas. Ella le responde en silencio, asintiendo con entusiasmo, aunque su atención se desvía enseguida hacia donde Christian y Kevin, incapaces de aguantar ya el aburrimiento, han iniciado una de sus falsas peleas sólo por el gusto de llamar la atención. El profesor de Inglés, Jordi Guardia, suele mantenerlos a raya, ya los conoce de años anteriores, pero hoy tampoco está de humor para continuar en esa posición de sarcasmo que suele funcionarle, de modo que corta el episodio con un reproche áspero, casi insultante, del que probablemente se arrepiente enseguida. No ha alcanzado aún los cuarenta y, para ser sinceros, esa hora de clase se le está haciendo tan larga y pesada como a sus alumnos.

—¡Eh, tampoco te pases, *teacher*! —protesta Kevin.

—Se dice *don't pass, teacher*, ¡so capullo! —replica su amigo—. ¿Verdad, profe?

—Basta, los dos. Empecemos a corregir y tengamos la fiesta en paz —sentencia Guardia en un tono más conciliador.

—No me llames capullo —prosigue Kevin al tiempo que hace ademán de cerrar el puño.

—¡Se acabó! *Let's start, ok? Marc, can you read the first sentence? Exercise seven, everyone.*

Marc lee la primera frase con un acento algo sobreactuado y alguien al fondo se ríe.

—A ver, lo digo en español para que os quede claro —corta el profesor—. Podemos corregir los ejercicios y luego irnos a casa, o corregir los ejercicios y luego hacer unos cuantos más. —Y miente con descaro al añadir en tono indiferente—: Yo no tengo ninguna prisa.

El silencio se impone, más o menos, y los últimos veinte minutos de clase transcurren en un ambiente de serenidad aparente, una calma quebradiza e inestable que se parte en dos cuando suena el timbre y todos, alumnos y profesor, se lanzan ansiosos hacia el largo y esperado fin de semana.

Iago se escabulle deprisa del instituto por razones de diversa índole que ni él mismo entiende. Existe un motivo lógico: los viernes va a recoger a su abuelo al centro de día, lo lleva a casa y come con él, puesto que Miriam no cierra la peluquería a mediodía. Sin embargo, no es esa la causa principal de su partida súbita, sin despedirse de nadie: lo que en realidad sucede es que esos días vive medio enfadado consigo mismo o, mejor dicho, con la parte de sí que no termina de atreverse a dar los pasos que lo extraerían de una infancia ya no tan cómoda, catapultándolo a ese horizonte adolescente que todavía percibe difuminado y peligroso. No le ha costado nada enviar mensajes por WhatsApp a Alena. La noche anterior, por ejemplo, estuvieron hablando hasta las tantas, encadenando un tema con otro (el insti, los profes, el puente, los cotilleos de clase), y sin embargo, en cuanto la tiene delante, cuando Alena aparece en carne y hueso, él tiende a quedarse mudo. Tampoco ayuda demasiado que la haya pillado en más de una ocasión lanzándole miradas de soslayo y sonrisas que él no acaba de saber cómo responder. Le fastidia su propia timidez y presiente que está desperdiciando una oportunidad magnífica para dar el paso definitivo, arriesgarse al salto y afrontar las consecuencias de una caída, por aparatosa que esta fuera. Al fin y al cabo, la vida no es tan distinta a una pista de *skate*. Hay que controlar el equilibrio y la velocidad, pero, sobre todo, uno debe estar dispuesto a darse un trompazo de los buenos si quiere progresar.

Iago podría enseñar trucos a muchos, *ollies* (por supuesto), pero también *nollies* en múltiples variantes. En realidad, ahora es capaz de saltar despegando los pies de la tabla y haciéndola girar en todos los sentidos. Y aunque ha sido hábil con el monopatín desde que era un mocoso, siempre tuvo que superar ese primer momento de pánico, sobre todo en las rampas más pronunciadas. Un cosquilleo persistente, no del todo desagradable, la conciencia de que en un mal salto podía hacerse daño de verdad. Claro que a su lado siempre estuvo Christian, más atrevido, desafiante, el mejor maestro porque no sabía lo que era el miedo. Iago lo echa de menos en general, aunque más en la pista. Le encantaría enseñarle los trucos que ha perfeccionado. Intuye, en cambio, que a Christian todo eso ya le importa bien poco y por eso le extraña más verlo correr tras él, oír su voz llamándolo. Frena en seco, y el monopatín araña la acera de la avenida San Ildefonso poco antes de llegar a la de la Electricidad, donde está el centro de día al que su abuelo acude.

—Joder, tío, llevo un rato llamándote —dice Christian jadeando.

Iago señala los cascos, la excusa perfecta que el otro entenderá a la perfección.

Christian apoya ambas manos en las rodillas. Hace un año, al cumplir los catorce, pegó un estirón increíble y ahora debe de andar por el metro ochenta y cinco. La altura trajo consigo nuevos horizontes, que se traducen en horas y horas de gimnasio y un tatuaje en el brazo que le costó una bronca épica por parte de su padre. En la sala de pesas hizo amigos nuevos, algo mayores, porque nadie diría que Christian aún no tiene dieciséis años. Los cumplirá en enero, el día de Reyes, algo de lo que se ha quejado amargamente desde que dejó atrás la infancia.

—¿Y qué quieres? —pregunta Iago.

No pretende ser brusco. Lo cierto es que Christian no se ha dirigido a él en meses, desde que sale con sus amigos cachas y toma batidos de proteínas, y menos aún desde que, a finales del pasado verano, a la vuelta de vacaciones, se enrolló con Saray.

—Pedirte un favor.

—¿A mí?

—Esto... joder, *brother*. Las tías me llevan loco.

—No lo pillo, Christian.

—Es... es por la polaca. —Christian desvía la mirada, la fija en algún punto de la oficina de la Caixa que tiene delante, como si buscara la inspiración en el logotipo mironiano.

—¿Alena?

—Me han dicho que os estáis mandando muchos mensajes.

—¿Y qué?

—Oye, somos colegas, ¿no? Ahora nos vemos menos por la Saray y todo eso, pero somos colegas de verdad.

—Bueno, reconoce que nos vemos sólo en el insti —replica Iago, un poco molesto ante esa súbita recuperación de una amistad que se perdió hace tiempo.

Dos tipos bajos y gruesos de piel oscura que empujan

sendos carritos de supermercado se detienen a cuatro pasos de ellos, junto a los enormes contenedores de papel y de desechos. Por la carga que se aprecia en cada uno de sus carros se diría que llevan búsquedas definidas: uno se dedica a sacar el cartón, doblarlo y acumularlo, mientras que el otro ha recogido hasta el momento todo tipo de piezas metálicas. A primera vista parecían amigos, pero unos instantes después inician una discusión a gritos en un idioma extranjero por una bolsa de ropa que se hallaba entre los contenedores, en un hueco que, se deduce, es tierra de nadie y, por tanto, ambos reclaman como propio.

Iago y Christian se distraen un momento viendo cómo la discusión se acalora. No son los únicos; un pequeño grupo de curiosos observa también la escena. Los dos tipos forcejean con la bolsa, ya medio rota, y seguramente habrían pasado de las voces a las manos si un coche de la Guardia Urbana, que se dirigía a la comisaría, no se hubiera detenido en la calzada. Las amenazas se tornan sonrisas tan falsas como los dientes de oro que luce el más agresivo, el que empujaba el carro del cartón. Los agentes podrían pedirles los papeles, iniciar todo un procedimiento, pero se conforman con dispersarlos tras una bronca corta. La ropa, prendas de verano de colores vivos, queda desparramada en medio de la acera y es una de las señoras que se había congregado allí la que se acerca, después de unos segundos de titubeo, y escoge una camisa floreada que dobla con cuidado antes de guardarla en el carrito de la compra.

—Digo yo que primero somos los de casa, ¿no? —exclama sin dirigirse a nadie en particular, y se marcha muy digna, satisfecha de haber conseguido el botín y haber dejado claros sus principios.

Su partida pone el auténtico final a la escena y los transeúntes retoman sus caminos. Iago sabe que también él debe emprender el suyo; se le hace tarde.

—Mira —dice Christian, deseoso de llegar al desenlace de su escena particular—, lo único que quería decirte es que esa pava no te conviene. No es para ti, *brother*. Hay otros tíos interesados en ella.

Iago odia esa jerga que su antiguo amigo usa ahora a todas horas. Nunca fueron *brothers*, ni cuando jugaban partidas interminables con la consola ni cuando se retaban en la pista de *skate*.

—¿Tíos como tú?

Christian sonríe.

—Yo estoy con Saray. Pero... bueno, ya sabes, los hombres somos distintos. Y la rubia me mola, sí, y juraría que yo también le molo a ella.

—Alena y yo sólo somos amigos. Y si te «mola», ve y díselo. A mí no me necesitas para eso.

—Tú hazme un favor. Pregúntale si quiere volver a pasear por el parque. Ella ya me entenderá, ¿okey? Dile que la próxima vez puede quedarse un rato más, si le apetece.

Christian se estira y cambia el tono de voz. Hay algo pretendidamente amenazador en su tono y en su mirada, en la pose de matón callejero que quizá impresionaría a alguien que no lo hubiera visto llorar a moco tendido porque echaba de menos a su madre la primera noche que fueron de campamentos con el colegio. Se acerca a Iago, intimidante, y le dice en voz baja:

—Tú pregúntaselo. Por nuestra amistad.

Iago menea la cabeza, perplejo. Aunque Christian le saca al menos veinte centímetros y tiene unos bíceps impresionantes, no consigue infundirle el menor temor. Lo empuja con firmeza antes de decir en voz bastante alta:

—Mira, éramos amigos y ya no lo somos. No pasa nada, la vida sigue. Pero déjame en paz, ¿está claro? Y a Alena también.

—Eh, no seas capullo, *bro*.

Iago vuelve a subirse en el monopatín y sale disparado sin dejarlo terminar. No ha avanzado mucho cuando se vuelve y suelta, con más tristeza que enfado:

—¡Y no me llames *brother*, joder! ¿Los batidos te han afectado al coco o qué?

Se miran y por un instante casi se entienden. Mejor dicho, recuerdan la época en que se entendían. Iago no quiere admitir, ni siquiera a sí mismo, que es precisamente Christian quien le hace más falta. A él podría preguntarle qué hacer, cómo dejar atrás esa torpeza que sólo consigue superar a solas en su cuarto. Iago no ha echado demasiado de menos la figura de un padre, al menos no de manera consciente, pero sí que necesitaría ahora un hermano mayor o simplemente más experto, alguien que le diera el empujón definitivo para ascender por la desconocida rampa del sexo con seguridad.

El momento pasa. Christian se encoge de hombros y da media vuelta. Se pierde avenida abajo mientras Iago avanza despacio, como si necesitara tiempo para procesar una emoción nueva que alguien, de más edad, le diría que es una especie de nostalgia. En la acera ha quedado la ropa vieja, una montaña desigual de prendas de colores vivos que alguna vez fueron nuevas y que ya nadie quiere.

12

No hay nada original en la reflexión de que todos, en mayor o menor medida, guardamos algún secreto; corremos un velo denso por encima de algunos deseos obscenos y fantasías vergonzosas, o callamos opiniones, a veces en nombre de la corrección imperante o, con mayor frecuencia, de la simple comodidad. Víctor lleva días pensando en eso y ahora, mientras observa cómo Mercedes corta el jugoso solomillo que tiene en el plato, se plantea qué cosas puede ella haberle estado ocultando durante los dieciocho últimos años. ¿Acaso hay algo en su pasado, sepultado por el tiempo, que debería haber salido a la luz? ¿Cometió alguna vez un error imperdonable o fue objeto de algún acto que la haya marcado para siempre? A simple vista nadie lo diría. Claro que si alguien lo estudiara a él probablemente llegaría a la misma conclusión. Sólo hace falta ver a su hija, que suele contemplarlos con el desdén propio de los adolescentes: Cloe no podría imaginar cómo eran cuando se conocieron o dónde follaron por primera vez. Y, desde luego, le resultaría imposible imaginar a su padre con doce años propinando una paliza de muerte a otro chaval. Cloe, que se ha criado en ese piso espléndido que les regaló su abuelo materno, con vistas a la playa, está convencida de que sus padres no son más que una pareja de burgueses, tan aburridos como un par de robots programados para expresarse con educación, elegancia y sensatez. Dos adultos que nacieron así, sosegados y convencionales, huérfanos de pasado.

Mira el plato y el hilo de sangre que emerge de la carne le provoca unas náuseas repentinas e inesperadas. Rojo sobre blanco. Memoria frente a indiferencia. Verdad contra mentira.

—¿Está demasiado cruda? —pregunta Mercedes, y su voz, con un punto grave que siempre le ha resultado seductor, lo saca de su ensimismamiento.

Víctor mueve la cabeza y se atreve a cortar un pedazo más. Aleja la mirada del plato, aunque no puede evitar la sensación de que esa sangre que intenta no ver se le cuela entre los dientes, le tiñe la lengua y llena su boca de un sabor metálico que nada tiene que ver con la carne. Busca la copa de vino y bebe un trago generoso, casi como si fuera agua, para solapar ese regusto con otro más fuerte. La visión de Mercedes, que sigue comiendo ajena a su malestar, consigue tranquilizarlo. Estás en casa, se dice. Este es tu hogar. Amable. Acogedor. Sólido. Un entorno escogido por Mercedes que con el paso de los años lleva en cada detalle la personalidad de su dueña. Apasionada por las antigüedades, restauradora de muebles y objetos de valor, Mercedes decidió combinar algunas piezas de indudable solera con otros detalles más livianos, casi frívolos, que dan a su hogar el toque de atrevimiento necesario para no ser nunca aburrido, de la misma manera que su aspecto general, siempre impecable, contrasta con unas manos fuertes y recias que han pasado horas en contacto con la madera, el disolvente y todo tipo de utensilios. Mercedes usa guantes, claro, pero se los quita a menudo porque le gusta notar el contacto con el material que está trabajando, y algún corte disperso da prueba de ello. La serenidad de su esposa consigue calmarlo y, por primera vez en meses, siente la necesidad de acercarse a ella, de tocarla, de sofocar su malestar con un sexo que tiene más de refugio que de deseo.

—¿De verdad tengo que ver cómo devoráis a un pobre ser vivo? —pregunta Cloe.

Sus padres siguen comiendo, aunque por encima de la mesa intercambian una mirada de complicidad. Desde hace unos meses, de hecho desde que sale con un chaval lleno de rastas, Cloe se ha vuelto vegana, algo que ambos respetan escrupulosamente. Por eso, en lugar del excelente trozo de ternera, su hija está comiendo una ensalada de quinoa que se ha preparado ella misma con todo tipo de hortalizas cortadas en dados diminutos que intentan darle un poco de color al cereal amarillento. A Mercedes le parece bien, entre otras cosas porque Cloe, a sus dieciocho años recién cumplidos, se dirigía con paso firme hacia un sobrepeso genético, heredado directamente de su abuela materna, y una temporada a verdura le aligerará la silueta. En realidad, Víctor, que llevaba un par de semanas sin ir a casa, la ha encontrado más delgada, a pesar de que es una chica robusta, de caderas anchas y muslos gruesos.

—Me da asco —insiste, con la intención de provocar un debate familiar—. En serio, me revuelve el estómago.

Ignorar las pullas de Cloe es un arte que ambos han aprendido a dominar a lo largo de los últimos cinco años, desde que entró en la adolescencia con la rebeldía acumulada de las niñas que, hasta entonces, habían sido obedientes corderitos.

—Ya está —dice Mercedes antes de llevarse el último trozo de carne a la boca—. Tu estómago puede reposar en paz.

—No seas cínica, mamá. No dejo de imaginar cómo digerís ese veneno: ese pobre bicho hecho pedazos y envuelto en jugos gástricos, deslizándose por el intestino y…

—¡Basta! —ordena su madre—. Tu padre y yo aprendimos el sistema digestivo en el colegio. No necesitamos una lección sobre el tema en este momento.

Cloe se encoge de hombros y calla mientras finge que disfruta con su plato frío y grumoso. Por mucho que quiera convencerlos de lo contrario, Víctor está seguro de que su nueva dieta le agría el humor un poco más que otras manías previas.

—¿Vas a salir esta noche? —le pregunta él para cambiar de tema. La vuelta a las conversaciones rutinarias lo ayuda a sentirse mejor.

—Claro. He quedado con Xoel.

—¿Cómo le va?

—Bien. Está muy contento con la carrera.

Xoel estudia Bellas Artes y no tiene aspecto de estar nunca contento, porque las injusticias del mundo, así en genérico, tienden a impedírselo. Aunque Cloe no puede ni sospecharlo, Víctor y Mercedes están encantados con esa relación por varios motivos, entre ellos la absoluta certeza de que Xoel tiene la paciencia necesaria para soportar a su querida hija en esos años tumultuosos y, en el fondo, prefieren que la lleve a dar clases de español a inmigrantes que de copas hasta las tantas. Cloe y su novio, por llamarlo de algún modo, siguen más preocupados por el bien común que por el placer personal, lo cual, en opinión de Víctor, indica que ambos tienen bastante pánico al sexo. Lo practican, supone, pero juraría que en contadas ocasiones. «Follar está sobrevalorado» es una de las frases preferidas de su hija, y ellos se han abstenido de comentarle que, tal vez, sea follar con Xoel lo que no termina de convencerla. Aun así, soportan con resignación divertida que el chico, un año mayor que Cloe y descendiente de una de las familias más adineradas de La Coruña, los desprecie por ricos, burgueses y explotadores. Y de vez en cuando lo critican, se burlan de ese desdén teórico que Xoel plasma en cuadros hiperrealistas, porque el arte abstracto es, para él, sinónimo del capitalismo decadente, con la sana intención de que su hija les lleve la contraria y siga saliendo con alguien que es, a todas luces, un mal muy menor.

Víctor y Mercedes tienen ganas de quedarse solos, así que aguardan, conteniendo algún suspiro, a que Cloe termine su ensalada, se cambie de ropa por otra exactamente igual (el negro es su color esta temporada), se ponga un anorak y unas botas que podría usar una *leiteira* de camino al establo y salga por la puerta en dirección a Montealto. No lleva ni un atisbo de maquillaje, a su edad tampoco lo necesita, pero para ella y para Xoel la cosmética es algo tan aborrecible como la carne, los hoteles de playa o los miembros de la Xunta.

El ruido de la puerta al cerrarse, siempre con un exceso de fuerza, como si Cloe quisiera dejar constancia de su partida, consigue que ambos sonrían con la complicidad de unos alumnos cuyo profesor ha abandonado el aula. Casi podrían lanzarse bolitas de papel, o de comida, armar un barullo que enmudecería en cuanto volvieran a oír los pasos de la autoridad acercándose.

—Veo que sigue igual que siempre —dice Víctor mientras se dirige al mueble bar.

Es una mesita que funciona más como adorno que para alojar bebidas alcohólicas, pero esa noche necesita algo que le haga bajar la carne, que disuelva su malestar.

—Esas botellas llevan años sin tocarse —señala Mercedes—. Creo que en la cocina hay algo nuevo. Han empezado a llegar los detalles de Navidad.

Cada año, por esas fechas, la casa de los Yagüe se va llenando de cajas, cestas, estuches y todo tipo de regalos, normalmente redirigidos desde el hogar de los padres de Mercedes que, al vivir solos, se desesperan ante la profusión de obsequios. Su madre guarda celosamente las tarjetas, eso sí, y anota en el reverso en qué consistía el presente para corresponder con propiedad al año siguiente.

—Da lo mismo —dice él mientras saca una botella de whisky del mueblecito. Lo huele y se lo sirve en un vaso ancho—. No me matará. ¿Quieres?

—No, gracias. Pero sí tomaré otra copa de vino.

Víctor está de espaldas a la mesa mientras su mujer se sirve en la copa lo que quedaba de la botella y luego camina hacia la cocina, en busca de un cubito de hielo que aligere la bebida. Cuando regresa, Mercedes se ha sentado ya en el sofá, descalza, con las piernas dobladas bajo el cuerpo, y Víctor piensa que en otra época no habría podido resistir el impulso de abalanzarse sobre ella, romperle los botones de la blusa y buscar sus pechos. Ahora, en cambio, se deja caer a su lado, muy cerca, y acaricia la mano que reposa sobre el cojín blanco.

—Has vuelto muy cariñoso —dice Mercedes sonriendo—. ¿Eso significa que todo va bien en el hotel?

Víctor prefiere no tocar ese tema. Tiene que ver a su suegro mañana a primera hora y, en realidad, está seguro de que la Navidad va a ser un interrogatorio constante sobre los avances y los retrasos del proyecto. Más avances que otra cosa, por suerte, ya que la fiesta de inauguración está prevista para primeros de mayo.

—Todo perfecto, sí, pero no hablemos de eso. Tu padre me someterá a un tercer grado a lo largo de estos días.

—Ya lo conoces. Está preocupadísimo. Según mi madre, *non pega ollo* últimamente. Ni ella tampoco, claro. Entre las elecciones de mañana, el hotel nuevo y que el médico sigue prohibiéndole viajar en avión, no hay quien lo aguante. Mamá le censura la televisión: cada vez que ve a alguien de Podemos en la pantalla se le dispara el ritmo cardíaco.

Víctor sonríe. Se imagina a su suegro al borde de una crisis histérica con el mundo moderno, pero, sobre todo, con su propia vejez. Delegar en su yerno algo tan importante y dejarlo trabajar sin su supervisión personal debe de ponerlo tan nervioso como oír hablar de «casta política» o de «renta mínima garantizada».

—Te aseguro que intentaré tranquilizarlo, por mi propio bien. Pero eso será mañana... Ahora preferiría dedicar el tiempo a hablar de otra cosa.

Mercedes acerca la copa al vaso de su marido en un amago de brindis que, en realidad, disfraza una invitación bastante obvia. Se besan despacio, con la lentitud del que sabe bien lo que puede obtener. Luego Víctor se tumba de lado, ocupando gran parte del sofá, y apoya la cabeza en su falda. Quiere hacer el amor, sí, pero antes necesita hablar aunque no sabe muy bien hasta dónde está dispuesto a llegar. Lleva días dándole vueltas, oscilando entre el ansia de confesión y la prudencia. Siente una curiosidad intensa por conocer la opinión de Mercedes. ¿Qué le dirá? ¿«Hiciste bien dejando atrás a ese loco»? ¿O, tal vez, con la ecuanimidad que la caracteriza, creerá que Víctor está en deuda con ese pobre tipo? «Él cargó con tus culpas, bien podrías echarle una mano ahora.»

—Y tú, ¿cómo estás? —pregunta él.

—Bien. Sin novedad. Aguantar a Cloe sin ti no es fácil, que lo sepas. Hace un par de días tuve la tentación de enviarla a un internado de Boston o a cualquier lugar para el que haga falta tomar como mínimo dos aviones.

—Pero está bien, ¿no? Xoel y ella siguen adelante.

—Gracias a Dios. Prefiero tenerla dando vueltas con ese pailán que encerrada en su cuarto todo el día, enfurruñada con el mundo.

Víctor se incorpora un poco para mirar de cerca a su esposa. Los ojos azules, casi redondos, oscurecidos por unas pequeñas bolsas que alguna vez ha pensado en operarse, la sonrisa amplia con un punto socarrón, y las arrugas que, a pesar de las cremas, van imponiendo su aparición en una cara que ya no es tan tersa. Mercedes siempre tuvo un rostro plácido, inteligente, cargado de ironía y educadamente sincero, y ese es un tipo de encanto que no se disipa con la edad. Nunca fue guapa en un sentido convencional, pero la seguridad en sí misma, su paso firme ante la vida y una educación exquisita la hicieron atractiva para un jovenzuelo granadino recién llegado a Madrid con el título de Derecho en la cartera y ganas de comerse la capital a bocados. Mercedes lo ayudó a frenar en los riesgos y a acelerar en las oportunidades, y, para ser honestos, en su momento le aconsejó meditar con calma la decisión de aceptar la propuesta de su padre y ponerse a sus órdenes. «Por mí no lo hagas —le dijo—. No quiero encontrarme en medio de una guerra familiar.» Pero, incluso en el boyante 2004, la oferta económica de Rafael Carballo, con piso en La Coruña incluido y regalado, había sido difícil de ignorar, y la posibilidad, no tan remota dada su edad, de ocupar su puesto implicaba una proyección de futuro incomparable y la implicación en un negocio, la hostelería, que lo atraía. Aunque el camino en esos once años no había sido fácil, Víctor tampoco era alguien que se dejara amedrentar, algo que su suegro respetaba en cuanto se le disipaba el ataque de irritación. No hay mucho de él en Mercedes, al menos físicamente, excepto esa fuerza de carácter que los ilumina a ambos. Su mujer es alguien en quien se puede confiar, siempre lo ha sido, y por eso, ahora, tumbado en un imaginario diván de psiquiatra, Víctor se decide a hablar.

—Me encontré con un viejo conocido en Barcelona —empieza, sin saber muy bien si desea terminar la historia—, alguien de cuando era un crío.

—¿Y os reconocisteis? —El tono de Mercedes indica más asombro que curiosidad.

—No, no lo habría reconocido, ni él a mí tampoco, supongo. Pero fue al hotel a una entrevista de trabajo y ambos nos acordábamos de los nombres respectivos. Fue... fue mi mejor amigo cuando yo tenía once o doce años, antes de que me mudara al pueblo.

Víctor se plantea cómo seguir; de hecho, se plantea si merece la pena progresar en una conversación que derivará bien en una verdad incómoda, bien en una mentira. Por un lado se repite que no tiene mucho sentido sumergirse en las aguas, cual buzo temerario, para sacar a flote un cadáver maloliente o una joya falsa, pero a la vez siente la necesidad de confiar en alguien, de arrastrar a su compañera de vida al fondo de esa aventura.

—Y has perdido su número de teléfono —dice ella.

—¿Qué?

La sorpresa es tan obvia, casi agresiva, que su esposa lo mira con curiosidad y se explica rápidamente:

—No me acordaba. Alguien llamó a casa el otro día. Supongo que era él, a menos que te hayas encontrado con otro amigo de la infancia... Anoté el recado en algún sitio. Su nombre era Juan Manuel o Juan José, ¿no?

Víctor se tensa e intenta desviar la mirada. Mercedes siempre ha podido leer en sus ojos las verdades más incómodas, aunque en algunas ocasiones haya fingido no hacerlo.

—Juan Pedro —dice él—. Juanpe Zamora.

—Eso. Si miras en la libreta que está junto al teléfono verás la nota. Me dijo que os habíais encontrado y que le habías dicho que volverías a llamarlo. Estaba seguro de que habías perdido su número o algo así. Ahora que lo pienso, es raro, ¿no? ¿Por qué no te llamó directamente a ti?

—Es... bueno, es un tipo bastante especial.

Mercedes se encoge de hombros y Víctor deja escapar un suspiro leve, que apenas disimula el alivio. Está claro que ella no le concedió importancia.

—¿Te dijo algo más? —pregunta él.

—Creo que no. Me contó eso, que erais viejos amigos y que estaba pendiente de que lo llamaras para un trabajo. La verdad es que no le presté mucha atención. Ya ves, se me había olvidado comentártelo. Le dije que venías este fin de semana y que probara a localizarte aquí.

Víctor vuelve a recostarse en el sofá, más cerca de su esposa, y entrecierra los ojos. No sabe muy bien qué es lo que siente, aunque juraría que es algo parecido a la desazón. Un punto de miedo al caer en la cuenta de que su mundo puede ser invadido aunque sea a distancia. Unas gotas de rabia contra Juanpe y contra sí mismo, por no haber zanjado la situación de manera contundente. No se puede huir siempre de todo. De pequeño obedeciste esas órdenes, ahora eres tú quien decide. Cierra esa puerta y lanza la llave al mar o el pasado se te colará dentro de estas paredes como un hedor insidioso del que no podrás librarte.

—Eh, te estaba hablando —murmura Mercedes, mientras le da un suave tirón de orejas.

—Perdona.

—Hay algo en lo que he estado pensando y que quiero contarte. A ver qué te parece.

Y entonces Víctor se percata de que el tema debe quedar atrás, porque Mercedes, ilusionada, le expone una idea que, al parecer, lleva rondándole la cabeza desde hace meses: abrir una tienda de antigüedades en un local vacío de su padre. Mercedes, que no es una mujer emprendedora, ha realizado un estudio completo antes de plantearlo, así que el proyecto, aunque teóricamente en fase de consulta, tiene todos los visos de convertirse en una realidad factible. Le muestra un plan de negocio, incluso algunos dibujos que ha hecho sobre cómo podría quedar el local; le comenta que ha empezado a ponerse en contacto con diversas ferias que se celebran en España y que, por otro lado, ha visitado un par de pisos viejos cargados de posibles objetos para vender. Le habla de inversión, de una posible socia, del gusto por lo *vintage* entre las nuevas generaciones, y Víctor tiene que relegar sus confesiones, demorarlas hasta otro momento que, intuye, no llegará ese largo fin de semana. Porque la emoción de Mercedes es contagiosa y él desea corresponderla con su apoyo entusiasta, porque ambos se sienten rejuvenecer al introducir algo nuevo en sus vidas y porque, un rato después, ya un poco ebrios, tiran los papeles al suelo y cambian el sofá por la cama. La ansiedad de él sigue ahí, un desasosiego que en realidad aumenta el deseo sexual, lo vuelve más imperativo, menos previsible. Mercedes entra en el juego, satisfecha, convencida una vez más de que ese compañero de cama es el mejor acompañante de vida, y se excita ante la certeza de haber acertado, de haber escogido bien, de tener a su lado al mejor hombre que ha conocido y de saber, con íntima certeza, que puede contar con él. Que, a pesar de los años y de algunos escarceos frívolos, forman un equipo bien avenido, sólido, a prueba de sorpresas.

13

Gritos. Voces airadas que oscilan entre el ataque y la defensa, capaces de atravesar los finos muros del piso. Guerra de acusaciones e insultos que se cuelan entre las rendijas de la puerta y que Lara oye como si se tratara de un chaparrón anunciado, un aguacero previsto que amainará en cualquier momento para dejar paso a unas nubes silenciosas, cargadas de reproches, que se resisten a desgajarse. Eso si antes no consiguen hacer llorar a la niña, con lo que la discusión vivirá un aplazamiento, una tregua indeseada y tensa, preludio seguro de otra tormenta eléctrica.

Lara, que está en su cuarto conectada a Skype, no entiende cómo el bebé, que a veces tiene la irritante manía de despertarse al menor ruido, aguanta dormida durante ese barullo. A lo mejor es que ya se ha acostumbrado a él, como su hermana mayor. A lo mejor es que también lo ignora como quien oye llover. Las peleas de su madre, Claudia, con Daniel, el Cabrón, son tan repetitivas que resulta francamente difícil prestarles atención. Y por suerte esa vez la ha pillado en su cuarto, del que no tiene la menor intención de salir, al menos en los próximos minutos. Abandonar el refugio implica exponerse a la tempestad, quedarse a la intemperie y terminar siendo el blanco de uno de sus relámpagos dispersos, así que Lara mantiene la puerta entreabierta a la espera de que llegue la paz o el agotamiento para salir. Las voces se pisan, se interrumpen, se desoyen; descienden sólo para cobrar más fuerza y volver al ataque. Si el primer asalto fue una diatriba con acento femenino, ahora Daniel parece haber encontrado un argumento al que aferrarse. «Te comportas como una vieja loca», dice el Cabrón, intentando dar un tono razonable a un discurso ofensivo, no tanto por la demencia sino por el tema de la edad. Lara ahoga una carcajada al imaginar la cara enfurecida de su madre, los ojos enrojecidos por las lágrimas, y sus cabellos rubios, desordenados, exactamente como los de una demente senil. Hace tiempo que perdió cualquier sentimiento de empatía con ninguno de los dos, aunque su odio más intenso se dirige siempre hacia un padre huido que jamás ha demostrado el menor deseo de sacarla de ese culebrón para llevarla a vivir con él. A veces Lara se regodea en una idea que la colma de placer vengativo: se ve a sí misma tan joven como ahora, a su padre enfermo, anciano, anclado a una silla de ruedas o a una cama, y disfruta maquinando cómo podrá hacerle daño. «No, aún no te toca comer, papá, ya comiste hace dos días.» «Intenta moverte y tendré que atarte a la cama.» «No voy a pasarme la vida cambiando sábanas: si eres un cerdo, duerme sobre tu propia mierda.» Esos pensamientos la hacen absurdamente feliz y la entretienen en momentos como este en que aguarda, expectante, a que la tormenta se traslade al dormitorio y así poder cruzar el pasillo sin riesgo de calarse. Ha quedado en que pasaría por casa de Alena para recoger unos apuntes y no quiere faltar a la cita.

Ella podría haber avisado a Daniel, podría haberle advertido que Claudia era propensa a los arrebatos de celos, a pertinaces búsquedas en pos de cualquier mínimo indicio que confirmara sus peores sospechas, a provocar discusiones para poner a prueba a las personas a quienes quería. Si no lo hizo fue porque, en su momento, tres años atrás, la historia parecía tan bonita, tan envuelta en papel de regalo con lazo incluido, que incluso ella se había creído que las cosas podían salir bien. Y porque entonces ella sólo tenía doce años y tampoco veía las cosas con tanta claridad como ahora, a pesar de que conocía bien a Claudia y había vivido ya etapas parecidas antes de que su padre se largara. El hecho de que Daniel sea siete años menor que su esposa y trabaje como taxista —profesión que, a ojos de Claudia, lo pone en contacto con demasiadas mujeres, además de proporcionarle un lugar seguro donde rematar sus instintos masculinos— no ha contribuido a la paz conyugal. Una vez por semana, más o menos, Claudia organiza una de esas escenas histéricas, en ocasiones con fundamento y otras sin él. En realidad, a Lara le importa poco que Daniel ponga o no los cuernos a su madre. Está segura de que lo hace de vez en cuando, como todos los tíos, aunque no con tanta frecuencia como Claudia supone cuando olfatea rastros de perfume inexistente y se deja llevar por su inseguridad patológica.

La verdad es que, después de un interminable y frustrante listado de citas sacadas de Tinder, Claudia se merecía tener suerte. La huelga de metro, sistemática e implacable, la obligó un lunes a coger un taxi para no llegar tarde a la oficina, sin imaginarse que aquel trayecto terminaría convirtiéndose primero en la materialización de una de sus mayores fantasías sexuales y luego, con el tiempo, en el logro definitivo que anhelaba desde que su primer matrimonio se rompió. El taxista no estaba nada mal, y él, oh sorpresa, en lugar de pensar que aquel polvo improvisado era el final de la historia, se había enamorado de una mujer que, a sus cuarenta años, seguía siendo atractiva y, sobre todo, estaba muy dispuesta a complacerlo. Ahí radicó la clave del éxito de Claudia: durante el noviazgo y los primeros meses de matrimonio trató a Daniel como si fuera el marajá de un palacio oriental. Y él se dejó llevar, porque, como piensa Lara a menudo, ¿qué hombre no se cree merecedor de un harén entero que lo adore?

Enfrascada en sus reflexiones, se percata ahora, de repente, de que tal vez sea el momento de salir. La pelea ha terminado hoy en un llanto arrepentido de su madre que el Cabrón sabrá consolar, así que puede pasar desapercibida; para eso seguro que no la necesitan. Duda entre si despedirse o marcharse sin decir nada, pero se decanta por esto último. Coge la cazadora tejana y el bolso antes de aventurarse al pasillo. De reojo ve a su madre llorando en brazos de Daniel, aferrada a él con la misma desesperación que un bebé, y avanza con paso rápido hacia la puerta sin mirar atrás. La está abriendo, con una sonrisa de satisfacción dibujada en sus finísimos labios, cuando la frena la voz del Cabrón.

—¿Y tú adónde vas?

Lara se plantea no responder, pero su pregunta la ofende. ¿Quién diablos se ha creído que es? ¿Le pregunta ella acaso dónde se mete cuando sale con sus colegas?

—Es sábado —contesta volviéndose a medias—. Salgo un rato.

—Hoy no —dice Daniel al tiempo que se acerca a ella y empuja la puerta para cerrarla—. Tu madre y yo necesitamos que nos dé el aire. Vamos a cenar fuera, a tomar algo. Lo que sea.

—¿Y? —Ella se encoge de hombros—. ¿Qué tiene eso que ver conmigo?

—No vamos a llamar a una canguro a estas horas.

—Oye, ese es vuestro problema. —Lara se da la vuelta y lo mira de frente, sin el menor asomo de temor—. He quedado. No podéis joderme los planes cada vez que os dé por montar una pelea. Tengo que ir a buscar unos apuntes que necesito para el lunes.

—Sólo hoy, Lara. Te lo pido por favor.

Esa es su madre. Odia ese tono lastimero de bruja triste, su chantaje implícito. Porque no es «sólo hoy», sino cada vez que se les antoja, y porque el «por favor» es una expresión quejicosa sin significado real.

—Yo me voy —anuncia Lara separando los tres monosílabos como si dictara una sentencia con cada uno—. Si queríais salir, no haber tenido otro hijo.

—Pero ¿de qué va esta niña? —salta el Cabrón—. ¿Aquí tenemos que hacer todos su santa voluntad o qué?

—¿Perdona? —protesta Lara, que no puede creerse la injusticia del argumento—. No soy yo la que cambia de planes en el último momento.

Su madre se interpone entre su hija y su marido.

—Tienes razón —le dice cogiéndola del brazo—. Pero entiéndeme: he tenido un día horrible y... bueno, sólo te lo pido por esta vez. De verdad, ¿puedes hacernos este favor?

—¿Tú eres tonta o qué te pasa? —interviene Daniel, sin hacer caso de la mirada de atención de su mujer—. Nosotros salimos y ella se queda. ¡Faltaría más! Ya puedes ir arreglándote.

Su madre hace callar al Cabrón con un gesto e insiste en su empeño con una mirada patética. Daniel se aleja de ambas y, antes de meterse en su habitación, anuncia:

—Tú misma, Claudia. Yo me voy; si quieres te vienes conmigo, y si no, te quedas. Ya estoy harto de histerias femeninas.

Muy despacio, casi como si no quisiera hacerlo, su madre le quita de las manos la chaqueta tejana y la sostiene entre las suyas durante un par de segundos antes de colgarla en la percha. Lara no se mueve de la puerta. Lucha entre las ganas de largarse y el miedo al desafío abierto, pero sólo tiene quince años y la obediencia obligada gana la partida. Claudia le da un beso rápido, le susurra al oído compensaciones que Lara desdeña, la abraza y se aleja de ella para cambiarse. En menos de un cuarto de hora Claudia y Daniel se han ido y Lara, hundida en el sofá, los ve marchar. Nunca le ha gustado el papel de Cenicienta ni se ha creído que al final aparecerá un príncipe azul, así que, contrariada, inmóvil, deja que el rencor vaya apoderándose de todo su cuerpo y llenando su cabeza de visiones tan truculentas como maravillosas. Piensa en la posibilidad de que no vuelvan nunca, de que sufran un accidente terrible, de que un conductor suicida los atropelle mientras cruzan una calle. Oye el frenazo, ve los cuerpos volando por los aires para luego caer como ramas rotas. Imagina también la cara de Claudia si fuera ella, su hija, quien sufriera algún daño; si se abriera las venas en la bañera o saltara al vacío. Pero no, hacerse daño no merece la pena. No cuando existen otras venganzas posibles.

El llanto del bebé la saca de esa ensoñación morbosa. Daniela, se llama: otra muestra del egocentrismo del Cabrón. «Nosotros salimos y ella se queda.» Lara sonríe y, lentamente, se encamina hacia la habitación de la niña. Abre la puerta y contempla la cuna, la camita de madera blanca que destaca sobre el estampado de las paredes, empapeladas con jirafas felices. Los berridos de la pequeña se hacen más fuertes, más exigentes, al oír que alguien se acerca. Es la hora de su biberón, y es el hambre, el instinto más puro, el que guía sus lágrimas.

Lara no llega a entrar en la habitación; permanece en el umbral y deja macerar su rabia en ese llanto agudo e imparable. Ella ya no llora, piensa; lloró cuando se marchó su padre y luego, más aún, con la partida de Liliana. Nadie ha logrado reemplazar a esa amiga ni lo conseguirá nunca, de eso está segura; en primer lugar porque ella tampoco va a permitir que nadie ocupe su lugar. Sin moverse, se repite que su vida podría reducirse a una sucesión de injusticias, que ella no es más que una diana donde se clavan todos los dardos. Quizá ya es hora de devolverlos, de arrancárselos y lanzarlos a su vez contra otros. Contra el Cabrón, contra Claudia, contra su padre, contra esa hermanita que pretende conmoverla con su llanto infantil.

Y contra Alena. Sobre todo contra Alena.

Lara sonríe al pensar en la nueva. De momento su plan marcha bien, aunque tal vez resulta excesivo llamarlo así. Se ha ganado su confianza, ha conseguido que le cuente sus intimidades, tiene una carpeta llena de fotos de ella, pero ahora debe empezar a maquinar qué hacer con todo eso. Sabe que faltan aún algunos detalles necesarios antes de llevar a cabo su ofensiva contra esa rubia que se ha creído que puede apoderarse del espacio de Liliana: de su habitación, de su casa, de sus amigas, de su vida... Lara asistió a la desesperación que llegó a la casa de quien había sido casi su hermana, primero en forma de aviso, un anuncio de desahucio que, con trece años como tenían, ninguna de las dos llegó a tomar en serio. A esa advertencia inicial siguieron más, acompañadas siempre de otra conversación con el director de la sucursal bancaria. El padre de Liliana había agotado ya el paro y, poco a poco, fue vaciándose también de esperanzas. Se marcharon, abandonaron el piso antes de que tuvieran que echarlos en una muestra de dignidad o de desesperación, quién podía saberlo. Regresaron a Bolivia, y Lara vivió la separación como una afrenta personal. Era su amiga, la única que tenía, y el sistema se había confabulado para arrebatársela. Y para colmo, ahora, dos años después, un polaco hijo de puta ha comprado el piso al banco a precio de saldo y su hijita deambula por él como si fuera una princesa. El otro día, en su casa, Lara tuvo que morderse los labios para no contarle las horas que había pasado allí, en esa misma habitación, jugando con Liliana. Y el vestido... Pertenecía a la hermana mayor de

Liliana y ella lo guardaba para su celebración de los quince. No debía ir a parar al armario de una usurpadora estúpida. Claro que Alena no sabe que esa chica existió; para ella, su padre, ese maldito inmigrante polaco, compró un piso a buen precio. Ni siquiera se ha preguntado quién vivía antes allí.

Pues bien, ella les enseñará a ambos que beneficiarse de la desgracia ajena tiene un precio, y no precisamente bajo.

Cierra la puerta y se dirige lentamente a la cocina, aunque antes pasa por el salón y enciende el televisor. Una animada tertulia política sofoca los chillidos de Daniela, que ahora brama a pleno pulmón, inasequible al desaliento, reclamando alimento de la única manera que puede hacerlo. En la encimera reposa el biberón ya preparado, listo para calentar, pero en lugar de hacer eso Lara cierra la puerta de la cocina, dejando atrás el barullo de voces y sollozos, desenrosca la tetina y vierte el contenido en el desagüe del fregadero con mucho cuidado. Llorad, piensa mientras sonríe. Ya es hora de que llore esta mocosa. De que llore el Cabrón. De que llore Alena.

Llorad, se repite luego encerrada en su cuarto, con los cascos puestos para no oír la desesperación de Daniela.

Llorad, llorad, malditos.

14

El sábado por la mañana Juanpe ve partir al grupo después del desayuno. Antes salía de caza con ellos, pero desde su caída en desgracia le toca quedarse en la masía para realizar todas esas tareas imprescindibles que ninguno de los hombres de la partida va a rebajarse a acometer. Trabajos de limpieza, servilismo puro en honor de los elegidos, que él cumple sin rechistar. Nunca nadie le ha oído protestar, eso lo dicen todos: ni una queja, ni una pregunta fuera de lugar. Por suerte para él, desde su llegada a la masía la voz que lo acompaña desde hace unos meses ha enmudecido. No soportaría oír sus burlas mientras se agacha a recoger unos calzoncillos o ahueca las camas. Sin embargo, aunque no la oye, sólo tiene que pensar en ella para sentirse humillado. Antaño no era él quien hacía las veces de criado; si bien nunca fue un estrecho ayudante como Rai, no alcanzó nunca el papel de hombre de confianza, al menos se le asignaban cometidos más dignos. Todo se torció cuando metió la pata y lo enviaron a puntapiés al último peldaño de esa escalera que ya no tiene ánimos para volver a subir. Rai le ha dicho cien veces que el Míster fue magnánimo, que de haber sido otro y no él, la sentencia habría sido más severa que dos dedos cortados y la pérdida de todo estatus, pero Juanpe no está seguro de que exista un castigo peor que el suyo: seguir atado a una organización en la que casi nadie te aprecia y tener que confiar en sus limosnas para sobrevivir.

El Míster y sus colaboradores, Rai y otro tipo a quien Juanpe no conocía y que hace las funciones de cocinero, llegaron a última hora del día anterior, desde Barcelona, con tres de los invitados. La casa estaba ya caldeada, y los viajeros, cansados, se retiraron deprisa porque al día siguiente los aguardaba un madrugón y una jornada de caza. Rai fue el único que se quedó despierto. A sus cincuenta y dos años, tres más que Juanpe, sus rizos gitanos siguen igual de rebeldes y su buen humor permanece inalterable. Para alguien que parecía destinado a una muerte prematura, ya fuera entre las rejas de hierro o las del jaco, Rai había logrado librarse de todo eso gracias a la decisión de mantenerse pegado al tipo que le dio trabajo cuando estaba a punto de descarriarse para siempre. No es que el Míster lo haya tratado como a un hijo, no es su estilo, pero sí le cobró, ya desde el inicio, un afecto que no obedecía del todo a la lógica.

La historia de ambos es tan curiosa que a Juanpe se le ha quedado grabada a fuerza de pensar en ella. A finales de los setenta, Rai, o Raimundo Ortega, era un chavalillo que habría podido emular las gestas del Vaquilla, y el Míster era Conrado Baños, un policía nacional de ideología firme y mano recia. Una mano que Rai había probado más de una vez en plena cara antes de que lo llevara, agarrado por el pescuezo, al correccional donde Juanpe lo conoció. Los caminos de Rai y el agente Baños se separaron, como era de esperar, y no volvieron a cruzarse hasta bastantes años después. En ese momento ni Rai era un chaval ni el otro era ya policía. El asunto de los GAL se hallaba en plena ebullición mediática con los juicios a los responsables políticos y policiales, pero Baños se había alejado de todo eso justo antes de que la mierda manchara los uniformes. Había abierto una agencia de seguridad privada que ofrecía servicios de vigilancia y protección. Rai andaba más desnortado aún que cuando entró en el correccional; como le dijo Baños, era el peor tipo de criminal posible: demasiado inquieto para enmendarse y demasiado cobarde para delinquir en serio. El momento del encuentro entre ambos fue, por supuesto, uno de esos actos fallidos de Rai: el robo del radiocasete de un coche que resultó ser de una de las amiguitas del Míster. Este se tomó el tema como algo personal: localizó el aparato y averiguó el nombre de quien intentaba venderlo esa misma noche. Podría haber mandado a alguno de sus gorilas a recuperarlo, pero ese día le picaba la mano, como él mismo admitió después, así que fue él en persona. Juanpe no sabría decir quién reconoció a quién, no porque no se acuerde sino porque el propio Rai se lo ha contado de varias formas distintas. En cualquier caso, si ese reencuentro con un viejo conocido no sirvió para evitar la paliza, que el ratero recibió con la resignación de quienes padecen la enfermedad crónica de meter la pata, sí terminó con una oferta de trabajo inesperada. En contra del método de otros revientacoches, Rai conseguía hacer su trabajo con fineza, y Baños, ya el Míster, supo apreciarlo. En ese momento sus actividades ya incluían el espionaje industrial, el manejo de una surtida red de prostitución y otros negocios legales relacionados con la construcción. El expolicía había creado un pequeño imperio que se retroalimentaba con bastante éxito. Muchos políticos cedían a sus tratos por las buenas, pero a otros había que convencerlos, y las putas y los micrófonos o las cámaras ocultas se revelaron grandes aliados en esa búsqueda de socios. Rai cumplía su parte como un campeón, y un par de tundas más lo convencieron de que no merecía la pena seguir tonteando con las drogas.

—Y qué, ¿cómo va la vida, payo? —le preguntó Rai mientras se servía «un whiskito» antes de irse a la cama.

Juanpe no contestó porque el silencio era la mejor respuesta. Su vida no iba ni hacia atrás ni hacia delante desde hacía ya tiempo, y ambos lo sabían. Sus únicos ingresos procedían de esos trabajitos puntuales y de una pequeña pensión vitalicia que le llegaba del Míster a cambio de estar disponible en cualquier momento.

—Quizá empiece a trabajar —dijo, sin ganas de dar demasiados detalles.

—Eso está bien, pero acuérdate de contárselo al Míster. No le gustan las sorpresas.

—Claro. —Juanpe le enseñó la mano derecha, aunque de hecho cualquiera de las dos podría servir.

—No seas *malaje*, payo. Eso ya pasó, coño. Ahora me voy a tener que endiñar otro whisky para que *me se* cure el mal rollito.

Los dos tenían la misma imagen en la cabeza. Aullidos de dolor y dedos cortados, pequeñas culebras muertas. El precio de un solo error. Un primer aviso que no había necesitado advertencias posteriores, entre otras cosas porque tampoco se le concedió la oportunidad de equivocarse de nuevo en algo importante.

—Necesito dinero —prosiguió Juanpe—. Con lo que me dan no me llega.

—Eso es verdad, pero deja que hable yo con él antes, ¿de acuerdo? Que yo sé cuándo pillarlo de buenas.

Juanpe asintió, en silencio, diciéndose que al otro le debía tanto sus ingresos como los dedos cortados. Si el reencuentro entre Rai y el Míster cambió la vida del primero, el de Rai con él sólo había alterado la suya. Quizá el poder fuera eso, la capacidad de influir en el destino de los otros: sobre cuanta más gente se extendía esa influencia, más poderoso era uno. Juanpe se planteaba qué futuro podría cambiar él, qué destinos podría alterar, y no se le ocurrió el de nadie. Era un cero a la izquierda, un ser invisible, alguien que no ejercía ascendiente sobre ninguna otra persona, ni para bien ni para mal.

—Me voy a la cama —dijo—. Estoy cansado.

—Un último *piti*. Venga, vamos afuera.

El Míster es un obseso con el olor a tabaco. Ni siquiera a sus invitados les permite fumar en el interior de la masía, así que Rai y Juanpe salieron a la puerta a pesar de que hacía un frío que congelaba hasta las ideas.

El humo se mezclaba con el vaho, con la tos seca de Rai y con los ladridos espurios de uno de los perros. Brillaban cuatro estrellas en un cielo negro y la noche palpitaba a su alrededor con esos sonidos amortiguados e inmutables, no del todo definidos, que conforman la banda sonora del campo en invierno. Se acostaron poco después sin decir una palabra más, cada uno envuelto por sus propias tinieblas. Dentro, los invitados ya dormían y los ronquidos dispersos daban fe de otra realidad que a Juanpe se le reveló con absoluta claridad. La gente hablaba del sueño de los justos, pero no era más que una simple frase hecha. El único sueño profundo de verdad era el de los poderosos, no porque sus conciencias estuvieran libres de pecados sino porque se hallaban exentas de miedo. Dormían bien porque se sentían seguros, porque en lo más profundo de su ser eran conscientes de que nadie se atrevería a hacerles daño.

Ahora, mientras les hace las camas, el sonido de un claxon lo lleva a asomarse a la ventana. Recuerda haber oído que el Míster esperaba a un cuarto invitado que no había confirmado del todo su asistencia. Pues bien, allí está, en el sendero que sube a la masía, recién salido de un coche demasiado elegante para esos caminos y vestido como si fuera a emprender un safari. Regordete, calvo y malhumorado, a juzgar por el ímpetu con que cierra la puerta del coche.

—¡Me cago en el GPS *dels collons*! —grita en dirección a él—. Llevo una hora dando vueltas por estos caminos. *Ja han fotut el camp?*

Juanpe asiente, sin recordar muy bien qué ha dicho el Míster que debía hacerse si se presentaba ese último huésped.

—Bueno, aún puedo unirme a ellos, ¿no? ¿A qué esperas, *home*? ¡Baja y acompáñame!

Juanpe detesta que le den órdenes a gritos. Durante muchos años lo asustaron y ahora sólo las odia. Se retira de la ventana despacio y la cierra con cuidado. Irá con él, sí, pero no antes de terminar con sus obligaciones. Es, tal vez, el único poder que tiene sobre los imbéciles: la capacidad de hacerlos esperar.

15

Jornada de reflexión. Víctor lleva todo el día cumpliendo con el precepto, pero no con el objetivo para el que se diseñó. Medita, piensa. Recuerda. Sobre todo recuerda. Por mucho que lo intenta no consigue centrarse en el presente, en un hoy que ha sido su día a día desde hace años: la conversación con su suegro, sus preguntas, las respuestas que tiene preparadas para tranquilizarlo. Sí, todo va según lo previsto, las obras de remodelación están prácticamente finalizadas; sí, claro que surgen inconvenientes y hay que estar atento; no, no han terminado de contratar al personal, pero faltan aún más de cuatro meses para la inauguración del hotel y la empresa de selección está trabajando de manera eficaz. Durante las dos horas y media largas que dura el interrogatorio, Víctor se encuentra mentalmente en un lugar remoto, alejado del vetusto despacho del señor Carballo, en un espacio que tira de él con la fuerza de un imán gigante para sacarlo de ese cuarto forrado de madera donde el aire se va cargando de cifras y datos.

La calle. Es ahí adonde viaja la mente de Víctor sin que él pueda evitarlo. Ve ante sí un túnel oscuro y oye, al fondo, el lejano eco de las carreras, de los gritos, de las risas y del miedo. Una calle que sabe a la sangre salada de las rodillas, y huele al caldo de cocido y al pollo asado de La

Cordobesa. Las mañanas de los jueves en el abigarrado mercadillo semanal.

Las tardes que se estiran como chicles hasta convertirse en masas duras e insípidas, manos sucias de polvo, balones que huyen más allá de la valla, el picor de aquellos pantalones de franela y de aquel jersey de cuello alto deformado a fuerza de tirones; canicas de colores y fajos de cromos sujetos con gomas elásticas, la mano enrojecida de darle a la pelota; el fuagrás blando sobre pan de molde, los polos de Coca-Cola envueltos en plástico, sin palo y sin burbujas. Algún tebeo. Pocos juguetes y siempre para compartir. Las películas de pistoleros de los sábados por la tarde sólo al alcance de los cuatro elegidos que ya tenían tele y que de muy pequeño él escuchaba a través del hueco de la escalera: diálogos sin caras, estruendo de balas, caballos fantasmas. Recuerda haber recreado esas frases con sus indios diminutos, idénticos, indios verdes contra cowboys amarillos que defendían un fuerte roto.

La calle, el colegio y su casa. Disputas con su hermano Javier, que ahora vive en México; el tacto áspero del mono de trabajo de su padre y el constante traqueteo de la máquina de coser, las amenazas tibias y la letanía ininterrumpida de ese transistor que parecía una prolongación de su madre y se movía a su vera como un halo sonoro e interminable. Coplas cantadas a viva voz mientras se limpian los cristales. Las protestas de tres niños peleando por las patatas fritas.

Y después, tras un día de viaje, todo ese bullicio se apagó y se desvaneció en el silencio de la casa de su abuelo. Un silencio tan envejecido y pétreo como él. Una casa donde se oía el tintineo de las cucharas y el ruido del viejo al sorber la sopa. Sin hermanos, sin indios de plástico, sin más exclamaciones que las que proferían las sillas contra el suelo y las puertas al abrirse. No puede reprocharle nada al abuelo porque sería injusto. Era un buen hombre que se había acostumbrado tanto a la soledad y eran tan adicto a sus hábitos que a veces se olvidaba de que en su casa había otro ser vivo, un chaval de doce años que necesitaba contacto humano para no irse transformando en otro viejo antes de tiempo.

Víctor hace un esfuerzo por regresar al presente, por zanjar la reunión que dará paso a la comida familiar, una especie de celebración navideña anticipada con sus suegros a la que asiste sólo en cuerpo. Nadie parece notar su humor callado y ausente, ni siquiera cuando Cloe y su abuelo inician una discusión por temas políticos en la que, como siempre, media Mercedes. Lo bueno de su esposa es que ambas partes la respetan y la obedecen, aunque sea a regañadientes. Su equilibrio es algo más que una pose o un factor derivado de la edad: es sensatez en estado puro, algo que en otra persona podría ser odioso pero en ella resulta tranquilizador. No levanta la voz, no se enfada; su tono es firme, mesurado y eficaz. Víctor siente de nuevo la necesidad de contárselo todo, de abrir esa caja oscura y hurgar en su interior, aun arriesgándose a una mordedura imprevista. Sin embargo, en cuanto se marchan sus padres y su hija se encierra en su habitación, Mercedes decide acostarse un rato alegando un súbito dolor de cabeza. Víctor se siente casi aliviado. Lleva todo el día pendiente del teléfono, de esa posible llamada de Juanpe, de esa corriente de aire frío que puede cruzar el salón en cualquier momento. Pero el teléfono no suena, y, a solas en el comedor, la mente de Víctor vuelve a traicionarlo, a precipitarlo por un foso profundo hacia la última tarde que recuerda en la casa de sus padres.

«Me duele la cabeza», había dicho Anabel (hace años que Víctor piensa en ella por su nombre de pila) antes de acostarse a media tarde, algo que jamás hacía. Él intuyó que era mentira, que se metía en la cama para no verlo después de que, un par de noches antes, él hubiera admitido que esperaron al Cromañón, él y el Moco, con la idea de darle una lección. Como si fueran piratas, esos Tigres de Malasia armados hasta los dientes que luchaban contra la injusticia. Desde ese día Anabel no había alterado un semblante serio, ojeroso, más triste aún que cuando la abuela estaba enferma y ella iba a cuidarla todas las tardes. «No te preocupes —le dijo él—. Yo me encargo de que no metan ruido y te dejen dormir.» Ella no le contestó, ni siquiera le revolvió el pelo; se apartó de Víctor sin tan siquiera mirarlo y se refugió bajo la colcha.

Él intentó cumplir su palabra, pero sus hermanos, quizá conscientes del ambiente enrarecido que se respiraba en el piso, estaban aquella tarde más revoltosos que nunca y sus amenazas de adulto en funciones no hacían mella en ellos. Imperturbables, sus pullas iban ganando volumen mientras Víctor se enfurecía («Mamá no se encuentra bien, mamá está intentando dormir, ¿queréis callaros?»), apretaba los dientes, gritaba por dentro para no incrementar el follón. En otra ocasión habría dejado que fuera una voz de su madre la que pusiera orden, pero en esa se sentía a la vez culpable y ridículo. Javier y Emilio desoían sus órdenes con la sana desvergüenza de los chiquillos que saben que no se juegan nada por desobedecer; es más, visto desde una perspectiva adulta, es probable que aquellas órdenes los pusieran aún más nerviosos. Terminaron corriendo por toda la casa, persiguiéndose como cachorros, hasta que él ya no pudo soportarlo más y, con el rostro enrojecido por la ira, agarró a Javier por el cuello del suéter y lo zarandeó con fuerza. Su hermano intentó zafarse con un empujón y ambos cayeron al suelo. Víctor tenía casi dos años más: era más fuerte, más alto y estaba mucho más furioso. Le costó poco dominarlo, sentarse sobre sus piernas e inmovilizarlo con las dos manos.

«¿Qué le estás haciendo?» La pregunta de Anabel atravesó el comedor y detuvo la pelea antes de que empezara a producirse de verdad. Emilio había roto en sollozos, asustado de toda esa violencia infantil inesperada, pero su madre corrió hacia los dos mayores, que aún estaban uno encima del otro, quietos como actores a la espera del sonido de la claqueta, y cogió a Víctor por los hombros con tanta intensidad que él notó sus dedos como garras. «¿Qué le haces? ¿Qué le haces? ¡Deja a tus hermanos en paz!» Iba a contestarle, a protestar por la injusticia de ser el reprendido, pero se le entelaron los ojos y las palabras se le enredaron en un nudo de lágrimas. Anabel siguió aferrada a él, repitiéndose cada vez en voz más baja hasta callarse del todo.

Siente su mirada ahora, casi cuarenta años después, y por primera vez la comprende. Los ojos de Anabel no expresaban enfado sino pánico. Un miedo irracional y salvaje, terror a ese desconocido que hasta entonces había sido su hijo predilecto.

Esa misma noche hicieron su maleta y a la mañana siguiente él y su padre salieron temprano, en el coche, en dirección al pueblo. Víctor viajaba solo en el asiento trasero. A diferencia de lo que sucedía normalmente, podía tumbarse si le daba la gana. Pero no lo hizo. Permaneció en un rincón, inmóvil, como si a su lado viajaran unos hermanos que ya no estaban. Que ya nunca volverían a estar.

¿Cómo debió de sentirse Juanpe ese mismo día, cuando lo sacaron de su casa y lo llevaron ante el juez? ¿Y después, al ingresar en aquel centro donde únicamente había quinquis? ¿Tiene él algún derecho a quejarse sólo porque lo hubieran separado de su familia y lo hubieran enviado al pueblo? Al fin y al cabo, todo lo que posee, su familia, ese hogar, su trabajo, empezó a gestarse aquel día, con aquel viaje, por duro que fuera al principio. Contempla cuanto hay a su alrededor y por primera vez lo asalta la sensación de que es ajeno a todo eso, de que su presencia es un mero accidente que se inició cuando él y Juanpe cometieron un acto atroz. Sus vidas habrían sido distintas, y probablemente él no habría estudiado en Granada ni pasado por Madrid, ni habría conocido a su esposa ni viviría ahora en esa casa.

Es entonces cuando se levanta del sofá y sale a la terraza. De día disfrutan de una vista magnífica: ese mar indómito, furioso, que en ese momento es una superficie oscura y extrañamente tranquila, cosida al horizonte negro. Saca el móvil del bolsillo y hace lo que debería haber hecho días atrás. Envía un mensaje a Juanpe, un texto corto y directo:

Tenemos que hablar. En tu casa, el día que quieras de la semana próxima

16

Juanpe y el recién llegado, que no para de hablar, no tardan mucho en reunirse con el Míster y el resto del grupo. La mañana es fría, no hay rastro de sol y las nubes parecen a punto de desplomarse sobre ellos.

Siempre siente algo raro cuando acompaña a los huéspedes de caza, un cosquilleo extraño al ser un simple testigo de esa función de asedio y muerte. Los humanos avanzan, escopeta en mano, con los sentidos alerta, listos para abatir una presa que hasta entonces ha vivido felizmente ignorante del destino que la espera. Juanpe siempre se ha sentido fascinado por ese instante trágico, los segundos que preceden a la ejecución. Antes, cuando aún no había caído en desgracia, participaba en ellas y había abatido algún que otro jabalí; ahora, en los mejores momentos, tiene que conformarse con ver al Míster o a alguno de los invitados apretar el gatillo y apenas consigue apartar su mirada del animal, erguido y poderoso, y luego letalmente herido, cayendo bajo el peso de un cuerpo que va perdiendo la sangre, la fuerza y la vida.

Juanpe siente que hay algo maravilloso en esa fragilidad, en el destino inexorable que nos aguarda a todos aunque no lleguemos a ser nunca conscientes del instante o el lugar en que va a producirse. Los animales tampoco lo saben. Empuñar el arma con anhelo de matar desemboca en una condena inmerecida y a la vez inevitable. Ha habido partidas memorables, y los trofeos, en forma de cabezas disecadas, cuelgan en el salón de la masía, poderosas y agresivas incluso en la muerte. Pero esa mañana los invitados no son grandes cazadores, y Juanpe se siente ofendido por sus risas, por la frivolidad y la indolencia de sus movimientos. En realidad, se limitan a acompañar al Míster en su afición favorita y a vivir una experiencia distinta. Juanpe los observa: ninguno de ellos tendría arrestos para disparar a menos que fuera para salvar la vida. El Míster es distinto: él respeta a sus presas, él se toma esto en serio. Alguna vez Juanpe ha advertido en sus ojos el mismo anhelo que lo perturba.

La mañana avanza con lentitud y los huéspedes empiezan a impacientarse. Hace demasiado frío y sus ganas de seguir son demasiado escasas. Finalmente, se reparten en dos grupos y a él le toca llevar de regreso a la masía a los más recalcitrantes. Intuye que el Míster lo hace a propósito para fastidiarlo, para quitarle el placer de ver morir y matar, pero acepta sus órdenes con la docilidad acostumbrada. Sólo alguien que lo conociera mucho podría percibir en sus maneras algo parecido a la decepción.

Unas horas después los ronquidos serenos que Juanpe oía la noche anterior se han convertido en carcajadas que resuenan por la masía con la misma arrogancia. Sobre las nueve y media de la noche han llegado las chicas, como siempre. Juanpe las ve cada vez más jóvenes, aunque quizá sea porque él envejece más deprisa que otros. Aparecen invariablemente después de la cena, cual postre tentador tras una jornada de caza y un banquete sazonado con cocaína y alcohol. Los invitados las esperan aunque fingen sorprenderse y se dejan agasajar por esas jovencitas que llevan la sonrisa maquillada en la cara.

El Míster nunca entra en el juego. Como mucho, agarra a una de la mano y se la lleva al sofá. Desde allí, y mientras acaricia con suavidad los cabellos de la elegida, observa la interacción del resto del grupo. Está convencido de que se aprende mucho de los hombres viendo cómo tratan a las putas. Los hay que mantienen una distancia condescendiente y se limitan a dejarse querer, disfrutando de las caricias regaladas con complacencia. Estos son dignos de ser tenidos en cuenta porque su hedonismo indica que sólo hace falta una tentación mayor, más irresistible, para quebrar su moral. Son los más fácilmente corruptibles porque en esa pasividad indulgente subyace el autoengaño, la seguridad de que no están haciendo «nada malo», de que, esencialmente, se merecen cualquier cosa buena que la vida les ponga delante, ya sea una chica gratis o un soborno generoso. Otros, en cambio, buscan enseguida un rincón íntimo, una habitación privada donde rematar la faena sin testigos. No pueden resistirse al deseo, pero se sienten culpables y ponen fin a ese titubeo moral con un polvo rápido que satisfaga tanto la conciencia como el instinto. Según su experiencia, el Míster clasifica a esos hombres en el grupo de los aliados sólidos en los buenos momentos y los primeros traidores en situaciones de apuro. Y finalmente están los que pierden la cordura, los que compensan su ínfima talla personal con mucho alcohol, mucho grito y alguna agresión. Estos nunca vuelven, ni a la masía ni al despacho del Míster, porque a lo largo de los años ha comprobado que si un tipo necesita agredir a una prostituta para sentirse más hombre nunca merecerá su confianza.

El Míster ha pronunciado ese soliloquio tantas veces que Juanpe lo acepta como una de esas lecciones de vida que, si bien él no termina de entender, alguien más listo ha dado por buena. Hace tiempo incluso que dejó de cotillear y ahora sólo quiere que la fiesta termine cuanto antes, que las chicas se marchen y los hombres se retiren a dormir porque los ruidos del sexo lo inquietan. Es más, el Míster les ha anunciado que saldrán mañana antes del mediodía, ya que algunos invitados quieren ir a votar. En realidad, con votación o sin ella, la juerga nunca suele prolongarse demasiado. Juanpe comprueba el móvil mientras espera y esboza una sonrisa. Ahí está, el mensaje que quería recibir ha llegado. No le resultó muy difícil localizar el número particular de Víctor: aparecía en su perfil de una página llamada LinkedIn, tal como le explicó con amabilidad una de las bibliotecarias, que se sentó con él ante el ordenador y efectuó la búsqueda. Juanpe sabe poco de las nuevas tecnologías, esa es la verdad, y a veces piensa que debería aprender algo más. No será por falta de tiempo, se repite. Contempla el móvil, satisfecho, mientras se dice que ese mensaje, brusco y tajante, le está animando esa noche tediosa cuando el repentino barullo que llega desde abajo y los chillidos de mujer que ascienden como una siniestra columna de humo anuncian que el aburrimiento no va a ser la tónica de la velada.

Son gritos histéricos, repentinos y estridentes, que se quedan flotando en el aire como el eco de una sirena. Juanpe desciende a toda prisa, a unos cuantos pasos de distancia de Rai, y cuando llega abajo tarda unos instantes en comprender la situación. Una de las chicas, completamente desnuda, solloza en brazos de otra y los hombres que se hallan en el comedor recuerdan a las figuras estáticas de los mimos. Sólo el Míster se mueve, con la misma diligencia de la que hizo gala en la cacería, para dirigirse a una de las habitaciones. Y ahí está la causa del alboroto: el último invitado, el que llegó a media mañana, yace desnudo en la cama, bocabajo, como si un mazo lo hubiera golpeado por la espalda.

—¡Mierda! —murmura el Míster mientras corre hacia el cuerpo e intenta darle la vuelta.

Tarda unos pocos segundos en comprobar que no respira, que la puta histérica tenía razón cuando dijo que al gordo le había dado un infarto. Que el hombre estaba muerto.

Nunca ha sucedido algo así. Los restos de cocaína aún manchan la tarjeta de crédito que se encuentra en la mesita de noche y, en un gesto mecánico, el Míster los limpia con la palma de la mano antes de morderse los nudillos y volverse hacia Rai.

—Mierda —repite.

Otro de los invitados, el más alto y más joven, entra rápidamente con el aire profesional de quien no es lego en la materia de enfermedades y fallecimientos. Su examen dura apenas unos segundos, y mueve la cabeza con aire solemne.

—No hay nada que hacer.

Por una vez, el Míster parece confuso, superado por un acontecimiento que no esperaba.

—Cierra la puta puerta —ordena dirigiéndose a Juanpe—. No, espera. Espera. Voy a organizar a los de fuera.

El Míster sale, dejando a Juanpe y a Rai con el muerto. El médico, porque claramente esa es la profesión del joven alto, observa el cadáver con detenimiento mientras el gitano se santigua y luego se encoge de hombros, o quizá al revés. Los muertos lo aterran, así que desvía la mirada hacia la puerta, a la espera de que el jefe regrese y les diga qué tienen que hacer. Juanpe, en cambio, no puede apartar la mirada del cuerpo. Por alguna razón, el tipo se había puesto un gorro de Papá Noel, y el vello le cubre los costados de la espalda de una forma curiosa, como si tuviera dos alas negras. La imagen de un Santa Claus perverso le resulta lo bastante chocante para hacerlo sonreír.

—¿De qué te ríes, payo?

Juanpe mueve la cabeza. Piensa de repente en los otros cadáveres que ha visto en su vida y se le borra la sonrisa a tiempo de evitarse explicaciones ante el Míster, que acaba de entrar otra vez.

—Las chicas se marchan. Rai, ve a hablar con la que estaba con este. Asegúrate de que estará calladita.

—¿Y ellos, jefe? —pregunta el gitano.

—Ellos están vistiéndose. Juanpe, limpia el comedor, que parezca que hemos estado de cena y no en una puta orgía. Carlos —dice dirigiéndose al médico—, ¿podemos hablar un momento en privado, por favor?

Todos obedecen. El Míster y el joven alto se quedan en la habitación, con el malogrado amante como testigo sordo de su charla. Juanpe retira los platos de la mesa y los lleva a la cocina, desde donde oye la conversación entre Rai y la chica. Tras el shock inicial, ella parece haberse calmado lo bastante para entender que lo que más le conviene es olvidarse de todo. Su nombre es Valeria, o eso dice, aunque la verdad es que tiene cara de llamarse así: pómulos marcados, ojos codiciosos y labios como cerezas. No es tan joven como otras, y seguro que ha visto cosas peores que un gordo fulminado por un infarto. La charla con Rai dura poco y Juanpe aún está en la cocina cuando termina.

—Joder, macho —le dice el gitano al entrar—. Menudo marronazo.

—El Míster se encargará de todo.

—Ya. Es como Dios. —Rai sonríe—. Pero incluso a Dios le salió un diablo para joderle la obra. ¿Sabes quién era ese tipo? ¿El muerto?

—Ni idea.

—Pues un juez, *pisha*. Uno de esos que juzgan a los colegas del Míster cuando los pillan con el carrito de los *helaos*.

Juanpe asiente mientras se seca las manos con un trapo de color verde.

—Las cosas están cambiando, tío. Esta familia se nos va

a ir al carajo con tanto escándalo y tanto juicio. Al carajo y *pa* siempre.

—El Míster lo arreglará todo —dice Juanpe de nuevo—. Siempre lo ha hecho.

Y así es. Veinte minutos después no queda ni rastro de la fiesta. Las chicas se han ido hace rato, a excepción de Valeria, que, ya vestida de nuevo, fuma con gesto afectado junto a la puerta de la masía. Rai se ocupará de llevar a los invitados en la furgoneta a un hotel donde pasarán la madrugada antes de regresar a sus respectivos hogares, algo que el Míster ha organizado ya. Los tipos respiran tranquilos: a nadie le gusta pasar la noche con un cadáver y, por otro lado, cuanta menos gente haya allí dentro, tanto mejor. El médico, el tal Carlos, se queda en la masía, con el dueño y el cocinero. Se le ve pálido, como si tampoco a él le hubiera sentado muy bien la cena.

—¿Tú dónde vives? —pregunta el Míster a Valeria.

—En Lleida.

Valeria cabría en la furgoneta de Rai sin problemas, pero a los hombres, los mismos que estaban encantados de follar con ella o con sus amigas, no les apetece tenerla cerca ahora, como si el virus de la muerte que ella había presenciado pudiera ser contagioso. Así pues, el Míster ordena a Juanpe que coja el coche y la lleve.

—Ya no hace falta que vuelvas. El cocinero se ocupará de limpiar mañana.

Las órdenes no se discuten. Juanpe sube al coche, incómodo ante la perspectiva de una hora y media de viaje con una mujer. Ella no parece darse cuenta y se sienta en el asiento del copiloto. Sigue fumando, encadena un cigarrillo tras otro, y mantiene la ventanilla abierta, como si el frío de la noche le resultara deseable.

Hace mucho tiempo que no tiene a una mujer tan cerca, piensa Juanpe. Sus dedos la rozan sin querer al cambiar de marcha y percibe su perfume, barato e intenso, mezclado con el olor a nicotina. La mujer no le presta la menor atención durante al menos media hora, pero después parece aburrirse de sus propios pensamientos y se vuelve hacia él.

—¿Y a ustedes no los dejan coger nunca? Me refiero a vos y al gitano ese.

Juanpe no responde; intenta decirse que eso que acaba de oír es una simple pregunta y no una invitación.

—¿Tampoco los dejan hablar?

—Estoy conduciendo y es de noche.

—Dale, gordo, si no querés hablar, todo bien. Ya me callo.

Él asiente y sigue con la vista fija en la carretera. Piensa en el fin de semana, en la cacería frustrada, en el muerto que yacía en la cama. En la mujer que lleva al lado. En que, una vez más, debería excitarse y no lo consigue, lo cual le provoca una mezcla de resentimiento hacia el hombre que marcó su sexualidad de por vida y, por extensión, hacia esa hembra que se lo recuerda con proposiciones descaradas que otro aprovecharía sin más rodeos.

Piensa en lo mucho que desearía agarrarla de los cabellos y tirar de ellos hasta hacerla gritar, y luego cubrirle la boca, notar sus dientes intentando inútilmente zafarse de la mordaza a bocados. Piensa en lo mucho que disfrutaría apretando ese cuello fino hasta cortarle el aire, en lo maravilloso que sería volver a ser actor y no testigo, cazador y no simple lacayo. Nota una erección dolorosa, profunda, y reza para que la tal Valeria no vuelva a abrir la boca. Tiene que contenerse. Casi siempre lo ha hecho, pero el olor que ella desprende, a perfume, a sexo triste, a hembra amargada, no ayuda.

Entonces una voz procedente del asiento trasero le susurra al oído: *¿Por qué no? ¿Por qué no te diviertes por una vez en tu vida?*

—Déjame en paz —responde, y la mujer lo mira con cara de perplejidad.

—Gordo, no me rompás las bolas, ¿eh?

Pero sus palabras ya indican más nerviosismo que desafío y el aroma del miedo empieza a invadir el interior del coche. Juanpe ve la señal que indica un área de descanso en la autopista a dos kilómetros y piensa que tiene exactamente ese tiempo para decidir si prefiere divertirse por una vez o bien pasar de largo.

17

Harta de oír porcentajes, opiniones y posibles opciones de pacto postelectoral, Miriam apaga el televisor y se queda con el mando a distancia en la mano, concediéndose diez minutos más antes de dar el domingo por zanjado. Cambia el mando por el teléfono móvil, a pesar de que sabe que no ha recibido ningún mensaje, ninguna llamada. No sabe si alegrarse o no; de hecho, no sabría decir si preferiría tener noticias de Rober o si está mejor sin ellas.

Iago está en su cuarto y hace ya un buen rato que su padre se acostó. Cada día se mete en la cama antes, como si quisiera zanjar pronto la jornada y todo lo que conlleva. Va perdiendo el interés por cuanto lo rodea, por las noticias, los sucesos cotidianos y las conversaciones triviales, aunque de repente, durante un par de horas, vuelve a ser casi el de siempre. Un poco más arisco, quizá, pero integrado en la vida familiar. Miriam lo nota sobre todo en sus pupilas, que por un rato pierden ese tono mortecino y sonámbulo para recuperar el brillo habitual.

Le apena que Iago tenga que ser testigo de todo eso, de la degeneración progresiva de alguien que ha sido su única figura paterna, pero no puede hacer nada para evitarlo. Mientras sea posible, su padre vivirá en casa, rodeado de los suyos. Ya fue bastante difícil sacarlo de su antiguo piso, donde había permanecido solo desde la muerte de Salud. Cuando hace unos meses decidió llevárselo con ellos, Joaquín demostró la misma tozudez de siempre, agravada por la incipiente enfermedad. Sin embargo, ella no dio su brazo a torcer: entre discusiones, halagos, amenazas y órdenes logró persuadirlo, aplicando para ello su misma fuerza de voluntad, presente en su ADN por partida doble. «Mamá no me perdonaría que te dejara solo —le dijo por fin—, y bastantes disgustos tuvo en vida para amargarle también el descanso eterno.» Existía otra posibilidad, la de mudarse ella y Iago, aunque esta le costaba más. Su piso, aun siendo de alquiler, significaba para ella su reino y ahí no importaban las consideraciones económicas. Al fin y al cabo, alquilar el del padre le reportaba unos ingresos fijos, no demasiado elevados pero necesarios.

Miriam prolonga un poco más esa pereza dominical de última hora, preparándose para la ajetreada semana de Navidad. Sin poder evitarlo, repasa mentalmente la lista de las clientas que han pedido hora, llenándole la agenda por completo. Si todas las semanas fueran como esa, todo sería mucho más fácil, piensa antes de levantarse del sofá y dirigirse hacia la cocina a por un vaso de leche fría, una costumbre que nunca ha logrado abandonar del todo.

—¿Ya te acuestas? —le pregunta Iago desde la puerta.

Va en pijama, uno que ella le regaló la Navidad pasada, y a pesar de que su voz es ya mucho más grave Miriam no puede evitar verlo como a un niño.

—En cinco minutos, sí. —Pero al comprobar que su hijo no se mueve, añade—: ¿Por...? ¿Querías algo?

Iago murmura entre dientes unas palabras, un «nada, puede esperar», pero sigue allí, remoloneando en el umbral, así que Miriam saca un vaso limpio del lavavajillas y lo llena también de leche. Si tu hijo de quince años, amable pero más bien reservado, sale de su habitación en pijama a las doce menos cuarto de la noche con ganas de contarte algo, de ninguna manera puedes dejarlo para el día siguiente.

—Va, dime. ¿Qué quieres?

Intenta no sonar condescendiente. No lo consigue del todo.

Iago se toma la leche deprisa, de un trago.

—El viernes pasado, cuando fui a buscar al abuelo al centro de día, no me reconoció.

—Ya... —Miriam respira, aliviada. Es un tema del que ya han hablado en otras ocasiones—. Bueno, no es la primera vez que le pasa. Ni será la última, Iago, esto empeorará.

—Sí, sí. Lo sé. No... no era eso exactamente lo que quería contarte. Muchas veces no me reconoce, pero el viernes estaba convencido de que yo era otra persona. Joaquín, me llamaba.

Iago se calla algo: omite que lleva horas chateando con Alena por WhatsApp y que, según ella, el abuelo le preguntó por un tal Joaquín el día que se lo encontró en la calle. No quiere contárselo a Miriam. No quiere incumplir su promesa de mantener esa escapada en secreto.

—Me echó una bronca. Bueno, no a mí, a ese tal Joaquín. Hablaba como si fuera su padre.

Miriam se apoya en la encimera. Es demasiado tarde para esa historia. Demasiado tarde para abordar tragedias familiares. Está segura de que si su propia madre hubiera vivido más, Iago se habría enterado de todo en algún momento. Su padre, en cambio, ha sido siempre un hombre parco en palabras, más propenso a hacer borrón y cuenta nueva que a remover momentos del pasado. Sobre todo los que duelen. Y ella... ella nunca ha logrado que su hermano muerto fuera alguien real: sólo una fotografía en la mesita de noche de su madre. Piensa en dejar esa charla para otra noche, aplazar la narración de un relato que no tiene nada de agradable, pero Iago insiste con la mirada y la honestidad se impone. Ya le ha ocultado bastantes cosas.

—Y hay una foto en su mesita de noche. Dentro del cajón. Un niño vestido de primera comunión.

La foto. Miriam se había preguntado alguna vez qué habría sido de ella después de la muerte de su madre.

—Joaquín era mi hermano —dice por fin—. Mi hermano mayor.

La expresión de perplejidad de Iago le duele un poco, y de repente no comprende por qué no han hablado de eso antes y con más naturalidad. Quizá porque tanto ella como el abuelo habían estado siempre bajo la sombra de esa imagen —la del pobrecito Joaquín, mi niño— que proyectaba una tristeza perpetua, y habían optado, después de la muerte de Salud, por cortar los lazos con esa parte horrible de sus vidas. En ese momento el olvido se le antoja la traición a una víctima inocente que no se merece semejante trato. Los muertos desaparecen de verdad cuando ya no queda nadie que los recuerde. Se pregunta si su padre habrá vuelto alguna vez al cementerio porque sabe perfectamente que ella no lo ha hecho, ni siquiera por respeto a su madre. Por extraño que parezca en una mujer de su edad y sus convicciones, Salud pidió ser incinerada y esa voluntad sí la cumplieron. Ese acto la ha liberado de las visitas a cualquier otra tumba, se dice Miriam, admitiendo a la vez que se trata más de una explicación que de una excusa.

—Siéntate —pide a Iago, y se apoya en la mesita de la cocina—. Estoy segura de que si la abuela hubiera vivido más tiempo habrías escuchado esta historia de su boca. Yo… no sé por qué no te he hablado nunca de él, de Joaquín. Quizá porque murió cuando yo no tenía ni un año, así que no me acuerdo de él en absoluto.

Iago la mira, expectante, interesado por un relato que viene envuelto en el atractivo papel del secreto.

—A Joaquín lo mató un chaval que era vecino de los abuelos cuando vivían en el piso viejo… No, no me refiero al que tú conociste sino a uno anterior, en los bloques verdes. Allí nací yo, aunque tampoco me acuerdo mucho de esa época.

—¿Lo mató un chaval? ¿En una pelea?

—La abuela decía que no fue una pelea. Que le tendió una trampa, una especie de emboscada, y lo atacó a sangre fría. La abuela… la abuela no lo superó nunca del todo.

—Pero ¿cuántos años tenía tu hermano?

—Joaquín tenía catorce años. Estaba en séptimo u octavo de EGB, creo. El otro era más pequeño, me parece. Iban juntos al colegio. Al mismo que vas tú ahora.

Entonces se da cuenta de lo poco que sabe realmente y de que, cuando su padre pierda la memoria del todo, ya no quedará nadie en la familia que recuerde qué sucedió. Siente la necesidad urgente de recabar esos hechos y ponerlos en conocimiento de su hijo, como si se tratara de un legado que no debe perderse. Piensa, con pesar, que el dolor de su madre le empañó la curiosidad: su frialdad general, la apatía generada por una amargura constante le provocaron el hartazgo. Es injusto, se dice ahora mientras su hijo le formula con la mirada decenas de preguntas a las que quizá nunca pueda dar respuesta.

18

Ven aquí...
      A él le gusta mandar a pesar de saber que, en lo que se refiere a ella, está completamente vendido. A veces piensa en las muchas mujeres que han pasado por su cama y se pregunta, durante un instante, qué tiene esa en particular. No es la más joven ni la más guapa. Quizá sea que, a los cincuenta y pocos, cuando uno cree estar inmunizado contra el amor, bajan las defensas y el virus ataca más fuerte. O tal vez que pocas mujeres se manejan como ella, con esa mezcla de desidia y apasionamiento. A ratos lo desprecia, a veces lo acaricia, y siempre consigue que el corazón le bombee al ritmo de sus caderas. No es la mujer que uno le presentaría a su madre, lo cual en el fondo no es ningún problema porque él ni recuerda a la suya.

Ahora se le acerca, desnuda, con esos pezones oscuros y dulces como bombones, el cigarrillo en unos labios tan pintados que uno podría morderlos hasta envenenarse y aun así morir feliz. Le gusta porque no tiene que ser delicado con ella, ni tampoco celoso, aunque a veces la ha agarrado del pelo con fuerza y le ha hecho jurar que no disfrutaba con nadie tanto, con nadie a secas. «Ya sabes que es mi laburo —le responde ella—. Pongo el piloto automático y dejo que hagan lo que quieran.» Él sabe que es verdad, y también que ella busca el trampolín que la eleve de esa misma cama, que es su mesa de trabajo, el pasaporte hacia una vida donde no tenga que acostarse con media docena de tíos en una semana para llegar a fin de mes. Y eso que no puede quejarse: ya no hace la calle, al menos no como las pobres negras de la calle de la Palma. Ella sale por la noche a los bares de copas que hay en la misma calle Bonaire y se trinca a un pardillo que no sabe muy bien si está ligando o cerrando un trato comercial. Es buena en eso, Valeria. Finge tan bien que a veces, cuando le suelta una de esas frases que él le ha oído de lejos (porque algunas noches desesperadas se ha mortificado siguiéndola y viendo cómo trabaja, y se ha aguantado las ganas de partirle los morros contra la barra del local a cualquiera de esos tipos), siente que podría arrancarle la lengua de un mordisco para no volver a oírlas nunca más.

—¿Qué quiere mi rey gitano? —le susurra ella.

—¿Has ido al baño a ponerte otra vez?

Le molesta que se drogue tanto y, al mismo tiempo, sabe que eso la une a él más que ningún otro regalo, promesa o palabra. Rai sigue consiguiendo la mejor cocaína del mercado, eso es un hecho, y a pesar de que dejó de consumirla habitualmente porque el mono era mil veces más soportable que las palizas del Míster, ahora se permite algún tirito para follar. Se engaña pensando que es el polvillo blanco lo que lo pone loco, cuando en el fondo sabe que la única droga a la que es adicto ya es a ese culo caliente y acogedor. Nunca le ha explicado a Valeria por qué disfruta tanto con el sexo anal; lo bueno de las profesionales es que están acostumbradas a no hacer preguntas.

—No me gusta que te la metas sin mí.

—Todavía queda, no seas amarrete, flaco. Compartir hace feliz.

Valeria se acuesta a su lado y deja el cigarrillo en el cenicero de la mesita de noche. La mesita de luz, la llama ella. Esa es otra de las cosas que lo vuelve loco: ese acento susurrante, esas «elles» arrastradas que le suenan a taberna y a tango, esas palabras que entiende y lo sorprenden a la vez. Valeria nació en Montevideo, pero su sueño no es volver a casa sino vivir en Miami, donde estuvo hace años con uno de sus amantes. Le ha contado mil veces cómo es, y Rai ha empezado a verse en sueños como Don Johnson, con americana oscura y camiseta blanca, al volante de uno de esos inmensos descapotables. No sería mal final para un gitano de la Mina, y menos con una gachí como Valeria al lado.

—¿Ya pensaste cómo vamos a hacerlo? —pregunta ella.

—Como siempre, ¿no?

—Dejate de cuentos, Rai. Esto no es un «como siempre». El gordo ese se murió.

—Es que tienes veneno entre las piernas, morena.

—¡No seas rompebolas! Sabés bien que no es lo mismo...

No, no lo es. Y además está el Míster de por medio. Hace meses ya que Rai y Valeria han montado un negocio complementario. Una vez por semana Valeria deja Lleida y se mueve por Barcelona, Sabadell o cualquier otra ciudad más o menos grande. Liga igual, aunque escoge a algún tipo con pinta de pardillo, de esos que siempre han soñado con engañar a su mujer pero nunca se han atrevido a hacerlo. Luego les hace un par de fotos, sin que se den cuenta, y Rai se ocupa de sacarse un dinerito extra. El chantaje es legal, nunca se repite, y la mayoría de los hombres prefieren soltar mil o dos mil euros (en función de las posibilidades) a tener que explicar ese mal día o exponerse a la ira de Rai. Alguno intenta resistirse, y entonces hay que pasar al plan B. Él ha aprendido a dar miedo, otra de las lecciones del Míster, y los individuos que escogen son blandengues como las natillas. Las ganancias son para Miami, se dicen, aunque hay que descontar lo que gastan en coca, que es bastante, y una parte que Valeria guarda para su hijo. Rai lo respeta; puede estar enamorado de una puta, pero no podría soportar que ella no se preocupara por su hijo. Él no conoce a Ezequiel, que vive en Montevideo con una hermana de Valeria y a quien ella hace ya casi un año que no ve.

—No me contestaste.

—¿Cuál era la pregunta?

—Joder, Rai... ¿qué hacemos con las putas fotos? Las del muerto con el gorrito de Papá Noel y la verga tiesa como un palo. ¿Crees que la familia pagará?

—Claro. ¿A ti te gustaría ver a tu padre, magistrado del Tribunal Superior de Justicia de Cataluña, haciéndose un pajote navideño justo antes de diñarla?

Ella se ríe.

—Lo de «pajote» es mucho decir...

—El payo le puso ganas, no lo niegues. Tantas ganas que se fue al otro barrio.

—¿Te gustaría morir así?

—¿Follando? ¿O con el gorrito de Papá Noel?

—¡No seas tarado!

—Ahora mismo me suicidaría dentro de ti.

—Aquí no coge nadie hasta que no me contestes.

—¿Seguro? Entonces sí que me muero.

—Uno menos a repartir, gitano. Oye, en serio, ¿seguimos adelante? ¿Tu Míster no se va a volver loco?

—¿Sabes una cosa? —dice Rai mientras se quita de encima la sábana y muestra lo excitado que está—. ¡Que le den al Míster! No se enterará. Lo haremos como siempre, pero por más pasta. Esa gente está forrada y son unos rancios. Y ahora enséñame ese culo que es una obra de arte o te juro que moriré y te llevaré al otro barrio conmigo y te follaré *pa* siempre, ya sea en el infierno o en el paraíso.

19

Zanjar el asunto. Ese es el mantra que Víctor lleva repitiéndose desde el fin de semana pasado, y con él grabado en el cerebro acude a su cita. Lleva dinero, una cantidad generosa sin llegar al exceso, y sobre todo lleva una máscara de entereza en la cara. La nostalgia puede ser peligrosa, una enfermedad fácil de contraer que sólo se cura con el olvido y para la que uno debe vacunarse con una dosis extra de frialdad. En definitiva, se repite mientras sube los seis pisos a pie en un gesto que pretende contribuir a afianzar su hartazgo, terminar con esto. Pagar el perdón con una propina, una especie de finiquito que clausure esa amistad que, ahora mismo, no puede considerarse como tal.

Lo suelta a bocajarro en cuanto entra en el piso: un discurso que empieza con un reproche, «No deberías haber llamado a casa», y prosigue con todos esos puntos que ha ido anotando mentalmente durante los últimos días. Está seguro de que es lo bastante convincente, lo bastante duro sin llegar a ofender. No busca, desde luego, un enfrentamiento sino poner el punto final a ese epílogo incómodo de una historia que terminó hace años. Sus vidas habían tomado caminos distintos, sendas opuestas, y no tenía ningún sentido que volvieran a cruzarse. Eso era un simple accidente, un choque sin importancia que no debía tener más consecuencias.

—Sé que estás pasando una mala racha —le dice al final mientras echa mano del sobre que lleva en el bolsillo interior del abrigo—, y me gustaría ayudarte en lo que pueda.

—No lo hagas.

Son sólo tres palabras, apenas las primeras que Juanpe ha conseguido pronunciar desde que Víctor ha llegado.

—No lo hagas —repite, y algo en su tono, o en esos ojos entornados, nerviosos, frena en seco a Víctor.

—Juanpe, no seas tonto. Es la única ayuda que puedo ofrecerte. Acéptala y sal adelante. Te irá bien mientras se... se aclara tu situación.

—Mi situación está muy clara, ¿no te parece? Quizá la tuya sea ahora más compleja.

Víctor no es capaz de decidir si esa frase es un simple comentario o una amenaza. No quiere, ni puede permitirse, iniciar una pelea, así que permanece inmóvil, en medio del comedor, mientras el televisor enorme emite imágenes mudas. Desvía la mirada y la posa en un cuadro, uno de esos que regalaban en las cajas de ahorros, que muestra una escena campestre de segadores trabajando al sol.

—Siéntate, anda —dice Juanpe—. ¡Siéntate, joder!

A pesar de todo, el tono indica más cansancio que ira y Víctor acepta, cede a sabiendas de que se trata de un paso atrás en su propósito. Va a expresarlo, a dejar constancia de que su decisión es la que es y no admite réplicas cuando su amigo enciende un cigarrillo y se sienta frente a él, al otro lado de la mesa del comedor. Hay migas en el mantel y Juanpe las lleva hasta el borde con la ayuda de un cuchillo grande.

—¿Sabes una cosa? Hace años, bastantes años, un tipo también me ofreció pasta para hacerse perdonar. Y tampoco la acepté.

—No se trata de eso, Juanpe. Si quieres aceptar mi ayuda, aquí está; si no la necesitas o no la quieres, lo siento mucho pero no tenemos más cosas de las que hablar.

—¿Tú crees que no? Mira a tu alrededor. A lo mejor no te acuerdas... Lo planeamos aquí, sentados a esta misma mesa mientras mi madre dormía. Decidimos hablarlo en mi casa porque en la tuya no había tanta tranquilidad. Lo único bueno de este sitio era que nadie nos prestaba mucha atención. Por eso más tarde me diste el suéter, manchado de polvo, para que mi madre lo lavara. La pobre no se enteraba de nada...

—No sigas.

Juanpe lo mira, tiene el cuchillo aún en la mano y lo blande en el aire al hablar. Hay algo hipnótico en esa hoja dentada que dibuja sombras rápidas sobre la mesa.

—Ya me quedó claro que no te apetecía tocar el tema, no te preocupes. Y te entiendo, no creas que no. Hay otras cosas de las que yo también preferiría no hablar, te lo juro. El otro día sugeriste que nos contáramos nuestras vidas, lo que nos había sucedido a partir de ese momento. Pues bien, voy a explicártelo, aunque en plan resumido; así no te resultará tan largo y podrás irte pronto.

Sin saber por qué, Víctor no puede alejar del todo la mirada del cuchillo. En algún momento, cuando Juanpe lo agita, la luz del techo lo hace brillar. Un ataque de tos retrasa todo lo que su amigo va a contarle y, debido al espasmo, el objeto cae sobre la mesa, cerca del cenicero donde Juanpe apaga la colilla en cuanto se recupera de la tos.

—Tengo que dejar esta mierda. Y sé que no voy a poder.

—Todo es proponérselo.

—No, Víctor. No todo en el mundo es una puta cuestión de voluntad. Joder, tío, deberías saberlo ya a nuestra edad. La vida no se arregla sólo a base de esfuerzo. El hecho de que hayas tenido más suerte que yo no te da derecho a ponerte en plan maestro.

—Tienes razón. Y disculpa, no he venido a darte lecciones ni consejos.

—Ya. Has venido a despedirte. O a despedirme, mejor dicho. Con una compensación para que no proteste. Vale, yo te digo que te la ahorres y, a cambio, que me escuches. Te he dicho que seré breve y pienso cumplirlo.

»El juez me mandó al tutelar de menores. No sé cómo lo llaman ahora, seguro que se han inventado un nombre más bonito. Entonces era, sin tapujos, un correccional. O un reformatorio. Creo que yo era de los más jóvenes y, desde luego, de los únicos que estaban allí por haberse cargado a alguien. Había mucho ratero, mucho gitano, mucho quinqui enganchado a la cola o a lo que fuera, pero yo era de los pocos que podía presumir de haber matado a alguien con doce años. Y no es que yo fuera contándolo; en esos sitios, las noticias vuelan.

Víctor no sabe qué decir; no puede eludir la imagen del Moco, de aquel crío hostigado por todos, metido de repente en un mundo de delincuentes. Si en el colegio ya lo pasaba mal, ¿qué diablos habría tenido que soportar en un antro así?

—¿Sabes que eso me ayudó? —Juanpe sonríe, y roza de nuevo el mango del cuchillo con la mano—. Sobre todo al principio, cuando estaba cagado de miedo. Cagado de verdad, ¿eh? Pensé que no sobreviviría, que me darían por todos lados... Y no fue así. En algunos ambientes las malas acciones te dan prestigio, y allí dentro corrió la voz de que era mejor no meterse con el nuevo. Que parecía un mierdecilla pero la liaba parda. Que le faltaba un tornillo y había machacado a golpes a un chaval dos años mayor que él. ¿Ves? Cargar con el muerto yo solo tuvo sus pequeñas compensaciones. Aquella peña, aquel grupo de chavales de la calle, me recibió con respeto. Los guardias, o los educadores, me tenían controlado y lo único que hice es lo que había hecho siempre: portarme bien.

—Eras un buen chaval. Los dos lo éramos.

Las frases salen de Víctor de manera espontánea, olvidando las reglas que se marcó antes de llegar. Nostalgia 1-Decisión 0, piensa.

—No creas que fue una época fácil. Por las noches tenía unas pesadillas horribles. Supongo que durante el día intentaba fingir y luego, en cuanto me dormía, me asaltaban los demonios. ¿Sabes una cosa? A veces, cuando algo me agobiaba mucho, cuando no sabía qué hacer, pensaba que eras tú. Me decía: ¿Qué coño haría Víctor si estuviera aquí? Y funcionaba. No siempre, no con todo el mundo, pero era útil. E hice algún colega también. Había un chaval gitano, un tal Rai, que me llevaba tres años. Nos defendíamos de los mayores, aunque la verdad es que nos dejaban bastante en paz.

—Al menos no lo pasaste tan mal.

—No creas; te estaba contando lo bueno. Con el tiempo he olvidado bastantes cosas. Otras no. ¿Te acuerdas del tipo del que te he hablado antes? ¿El que me ofreció un montón de pasta? Era médico. Trabajaba allí.

Víctor palidece. Las últimas dos frases han conseguido que la mirada de Juanpe se oscurezca, como si alguien hubiera apagado algún interruptor en su cerebro y hubiera dejado sus ojos sin brillo alguno.

—No voy a contarte todo lo que nos hizo ese hijo de puta. Pero te lo imaginas, ¿no? A Rai, a mí, a otros chavales que aún tuvieran poco vello en los huevos.

No hay nada que decir a eso. Nada que comentar ni que rebatir. Víctor piensa en su amigo, en el único día de colegio que él recuerda en que el Moco consiguió marcar un gol. Ve aquella sonrisa, el salto de alegría, oye el grito de triunfo, y tiene la sensación de que entre todos, él incluido, lo han ido rompiendo en pedazos.

—No cogí su dinero ni tampoco voy a aceptar el tuyo.

Por razones distintas, ya te lo digo. Ese cerdo del doctor Bosch no podía ofrecerme dinero suficiente para comprar el perdón. Y tú... Mírame, Víctor, joder. Te lo dije ya el otro día: no tengo nada que perdonarte. Si tú me juras que no te fuiste de la lengua, te creo. Por lo demás, joder, qué sé yo... seguramente si mis padres hubieran sido distintos el juez tampoco habría sido tan duro. Y yo quería matar a Vázquez, tenía muchos más motivos que tú para ello. No me importa que te salvaras de aquello, de verdad. ¿Sabes una cosa? En el fondo creo que no lo habrías resistido como yo. Tu vida había sido fácil, agradable; la mía no. Es así. No... no quiero hablar del médico, pero sí decirte algo. ¿Sabes lo que más me jode? ¿Lo peor de todo? Que a ratos, mientras estaba ahí, en su «consulta», tenía la sensación de que me quería. De que me quería más que el bruto de mi padre, por ejemplo. Y no era el único al que le pasaba eso. Ahí dentro, en ese sitio, las caricias iban muy caras, y que alguien te hablara con cariño más aún. Claro que no era afecto. Era un cerdo hijo de puta. Ya se murió, por suerte.

Víctor asiente con la cabeza. Apoya ambos codos sobre la mesa y cruza las manos para reposar la barbilla en ellas.

—No pretendía ofenderte con el dinero. Pero entiende que no puedes... que no debes...

—¿Llamar a tu casa? ¿Contarle todo esto a tu mujer? No seas tonto, Víctor. Si mi propósito fuera chantajearte ya lo habría hecho: habría empezado por coger la pasta y luego, dentro de unos meses, te habría pedido más. ¿De verdad eres tan ingenuo como para no verlo?

—Entonces ¿qué quieres?

—Ya te lo dije el otro día. Un amigo, aunque sea a ratos. También me gustaría saber quién se fue de la lengua, aunque ya no sirva de nada.

—La amistad no se impone, Juanpe. Nosotros fuimos

amigos hace muchos años; la vida nos ha cambiado y ahora no tenemos nada en común.

—Sí lo tenemos. Y lo sabes. Hay actos que perviven, que están más allá del tiempo, actos que crean unos lazos indestructibles. ¿Acaso habrías venido a verme el primer día de no ser así? ¿Estarías aquí hoy?

Víctor calla porque, en el fondo, sabe que el otro tiene razón, al menos en parte.

—Deja que termine la historia. Ya queda poco. Cuando salí del reformatorio me metí en líos. Líos muy gordos. Y no, no necesitas saberlos. Acabé en el trullo y alguien consiguió sacarme de allí. Me dio un trabajo, nada del otro mundo, pero suficiente para ir tirando... hasta que se terminó.

—¿No ha habido nadie en tu vida? ¿Una mujer, una pareja...?

Juanpe coge de nuevo el cuchillo; niega con la cabeza al tiempo que lo mueve despacio sobre la mesa, con cuidado, sin cortar el mantel de plástico.

—Los efectos del doctor Bosch duraron más de lo que puedas pensar. Te joden mucho, ¿sabes? Te joden para siempre.

El cuchillo rasca el plástico, y ese es el único ruido que se oye. Un vaivén seco que parece desafiar a Víctor a formular otra pregunta. No lo hace, porque en ese momento comprende que él podría haber corrido la misma suerte. El internamiento, las compañías, los abusos, la impotencia.

—A veces... a veces pienso que lo que debería haber hecho, hace años, es terminar con todo.

Juanpe empuña el cuchillo con la mano derecha y se lo acerca a la muñeca izquierda. Víctor intenta no mirarlo; busca una salida en la pantalla de la tele, en la película que sigue su curso sin voz. Unos niños juegan en una buhardilla, son críos de esos que parecen haber nacido para ser actores infantiles: rubios, saludables. Uno lleva un jersey de cuello alto de un intenso color rojo, y el otro, con gafas, es la viva imagen del empollón simpático.

—¡Eh, mírame!

Víctor sabe que ese es otro tipo de chantaje, uno peor, más insidioso y menos directo, y algo lo empuja a aprovechar el momento para irse, pero sus pies parecen haber echado raíces y apenas consigue moverlos. Intenta fingir una frialdad que está lejos de sentir; respira hondo y cierra los ojos un segundo. Cuando los abre, la película ha cambiado.

¿Lo hacemos con un cuchillo?

No, no seas bruto. Además, yo no sabría clavárselo a nadie.

Entonces ¿cómo? Ojalá tuviéramos escopetas.

Y supiéramos disparar, ¿no? Porque en la feria del pueblo no dábamos ni una.

¿Sabes lo que sería mejor? Tener a alguien. A un robot.

¿Como Mazinger?

Sí. Le daríamos las órdenes y él se ocuparía del Cromañón.

Yo le daría las órdenes. ¿Se te olvida que soy Koji?

Bueno, pues se las darías tú. Yo con verlo me conformo.

Pshhh

Craaac

Dos puñetazos y el Cromañón saldría volando por los aires.

Sí. Fiuuuuuu. Plafff. ¡Bien!

[...]

Pero no tenemos a Mazinger. Ni siquiera a un perro de esos del pueblo que pueda morderlo.

Ya, es un rollo.

¡No te sorbas los mocos!

Perdona... Entonces ¿qué? ¿Cómo lo hacemos?

—¿Te pasa algo?

Víctor contempla a su amigo. La mesa. El cuchillo. Se desabrocha la camisa con esfuerzo. Lo intenta, pero no puede hablar.

—¿Te traigo agua? ¿Estás bien? Ya vengo, aguanta, joder.

El agua lo ayuda. Se la bebe como si acabara de llegar del desierto y pide más con un gesto.

—¡Joder, tío, vaya susto! No voy a matarme, en serio. Al menos no ahora mismo.

—No... no es eso. —Víctor intenta sonreír. Se le han llenado los ojos de lágrimas y no precisamente de emoción. Durante un momento creyó que se ahogaba. Durante un momento no estaba allí.

—Hombre, gracias. Creía que había sido por culpa de la impresión.

—No te mates. Ni ahora ni luego. ¿Puedes abrir un poco la ventana?

La pantalla del televisor sigue emitiendo la misma película y los niños ya no son ellos, ya no hablan o al menos no se los oye. Víctor piensa en su infancia: en el día que salieron a jugar a la calle sin darse cuenta de que sería el último. Muy despacio, coge el sobre con el dinero y lo sostiene en la mano.

—Hagamos un trato —dice—. Yo guardo esto y tú dejas el cuchillo. Para siempre.

—No sé si puedo prometerlo.

—Escucha, yo sí puedo prometerte algo más.

Víctor duda un momento, pero ya tiene claro que la nostalgia se ha impuesto por goleada. A la mierda con todo: el cuerpo, las tripas le piden echar una mano a ese tipo. Por lo que hicieron, por lo que compartieron. Porque se lo merece. Porque en el fondo las cosas podrían haber sido al revés y porque su padre le enseñó a ser solidario y generoso.

—No voy a quedarme mucho más por aquí, sólo hasta

el mes de mayo. Si te parece, podemos vernos hasta entonces. Salir a comer algo, a tomar una cerveza.

Juanpe sonríe.

—Creo que eso me sirve.

Víctor es consciente de que ha cedido mucho más de lo que pretendía: la conversación los ha llevado de nuevo al punto de partida y esta vez Juanpe se ha salido con la suya. Pero, al fin y al cabo, quizá ya es hora de que el Moco gane alguna partida, de que marque otro gol, y él está dispuesto a enseñarle a jugar en la vida de nuevo aunque ese juego implique algún riesgo.

—¿Y lo otro? Tus padres aún viven, puedes hablar con ellos. Mi madre no recordaba nada… se lo pregunté cuando salí y no supo decírmelo.

—Intentaré averiguar qué sucedió, sólo si me juras que no harás nada que pueda ponerte en peligro, ni a ti ni a nadie.

Juanpe asiente.

—Creo que eso también puedo aceptarlo.

Se dan la mano como adultos, aunque es posible que ninguno de ellos crea en la solidez del pacto tanto como creyeron hace años. Cuando eran realmente amigos.

No me dejarás solo, ¿verdad?

¿Qué dices? Estaré contigo. Tengo tantas ganas de darle su merecido como tú.

Solo no podría hacerlo.

Para eso estoy yo. Para eso somos dos. ¡Se va a enterar el Cromañón!

Sí. Se va a enterar de una vez por todas.

¡Que pague! ¡Como los hombres del gobernador!

¡Los Tigres de Malasia al ataque!

TERCERA PARTE

Buenos días, medianoche

20

Ciudad Satélite, 1977-1978

Resulta interesante plantearse cómo se forjan las amistades, ya sea en la infancia o años después. A veces me ha dado por pensar que la conexión que se establece entre dos personas, niños o adultos, tiene algo que ver con el cortejo o el enamoramiento; no en vano, algunas de las relaciones de pareja más duraderas se iniciaron como una platónica amistad. No estoy diciendo que todos los amigos, independientemente de su género y opción sexual, estén enamorados; sólo que en sus inicios se dan esos componentes de admiración, empatía, incluso fascinación, en diferentes proporciones y medidas. De pequeños nos unía el barrio, el colegio, el parentesco o la relación entre los padres respectivos; aun así, existe un factor mágico o químico que nos hace escoger y ser escogidos, un elemento tan inexplicable como el que se encuentra en la atracción amorosa.

Víctor y Juanpe se hicieron grandes amigos a pesar de que no tenían nada en común más que el barrio donde residían y una decisión escolar que luego contaré. Sus padres apenas se trataban: dudo que Emilio Yagüe sintiera la menor simpatía por el Lobo y, desde luego, Anabel sólo habría albergado hacia Rosi algo parecido a la conmiseración. No obstante, la relación de ambos fue estrecha entonces y, por lo que parece, como algunos lazos, resiste el paso del tiempo. Aunque un amigo puede convertirse en el más odiado de los enemigos (de nuevo igual que un amor apasionado puede desembocar en un odio acérrimo), existen ciertos hechos comunes que no se olvidan, que llaman al entendimiento y a la nostalgia muchos años después.

Eso sí, en aquel entonces el barrio marcaba la diferencia y existía, entre todos nosotros, inculcada por nuestros padres, una especie de conciencia de clase. Un orgullo obrero del que algunos renegaríamos más tarde, ya en la juventud, cuando nuestros horizontes se ampliaron más allá de los márgenes de la Ciudad Satélite. Esa sensación de pertenecer a algo, de ser un grupo compacto con un adversario común, la patronal y todo lo que quedaba de su lado o por encima de ella, era muy evidente en nuestros mayores. Llevaban años de silencio acumulado, años de tragar injusticias como amargas cucharadas de aceite de ricino, y la democracia supuso para ellos una explosión de reivindicaciones alegres y airadas. Todo el barrio era socialista o comunista, y simpatizaba con cualquier lucha que pusiera contra las cuerdas al régimen anterior. Creo que por eso asumimos como propias las protestas de los catalanes de origen, que clamaban a gritos por su lengua, su cultura y sus instituciones. «España» nos había maltratado, nos había expulsado de nuestros lugares de origen, se había quedado durante demasiados años en manos de señoritos, curas y guardias civiles. «Cataluña», en cambio, nos había acogido, quizá no con entusiasmo (tampoco exageremos), pero sí con más respeto, nos había dado un trabajo, un piso a plazos o de alquiler y un mes de vacaciones pagadas. Y, sobre todo, era el marco donde luchábamos por conseguir cosas tan básicas como una jornada laboral de cuarenta horas reales y un sueldo medianamente digno. Las reivindicaciones de nuestros mayores se unieron a las de la autonomía con gran facilidad porque todas tenían el mismo oponente: un Estado que seguía atrapado en viejas costumbres y su representación más cercana, es decir, los dueños de las fábricas, los agentes del orden que disolvían las manifestaciones a golpes de porra y pelotazos de goma, y los jefes de nuestras madres, esto es, los «pijos». Creo que ese era el peor insulto de la época. «Ese jersey es de pijo» o «Se peina como una pija» suponían agravios imperdonables en un mundo que se enorgullecía sin ambages de su esencia propia, un sentimiento que ahora, en la misma zona y en otra situación de crisis, no consigo encontrar. Y no era simplemente orgullo, sino algo más: el convencimiento de tener unos intereses comunes y de que sólo juntos podíamos satisfacerlos. Vivíamos en un mundo desigual e injusto, todos, niños incluidos, y la única solución era protestar, protestar y protestar. Los adultos paraban las fábricas; nosotros, con muchos menos recursos, tardaríamos más en levantar la voz, porque esos mismos padres que clamaban por su libertad y sus derechos en la calle seguían creyendo que tenían que atarnos corto en cuanto entraban en casa.

He mencionado antes las huelgas que sacudían toda la comarca del Baix Llobregat en esos años, pero creo que merece la pena recordar las manifestaciones de los obreros, una lucha cargada de dignidad que contó con la colaboración de todo un pueblo. Porque, si al principio los inmigrantes habíamos sido unos parias de quienes la población de origen catalán recelaba, justo es decir que a medida que el tiempo fue pasando, todos, catalanes e inmigrantes, descubrieron que tenían una lucha común y un enemigo a abatir: la patronal y el sindicato vertical.

Diría que una de las imágenes más impactantes de aquellos años la causaron los obreros, todos en conjunto, durante las sucesivas huelgas: vestidos con el mono de trabajo, explicaban a la gente los puntos principales de sus reivindicaciones. Aprendieron, además, que si bien las fuerzas del orden podían intervenir si cortaban la calzada, nada les impedía ir por las aceras comunicando su ideario. Los obreros, ya fueran catalanes, andaluces, extremeños o manchegos, se dieron cuenta de que juntos podían ejercer una presión que, a la larga, resultó imbatible, y que el idioma era lo de menos cuando se compartían ideales.

La noticia de que en una fábrica se habían producido despidos por culpa de una huelga provocaba paros parciales en todas las demás, de manera que los empresarios de la época no se enfrentaban sólo a sus empleados sino a toda la masa que cubría los turnos en las fábricas de la comarca. Y si se sabía de la intervención de la policía, que a menudo detenía a los líderes de las protestas y los llevaba al cuartelillo, donde podía suceder cualquier cosa, las manifestaciones de sus compañeros de clase llenaban la ciudad. Correr delante de los grises se convirtió en el deporte más practicado del momento, porque el régimen, ya agonizante, se esforzaba por mantener el pulso contra aquella insurrección continua.

Fueron célebres las de Elsa, y también las de Cláusor, donde trabajaban tanto mi padre como Emilio Yagüe, quien, si antes ya había sido algo parecido a un líder, durante ese período se convirtió definitivamente en uno de los actores principales de las movilizaciones obreras. Emilio estableció turnos de vigilancia nocturnos durante la huelga de Cláusor para que los dueños no se llevaran las máquinas a otro lado y trabajaran con esquiroles, y durmió en la fábrica durante muchas noches. Allí se acercaba Anabel con la cena, al anochecer, orgullosa de ese héroe que se sacrificaba por los ideales de muchos. A lo largo de los años Emilio la había enamorado también gracias a su discurso, repleto de una dignidad que ella desconocía. Anabel no había crecido en un ambiente donde se cuestionaran temas sociales: su padre se balanceaba en la cuerda floja de la ley, y en el fondo encontraba justo que lo encarcelaran de vez en cuando por ello; su madre había vivido en un mundo tan cerrado como un convento, donde la obediencia a las reglas era ya una costumbre. A pesar de haber estudiado más que su marido, a su lado Anabel descubrió palabras que nunca había oído y que conmocionaron su joven conciencia. ¿Por qué los ricos tenían que seguir siéndolo siempre a costa de los pobres? ¿Por qué, para estos, nunca existía la verdadera justicia? ¿Acaso no decía ese mismo Dios en el que ella creía que todos los hombres eran iguales a sus ojos? Anabel despertó a la lucha social de la mano de su pirata particular, en quien confiaba ciegamente. Y sin embargo tuvo que ser durante esos meses de huelga, cuando salía de la fábrica y volvía a casa a pie, cuando conoció al hombre que terminaría siendo su segundo marido: uno de los parientes de los dueños, alguien que estaba, por puesto y actitud, en el bando contrario; alguien que pertenecía a las filas enemigas de esa guerra social y que, a pesar de eso, se sintió inmediatamente atraído por aquella mujer guapa y resuelta, de cabellos oscuros y ojos vivaces, que bajaba todos los días al caer la tarde a desear las buenas noches a su marido.

Fue también por esas fechas cuando se instaló en el barrio una mujer de talante ambiguo y extraño, a quien ya he mencionado antes: la Viuda. Fue un personaje misterioso que apareció y se esfumó como un hada perversa de cuento. Y digo «perversa» porque, para el imaginario popular, sus vestidos siempre negros, que contrastaban con unos cabellos teñidos de rubio platino y con un exceso de maquillaje, le conferían un aire excéntrico, de portada de revista. Debía de tener unos treinta y pocos años, vivía sola en uno de los pisos de la calle Buri, y enseguida corrió el rumor de que, a pesar de aquella exhibición de luto constante, recibía a hombres en casa, un eufemismo para decir que era puta sin llegar a pronunciar esa palabra. No había muchas mujeres solas en la Ciudad Satélite, ahora que lo pienso, y el hecho de que la Viuda no trabajara en nada conocido dio pábulo a todas esas habladurías que, las cosas como son, terminaron confirmándose. Las vecinas, siempre atentas a cualquier distracción de sus aburridísimos quehaceres domésticos, tardaron poco en atar cabos con esos hombres que llamaban al timbre de su piso a última hora de la tarde, se quedaban un rato y luego salían pitando como si, exactamente, alguien los esperara en casa con la mesa puesta. Los vecinos, en masculino, recogieron la información, la propagaron y, a buen seguro, intentaron aprovecharla con discreción en algún momento. Sin embargo, la Viuda solía recibir visitas de tipos que no eran del barrio (una norma sensata para evitar las iras de las esposas cercanas). Sólo hizo una excepción, que se sepa, y fue con Juan Zamora, quizá porque la pobre Rosi no suponía ninguna amenaza en potencia. A tenor de lo que sucedió después, podemos deducir que la Viuda despertó en el Lobo esa chispa de ilusión necesaria para sobrevivir en tiempos adversos, porque cuando todo terminó, cuando a Juanpe lo internaron por el asesinato de Joaquín Vázquez, Zamora y la Viuda se largaron.

Como puede apreciarse, metidos en ese ambiente de lucha perpetua y desigual, y con adultos bregando fuerte con sus propias vidas, no quedaba mucho tiempo para dibujar a los niños ese mundo bueno y feliz que ahora nosotros intentamos mostrar a nuestros hijos. En nuestro caso, además, aquellos adultos tampoco lo habrían logrado: era imposible no ver que el mundo exterior era distinto al nuestro —más elegante, más armónico, menos duro—, y eso nos situaba ya en un punto de partida que nadie podía considerar igualitario.

Nuestros padres reclamaban cosas tan obvias como ambulatorios, parques, guarderías, institutos, pero nuestra opinión, en general, les importaba un pimiento. Recuerdo haber leído, años después, un artículo escrito a finales de los sesenta en el que el autor expresaba su desazón ante el aciago futuro que aguardaba a los «pobres niños de la Satélite», a quienes veía abocados a la delincuencia y la drogadicción. No iba mal encaminado, pues fueron muchos los que tomaron la senda degradante de la heroína y las bandas callejeras, bastantes los que terminaron sus días con una jeringuilla colgando del brazo o cumplieron largas condenas de cárcel; fueron, además, los más conocidos los que dieron al barrio su merecida fama de marginal y peligroso, aunque para nosotros siguieran siendo el hijo de la pescadera, el vecino del segundo o nuestro propio hermano mayor. Sé bien de lo que hablo y, si viviera, mi hermano Nicolás podría corroborarlo.

A los ocho o nueve años, por no decir antes, todos los críos de la Ciudad Satélite ya sabían que el mundo no era un lugar de cuento repleto de diversión y felicidad. Bastaba con deambular por mi barrio, por aquellas calles que olían a guiso barato, o toparte con un Joaquín Vázquez, abusón e intocable, o caer en manos de un maestro como don Eduardo, quien durante algún tiempo no fue la excepción sino la regla (y nunca mejor dicho). Los padres no contaban para esas cosas porque lo que pasaba en el colegio se quedaba ahí, so pena de ganarte una tunda de verdad en casa si se enteraban, y las aventuras de la calle, salvo casos excepcionales, tampoco rebasaban las puertas de los bloques porque ningún adulto se molestaba en escucharlas. Aun así, creo que alguien debería haber prestado más atención a la historia del Moco.

Juanpe fue un chiquillo escuchimizado y temeroso, nunca del todo limpio porque Rosi se olvidaba de bañarlo y de lavarle la ropa durante semanas. Su apodo surgió porque de pequeño siempre parecía estar resfriado y se pasaba el día sorbiéndose la nariz, algo que conseguía crispar los nervios incluso a los compañeros más amables. Estoy seguro de que la primera colleja se la ganó por eso, por aquel ruido constante. Como decía un compañero de colegio, si te comías el primer sopapo sin defenderte ya estabas perdido. Juanpe se tragó ese y muchos más sin que pareciera importarle demasiado, como si estuviera acostumbrado a ellos. Nunca protestaba ni se chivaba, y en realidad los toques de sus compañeros de clase, los nuestros, terminaron teniendo un cariz casi afectuoso aunque, supongo, igualmente humillante. A quien sí temía, con todas sus fuerzas, era a Joaquín Vázquez, quien, avispado a la hora de escoger víctimas, la tomó con él durante al menos dos cursos enteros. Lo hizo delante de todos, y nuestra culpa, la culpa común que compartimos los demás, fue reaccionar con alivio al comprender que, mientras se metiera con él, el resto podría sobrevivir en paz.

Existían varias razones de peso para que Joaquín escogiera a Juanpe como objeto de su sadismo. Algunas obvias, como la historia de Rosi, por ejemplo, y otras que sólo se entienden si vivías allí. Juanpe no tenía hermanos mayores a quienes acudir en busca de protección ni una madre que preguntara cómo se había roto la camisa o había perdido el plumier. Su padre, que habría podido defenderlo, le daba tanto pánico como a su madre, y en general, como ya he dicho antes, los adultos vivían bastante al margen de lo que nos sucedía fuera de casa. Y por último, ambos tenían que recorrer el mismo camino desde el colegio: bajar la avenida San Ildefonso e internarse por las callejuelas que llegaban a los bloques verdes.

Durante 1975 y 1976 (hasta que Víctor Yagüe entró en escena), Juanpe tuvo que soportar un amargo ritual que comenzaba normalmente a la hora del recreo. A veces consistía sólo en una mirada o un gesto que decía claramente: «Nos veremos luego»; fuera lo que fuese, ya sumía al pobre Juanpe en un estado cercano al terror que lo llevaba a no dar pie con bola en sus ejercicios escolares el resto de la mañana. Todos lo veíamos intentar salir el primero y echar a correr como un poseso para esquivar a Vázquez, hasta que aceptó que si por azar se libraba de su ataque algún día, al siguiente cobraba el doble. Se resignó, pues, y encima aguantó nuestras burlas. Porque sí, éramos así de crueles, así de hijos de puta: ver a Juanpe aterrado, oír los sopapos que le propinaba el otro o encontrarlo en el suelo, rebozado en polvo, nos hacía gracia. Conste que Vázquez, el Cromañón, tampoco era tan tonto como para hacerle daño de verdad: muchas veces se limitaba a insultarlo (también a su madre), a burlarse de su ropa diciéndole que iba sucio y olía mal y a atizarle un par de pescozones. A veces, sin embargo, si estaba de malhumor o tenía público, le zurraba en serio aunque poniendo buen cuidado en no romperle un hueso. Con el tiempo sus torturas se fueron haciendo más sofisticadas: lo seguía de cerca durante unos minutos sin decirle nada y, cuando Juanpe ya se sentía a salvo muy cerca del portal, lo agarraba del cuello de la camisa y lo arrastraba hasta detrás de los bloques o le daba un buen bofetón en el ascensor. Recuerdo una vez que le orinó encima. En ocasiones, por puro sadismo, se limitaba a amenazarlo durante todo el camino con las peores torturas y al final se ofrecía a «perdonarlo» a cambio, claro, de alguna compensación. Por lo general era dinero, que Juanpe sisaba sin problemas a su madre ya que esta era incapaz de controlar lo que había gastado y lo que no. El problema, cuando las cantidades crecieron, fue que para librarse él de la paliza condenaba a Rosi a otra a manos de Juan Zamora, quien acusaba a su mujer de andar borracha y perder lo que él ganaba trabajando como una mula en la fábrica. El Moco adoraba a Rosi y su único acto de valentía en ese tiempo consistió en negarse a seguir hurtando dinero, a pesar de las amenazas, y enfrentarse a las consecuencias.

Quizá resulte poco creíble que todo eso pudiera hacerse sin que nadie, ni adulto ni niño, llegara a intervenir, y lo cierto es que también yo, cuando lo pienso, me sigo extrañando de ello. No digo que algún padre no regañara a Vázquez si lo pillaba metiéndose con Juanpe, pero Joaquín era lo bastante listo para llevar a cabo su tortura sistemática sin testigos de cargo o fingir que sólo estaban «jugando», algo ante lo que Juanpe no tenía más remedio que asentir si se veía sorprendido por alguien mayor.

Además, hay escenas que pasan a formar parte del paisaje de un barrio, y de la misma manera que nos acostumbramos a eludir ciertas calles (tomadas por los yonquis), a huir de los gitanos, a oír los gritos de las madres desde las ventanas llamándonos a cenar o a ver la ropa tendida en los balcones de los bloques, las agresiones de Vázquez terminaron fundiéndose con el fondo; eran tan habituales que no escandalizaban a nadie. Y aunque por el barrio corría la idea generalizada de que Joaquín Vázquez era un mal bicho y acabaría dando problemas, pocos se habrían atrevido a comentárselo a su madre, Salud, quien, junto con su marido, regentaba la principal y única papelería-librería de la Ciudad Satélite.

No eran ricos, ni mucho menos, pero la idea de que poseían un negocio, fructífero además en unos años en que la natalidad y la posterior escolaridad en el barrio fue altísima, los colocaba unos cuantos peldaños por encima del resto: Salud no limpiaba casas y Joaquín, su esposo, no recibía órdenes del encargado de la fábrica (aunque estoy seguro de que más de una vez habría preferido al más exigente de los jefes antes que soportar las broncas constantes de la parienta).

Formaban una pareja extraña. Ella era una mujer seca de trato, reservada hasta la paranoia. Mi madre recuerda haber oído comentar que, incluso en pleno verano, bajaba las persianas para que nadie viera el interior de su casa. Saludaba a las vecinas por educación, pero nunca se detenía en los corrillos, como si quisiera demostrar que dicha vecindad sería algo temporal, un lapso pasajero antes de dar el salto a otro edificio o, incluso, a otro barrio. Y Joaquín Vázquez, su esposo, andaba siempre un par de pasos por detrás de ella, con la inseguridad de la que hacen gala las personas resignadas a encajar murmuraciones despectivas de su pareja con relativa frecuencia. Ignoro cómo se conocieron y por qué acabaron montando el negocio; sólo sé que siempre, desde que tengo uso de razón, la papelería Vázquez era el lugar donde se compraba el material escolar, los libros de texto y los tebeos (vendían otras cosas también, pero mi memoria no da para más y el negocio ya no existe).

Supongo que esa sensación de que eran un poco mejores que los demás fue parte del problema de Joaquín hijo. Eso y el amor desmesurado de una madre que parecía volcar en él toda su ternura y que jamás aceptó el menor apunte crítico sobre su vástago, que para más inri fue hijo único durante muchos años, los suficientes para creerse el amo del patio del colegio y convertirse en el terror de los críos más pequeños y en la pesadilla del Moco. Hasta que, un buen día, entró en escena Víctor Yagüe.

Víctor Yagüe, por ser hijo de quien era, era lo más parecido a un capitán pirata que teníamos a mano, pero fue Juanpe y no yo quien se convirtió en su tigre favorito, un felino leal como un perro faldero. Sinceramente, creo que Víctor y Juanpe habrían seguido viviendo en órbitas distintas del mismo sistema si al tutor de sexto de EGB no se le hubiera ocurrido la genial idea de sentarnos en clase por orden alfabético. El señor Suárez era bastante joven por aquel entonces, y mucho más moderno que don Eduardo, por poner un ejemplo, pero tampoco se andaba con tonterías. Con el tiempo llegó a ser director del colegio y allí permanece, aunque su jubilación está cerca. En 1977, Adolfo Suárez, a quien con el tiempo apodaríamos «el Presi» por razones obvias, se incorporó al colegio y, para facilitarse a sí mismo la tarea de aprenderse nuestros nombres, decidió colocarnos en el aula de la A la Z. Así, yo me quedé por en medio, junto a una niña llamada Inmaculada González, y Yagüe y Zamora fueron enviados al fondo de la clase, juntos, durante los nueve meses de curso. Una decisión en principio intrascendente, o como mínimo espontánea, que cambiaría las vidas de ambos (y las de sus familias) para siempre.

Hasta ese momento dudo que Víctor hubiera reparado en Juanpe especialmente, o al menos no lo recuerdo. Es probable que, como eterno capitán de uno de los equipos de fútbol del patio, Víctor también hubiera escogido el último al Moco o lo hubiera ignorado durante años. Lo cierto es que para todos, y para mí en especial, fue una sorpresa que, tras los primeros días, los dos se convirtieran no sólo en compañeros de pupitre sino en amigos casi inseparables.

No es fácil explicarlo: Víctor era un chaval normal, inquieto, bastante listo y, a pesar de sus contados momentos de rebeldía, en general se comportaba como un buen alumno. Era de talante respetuoso, como su padre, y tampoco se dejaba amedrentar ni por abusones ni por maestros caprichosos. Saltaba ante la injusticia con un apasionamiento poco infantil, y tal vez fue eso, esa bondad natural, la que le hizo cobrar afecto a un crío como Juanpe. Aunque eran de la misma edad, Víctor asumió el papel de hermano mayor, el mismo que con sus hermanos de verdad no podía desarrollar. Le enseñó a jugar al fútbol, y logró al menos que el Moco hiciera un papel decente en el patio del colegio y corriera hacia la pelota en lugar de huir de ella. Lo ayudó con los deberes y le explicó las cosas que no entendía hasta tal punto que, en una ocasión, Juanpe consiguió lo nunca visto: sacar un siete en un examen de Matemáticas y recibir la enhorabuena por parte del señor Suárez (quien, orgulloso, creyó que la mejora del rendimiento del Moco era obra suya). Lo que no consiguió, a pesar de sus intentos, fue protegerlo de su acosador, tal vez porque para aquel entonces todos nos habíamos acostumbrado a someternos a las pullas del Cromañón, a aceptarlas como parte de un peaje de infancia que debíamos pagar. Ni siquiera Víctor se libraba de ellas y, como la mayoría, se abstuvo de recurrir a instancias superiores debido a un sentimiento tan potente como ridículo: la humillación.

Ninguno de nosotros quería para sí el sambenito de llorica que acude en busca de papá o mamá para librarse de la amenaza. Es más, quedaba implícito que nadie era capaz de protegerte las veinticuatro horas y que lo peor que podías hacer ante un bruto como Vázquez era significarte y despertar en él las ansias de venganza. Si ya era malo en condiciones normales, darle un motivo comportaba deslizarte rápidamente hacia el fondo de un abismo que preferíamos no descubrir.

Así que las cosas siguieron igual durante ese año, aunque en realidad eso nunca es del todo cierto pues hay cambios sutiles, minúsculos, granos de arena que empiezan a amontonarse... Para Juanpe, la amistad con Víctor fue el inicio de su crecimiento: se habituó a ir a su casa a la salida del colegio, con la excusa de los deberes y, si el curso empezó en septiembre, para Navidad Anabel ya le tenía preparado un bocadillo de merienda como si fuera un hijo más. Y por intrascendente que fuera ese cambio de rutina, Juanpe lo vivió como un punto y aparte que lo catapultaba a una vida mejor. En primer lugar, al ir en la dirección opuesta a la de su casa se evitaba la tortura del paseo con Vázquez y, en segundo lugar, el hecho de pasar unas horas con una familia más normal que la propia fue haciéndolo más consciente del lamentable escenario que vivía con sus padres.

Claro que Vázquez no se resignó a perder a su presa favorita. Al principio imagino que debió de reaccionar con desconcierto, pero se vio enseguida que acabó por encontrar nuevos momentos para aplicar su tortura.

Yo lo vi una vez, un domingo a última hora de la tarde. Supongo que el Moco salía de casa de Víctor (en esos meses pasaba allí casi todo su tiempo libre); supongo también que Vázquez debía de estar aburrido: siempre intentaba hacer migas con los mayores, pero estos le hacían caso sólo cuando les daba la gana, así que aquel día es muy probable que hubieran pasado de él. Yo bajaba a tirar la basura, una tarea que siempre me tocaba por ser el pequeño y que yo odiaba con todas mis fuerzas, sobre todo en invierno. Esa tarde, cuando ya había dejado la bolsa apoyada junto al árbol de rigor, oí la voz del Moco. O, mejor dicho, sus gemidos. Sin poder evitarlo, me acerqué despacio, como un voyeur avergonzado, y me quedé mirándolos desde la esquina. No había casi nadie en la calle, había llovido toda la tarde y el suelo estaba plagado de charcos sucios. No conseguí oír lo que decían, aunque, por lo que sucedió después, deduje que Vázquez le exigía que le entregara el canguro, esa prenda odiosa que nos obligaban a llevar en días de lluvia y que luego se doblaba hasta quedar reducida a un bulto pequeño que te atabas a la cintura. Juanpe se lo dio, sin discutir demasiado, ya que negarse tampoco le habría servido de nada. Vázquez lo cogió y lo tiró a un inmenso charco. «¡Eres idiota! —le dijo—. ¿No vas a recogerlo?» El Moco intuía lo que vendría después; no se atrevía ni a desobedecer ni a cumplir la orden. Como un ratón ante una serpiente, Juanpe se había quedado paralizado, aterrado frente a lo absurdo y gratuito de la agresión. «¡Recógelo, hombre!», insistió el Cromañón. Sus intenciones eran bastante obvias: en cuanto Juanpe se agachó para agarrar el canguro, le dio un empujón que lo hizo caer en mitad de aquel estanque de barro y agua. El Moco intentó levantarse enseguida, pero Vázquez le propinó un puntapié que, si bien no fue muy fuerte, mandó a Juanpe de nuevo al agua, esa vez de espaldas. «Me has manchado, subnormal», dijo el Cromañón señalando la parte baja de sus pantalones. A partir de ahí todo fue muy rápido: la segunda patada fue directamente al estómago y Juanpe se encogió de dolor. Mojado, hecho un ovillo y con el canguro en la mano, esperó que la agresión siguiera, pero Vázquez decidió cambiar de táctica. Cogió una de las bolsas de basura, la rompió y la volcó completa sobre el cuerpo aterido del Moco. Luego siguió propinándole patadas entre insultos y carcajadas. «Mira que eres cerdo. Tú y tu madre sois unos guarros que vivís entre la mierda. Cerdo. Moco cerdo. Guarro.» Juanpe intentaba incorporarse sin que Vázquez se lo permitiera. Y entonces alguien debió de pasar por la acera de enfrente; yo no lo oí acercarse y me sorprendió la voz tanto como a los otros dos. El Cromañón salió corriendo de inmediato y Juanpe se quedó solo, sentado en el charco, cubierto de inmundicia. Se levantó unos segundos después y el recién llegado, un vecino del barrio de unos veinticinco años, lo miró de arriba abajo. «La que te va a liar tu madre cuando llegues a casa», le dijo, y siguió su camino sin dar más importancia al asunto.

Vi a Juanpe de pie, empapado, sacudiéndose la porquería que el Cromañón le había echado por encima y que, mojada, se le pegaba a la ropa. Luego empezó a andar muy despacio, arrastrando con cada paso la culpa y la vergüenza, aferrado al dichoso canguro que chorreaba. Lo seguí con la mirada sintiéndome culpable yo también, aunque la verdad es que poco podía haber hecho para evitar la escena. Decidí que, al menos, ya que ni siquiera había intentado ayudarlo, sí podía ahorrarle la indignidad de saber que la agresión había tenido un testigo.

El mismo testigo que lo acompañó hasta el final, como una sombra, y el mismo que ahora, muchos años después, continúa en segundo plano, fascinado por la inesperada continuación de una historia que creía acabada.

21

San Ildefonso, Cornellà de Llobregat,
enero de 2016

Han transcurrido tres semanas desde el último encuentro y Víctor ha cumplido el propósito que se hizo antes de Navidad. Ha llamado a Juanpe con relativa frecuencia, ha quedado con él para comer o cenar en tres ocasiones y, lo más importante, sin decirle nada, ha dado los pasos necesarios para que empiece a trabajar en el hotel, no en el aparcamiento, donde apenas podría sacarse un sueldo decente, sino en mantenimiento. Aún no ha atado todos los cabos y no quiere comunicárselo hasta saberlo seguro, pero alberga pocas dudas de su contratación. Que luego aguante o no allí ya no dependerá de él. Se siente mejor desde que tomó esa decisión y, sin atribuirse méritos excesivos, está convencido de que a su viejo amigo del colegio también está sentándole bien ese ligero, aunque significativo, cambio de vida.

Se han mantenido firmes en la petición que Víctor le hizo: olvidar lo que sucedió, desterrar de nuevo a Joaquín Vázquez al rincón polvoriento donde, para Víctor, había estado siempre. Es algo que a veces les cuesta, pero que ambos parecen empeñados en cumplir. Eso no significa que él lo haya olvidado del todo y está seguro de que Juanpe tampoco. Es simplemente un tema que no se trata, y cuando la conversación deriva hacia esos días, se molesta en interrumpirla con tajante resolución. Y Juanpe lo obedece, exactamente igual que en aquellos días de su infancia.

Por otro lado, las obras del hotel avanzan sin mayores contratiempos y, en la lejanía, Mercedes sigue entusiasmada con su proyecto. Puede decirse, por tanto, que 2016 ha empezado bien y que su situación personal vuelve a estar bajo control en todos los frentes. Eso lo tranquiliza, y la serenidad aumenta su eficacia a la hora de enfrentarse a problemillas imprevistos, lo que a su vez redunda en la confianza en sí mismo. El ligero frío de finales de enero, ridículo si lo compara con las temperaturas gallegas, es también un acicate. A sus casi cincuenta años, Víctor se encuentra en plena forma y, sobre todo, se esfuerza por tener la conciencia tranquila. Sigue recordando esa otra promesa que hizo a su amigo antes de Navidad, aunque no ha encontrado el momento para abordar el tema de esos días de 1978 con su padre. Sólo se ha comunicado con él por teléfono, con motivo de las fiestas, y no le pareció adecuado sacar el tema. Con Anabel, la verdad, preferiría no hablar. En los primeros años Mercedes insistió en llamarla, y de hecho sigue haciéndolo el día de Nochebuena y casi obligándolo a él a ponerse al aparato («Para dar ejemplo a Cloe»), pero sus conversaciones son tan breves que imaginar una charla prolongada con su madre se le antoja imposible. Lo cierto es que Víctor piensa cumplir su palabra (porque también él quiere saber, no por rencor ni para vengarse; sólo saber por qué las suertes de ambos cómplices fueron tan distintas), aunque tiene serias dudas sobre si transmitirá esa información a Juanpe. Hay algo perturbado en esa obsesión que únicamente él ha heredado y quiere asegurarse de que la verdad, esa cacareada palabra, no termine complicando las cosas más de lo necesario.

Es curioso, piensa, que justo cuando parecía que su bienestar estaba a punto de sufrir una sacudida, él haya conseguido reconducir la situación, tomar las riendas y mantenerlo todo bajo control. En algún momento echa de menos esa sensación de riesgo, de caminar por la cuerda floja; es lo mismo que le sucedió con alguna de sus amantes, con Estela, por ejemplo: lo atraía la posibilidad de que su historia saliera a la luz al mismo tiempo que combatía activamente contra ello. Muchas veces piensa que en su mente coexisten un adulto responsable, capaz de equivocarse y enmendar los errores, y un adolescente impulsivo y salvaje, dispuesto a lanzarse a la aventura contando sólo con la red que le proporciona su otro yo. Quizá confía demasiado en esa parte de sí mismo que hasta el momento nunca le ha fallado. Quizá algún día el adulto se quede sin armas y el torbellino inconsciente lo arrase todo, pero ¿qué sería la vida sin esos picos de excitación? ¿De temor, incluso? Una avenida ancha y cómoda, con el tráfico regulado por semáforos estrictos, en la que sólo se nos permitiría avanzar en una dirección que conduce a ese final conocido e inevitable. Salirse del camino de vez en cuando era la única manera de engañarse sobre eso; de alejar, aunque fuera mentalmente, esa meta ineludible que nos aguarda a todos. Una amante, un secreto, una vida paralela que discurría, a ratos, por callejuelas oscuras y sinuosas eran necesarios para luego regresar con ganas a la vía principal y apreciar su comodidad, para disfrutar de la tranquilidad y seguir adelante, sabiendo que otro secreto, otra amante, otra vida paralela surgiría cuando su cuerpo estuviera de nuevo preparado para internarse en ellos.

Pero de momento hoy ha quedado con Juanpe para cenar y, como siempre, para evitar que las callejuelas se mezclen con la avenida, es él quien va a buscarlo a San Ildefonso. No ha vuelto a subir a su piso desde diciembre. Llama al interfono, como cuando eran niños, y el otro baja enseguida. A veces ya lo encuentra esperándolo abajo, en la esquina, si no hace mucho frío. Pasean y comen cualquier cosa en uno de los bares del barrio, lugares distintos a los que Víctor suele frecuentar pero en los que su amigo se siente relativamente cómodo. De hecho, en algunos la comida es bastante sabrosa, aunque condimentada en exceso.

Esa tarde Víctor llega temprano y deambula un poco por las calles para hacer tiempo. Se ha habituado ya al nuevo paisaje y disfruta intentando recordar qué había antes en cada lugar. El bar Los Luceros, por ejemplo, es idéntico pero está regentado por una pareja de chinos que sirven, sin mayor complicación, la misma tortilla de patatas que sus predecesores. Muchos otros negocios han cambiado, claro, y sobre todo hay una gran cantidad de tiendas nuevas. A medida que ha ido volviendo al barrio, Víctor ha percibido detalles que se le escaparon el primer día. Siempre suele ir a la misma hora, cuando las luces de los rótulos de las tiendas empiezan a apagarse y la gente camina deprisa hacia su hogar. Le sorprende ver los grupos de adolescentes a la puerta de la biblioteca y, en general, la tranquilidad que se respira por las calles. Las bandas callejeras, esos a quienes de niños temían más que a una jauría de perros rabiosos, parecen haberse extinguido o, cuando menos, concentrarse fuera de su vista. No ha querido acercarse al parque de Can Mercader, aunque de lejos ha visto que la escalera que desciende desde la Torre de la Miranda está ahora plenamente iluminada y su luz configura un lugar distinto, mucho menos siniestro.

Juanpe no lo espera en la calle, de manera que un poco antes de la hora prevista se acerca al bloque tres y llama al timbre del sexto primera. Nada, no hay respuesta. Se aleja unos pasos y mira hacia la ventana, pero advierte que el piso está a oscuras. Repite la secuencia de actos (llama, espera y retrocede), y luego se saca el móvil del bolsillo. No hay aviso alguno. Extrañado, decide esperar un rato, dar la vuelta a la manzana, conceder el beneficio del retraso a alguien que, hasta ahora, siempre ha hecho gala de una puntualidad intachable. Pero los minutos pasan sin el menor cambio, y tampoco consigue respuesta a través del teléfono. Son las ocho menos cuarto y habían quedado sobre las ocho, así que le corresponde entretenerse durante al menos quince minutos si quiere ser justo. Y de repente se le ocurre qué hacer para pasar ese rato.

Apenas unos instantes después ha cruzado la plaza Catalunya y desciende por la acera izquierda de la calle Buenestar. Sí, ahí está: no habría sabido cuál era el portal si Juanpe no le hubiera contado que ahora es una peluquería. El antiguo escaparate donde los juguetes y el material escolar se alineaban con precisión militar ha desaparecido y unos grandes cristales cubiertos estratégicamente por algún póster que publicita extremados cortes de pelo lo separan del interior. La papelería de los Vázquez, el lugar donde de pequeño hacían cola para comprar los libros de texto, el plumier, los compases, escuadras y cartabones, no tiene nada que ver con el negocio que contempla ahora, mucho más diáfano y luminoso. Recuerda aquel interior oscuro, forrado de estantes y cajones que su dueña parecía conocer a la perfección, y su mirada severa, siempre alerta para evitar pequeños hurtos. Una mirada que, de hecho, casi desafiaba a los críos a cometerlos aunque no hubieran entrado con intención de hacerlo. «Verás lo que pasa si te atreves», decían esos ojos, y cualquier chaval con sangre en las venas sentía el desafío como una corriente alentadora. «Verás lo que pasa si te das la vuelta», respondían sin poder evitarlo.

No debería haber venido, se dice. Pero ya es tarde. Los actos no pueden deshacerse, ojalá uno fuera capaz de decidir después y no antes. Ahora está ahí, en la puerta, sin darse cuenta de que su presencia inmóvil ha atraído la atención de una chica mulata y escultural que se acerca y abre, como si lo estuviera esperando.

—¿Vienes a vender algo o quieres cortarte el pelo? La jefa tiene muy buena mano con los hombres.

Está a punto de negar con la cabeza, de inventar una excusa, aunque lo cierto es que a bote pronto no se le ocurre ninguna. La joven lo observa, perpleja, y él oye una voz que afirma desde el interior: «Ya voy, Evelyn, yo me ocupo».

Nunca se ha molestado en imaginar qué aspecto tendría la hermana de Joaquín Vázquez porque en realidad, hasta que Juanpe la mencionó, ignoraba su existencia, pero ahora siente una curiosidad enorme por verla.

—Pasa, hombre —lo invita la chica—. No seas tímido, aquí ponemos guapos a los hombres también.

Y sí, entra. Avanza un par de pasos sin saber muy bien qué hará a continuación. El salón es luminoso, los sillones rojos contrastan con las paredes blancas y con un suelo de ajedrez acabado de barrer. Lo sabe porque la escoba está en un rincón, junto al recogedor lleno de un amasijo de pelos. Eso le proporciona la salida que buscaba.

—Es muy tarde, seguro que ibais a cerrar. Ya volveré otro día.

—No, para nada. —La mulata le señala uno de los sillones—. Yo ya me voy, pero la jefa te hace un corte magnífico en un santiamén. Miriam, ¿sales o no? Te dejo al último cliente del día sentado y listo para el sacrificio, ¿okey?

Víctor no es capaz de negarse. La cubana de uñas larguísimas y piernas esculturales lo ha guiado hasta uno de los asientos y le ha colocado esa especie de babero enorme y ridículo. Espera, pues, a que Miriam salga.

—Ya estoy aquí.

La ve a través del espejo, menuda y con el cabello rizado. Hasta que no se vuelve hacia él no distingue del todo sus rasgos. Es bastante obvio que ya iban a cerrar, porque ha salido vestida de calle y ahora se está echando, a toda prisa, una especie de quimono oscuro por encima de un conjunto que apenas ha podido distinguir, pero que se le antoja de lo más peculiar. Ha entrevisto unos lunares blancos sobre un fondo negro, un estampado que hace siglos que no veía.

—Y bien, ¿qué quieres hacerte? —le pregunta.

—No lo sé. Me dejo aconsejar.

—Eso está bien.

Le pasa la mano por el pelo de forma profesional, y Víctor nota un cosquilleo bajo el tacto de esos dedos finos. Percibe también un olor agradable, a limpio, a jabón sin perfumes. Luego ella le observa la cara, le separa el cabello hacia un lado y luego hacia el otro; sus ojos parecen evaluar la calidad de un busto.

La mulata se ha marchado y se han quedado solos. Miriam saca de un cajón una maquinilla y la sujeta en la mano, sonriente.

—Entonces ¿te fías de mí?

—Creo que no tengo más remedio.

—Aún lo tienes —dice ella antes de ponerla en marcha y acercársela a la nuca—. En cuanto empiece, ya no.

—Bueno, como ha afirmado tu colega, aquí estoy, listo para el sacrificio.

—¡Pues allá vamos! No eres del barrio, ¿verdad?

Víctor va a negar con la cabeza, pero ella se la sujeta y, acto seguido, aplica la máquina a su sien derecha.

—No. Había quedado con un amigo y he llegado pronto.

—Haces bien. Hay que aprovechar el tiempo.

Miriam prosigue con su tarea en silencio, concentrada en igualar los lados. Víctor es súbitamente consciente de que hace mucho que una mujer no le corta el pelo, y menos aún en una peluquería vacía. Suena una música de fondo que no consigue identificar, algo pop, ligero y fácil de escuchar. A pesar de los motivos que lo han llevado hasta ahí, consigue relajarse y olvidar lo que significa ese lugar y quién es la mujer que se mueve de un lado a otro y que luego cambia la maquinilla por las tijeras.

—Yo no lo cortaría mucho de arriba —le dice—. Un dedo, no más.

—Como quieras. De momento vamos bien.

Es cierto, las sienes rebajadas le disimulan las canas y le alargan el rostro. En cuestión de minutos se lo ve más joven.

—Tienes buen pelo —afirma ella—. Fuerte y abundante. Un asomo de entradas… Pero vamos, nada grave.

—Dicen que es hereditario, ¿no? Pues mi padre tiene más de setenta años y no ha perdido ni un solo pelo.

—Sí. —Miriam le moja la parte superior de la cabeza antes de empezar a cortar—. Los genes mandan.

Unos minutos después pasan al lavacabezas. La música ha cesado; Víctor cierra los ojos y se concentra en el sonido del agua y en la sensación de esos dedos expertos que le masajean el cuero cabelludo con un champú que huele a menta fresca. Podría quedarse así durante horas, piensa mientras su mente se va vaciando de casi todo. Su cara debe reflejar que está a gusto porque Miriam sigue unos segundos más trazando círculos con ambas manos detrás de sus orejas, deteniéndose en la nuca. Luego vuelve a abrir el grifo y le enjuaga la cabeza con agua tibia, quizá demasiado fría.

—Voy a aplicarte una vitamina. A los genes tampoco les viene mal un poco de ayuda.

Víctor se acomoda para recibir un segundo masaje, y es este el que, lentamente, empieza a provocarle el efecto contrario. Ya no lo relaja; lo excita de una manera más insidiosa que cualquier otro estímulo visual. Se siente como un joven potro y se avergüenza ligeramente de ello. Pero, sin la menor misericordia, los dedos insisten en esas caricias de hierbabuena y él comprende que la única salida digna es aceptar esa tortura dulce y disfrutarla unos segundos más. Casi no se atreve a abrir los ojos para que Miriam no advierta en ellos el deseo eléctrico que está atravesándole el cuerpo entero, de la nuca a los dedos de los pies, que se doblan, agónicos, dentro de sus zapatos. Su mente se llena de imágenes que no puede controlar, fogonazos luminosos que enhebran los resortes del sexo. Por suerte, la sesión acaba con un repentino chorro de agua fría, tan literal como necesario, y Víctor suspira antes de levantarse.

—Siento lo del agua —dice Miriam—. Es el procedimiento indicado. Activa la circulación.

Él está por responderle que no se preocupe, que todo está bien, pero teme que el tono de voz exprese más que las palabras y se limita a asentir. El secador cumple su función; el aire caliente derrite las fantasías que poblaban su mente hace sólo unos minutos y lo devuelve a una realidad ineludible, mucho más prosaica.

—Bueno, ¿qué te parece?

—Perfecto.

—Espera, siempre se me olvida enseñaros la parte de atrás.

Miriam coge un espejo y lo coloca detrás de su nuca.

—Sí, sí, está muy bien.

—Pues son dieciséis euros. Esta vez la vitamina te la regalo.

Víctor cree percibir una fugaz invitación en esa frase y el brillo de los ojos de Miriam tiende a confirmarlo. No es ningún ingenuo, aprendió hace mucho el juego del flirteo y lo ha disfrutado siempre, aunque hace meses que no lo practica.

—Un regalo debería corresponderse con otro, ¿no?

Ella sonríe.

—En absoluto. No es un regalo desinteresado. Espero que vuelvas.

—Pero es que no vivo por aquí.

Víctor saca la cartera y extrae de ella un billete de veinte euros.

—Es verdad. Me lo has dicho: has venido para ver a un amigo. Que debe estar esperándote, por cierto.

Juanpe. Son las ocho y veinte, pero en el móvil sigue sin haber señales de él.

—Pues creo que me han dado plantón.

—Vaya. —Miriam deja el cambio encima del mostrador.

Se miran por penúltima vez. Víctor juraría que ella está esperando una propuesta inocua, un café o una cerveza, aunque teme equivocarse.

—Oye... —dice cogiendo las monedas que pensaba dejar de propina—. Ya que al parecer mi amigo no vendrá y tu regalo merece al menos un agradecimiento, ¿te apetece que tomemos algo? Si puedes, claro.

22

No te preocupes, payo, el Míster no tardará en llegar. La frase quizá pretendía ser tranquilizadora, pero su eco resuena en el cuarto como una amenaza, a la que contribuye que ni Rai ni el otro tipo, el mismo que desempeñó las funciones de cocinero en la masía, le hayan dado la menor pista del porqué de ese encuentro imprevisto. En este mundo las sorpresas nunca suelen deparar nada bueno, Juanpe es consciente de ello. Se han presentado en su piso a media tarde y lo han conducido hasta un almacén que no está muy lejos de su casa. Desde el interior, oscuro y desnudo, apenas se oye el ruido de la calle.

Llevan más de una hora esperando allí. Setenta y cinco minutos para ser exactos y, a pesar de su paciencia proverbial, Juanpe empieza a ponerse nervioso. Le consta que no le servirá de nada preguntar y también que algo raro sucede. La escena, además, parece la repetición de aquella jugada que se saldó con la pérdida de dos de sus dedos, aunque en esa ocasión sabía bien por qué estaba allí. No le han dejado responder al teléfono, ni siquiera cuando adujo que debía avisar a alguien con quien había quedado. Hace mucho que no teme al dolor, al menos no con la misma intensidad que cuando era joven. Le molesta más esa incertidumbre, ese rato muerto de espera en tensión.

Hay señales de humedad en el techo y las paredes, manchas que dibujan formas extrañas. Si las miras mucho rato empiezas a ver cosas en ellas, piensa Juanpe. Animales de fauces inmensas, montañas escarpadas, incluso rostros que esbozan muecas siniestras. La única luz procede de un foco amarillento que emite un zumbido leve y continuo, enervante hasta que te acostumbras a él y ya pasa a formar parte del escenario, como las manchas, los palés apilados al fondo, apenas visibles, la mesa o las dos sillas.

Juanpe ocupa una de ellas y la otra sigue vacía, a la espera de la aparición del Míster. Rai y el otro se han quedado de pie, aunque el primero se apoya en la mesa de vez en cuando. También sale a fumar. Él se muere por un cigarrillo, por una cerveza o por ambas cosas.

—¿Puedo ir afuera a echar un pitillo? —pregunta, y Rai accede antes de que al cocinero le dé tiempo a negarse.

Se acercan a la puerta y Rai se coloca frente a él, cortándole el paso. Juanpe da una calada larga y nota que todo él se destensa. Dicen que el tabaco mata, pero nada consigue infundirle la misma sensación de bienestar que ese veneno lento.

—¿Qué pasa, Rai? ¿A qué viene todo esto?

El gitano mueve la cabeza y desvía la mirada. Mala señal. Por primera vez Juanpe siente que, a pesar de la nicotina, su cuerpo entero empieza a acusar los efectos del miedo. Claro que nadie lo diría. Para todos, Juanpe es un tipo imperturbable, casi inexpresivo.

—No tengo ni idea, macho. De verdad. Estoy tan sorprendido como tú. Ah, por cierto, te he traído las pirulas que me pediste. Las del médico.

Juanpe las coge y se las guarda en el bolsillo. Hace el gesto de encender un segundo cigarrillo, pero Rai le sujeta el brazo.

—Tira *p'adentro* antes de que venga. Sea lo que sea, mejor empezar con buen pie.

Juanpe regresa a su silla y por un momento se plantea la posibilidad de intentar escapar, de lanzar esa misma silla contra el cocinero y dar un puñetazo a Rai, no muy fuerte, lo justo para disponer de esos segundos que le permitirían alcanzar la salida. La absurda idea lo entretiene unos minutos, antes de que se abra la puerta y aparezca el Míster, avanzando con el mismo paso marcial de siempre. Lleva un abrigo oscuro y una bufanda blanca, que se quita en cuanto llega a la mesa como si le picara en el cuello. El cocinero se coloca detrás de la silla de Juanpe, a un par de pasos de distancia, y este cree percibir su aliento en la nuca. No es eso, sino la corriente de aire que se ha colado por la puerta, pero se remueve igualmente en su asiento.

—Rai me ha dicho que quieres dejarnos.

Juanpe respira casi aliviado. Debería haberlo imaginado. Esa conversación tenía que producirse más tarde o más temprano; era inevitable.

—A lo mejor me dan un trabajo —responde—. Y necesito el dinero. Además, ya empiezo a estar mayor para esto.

El Míster asiente.

—El tiempo pasa para todos. Es una mierda, pero es lo que hay.

—Podría seguir ocupándome de la masía de vez en cuando, si no me coincide con el turno. Tampoco es que esté haciendo mucho más desde hace meses.

—Ya. Este no es un trabajo normal, lo sabes, ¿no? No hay finiquito, ni despido ni referencias. De hecho, nadie se va a menos que yo lo autorice.

—Lo sé.

—Y no suelo autorizarlo, Juanpe. Tú sabes muy bien por qué.

Él baja la cabeza. En lugar de sentarse, el Míster se ha

colocado entre la mesa y la silla que él ocupa, y el cocinero ha dado un paso adelante; apoya ahora ambas manos en el respaldo de su asiento. Juanpe busca a Rai con la mirada, pero no lo ve. Ignora de dónde vendrá el primer golpe, si será un bofetón del Míster o un porrazo en la nuca, y entrecierra los ojos, preparado para el impacto.

No sucede ninguna de las dos cosas.

—La verdad es que tú eres un caso especial y con los años estoy volviéndome blando. Demasiado blando, tal vez.

El Míster tose, o se ríe, o ambas cosas.

—Aquí nadie ha tenido una vida fácil. Ni siquiera yo, aunque hace tantos años de eso que a veces ya ni me acuerdo. Y no es cierto: las putadas se quedan, Juanpe, te joden por dentro. A temporadas parece que cicatrizan y luego la herida se reabre. Por eso admiro que tuvieras la iniciativa de presentarte para el puesto de vigilante en el aparcamiento de ese hotel.

Juanpe lo mira, sorprendido. No se consideraba tan importante como para que lo investigaran de ese modo.

—Sí. ¿Acaso pensabas que no iba a preocuparme por tu futuro? Puede que tengáis la sensación de que no os guardo el menor aprecio, pero no es cierto. Son muchos años confiando en ti, en Rai… Eso no significa que no hayamos tenido nuestros desacuerdos. La vida está llena de decepciones… y tú me fallaste, Juanpe. Lo sabes bien.

—Y pagué por ello —dice levantando la mano derecha.

—Lo sé. Y no creas que no lo lamento. Lo de tus manos fue… excesivo.

—Ya… ya no importa.

—A mí sí. Antes era más estricto, más exigente. Con la edad uno se calma. Por eso creo que te mereces esa oportunidad, ese volver a empezar de nuevo, ya sea con nosotros o en otra parte, pero con una condición: una última prueba de tu fidelidad.

Juanpe está dispuesto a aceptar lo que sea. El alivio que siente ahora mismo es tan grande que tiene la impresión de que todo su cuerpo se hincha como un globo. Podría flotar hacia las manchas de humedad del techo y jugar con ellas.

—Tú sabes lo que es la lealtad, Juanpe. Es una palabra que ha caído en desuso, junto con «honor» y «hombría». Lealtad. La adherencia a unos ideales, a unas personas, a una patria. Todo eso se ha olvidado. Estamos en un país de maricones, y no hablo de los que se dan por el culo; allá cada uno con sus gustos. Me refiero a los tíos que no tienen ni honor ni hombría de verdad; alfeñiques que se dejan comprar por un ático o engatusar por una zorra que les hace creer que en lugar de polla tienen una varita mágica. Gilipollas sin principios, lerdos malcriados que creen que el dinero o el sexo son lo único que importa y sólo son fieles a sus propios caprichos. Esta mierda de país está llena de ellos, y a los peores no sólo no los castiga sino que los ensalza hacia los puestos de poder más elevados. Políticos que se venden contra aspirantes a políticos que se dicen renovadores. ¡Ja! Aquí nadie será capaz de renovar nada porque no hay plaga más inmune que la corrupción. Es una red inmensa, pringosa y egoísta que se protege a sí misma con furia. Caes en ella o mueres. Te dejas llevar o te aplasta. Te vendes o nadie te va a comprar.

Juanpe intenta seguir el discurso, comprender qué tiene que ver todo eso con él, con su nuevo trabajo, con esa conversación y con la extraña sensación de amenaza que sigue flotando a su alrededor.

—Lealtad, Juanpe. Lealtad. Eso es lo que algunos buscamos siempre, aunque sea difícil de encontrar. Tú has sido un tipo leal, tanto como Rai, y agradecido. No has olvidado nunca que te sacamos del trullo donde estabas por cargarte al hijo de puta del médico aquel. Te hicimos un favor y lo has devuelto, en la medida de tus posibilidades. Me fallaste por miedo, no porque quisieras traicionarme. Y eso es algo que valoro mucho. Sobre todo ahora... cuando ya me queda poca gente a mi lado. ¿Puedo confiar en ti?

Juanpe asiente con la cabeza, sin decir nada. El Míster se masajea el cuello con la mano, como si tuviera tortícolis, y se acerca despacio hacia él.

—¿Te acuerdas del último fin de semana en la masía? ¿El tipo que murió y todo eso? Hay algo que no sabíais, ni tú ni nadie. Ese hombre debía morir y una de las reglas que he aprendido de los asesinos que nunca logré detener es que no hay nada mejor que un crimen que se comete abiertamente, con multitud de testigos, sin que nadie se dé cuenta.

—¿Fue un crimen?

—No voy a darte más detalles. Él debía morir sin que nadie sospechara y murió. Y un médico que, casualmente, se encontraba allí firmó el certificado de defunción. El pobre José María había fallecido de un infarto, ¿para qué arrastrar su buen nombre por el fango contando las circunstancias exactas de su muerte? Y sobre todo, ¿para qué arrastrar el del médico, un apreciado doctor que pertenece al Opus Dei? No, todo se resolvió francamente bien. No hay nada extraño en un tipo de cincuenta y tantos años a quien le falla el corazón. Nadie sospechó nada hasta que... Hasta que llegaron las traiciones y las deslealtades. Esa puta, ¿cómo se llama? ¿Verónica?

—Valeria —apunta Rai desde el fondo.

—Rai, ¿dónde estás? Ven aquí, hombre. —El Míster espera a que el gitano se acerque antes de proseguir—. Pues eso, Valeria. La muy golfa se ha creído que puede sacarse un extra a costa de la familia del fallecido. Algo muy feo, la verdad. Aunque no lo hizo sola, ¿a que no, Rai?

La rodilla del Míster se mueve con rapidez y golpea la entrepierna del gitano con tanta fuerza que este se dobla y cae al suelo.

—No hay nada que me duela más que descubrir la traición de uno de los míos. Y no de uno cualquiera, sino de alguien a quien he tratado como a un sobrino. Maldito... gitano... hijo... de... puta...

Cada una de esas palabras sale acompañada de un puntapié en la boca del estómago de Rai. Para ser precisos, cuatro se dirigen al abdomen y el último a la boca.

El Míster respira hondo. Juanpe nota el brazo del cocinero alrededor de su cuello y siente que la silla se inclina hacia atrás, dejándolo con los ojos fijos en el foco amarillento, cegador.

—Porque quiero pensar que tú no tuviste nada que ver en esto, ¿verdad, Juanpe? Que ella no te comentó nada cuando la llevaste a su casa aquella noche.

Juanpe intenta contestar. Pero tan sólo puede mover la cabeza.

—Déjalo. La verdad es que lo creo. Juanpe es uno de los pocos tipos legales que he conocido en mi vida y, desde luego, no es de los que pierden el seso por un coño húmedo.

El Míster tiende una mano a Rai, que sigue en el suelo. Este alarga el brazo, pero le fallan las fuerzas.

—¿Pensabas que no me enteraría? ¿Que podríais sablear a los familiares del difunto amenazándolos con ir con la historia a la prensa? Ya sé que ignorabais lo que había ocurrido realmente, pero eso no es disculpa. Lo comprendes, ¿verdad? Ahora esa familia que vivía su dolor en paz ha visto esas fotos que hizo tu amiga sudaca y ha empezado a hacerse preguntas. Y las preguntas generan dudas. Y las dudas significan problemas.

Rai intenta balbucear algo. El Míster lo agarra del cabello y le golpea la cabeza contra el suelo. Juanpe traga saliva, desconcertado, y aparta la mirada. No quiere ver sufrir a Rai, no quiere que le hagan daño.

—Confiaba en ti, Rai. —El Míster utiliza un tono lastimero, de anciano traicionado—. Tú lo sabes, Juanpe. Y ahora, decidme, ¿de quién puedo fiarme? ¿Me merezco esto? ¿Lo merezco?

Rai sigue en el suelo, ya medio inconsciente. Apenas consigue arrastrarse un par de centímetros y su boca es una mancha inmensa de color rojo, como la sonrisa pintada de un payaso.

—Y lo peor es que no puedo dejarte con vida, Rai. Es demasiado arriesgado. Ni a ti ni a esa puta.

El Míster hace un gesto con los dedos y el cocinero termina el trabajo. Un disparo silencioso y Rai deja de moverse para siempre. Casi parece un acto de misericordia, un tiro de gracia, pero no lo es, claro. Es una ejecución que Juanpe contempla, inmóvil, intentando hacer acopio de fuerzas para odiar o para sobrevivir. El Míster cierra los ojos durante quince largos segundos en los que, tal vez, se traga todo el afecto que había sentido por el hombre al que acaba de matar, lo digiere y expulsa los restos en un prolongado suspiro. Tarda un poco más en hablar; cuando lo hace, su voz ha recuperado el timbre habitual.

—Y ahora volvamos a tu tema, Juanpe. Ese trabajo, esa prueba de lealtad, ese futuro...

—¿Qué tengo que hacer? —Le cuesta hablar. Las palabras salen despacio, ahogadas. Temerosas.

El Míster le pasa un brazo por encima de los hombros y lo aleja del cadáver, hacia uno de los rincones del almacén.

—Primero quiero que sepas que tienes más de una opción. Si cumples con mi encargo podrás escoger entre ese empleo o seguir a mi lado, pero con otro estatus. Necesito a alguien cerca, alguien que vele por mí. Creí que podía contar con Rai para eso y ya ves... En cualquier caso, la decisión será tuya.

—¿Qué tengo que hacer? —repite Juanpe.

El Míster respira hondo.

—Rai y esa zorra llevaron a cabo el chantaje y les salió bien. La familia se asustó y pagó enseguida, sin poner objeciones y sin decir ni pío. El problema fue que, una vez recuperadas las fotos, el hijo del muerto vino a hablar conmigo. No le importaba el dinero, sólo quería saber más detalles de la muerte de su padre. Exactamente lo que yo quería evitar. Por suerte, conseguí convencerlo de que lo mejor era que dejara las cosas como están. Pero me dejó oír el mensaje que esos dos dejaron en su contestador, en una de las llamadas, y reconocí la voz de Rai. Bueno, fue una decepción aunque ya está superada. Nos falta Valeria... Al parecer, en cuanto pilló la pasta cogió un vuelo para Uruguay para ver a su hijo. Un vuelo de ida y vuelta para finales de abril.

El Míster chasquea los dedos de nuevo y el cocinero reaparece, como una sombra, con un teléfono móvil en la mano. Está manchado de sangre.

—Aquí está el último mensaje que Rai le envió:

Saluda al chico de mi parte. Estate trankila, el hijo del muerto ha venido a ver al mister asi q mejor q no vuelbas en un tiempo, x si acaso, no me llames ni te pongas en contacto conmigo si todo va bien en unas semanas te escrivo y vuelbes como tenías previsto, un beso, tu Rai

—¿Quiere que vaya a por ella?

—Lo pensé, pero no merece la pena. Es mejor no alarmarla. Podría huir o quizá empezar a pensar que esas fotos valen más de lo que ha recibido hasta ahora. No... Para ella el negocio está cerrado y ha salido bien, así que lo mejor será seguir el plan que tenían previsto. En un par de meses, *Rai* le escribirá y ella volverá. Y tú estarás esperándola. No me falles esta vez, Juanpe. Mátala cuando llegue el momento y serás libre.

Juanpe los ve salir. Al Míster y al cocinero, que no ha abierto la boca y carga con el cadáver de Rai. De pronto oye la risita del niñato, que parece haberse fundido con una de las manchas de humedad del techo y lo mira desde allí con la sonrisa burlona de siempre. *No te quejes. Te habría gustado cargártela ese día y no lo hiciste. Ahora por fin tienes una buena excusa.*

23

Le apetece. Sí, le apetece tomar algo, o al menos pasar un rato más con ese tipo que ha aparecido en la peluquería como posible respuesta a sus propósitos de Año Nuevo. Propósito en singular, mejor dicho, uno y único: olvidarse de Rober para siempre. Para ser sincera consigo misma, Miriam no esperaba que las cosas cambiaran demasiado después de su último y fogoso encuentro, uno más en la lista. Y sin embargo debía admitir que le dolía no haber recibido ni siquiera un mensaje en el que le felicitara las fiestas, o en Nochevieja, aunque fuera uno reenviado lleno de gorritos y flamencas. Al mismo tiempo, en su mejor tradición contradictoria, también ella se había resistido a comunicarse con Rober hasta la tarde del 1 de enero. Hace mucho que Miriam odia todo lo relacionado con un año nuevo que se parece sospechosamente al que acaba de terminar y, en un momento de soledad y aburrimiento, mientras contemplaba a su padre dando cabezadas en el sillón, decidió vencer sus reparos. Total, al fin y al cabo eran amigos, y los amigos se felicitan las fiestas, ¿no? Lanzó, pues, ese SOS encubierto en un mensaje neutro y convencional. Para su sorpresa, la respuesta llegó enseguida: «Feliz año, preciosa. ¿Te vienes a casa un rato y follamos?».

Lo peor de todo es que era eso lo que estaba deseando,

aunque al mismo tiempo deseara no desearlo, en un juego alambicado donde se mezclaba la dignidad acumulada con las puras ganas de tener compañía. Los ronquidos quedos de su padre, el televisor repitiendo una gala que ya la había aburrido la noche anterior, restos de turrón en un plato de plástico de color dorado y una copa de cava solitaria y deprimente. ¿Por qué no? ¿Por qué no quitarse de encima esa manta triste y lanzarse a un rato de sexo?

Pero al mismo tiempo y con idéntica intensidad se imaginó a un Rober resacoso en aquel cuartucho inmundo, intuyó otro polvo en aquella cama deshecha, y la asaltó una sensación de fracaso anunciado o, peor aún, de inicio sórdido para un año que, maldita sea, tenía que ser distinto. Tienes treinta y ocho años, Miriam. Un hijo que ya tontea con una cría del instituto y un padre a punto de olvidar quién eres. Te mereces algo mejor.

Y quizá no mejor pero sin duda más atractivo es el hombre que tiene ahora delante y que, por alguna razón, se ha vuelto repentinamente tímido y mantiene un silencio muy poco prometedor. Sentados justo enfrente de la peluquería, en el mismo bar donde ella pide los cafés con leche en vaso que la sostienen durante toda la jornada, la conexión rápida parece haber desaparecido y la conversación languidece mientras las dos copas de cerveza se van vaciando y la voz cascada de Joaquín Sabina encadena quejas de borracho canalla.

—Perdona —dice él—, supongo que a estas horas estarás cansada.

—Hoy no mucho, si te soy sincera. Enero es un mes malo para nosotras.

—¿La famosa cuesta?

—La cuesta interminable, diría yo.

No hay nada que interese menos a Miriam que las charlas triviales sobre tópicos de ascensor, así que mira la hora con disimulo y da un trago generoso a la cerveza. El tipo, Víctor, es bastante guapo, eso es innegable, pero está revelándose como un soso de cuidado. Soso o preocupado por algo... tal vez por la alianza que rodea su dedo como una advertencia para sí mismo y para el mundo.

—Oye, voy a tener que irme —comenta Miriam—. Mis obligaciones no han terminado aún.

—¿La familia?

—Un hijo y un padre me esperan en casa. Mi padre —aclara—, no el de mi hijo.

—Yo también tengo una hija. Cloe, insoportables dieciocho años.

—Iago. Bastante decente para tener quince.

—¡Qué suerte! No te confíes: la adolescencia los ataca de repente y los vuelve completamente bobos.

—¿Y quién no lo fue? Creo que a veces nos olvidamos de la nuestra para juzgarlos.

—Yo fui un chico modelo —dice él, sonriente—. Mucho menos histérico que mi hija, en serio.

—Yo no. ¡No sé cómo me aguantaron! Pero las mujeres siempre hemos tenido más cosas contra las que rebelarnos.

—¿Sí? ¿Contra qué te rebelaste tú?

Son esos ojos verdes los que la mantienen en el bar cuando ya pensaba irse; los ojos, el interés súbito que vuelve a brillar en ellos, y la charla que, de nuevo, ha virado hacia temas más personales.

—Es una historia larga, pero, resumiendo, creo que me rebelé contra la tristeza.

—Ya. Ese silencio...

—Era asfixiante. Como cuando llevas mucho tiempo sumergida bajo el agua y tu cuerpo sale disparado hacia la superficie.

—Buscando el aire.

—Aire, fiesta y más cosas... Todo. Lo buscaba todo.

—¿Te divertiste?

—Menos de lo que parecía. Más de lo que me divierto ahora. ¿Y tú?

Víctor bebe antes de responder.

—Creo que hace bastante tiempo que no me divierto de verdad.

La frase suena a confesión, tal vez a invitación inconsciente que Miriam desvía de manera deliberada.

—¿No irás a soltarme el rollo lastimero del casado aburrido?

—Nunca. Te lo prometo.

—Voy a necesitar otra cerveza para creerlo.

—¿Esto significa que ya no te vas?

—Digamos que he decidido concederte quince minutos más.

—Tendré que esforzarme para prolongarlos.

—Como Scherezade.

—¿El cuento no era al revés?

Miriam sonríe.

—Los cuentos cambian con los años. Va, pide esa cerveza y cuéntame tu vida.

—A sus órdenes, sultana. Pero ¿podríamos cambiar cerveza por cena?

—Los esclavos de hoy tampoco sois como los de antes. Estás pidiendo demasiado.

—Has sido tú quien ha empezado a darle la vuelta a la historia.

—¿Sólo cenar?

—Palabra de esclavo.

—La sultana tiene que pasar por su casa antes. Asuntos de Estado.

—Me parece bien. Asumo mi papel; esperaré.

Miriam se levanta y se pone la chaqueta.

—Vivo aquí al lado. No tardo nada.

—No hay prisa.

Hasta el momento no ha habido el menor roce, pero Miriam no puede evitar apoyar una mano levemente en el hombro de Víctor al salir. De fondo, Sabina lloriquea sobre quinientas noches de soledad compartida y el camarero, al que conoce bien, le guiña un ojo. Desde la puerta ve que Víctor ha pedido otra cerveza y siente un temor agradable, un cosquilleo vertiginoso que tiene más que ver con lo inesperado de la situación. Recuerda sin querer otra canción del mismo cantante, una que habla sobre el mes de abril, y se dice que si alguien como Víctor quiere robarle lo que queda de enero ella está dispuesta a cedérselo sin oponer mucha resistencia.

24

Los misterios familiares no son algo que haya inquietado en exceso a Iago a lo largo de su vida. Desde siempre ha asumido con naturalidad su escasa familia e incluso la gran pregunta que podría haber flotado sobre su vida ha tenido una importancia relativa. Hace años, cuando era un niño, sí cuestionó esa ausencia del padre, pero sus preguntas obtuvieron una respuesta difusa, más bien desalentadora, y poco a poco dejó de hacerlas. En realidad, Iago nunca fantaseó con ese padre imaginario ni se inventó historias que lo convertían en un superhéroe. No lo ha echado de menos, no desde que asumió, cuando tenía siete u ocho años, que en su vida esa pieza faltaría siempre. Quizá en otros tiempos esa carencia habría sido más notoria, en el siglo XXI no cuesta aceptar con naturalidad esa familia compuesta sólo por una madre y un abuelo, y antes también por una abuela que, si bien murió demasiado pronto, él aún recuerda, no con nitidez sino en forma de destellos, de olor a rosquillas y del sonido de una nana que a veces le viene a la cabeza y no con la voz de su madre.

Pero en las últimas semanas, desde el comienzo del año, Iago ha empezado a sentir curiosidad sobre ese pasado. O, mejor dicho, más que curiosidad, la sensación de que existen muchas cosas que él tiene derecho a saber. Lo del hermano de su madre, por ejemplo, ese tal Joaquín que murió a manos de un compañero de colegio. A veces, en esas semanas, se ha imaginado al chaval que vio en la foto, más bien rollizo y con la cara seria, y a los abusones que lo molieron a golpes a la salida del cole. Tal vez le hicieran la vida imposible durante meses, quizá el pobre había sido una víctima de *bullying* en unos tiempos en que todo era distinto. Le extraña mucho haberse enterado de esta historia a los quince años y le gustaría profundizar en ella, averiguar los detalles, pero no se ha atrevido a sacar el tema con el abuelo y su madre ya dejó claro que tampoco ella sabía mucho más. Le molesta no tener herramientas para satisfacer su curiosidad: internet se ha revelado como algo inútil y, sinceramente, no tiene a quién recurrir.

Por eso, por todas esas preguntas que le quitan la tranquilidad, hoy ha aprovechado para hacer algo que en condiciones normales nunca se le habría ocurrido. Quizá no pueda resolver las dudas de golpe; sí puede, sin embargo, intentar encontrar respuestas. Su madre ha pasado un momento por casa y ha dicho que salía a cenar con un viejo amigo, y el abuelo se ha quedado dormido en el sillón mientras miraba las noticias. En condiciones normales Iago lo despertaría y lo convencería para que se acostase. Esta noche, en cambio, decide dejarlo dormir allí un rato más.

La habitación de su abuelo es su antiguo cuarto de juegos, luego invadido por una tabla de planchar desplegada que parecía vivir allí. No hay en ella muchos muebles: un armario pequeño, una cómoda y una mesita de noche, además de la cama. El abuelo refunfuñó al principio, y su madre llegó a pedir a Iago que se cambiara de cuarto y le dejara el suyo, más espacioso. Al final, tras unas semanas, las protestas del anciano cesaron y nadie volvió a hablar del tema. Allí encontró Iago la foto de Joaquín, oculta bajo las camisetas afelpadas que el anciano sigue usando en invierno, y allí entra ahora. Si existía esa foto quizá hubiera otras. Iago no sabe muy bien qué piensa encontrar en ellas, sólo está seguro de que cualquier detalle, por ínfimo que sea, es más que esa nada que tiene ahora.

La ropa del anciano está dispuesta en el armario de manera pulcra y ordenada; los zapatos abajo, guardados en cajas. El aspecto de ese armario es tan distinto del de Iago, donde las sudaderas se pelean entre sí, que le da apuro tocarlo. Pasa a la cómoda, que está casi vacía, y piensa sin querer que al final de la vida uno sólo se lleva lo verdaderamente esencial y que, para su abuelo, eso se reduce a objetos prácticos. Apenas hay nada en esos cajones que indique aficiones; las actividades que el viejo realiza en su tiempo de ocio quedan reducidas a unos cuadernos de sopas de letras. Iago comprueba que los más antiguos están completos y que, en cambio, los más recientes se ven intactos. En uno de ellos se percibe que el abuelo intentó encontrar «utensilios de cocina» y dio con cuatro de los dieciséis que contenía el cuadro.

Esa exploración lo entristece y, además, sigue pareciéndole que no tiene derecho a hacerla. Sabe bien que se enfadaría si la situación fuera al revés, si pillara a algún adulto hurgando en sus cosas, y la mezcla de ambas sensaciones está a punto de hacerlo desistir cuando, al devolver los cuadernos al cajón, roza con una mano algo que no había visto. Es un sobre con fotos, y Iago se sienta en la cama para mirarlas aunque lo que lo impresiona no son tanto las imágenes sino los posits amarillos que el abuelo ha pegado sobre ellas.

«Salud, mi mujer. Está muerta y yo la quería», reza uno que cubre parcialmente el rostro de una mujer joven que no sonríe a la cámara. «Salud y yo, en nuestra boda», se lee en otro. «Miriam, mi hija. Vivo con ella y la quiero mucho.» «Joaquín, mi hijo mayor. Murió.» También hay algunas fotos suyas, de pequeño y más recientes: «Iago, mi nieto. Es un gran chico», «Iago, mi nieto, el hijo de Miriam». Imagina a su abuelo aprovechando los ratos de lucidez para marcar así sus recuerdos, para identificar a las personas que no desea olvidar, consciente de que la memoria se ha convertido en su enemiga imbatible. Iago va pasándolas, una tras otra, fijándose más en las notitas que en las imágenes, hasta que llega a otras que carecen de texto. Las observa con atención; alguna muestra a su madre de niña sentada en el regazo de un rey mago, o a los abuelos, juntos y jóvenes, vestidos de domingo, con un chavalín gordito provisto de un palmón gigante. Y una más, la última, una foto grande, más gruesa que las otras, que tiene su propia leyenda escrita en un falso marco: «Curso 1977-1978. El señor A. Suárez y los alumnos de séptimo de EGB».

A. Suárez, piensa Iago, y de repente cae en la cuenta de que ese nombre le abre una ventana hacia la verdad. En la fotografía está Joaquín, cejijunto y serio, un palmo más alto que los demás niños, claramente mayor que ellos. Observa el resto de las caras y se dice que tuvo que ser uno de esos chavales quien lo matara. Vistos ahí, todos parecen inocentes, críos y crías congelados en una infancia de pantalones cortos y pichis de cuadros, pero uno de esos rostros tiene que ser el del joven asesino de su tío. Y, por alguna razón que no llega a entender, siente que tiene derecho a saber cuál es y ahora dispone de un medio para averiguarlo. Tiene que hablar con el director del colegio antes de que se jubile, tiene que averiguar qué pasó treinta y ocho años atrás.

25

Los escaparates anuncian las segundas rebajas con carteles enormes de agresivas letras de color rojo. La gente acarrea niños cansados y bolsas llenas. Comprar no es exactamente un placer, sino el cumplimiento de un deseo postergado que, una vez satisfecho, deja de resultar atractivo. Por eso la marabunta adulta que se alinea en las escaleras mecánicas del centro comercial Splau avanza como obligada por una misión: encontrar la maravillosa ganga que dé sentido a ese agobio. Claro que también hay muchos jóvenes, y Foot Locker, la inmensa tienda de calzado deportivo, se asemeja a una fiesta del instituto. Los dependientes intentan respirar hondo y soportar ese último gran fin de semana, después de las jornadas maratonianas de la Navidad. Turnos eternos, domingos laborables, el interior hecho un desastre y esa música, vibrante y atronadora, que los obliga casi a hablar a gritos.

Ofertas especiales, rebajas y más rebajas. Precios tachados con rotulador negro. Vender, vender y vender hasta que el cuerpo aguante o se terminen las existencias, que parecen inacabables.

Los clientes hacen largas colas para pagar, unas colas que son ya de otra época cuando hoy en día incluso las entradas para el cine se compran por internet. Pero no importa: están allí, estoicos y apabullados en nombre de sus propios caprichos, y luego, con lo que se han ahorrado, se sentarán en la terraza de La Sureña a comer unos montaditos después de esperar tanto rato como en la tienda, y así habrán echado el día, en ese ceremonial litúrgico laico que consigue absolverlos de la frustración.

Alena y Lara han seguido al rebaño ese día, dispuestas a invertir el dinero que les queda de los regalos de Navidad. Su plan era recorrer el Bershka, el Stradivarius, y asomarse al Desigual por si en rebajas pueden comprar algo; pero escoger en medio de ese batiburrillo de prendas es complicado y llegar a uno de los probadores requiere una ingente cantidad de paciencia, así que no pasan de la primera tienda, donde Alena escoge una cazadora que, para colmo, pertenece a la nueva colección y no está rebajada. Lara se ha probado un par de prendas que no la convencen del todo y, agobiada por el barullo del interior, se retira hasta la puerta mientras su amiga contempla con desesperación la larga cola de la caja. Sujeta la cazadora elegida con una mano, vuelve a mirarla con atención y, por fin, con un suspiro, va a dejarla sobre el montón de prendas descartadas, una montaña de ropa que se tambalea sobre la parte derecha del mostrador, al mismo tiempo que una dependienta se abre paso entre la multitud adolescente y abre una segunda caja, justo enfrente de donde Alena se encuentra. La cola se disgrega en dos y los primeros en llegar se colocan detrás de ella, contentos de haber reducido en mucho el tiempo de espera. Alena se siente un poco incómoda, pero la mirada de Lara la apremia desde la puerta.

—¡Eh, princesa! ¿Las polacas no sabéis lo que es una cola?

Es Saray Lozano, que se encuentra a su altura en la fila de al lado, a punto de pagar. Alena ni siquiera la había visto, y su primera reacción es dejar la prenda de todos modos, salirse de la cola y de la tienda.

—Hablo contigo, rubia.

Alena no responde. Un conato de rebeldía le enrojece las mejillas y se dispone a finalizar la compra. Si quienes están detrás no protestan, menos derecho tiene aún Saray a hacerlo.

—Pero qué morro tiene la tía —prosigue Saray mientras saca el dinero del bolso—. Como en el insti. Llega la última y se cree que puede pasar delante por su cara bonita.

La dependienta no está para peleas y chasquea los dedos. Alena le entrega la cazadora y saca unos billetes arrugados del bolsillo del pantalón vaquero. Se le caen, con los nervios, y tiene que agacharse a recogerlos. Ahora sí, quienes aguardan detrás de ella empiezan a dar señales de impaciencia.

—Encima torpe, será que la cara dura la altera —continúa Saray en voz muy alta, hablando a nadie en particular ya que no va acompañada.

Alena ya no puede eludir por más tiempo la situación y responde, mirándola directamente.

—Saray, ¿no te aburres de ser tan…?

—Tan ¿qué?

—Tan rematadamente ordinaria.

Alena lo ha dicho con absoluta serenidad, casi con hastío, y eso añade mayor agravio al insulto. Las dos dependientas contemplan la escena desde el otro lado del mostrador, a pesar de que sus manos ya se mueven con gestos automáticos: extraen la alarma, cobran y embolsan mientras prestan atención a lo que sucede. Alguien en la cola protesta: «Eh, bonitas, las peleas en la calle, ¿vale?». La música sigue sonando sin que nadie le haga caso.

Saray coge su bolsa y sale de la tienda hecha una furia. Al hacerlo pasa al lado de Lara, pero se diría que ni la ve.

Alena se toma unos segundos de espera para que Saray se pierda de su vista y luego la sigue.

—No le hagas caso —le dice Lara—. Es idiota.

Alena no contesta. Algo en su interior la empuja a buscar a Saray, a explicarle que no pretendía colarse y que no quería ofenderla; que entierren el hacha de guerra y firmen una tregua. Todo se diluye cuando se da media vuelta y se topa con ella, ahora acompañada de Noelia y de otra chica que no conoce.

—¿Qué me has llamado antes, rubia?

—Saray, por favor.

—¿Qué le has dicho a mi prima?

—¿Podemos hablar tú y yo solas, en otro sitio? Ya vale de montar escenas, ¿no crees?

Alena le endosa la bolsa a su amiga y señala el otro lado del pasillo, donde se encuentran los servicios.

—Tú me has insultado en público. Ahora no me vengas con cuentos.

A Saray le tiembla la voz. Su adversaria comprende que podría haberle llamado cualquier cosa, insultos reales y malsonantes, sin provocar el mismo efecto. La ordinariez es el talón de Aquiles de Saray, un defecto de sí misma que detesta y que, aun así, no consigue evitar. Alena toma aire antes de responderle.

—Perdona. Lo digo en serio. No debí insultarte y tú no debiste meterte conmigo. ¿Lo dejamos aquí?

Es su tono adulto, calmado, lo que enerva más aún a Saray. No ha oído las palabras, sólo esa condescendiente inflexión de voz que la hace sentirse más pequeña, más vulgar.

—Tú no sabes con quién estás jugando, rubia. No tienes ni idea.

—Saray, ya vale —interviene Lara—. Ella acaba de disculparse.

—Cierra la boca.

Saray avanza hacia Alena y esta siente miedo. Un temor irracional y físico, algo que los enemigos perciben y de lo que se alimentan. Por primera vez desde que se encontraron en la tienda, Saray sonríe.

—¿Querías hablar en privado? ¡Vamos!

—Ya no tengo nada más que...

—Vamos, he dicho.

Las dos caminan hacia uno de los extremos, hacia las cristaleras desde donde se ve la calle. Alena busca con la mirada a Lara y la nota desbordada por la escena. Intuye que algo va a pasar y que su propuesta de diálogo ya no tiene ningún sentido. Siente un empujón que la impulsa contra la baranda de metal.

—A la princesa nunca le han dado dos hostias, ¿verdad? Nunca la han cogido de esos pelos rubios...

Alarga una mano hacia la melena de Alena y esta la aparta, pero no puede evitar un segundo golpe, esa vez en el hombro.

Dos mujeres que pasan por allí aprietan el paso, sin ganas de meterse en líos.

—Eh, ¿algún problema, nenas?

Un vigilante de seguridad se ha unido al grupo y su voz consigue tranquilizar a Alena. Hay un aliado, un adulto, alguien responsable que detendrá esa locura.

—Cosas de chicas —le responde Saray—. ¿Verdad que sí, rubia?

—Pues las discutís en la calle, guapas. ¿No os da vergüenza pelear aquí en medio como verduleras?

Es un tipo de mediana edad, que recuerda más a un abuelo amable que a un agente del orden.

—Venga, arreando —advierte.

—De hecho ya habíamos terminado, jefe. Al menos por hoy. —Mira a Alena—. Ya seguiremos en otro momento, princesa. Esto no va a quedar así.

Saray sonríe, satisfecha. Alena se da cuenta de que necesita empatar ese asalto si quiere sobrevivir, pero la debilidad se ha apoderado de ella. La otra tiene razón en una cosa: nunca nadie la ha agredido. El dolor físico deliberadamente provocado es algo que desconoce y que, por lo tanto, la aterra mucho más que cualquier otra cosa. Saray se marcha con el vigilante, andando muy erguida, con aire triunfal. En ese momento parece envolverla una luz tan amarilla, intensa y ofensiva como los soles que pintan los niños.

Lara se le acerca con timidez. Alena no puede evitarlo: rompe a llorar en silencio. Solloza por lo que acaba de suceder y, sobre todo, por lo que intuye que vendrá a partir de hoy. Tardará bastante rato en darse cuenta de que esa tarde ha perdido algo más que la dignidad: su teléfono móvil. No aparece por ninguna parte, pero para cuando lo eche en falta ya estará en casa, con una cazadora nueva y un malestar extraño, retorcido, el presagio irracional de un peligro impreciso pegado a ella como una sombra hostil.

26

El olor a café recién hecho inunda la cocina. Sin saber por qué, Miriam siempre se dice que los domingos el café sabe mejor: ya no es una pócima imprescindible para ponerse en marcha sino el sabor de la tranquilidad, del tiempo libre, del desayuno largo y perezoso. Tostadas, mantequilla, miel; aromas dulces para degustar en pijama, sin prisas, en un silencio sosegado y amable. Iago no dará señales de vida antes de las once, eso seguro; su padre, en cambio, suele levantarse más temprano que ella, aunque a veces, como hoy, se toma un café rápido y se acuesta de nuevo.

Sentada a la mesa de la cocina, Miriam despliega todos los manjares ante ella asegurándose de que no falte de nada y se dispone a disfrutar de ese tiempo completo de paz solitaria. Es curioso: esa soledad matutina, mientras el sol atraviesa con timidez la puerta de cristal de la galería, no se parece en nada al tedio de las tardes, deprimente y oscuro, que la lleva a cuestionarse tantas cosas. Quizá hoy no, piensa, aunque no desea estar demasiado pendiente de eso. Después de la cena del otro día, Víctor la acompañó de vuelta a casa y se despidió con la vaga sugerencia de verse el domingo, aunque esas cosas suelen decirse tras un rato de conversación agradable y un par de copas de vino. Además, está claro que ambos son adultos y, por lo tanto, saben perfectamente qué significa una segunda cita. Miriam siempre ha creído que el destino de una historia se define ahí: no en una primera toma de contacto, tan casual e improvisada como la que les pasó a ellos, sino en la repetición deliberada de ese encuentro. También sabe que la mayoría de los hombres casados, casados en serio, claro, perciben esa cita número dos con cierta dosis de prevención. Es algo que ha aprendido en sus ya muchos años de juegos de cortejo: a casi todos los tíos les hace gracia que sea la mujer quien se lance primero, si bien se sienten molestos cuando ese truco se repite inmediatamente después. En cualquier caso, es divertido pensar en alguien distinto y, por qué no decirlo, interesante, para variar. Distinto, interesante y casado, se advierte mientras extiende con cuidado una fina capa de mantequilla sobre el pan crujiente.

Quince minutos después, mientras duda entre si fumar o no el cigarrillo de los domingos, el único que se concede en toda la semana, oye la puerta de la habitación de su padre. Joaquín aparece completamente vestido, en apariencia preparado para salir, y con mejor cara de la que ha tenido durante el último mes. Su «buenos días» enérgico, casi excesivo, lo confirma.

—Hola, papá. ¿Quieres una tostada?

—No te levantes. Ya me la hago yo. Descansa por un día.

Le sonríe y Miriam respira hondo, agradecida por esa sensación de normalidad. No ignora que es pasajera, pero lo mismo podría decirse de casi todas las cosas buenas.

—Hay jamón york en la nevera, si te apetece.

Lo ve moverse con una diligencia inusitada y por un momento alberga la absurda esperanza de que la enfermedad haya remitido, ya sea por un error o un milagro. Sabe que no es así, que probablemente la caída de la tarde volverá a confundirlo, a enturbiar su mente, a reducir sus reflejos y postrarlo en el sillón, apático y soñoliento, o, en los peores días, a enfurecerlo contra un mundo que le resulta incomprensible. Disfruta del momento, se dice, y se sirve un segundo café con leche.

—¿Iago todavía duerme? Ese chico debería levantarse antes.

—Déjalo. Yo hacía lo mismo a su edad.

—Ya. Porque trasnochabas más de la cuenta. Más de una noche nos tenías despiertos hasta las tantas, a mí y a tu madre. Hasta que no oíamos la llave en la cerradura no había manera de dormirse.

No es habitual que Joaquín mencione a su mujer ni que se refiera a ese pasado reciente. Normalmente se sume en el silencio o evoca hechos remotos, de su infancia o de su llegada a Barcelona.

—Papá, hay algo de lo que me gustaría hablarte. Pero no quiero que te moleste ni que te pongas triste.

Miriam duda; le ha costado empezar porque se siente como si estuviera pinchando su propio globo y, al mismo tiempo, tiene la certeza de que no habrá muchas ocasiones más. Y ahora que él se ha sentado ante ella, con su tostada y su loncha de jamón york, mirándola como solía hacerlo antes, con esa paciencia sosegada y amable, siente más remordimientos que nunca.

—Dime. Si me molesta te lo haré saber.

Ya no puede echarse atrás. Quizá sea mejor así.

—No sé por dónde empezar. Desde hace unos días pienso mucho en mamá… y en Joaquín. En lo que pasó. No me preguntes por qué, simplemente es así. Creo que no fui justa con mamá, con… con su dolor. Me irritaba… Es igual, olvídalo.

—Incluso el dolor más terrible tiene que pasar, no puede uno andar machacándolo todos los días. Dale que dale, como los clavos de Cristo.

Miriam asiente. Ella y su padre se han entendido siempre en eso.

—Tu madre era una buena mujer. Muy suya con sus cosas, pero buena. Nadie pudo decir nunca ni así de ella. Sí, era reservada, maniática, arisca incluso. No le gustaban el comadreo ni los corrillos; iba a su aire. Saludaba con educación y seguía su camino, sin detenerse, porque le jodían esas mujeres que se pasan el día cotorreando. Que si esto, que si lo otro; que si la fulanita dice que la menganita no sé qué... Ella no tenía tiempo para chismes. Su casa, su negocio, su familia, eso era lo único que le importaba. Nadie imaginaba lo feliz que estuvo cuando naciste, porque tu madre las penas y las alegrías se las guardaba siempre *p'adentro*. Eso sólo lo sabía yo, que la veía arrullándote, cantándote una nana, poniéndote toda esa ropita que había comprado en Barcelona, en una tienda carísima, cuando aún no sabía si esperaba un varón o una hembra. Y naciste tú, una niña, después de tantos años. Eras un bebé precioso, tan tranquila, tan dormilona, tan de buen comer. Ni siquiera llorabas cuando tenías hambre: gemías un poco y ya está. «Parece un gatito», decía Salud, y era verdad, como si no quisieras molestar.

—Ya di bastante guerra luego.

Su padre mueve la mano, en un gesto impreciso, y acto seguido se la acerca a la frente. Una barrera de arrugas que intenta contener pensamientos hoscos.

—Luego todo fue distinto, hija. Y tu madre... Yo qué sé. No encontró consuelo nunca. Siempre ahí, sentada, meciendo el dolor y tragándose las lágrimas. Un mes y otro mes, un año tras otro. Se fue consumiendo como una vela. De eso ya te acuerdas, ¿no? Su tristeza era superior a la mía, a la de todos; lo decía sin decirlo. No había manera de soportar eso. No después de diez años, de quince. Un día exploté. Cogí todas las fotos del niño y las guardé en el altillo. La levanté de la dichosa mecedora y la zarandeé. Nunca me había atrevido a tocarla así; de hecho, hacía años que no nos tocábamos de ninguna manera. En la cama me rehuía, se colocaba al borde, casi en el vacío, siempre de espaldas como un bloque de hierro frío. Ese día no pude más... Te juro que sólo quería devolverla a la vida. Intenté besarla... pero fue como dar un beso a una lápida.

Miriam lamenta oír todo eso, y en especial lamenta amargar a su padre una de las pocas mañanas felices que ha disfrutado desde Navidad, pero Joaquín no parece afectado, casi al contrario: hay una nota de alivio en esas frases que se unen como eslabones frágiles de una cadena que lo tuvo atado durante años. También él, ahora, desea recordar.

—Cuando terminé, Salud se vistió sin mirarme. Fue al altillo y volvió a colocar todas las fotografías donde estaban antes. Exactamente en el mismo sitio. Luego se sentó en la mecedora. No dijo ni una palabra, y yo me sentí como el mayor cerdo de la tierra. Creo que ahí dejamos de hablarnos. Yo no tenía nada que decirle y ella nada que escuchar.

—Papá... —No quiere seguir hablando de su madre ni oír o absolver pecados pasados—. ¿Qué le pasó exactamente a mi hermano?

—Ya lo sabes.

—No. Sólo sé que un niño de su clase le dio una paliza y murió. Nunca he sabido el porqué ni qué pasó después. En realidad, mamá tampoco hablaba de ello.

Joaquín desvía la mirada. La luz del sol ya entra por la galería, una intrusa que ilumina su cuerpo a medias. Miriam contempla a su padre, parcialmente en sombras, y busca su mano por encima de la mesa.

—¿Qué sucedió, papá? ¿Por qué le hizo eso? Eran apenas unos críos.

—Espero que Salud no me oiga desde el otro mundo porque no me lo perdonaría jamás. Aunque la verdad es que nunca me perdonó que hubiera muerto, así que tampoco creo que se ofenda más. Tu hermano no era un buen chico.

—¿Qué significa eso?

Conserva la mano de su padre bajo la suya, siente sus dedos ásperos, endurecidos por los años, torcidos como ramas secas.

—Eso. Tu madre lo malcrió más de lo que puedas imaginar. Y yo se lo decía, se lo dije muchas veces: «Salud, este niño hace lo que le da la gana»; «Salud, no nos tiene ningún respeto». Ella nunca me hizo caso.

—¿Eso qué tiene que ver? ¿Quieres decir que se juntaba con otros como él? ¿Que uno de ellos lo mató?

—Sí y no. Se juntaba con lo peor del barrio. Era... era un niño de mamá, engreído y desobediente. Pero no lo mató uno de ellos. Fue otro, el hijo de Juan Zamora. Un desastre de crío, con una madre borracha y un padre que era una mula de carga. Un chiquillo escuchimizado y asustadizo al que nunca habría imaginado haciendo algo así.

—¿Y por qué?

—¿Qué más da, hija? ¿Qué más da? Los niños se pelean, se fastidian. Le dieron un mal tanto y...

No consigue acabar la frase. Se le contrae el rostro en una mueca agria.

—¿Le dieron?

—Déjalo, Miriam. No quiero remover todo aquello. Lo encontraron en una obra, por el Pedró. Unos pisos que andaban construyendo. Fui hasta allí a medianoche, con la Guardia Civil. Estaba...

—Vale, papá, olvídalo. No, no sigas, por favor.

Joaquín la mira con ojos turbios que expresan algo más que tristeza.

—Y sí, le dieron. Ese crío no andaba solo, aunque él cargó con todas las culpas. Había otro, pero se libró del castigo.

—¿Otro?

—El hijo de Emilio. El Sandokán lo llamaban, al padre, no al hijo. Se camelaba a todo el mundo ese tipo. En la fábrica, en el colegio, en el barrio entero. Pero, en el fondo, lo mismo daba. Nadie iba a devolvernos a Joaquín, ¿no crees? Y, al fin y al cabo, los tres eran sólo unos mocosos. Niños que se pasaban la vida en unas calles donde no se veía nada bueno.

27

Existe una frase hecha que Alena no consigue recordar del todo: algo así como que hay que consultar los problemas con la almohada. O, dicho de otro modo, que las cosas se ven distintas después de una larga noche de sueño. Quizá lo que falla en ambas expresiones es que cuando algo te preocupa resulta muy difícil descansar. Se pasó horas dando vueltas a su pelea con Saray, maldiciéndola a ratos y maldiciéndose también a sí misma por haberse metido en ese lío, y al amanecer, después de un sueño intranquilo, sólo tiene un objetivo. Debe hablar con ella; dejar claro que, si bien no van a ser amigas, tampoco existe razón seria alguna para odiarse.

Es eso lo que la lleva a apresurar el paso ese lunes de finales de enero, con la esperanza de encontrar a Saray a solas antes de que empiecen las clases. Llega al instituto media hora antes, cuando las puertas aún están cerradas. El sol matutino titubea, perezoso, más allá de los bloques que rodean el centro, y, a pesar de la cazadora nueva, Alena siente frío y esa destemplanza que da el estómago vacío. No se ha molestado en desayunar y apenas cenó, así que de repente nota una sensación cercana al mareo.

Se sienta junto a la puerta, aprovechando el único espacio donde llega un tibio rayo de sol, y se sube aún más la cremallera de la chaqueta. Entrecierra los ojos mientras piensa que, para los escasos transeúntes que andan con la prisa malhumorada de los lunes, debe de parecer una vagabunda. Alguien se interpone entre ella y el foco de calor.

—Me has quitado el rincón —le dice Marc.

—Te dejo un hueco. Cabemos los dos.

—¿Qué haces aquí tan pronto? Siempre estoy solo a estas horas.

Marc no se sienta; se limita a apoyarse en la verja de hierro, de lado, para poder hablar con ella. Como de costumbre, viste completamente de negro: chaqueta de cuero, vaqueros y botas.

—Hay algo que quiero resolver antes de ir a clase. Oye, me gustaría preguntarte algo. Cuando estudiabas en el otro cole…

—¿Qué quieres saber? ¿Si era tan horrible como te imaginas?

Ella asiente. Hasta ahora no se había atrevido a planteárselo. Circulaban rumores según los cuales Marc se había cambiado de centro debido al acoso de sus compañeros.

—Lo era. Y lo es aquí, aunque no tanto, la verdad. Al menos yo ya soy yo, y no tengo que fingir. Pueden llamarme de todo y lo hacen, claro. Es algo con lo que me tocará vivir siempre.

Esas frases suenan un poco a discurso aprendido, a perorata de psicólogo, a entrevista de programa de televisión de media tarde: «Sé quién eres, saca tu auténtico yo, cumple tus sueños…». Alena no acaba de comprenderlas; nunca le han parecido sinceras, más bien un mantra feliz para consolar a los desgraciados. ¿Cuáles son sus sueños? ¿Quién es ella en realidad? ¿Y quién es Saray? ¿Qué se esconde detrás de esa fachada agresiva y dura?

—No sé lo que te pasa —le dice Marc—, pero si es algo

relacionado con alguien de clase debes cuadrarte ya. Te lo dice un experto. El mal rollo sólo tiende a crecer.

—En eso estoy. Lo peor... lo peor es no saber por qué se torcieron las cosas. En qué momento empieza alguien a odiarte.

—¿Y qué más da? Si te sirve de algo, yo sabía muy bien el porqué. Fui... una niña bastante rara.

Sonríe, y Alena se da cuenta de que es la primera vez que se refiere a sí mismo en femenino. Es difícil entenderlo, pero esa mañana, allí, no le cabe la menor duda de que está delante de un chico. De alguien especial, quizá, pero sin duda un varón.

—Aunque ser rara no les daba derecho a joderme la vida, ¿no crees? Y yo tuve suerte: mis padres me entendieron y me apoyaron siempre. Mírame ahora. ¿No crees que estoy empezando a ser un tío bueno? El pasado finde quedé con una chica.

—¿Y qué tal? ¿Le... le contaste todo lo tuyo?

Marc se sonroja un poco y se lleva una mano al pecho.

—Es la primera regla, según mi psicóloga.

—¿Y?

—Salió huyendo. —Se echa a reír—. Bueno, huyendo no, pero casi. Ya me entiendes. No pasa nada. Habrá otras.

Alena se queda en silencio y, de repente, su angustia por la pelea con Saray se reduce de manera drástica en comparación con lo que le espera a ese chico a lo largo de su vida.

—Pero volviendo a lo que comentabas antes, Alena, lo importante no es por qué empezó, sino detenerlo antes de que te amargue la vida.

El bedel abre la puerta de hierro con un animado «buenos días», como si no fuera lunes, como si estuviera seguro de que la jornada sólo podía ser espléndida. Marc se ha movido para dejarlo pasar y, tras mirar a su alrededor, se agacha al lado de Alena.

—Recuerda esto: si la cosa va a más, te quedarás sola. Nadie intervendrá para ayudarte.

—¿Ni siquiera tú? —pregunta ella sonriendo a medias.

—Yo menos que nadie. Bastante tengo con aguantar mi ración, no pienso exponerme por ti. Esto es la selva, y los animalillos no se alían contra los leones. Simplemente los rehúyen. Y mientras se comen a uno, los demás aprovechamos para escapar.

Marc se marcha sin darle tiempo a replicar que incluso en la selva existen reglas, que los depredadores devoran por necesidad y no por placer, que la unión entre débiles puede conseguir grandes cosas, pero todo ese discurso se le antoja tan falso como el que Marc le endosó antes sobre la verdadera identidad y los sueños cumplidos.

Mira a su alrededor. Sentada en el suelo mientras la gente pasa a su lado se siente por primera vez insignificante. Ya no es ni tan siquiera una presa fácil, sino un arbusto que ha crecido al sol y al que nadie presta la menor atención. Nadie excepto Christian, que se detiene a su lado y la mira de arriba abajo sin abrir la boca. Por una vez, se le ve perplejo, menos arrogante de lo habitual.

—Tú estás loca, ¿no? —le dice por fin.

Ella lo mira sin comprender, pensando que se refiere a su absurda discusión con Saray en el centro comercial. Se levanta del suelo y se sacude la parte trasera del pantalón.

—Venga, Christian, no hay para tanto. Estoy esperando a Saray, a ver si hacemos las paces.

—Pues ya te digo que puedes esperar sentada, tía.

Él cruza la verja sacudiendo la cabeza y se detiene antes de entrar en el centro. Luego da media vuelta y, sonriendo, se lleva la mano cerrada a la boca y la relame con la lengua en un gesto ridículo que la desconcierta. Alena se encoge de hombros.

—¿De qué vas?

—¿Yo? Definitivamente estás pirada, tía. Pero pirada de verdad.

La deja ahí, en la entrada, y se reúne con sus colegas que acaban de llegar. Es obvio que algo sucede, porque tanto Christian como Joel y Kevin la miran de reojo mientras hablan.

Son casi las nueve y Saray no ha llegado, así que Alena no tiene más remedio que pasar delante de ellos para entrar en el edificio. Es entonces cuando oye el primer silbido, un supuesto elogio que la paraliza durante un segundo eterno. Se refugia en clase, junto a Marc, que ya ha ocupado su sitio y se ha conectado, como siempre, a la música. A Alena le gustaría hacer lo mismo, pero no tiene móvil. Ve entrar a Christian y a los demás y, en un movimiento instintivo, finge buscar algo en la mochila para evitar sus miradas. No le sirve de nada: los tres se paran ante ella y repiten el mismo gesto, muy serios, como si estuvieran proponiéndole una felación en medio de la clase.

—¿Sois retrasados o qué?

Ellos corren hacia el fondo de la clase, entre empujones, y ahí prosiguen con sus cuchicheos. Por suerte llega el resto de los alumnos, entre ellos Lara, que la saluda de lejos, y Iago, siempre corriendo, en el último minuto, antes de que la profesora de Matemáticas cierre la puerta. A Alena se le ocurre que él debió de escribirle la noche anterior, cuando ya había perdido el móvil, y se vuelve para decírselo.

—Eh, lo siento, el sábado por la tarde me quedé sin teléfono...

Iago se encoge de hombros, como si no comprendiera la disculpa.

—Chicos y chicas, ya sé que es lunes y primera hora. Pasa lo mismo cada semana. Os aseguro que yo también preferiría estar durmiendo, pero nos toca empezar, ¿estamos?

La profesora de Matemáticas no es alguien a quien pueda tomársele el pelo fácilmente y, para ser sinceros, los lunes ni siquiera hay ánimo para ello. Unos minutos después se ha hecho el silencio mientras la mujer, seria sin ser antipática, les devuelve los exámenes sorpresa del viernes anterior.

—¿Saray no está?

—Creo que no se encontraba bien —responde Noelia.

—Ya. Esa rara enfermedad que sólo la afecta los lunes a primera hora. Pues dáselo, y dile que espero que mejore... en salud y en Matemáticas. ¿Alena? Muy bien, por cierto. El único diez de toda la clase.

—¡Es la chica diez en todo! —se oye al fondo, entre los chicos.

Alena coge el examen sin alegrarse en absoluto. Está convencida de que algo sucede, algo relacionado con Christian y Saray. No tendrá la respuesta hasta después del recreo, cuando un Marc pálido se sienta a su lado y le pregunta:

—¿De verdad le enviaste esto? ¿A un capullo como Christian Ruiz?

—Yo no le he enviado nada. Si estoy sin móvil desde...

Pero se interrumpe en cuanto ve el mensaje. Una de las fotos que Lara le hizo en su casa, maquillada y con el vestido rojo. Y no cualquiera de ellas, sino una con los labios entreabiertos, el cabello alborotado y una mirada que quería ser sexy. Lo peor, sin embargo, no es la foto. Al pie, acompañando el mensaje, aparece una frase:

Las rubias sí que sabemos chuparla

Más tarde, mientras camina por el pasillo en el cambio de clases, oye por primera vez, dirigida a ella, la palabra «puta», un dardo invisible de origen desconocido lanzado a la espalda. Se detiene durante un instante y luego se da media vuelta, en una búsqueda vana. El eco del insulto sigue zumbando en sus oídos como una avispa insidiosa y molesta, lista para atacar de nuevo en cuanto ella, fingiendo que nada ha sucedido, reemprende el camino. «Puta rusa», se oye desde otro rincón. Y Alena apresura el paso, casi corre, en una huida absurda hacia ninguna parte porque el aula, cualquier aula en realidad, ha dejado de ser ya un lugar seguro.

28

Ningún espacio donde se ha hecho el amor vuelve a ser el mismo para las personas que lo usaron para ese fin. Mientras Víctor contempla la suite Provenzal del hotel, la cama enorme, separada del resto de la pieza por un arco de falsa piedra blanca, las mesitas de nogal y el cabezal curvilíneo de hierro forjado, un cosquilleo le recuerda que ese lecho, ahora otra vez impoluto, fue ayer el escenario del descubrimiento de dos cuerpos que lo profanaron durante horas.

Mentiría si no admitiera que había sido el deseo lo que lo llevó a llamar a Miriam el domingo por la tarde, en cuanto regresó de La Coruña. Y mentiría también si su vida de pareja le hubiera dado algún motivo para hacerlo o, cuando menos, para justificar ese anhelo difuso de volver a verla en el que se mezclaba el deseo con la curiosidad. Es cierto que dudó antes de hacer la llamada y que una pequeña parte de sí mismo rogaba que ella tuviera otros planes, se hubiera olvidado o, simplemente, no le apeteciera; peticiones que quedaron desactivadas en cuanto oyó su voz y la cita quedó concertada en apenas unos minutos.

Ambos tenían que saber adónde se dirigían, cuál sería el desenlace de aquel encuentro planteado en términos difusos, aunque durante un buen rato fingieron lo contrario.

Él le había hablado del hotel en reformas la noche en que cenaron, y la propuesta de verlo, de recorrer sus pasillos y rincones cuando aún no estaba abierto al público surgió con naturalidad. Se encontraron allí, frente a la puerta, y él le mostró las zonas que ya estaban terminadas. Sus voces levantaron ecos en los pasillos vacíos y la conversación, tan fluida como durante la cena, enmudeció de repente cuando entraron en la suite.

Era la única que estaba decorada por completo. Una habitación de muestra para los anuncios en las páginas web de reservas que olía a nuevo y a prohibido. Es posible que ninguno de los dos sepa decir ahora quién dio el primer paso. Al menos Víctor no está seguro de ello, y la verdad es que no importa demasiado. Lo único que puede afirmar con certeza es que, a partir de ese momento, de ese primer contacto tentativo, sus cuerpos se lanzaron a escribir el resto de la tarde sobre aquella cama intacta. Él llevaba días deseándola mucho más de lo que había deseado a ninguna mujer en los últimos años. Desde la tarde en la peluquería no había logrado superar la excitación que despertaba, traicionera, con su recuerdo y se imponía a otras consideraciones. Si la infidelidad ya era reprobable, escoger precisamente a Miriam Vázquez resultaba además casi indecente, pero esa misma barrera no hacía más que acrecentar su morbo. Y, para ser sinceros, la realidad no lo defraudó: la desnudó despacio, acarició sus hombros y contempló su cuerpo, se perdió entre sus pechos y la tumbó en la cama.

De rodillas ante ella se entregó a darle todo el placer del que era capaz, primero con las manos y después con la lengua. Ella sonreía, al principio sorprendida y juguetona; luego, a medida que sus cuerpos se encajaban, acercó sus labios a la boca de él y le dio un beso largo, profundo, tan electrizante que Víctor tuvo que contenerse para no estallar.

La culminación llegó poco después, más rápida de lo

que él habría querido, e intentó compensarlo tras una pausa. Hacía años que no lograba una segunda erección inmediata y duradera, hacía años que ninguna mujer conseguía erizarle el vello sólo con rozarlo. Sabe que debería arrepentirse, que fue un error, que repetirlo sería lanzarse a un foso de aguas turbulentas, no sólo porque él está casado sino por quién es Miriam, pero no puede evitar la misma erección al contemplar la cama vacía ni imaginarla de nuevo allí, o en su apartamento o en cualquier otro lugar donde puedan estar solos.

Miriam se empeña en vivir ese día como si fuera cualquier otro aunque, en algún momento, sus músculos la traicionan y le lanzan una punzada que le dispara una sonrisa involuntaria, un gesto que, está segura, la hace parecer boba ante la mirada aguda de Evelyn, quien ya le ha preguntado en dos ocasiones si se encuentra bien.

Los lunes hay poco trabajo y suele aprovechar para citar a los vendedores de productos, tipos más o menos simpáticos que siempre intentan endosarle una compra superior a la necesaria. Hoy no está de humor para ellos, piensa, o, mejor dicho, no quiere que ellos le estropeen el humor, así que deja la tarea en manos de Evelyn, mucho más dura de roer, y se refugia en el despachito del fondo, donde intenta compensar su felicidad interior con una dosis de realidad dura y dolorosa. Ni siquiera eso consigue. La sonrisa le baila en la cara como si en unas horas hubiera perdido el sentido común y sólo pudiera pensar a través de todo su cuerpo: sus pechos, sus muslos, sus zonas íntimas se rebelan y lanzan mensajes de alegría a un cerebro que se deja invadir por ellos a pesar de las barreras, de los inconvenientes, de los «esto no volverá a repetirse», los «está casado», los «no te hagas ilusiones que ya tienes una edad».

Ya basta, se dice ella. Siempre ha huido de los líos complicados, de los tipos que mienten sobre matrimonios infelices y esposas indiferentes; pero es que Víctor no ha hecho nada de eso. En realidad, ni siquiera mencionó su fin de semana, ni a su mujer ni a su hija. Quizá sea un experto en infidelidades, alguien que no les concede la menor importancia o que sabe bien cuán molestos resultan los hombres que intentan justificarse culpando a una pobre esposa, sin pensar que la solidaridad entre mujeres es mucho mayor de lo que ellos creen.

No, no hace ni veinticuatro horas que ella y Víctor aceptaron un pacto tácito y elegante. Sexo, afecto, exploración y descubrimiento mutuos, en la isla mental y geográfica que era aquella suite bonita y un poco cursi que a ella le recordó, sin querer, el anuncio de Heno de Pravia que veía de pequeña en la tele. Todo era blanco y floral, materiales nobles para doncellas campestres, y Miriam, con su falda anaranjada y su corpiño negro, se sintió al entrar como la hermanastra mala del cuento. Pero a él no pareció importarle; al revés, llevaba admirándola durante toda la visita, intentando no perder el contacto con sus ojos en ningún instante, sonriendo como ella sonríe ahora al recordar su propia impaciencia, la atracción absurda e ineludible que sentía por él. ¿A qué diablos espera?, pensaba entonces mientras miraba de reojo aquella cama de aires rústicos, cubierta con una colcha tan poco erótica, con dibujos de hojas y florecillas silvestres, que casi estuvo a punto de helarle las ganas de sexo y cambiárselas por las de una infusión de frutas del bosque. Y luego, de repente, casi sin saber cómo, había notado las manos de Víctor en su cuello, y al instante sus labios, y acto seguido ambos, manos y boca, besándola y desnudándola a la vez, acostándola en aquel lecho pretencioso de flores que olían a limpio hasta que ya nada importó, ni la decoración, ni el tacto frío de las sábanas ni los temores repentinos que la asaltaron cuando se dio cuenta de que estaba gozando mucho más de lo que imaginaba. Si hasta entonces le había parecido un tipo guapo y convencional, su cuerpo desnudo y sus habilidades sólo reafirmaron la primera parte de la frase para mandar la segunda al suelo, junto a la ropa que misteriosamente los había abandonado al mismo tiempo que los prejuicios.

No te ilusiones, se dice ahora mientras mira con atención una serie de facturas que no tiene la menor intención de archivar. No te ilusiones, se repetirá muchas más veces ese lunes hasta que, por la noche, poco antes de las ocho y media, lo vea a la puerta de la peluquería, casi disculpándose, tan inseguro de ser bien recibido que Miriam tiene que contenerse para no darle un beso allí mismo. No te ilusiones, se dirá luego, cuando él la lleve a su apartamento después de invitarla a cenar y le dé un beso en la misma puerta, como si no pudiera esperar más.

—No te ilusiones —le suelta a él en un susurro cuando ambos yacen agotados y satisfechos, con las manos entrelazadas, mirándose en la oscuridad.

Y Víctor sabe que tiene razón, que existe una vida en la que ellos no se han conocido, una existencia paralela donde todo mantiene su ritmo cotidiano, y que esa realidad acabará absorbiéndolos, sacándolos de ese frenesí que parece haberlos poseído en las últimas veinticuatro horas. En ese momento, sin embargo, siente que la realidad que importa es esa, una conversación en la cama con la mujer en la que ha estado pensando sin cesar desde ayer.

—Sólo los niños se ilusionan —susurra él, aunque ambos saben que eso, como casi todo lo que se dice en la cama, no es más que una mentira.

—Quizá por eso son más felices. O eso se cuenta, ¿no? Esa historia de la felicidad de los niños siempre me ha parecido un tópico barato.

Víctor aprieta su mano con más fuerza. Es la segunda vez que ella hace alusión a una infancia no del todo alegre y él lamenta más que nunca, más que nadie, haber desempeñado algún papel en ella.

—La mía tampoco fue una maravilla. Los primeros años sí. Luego tuve que irme a vivir con mi abuelo y todo cambió.

—Al menos tuviste esos primeros años… Cuando miro hacia atrás sólo recuerdo una casa oscura, una madre silenciosa y un padre incapaz de hacerle frente.

Por primera vez en todo ese tiempo Víctor está contemplando un ángulo que no había querido ver hasta entonces: la familia, los padres de Joaquín Vázquez, su hermana, sus vidas, y cierra los ojos en la oscuridad para que no traicionen sus verdaderas emociones.

—He leído que quienes pasan por una infancia triste nunca llegan a ser felices del todo —murmura Miriam—. Aunque yo me esfuerzo por ser la excepción.

—De eso se trata, ¿no? La felicidad también requiere grandes dosis de predisposición.

Miriam sonríe, y Víctor se le acerca un poco más. Están tan juntos que sus cabezas casi se tocan.

—¿Qué pasó? —pregunta él, porque sabe que se merece al menos el castigo de oír la respuesta—. En tu casa…

—Cosas de familia. Digamos que hay tragedias que son casi imposibles de superar para unos padres.

Miriam calla y él querría insistir, flagelarse con la verdad, aunque esas palabras resuenan en silencio sin que ella lo sepa. Mi hermano murió, le susurraría ahora. Lo mató un compañero de colegio, y mis padres nunca pudieron olvidarlo.

Víctor le acaricia los cabellos, rizados, casi indomables, y sin saber por qué percibe una impresión de fragilidad, casi de desamparo, que despierta en él una emoción difícil de explicar y una culpabilidad que lo deja mudo: culpa por lo que hizo y por lo que está haciendo ahora; por lo que él sabe y lo que ella ignora. Afortunadamente, Miriam se ha dormido, y él puede cerrar también los ojos e intentar olvidarse de quién es, de quiénes son ambos, y disfrutar de unos instantes de paz falsa, de esa imitación de la felicidad. No es nada nuevo, se dice antes de sumergirse en el sueño. Si de niños podemos disfrutar de las ilusiones, cuando llegamos a la edad adulta ya sólo nos queda sustituirlas por la mentira piadosa, por ese autoengaño que nos permite creer que las cosas son distintas porque desearíamos que lo fueran. Ni siquiera tiene que durar mucho: apenas lo suficiente para dormir sin remordimientos mientras intenta olvidar lo que acaba de suceder.

29

Ha transcurrido una semana desde que Christian recibió la foto y en esos días la imagen de Alena ha recorrido la mayor parte de los teléfonos móviles de la clase. En ese tiempo ha sucedido algo más, un hecho que sumió a Alena en la perplejidad y la desconfianza.

Tuvo lugar el lunes por la tarde, dos días después de que le robaran el móvil en el centro comercial. Si Alena había ido pronto al instituto para hablar con Saray, por alguna razón la otra escogió ese día para faltar a clase. Esperó verla durante toda la jornada, sin éxito, y a última hora de la tarde, cuando salía con Lara, Iago se unió a ellas. Caminaron los tres juntos y, por una vez, Alena se despidió de su amiga en la esquina en lugar de acompañarla un rato más. Prefería quedarse a solas con Iago y presintió que a él le apetecía también.

Descendieron despacio por la avenida San Ildefonso; la tarde había sido más tranquila y Alena quería confiar en que todo hubiera quedado ahí, en una fotografía enviada por quien le había robado el teléfono (seguramente Saray o alguna de sus acompañantes, piensa), una broma de mal gusto que todos irían olvidando.

—No sé cómo explicar que me robaron el móvil en el Splau. Que no mandé esa foto —dijo ella, segura de que Iago la entendería, pero él no abrió la boca.

Le contó la escena del centro comercial intentando colocarse en un papel más digno, pero la sinceridad era más fuerte en ella que las ganas de quedar bien.

—Me dio miedo, ¿sabes? Pensé en serio que iba a pegarme o algo así. Tú la conoces desde hace años…

—Desde que empecé el cole. Siempre le ha faltado un tornillo y cuando se cabrea, asusta. Lo que pasa es que no pillo por qué iba a mandar a Christian esa foto tuya. Saray es una borde, pero siempre va de cara. La veo más capaz de darte una hostia que de montar todo esto.

—Quizá no fue ella sino Noelia. O la prima de Saray, que estaba por allí. Quizá les pareció una broma graciosa.

Iago se encogió de hombros y se detuvo. Alena lo notó pensativo, como si estuviera a punto de decirle algo y dudara entre si hacerlo o no.

—¿Quieres subir un rato a casa? Está mi abuelo, pero no molesta.

Alena quería cualquier cosa que no significara estar sola en casa, comiéndose la cabeza, intercambiando mensajes con Lara a través del ordenador. Tenía aún que convencer a sus padres para que contribuyeran a la compra de un teléfono nuevo; después de las fiestas no se mostraban especialmente dispuestos a ello. Al mismo tiempo, no obstante, la perspectiva de encerrarse en un piso tampoco le apetecía demasiado.

—¿Y si damos un paseo? —propuso—. Oye, ¿por qué no me enseñas a montar en monopatín?

—¿Quieres aprender? Hacen falta rodilleras, y unos guantes y…

—Iago, tú enséñame. Y procura que no me caiga, ¿vale?

Así fue, al menos durante un buen rato. Cambiaron de barrio, bajaron andando hasta las cercanías del ayuntamiento y tomaron para ellos solos una plaza pequeña, situada a un lado de la iglesia, que se conocía desde siempre como la *plaça dels Enamorats*. Ninguno de los dos lo sabía, aunque no costaba mucho deducir para qué habrían servido esos coquetos bancos de piedra, alumbrados a medias, en tiempos pasados. Pero esa tarde, ya completamente oscura, lo que se oyó en la plaza no fueron susurros sino las risas de Alena, nerviosas, en algún momento convertidas en un grito de alarma, y las indicaciones pacientes de Iago. La ayudó a colocarse bien sobre la tabla, lo cual implicó, por supuesto, ese contacto físico al que se habían resistido hasta entonces. Y, una vez rota la barrera, Alena descubrió que las manos de él alrededor de su cintura no eran una invasión extraña sino un huésped bienvenido: eran fuertes, amables y, por decirlo de alguna manera, seguras.

Estar subida en la tabla, aun sin moverse, le daba cierto vértigo. Había ido a patinar sobre hielo alguna que otra vez, así que no era absolutamente inexperta. Agarrada a Iago, mientras él la sujetaba por la cintura con la otra mano, intentaba mantener la postura. No es que la plaza fuera un buen lugar, pues apenas había espacio para avanzar sin chocar contra uno de los bancos, pero en el fondo ambos sabían que aquella clase improvisada no era más que un pretexto para aprender otras cosas que ambos estaban deseosos de practicar. Aun así, siguieron un buen rato en la plaza vacía antes de desistir y sentarse bajo una farola en la calle de las Escaletes, que, como indica su nombre, está compuesta de largos tramos de escalones de piedra.

Poca gente pasaba por allí en una noche fresca de enero como aquella, y ya no tenía sentido mantenerse separados después de haber estado tan juntos un rato antes. El miedo se había perdido y el beso, rápido, casi fraternal, no tardó mucho en producirse. Se quedaron así, Iago con la espalda apoyada en la pared y Alena recostada sobre su pecho, conscientes de que acababan de dar un paso breve hacia algo que los asustaba un poco a ambos. Ella necesitaba tiempo, unos minutos de silencio cómplice; necesitaba sentir la mano de Iago acariciando sus cabellos, primero con timidez y luego ya con más decisión, como si cada caricia fuera un paso adelante en una dirección desconocida y a la vez resplandeciente. Pero era imposible olvidar del todo lo que había sucedido. La foto. El «puta» susurrado. Los gestos de Christian. Por mucho que se esforzaba, todo ese ruido mental enturbiaba el momento, ofuscando esa luz tenue y cálida que los envolvía a ambos.

—Tengo que decirte algo. Anoche alguien contestó a mis wasaps desde tu móvil.

Iago llevaba toda la tarde pensando en ello. Había estado a punto de contárselo antes y no se había atrevido a hacerlo.

—¿Cómo?

Alena se incorporó, aunque se mantuvo pegada a Iago, recostada en el escalón. Él le mostró el teléfono, la conversación breve que se había producido sobre las ocho, después de que a Alena le hubieran sustraído el teléfono. Apenas un par de mensajes que terminaban con un brusco hablamos mñna, vale? Stoy muy cansada.

—¿No diste de baja el móvil?

—Quedaba muy poco saldo en la tarjeta. No, ni lo pensé. El sábado sólo tenía ganas de acostarme y el domingo se me pasó volando, la verdad.

Era raro: ver unos mensajes que supuestamente había enviado ella si bien nunca los había escrito.

—Saray debió de pasarlo bien escribiendo esto. Y luego la foto a Christian...

Iago volvió a sacudir la cabeza.

—Saray es una bruta, sobre todo cuando se mosquea. Pero ya te digo que no le pega nada hacer algo así.

—Y entonces ¿quién fue? Mierda, ¿qué más cosas pudo enviar? ¿Y a quién?

No había pensado en ello, no hasta ese momento. Su preocupación se expresó con un movimiento brusco que, sin querer, terminó con su mochila rodando calle abajo. Estaba medio abierta, así que parte de su contenido se desparramó por el suelo. Iago la ayudó a recogerlo hasta que los dos se quedaron paralizados y, durante un instante, no se atrevieron a mirarse.

El móvil de Alena estaba allí. Apagado, insolente. Delator.

De ese lunes ya hace una semana. Siete largos días en los que Alena ha ido soportando las risitas irónicas de Christian y los otros.

«Se olvidarán enseguida», le ha dicho Lara. «Pasa de ellos», le dice un Iago que, Alena lo intuye, tiene más ganas de creer en ella que convencimiento real. Ni él ni Lara han podido explicarse la reaparición del teléfono móvil, y sus sospechas se dirigen hacia Noelia, la única que estaba en el centro comercial el sábado y también en clase el lunes. Claro que podría haber aprovechado el recreo para introducir el móvil en la mochila de Alena, pero nada en Noelia parecía indicar que lo hubiera hecho y, en cualquier caso, todos sabían que esa chica no era más que el brazo ejecutor de una Saray ausente.

Porque, una semana después, hay algo que aún no se ha producido. Saray Lozano estaba realmente enferma, o eso se dice en el colegio, víctima de una gripe intestinal que la ha tenido encerrada en casa durante siete días completos.

Hasta hoy.

Saray ha llegado tarde pero, por una vez, Cecilia, la profesora de Matemáticas, que también es la tutora del grupo, la ha dejado entrar con retraso a primera hora. Resulta extraño verla sin maquillaje y con mala cara, ojerosa y deslucida, como si en esos siete días de gripe hubiera perdido el brillo enérgico que la caracteriza. Alena intenta no mirarla, lo cual es difícil porque cada vez que la profesora se desplaza al lado izquierdo de la pizarra la pareja formada por Saray y Noelia quedan dentro de su campo de visión.

Le es imposible seguir el hilo de las explicaciones de Cecilia y se descubre copiando los apuntes de Marc. Respira aliviada cuando se da la parte teórica por terminada y llega la hora de hacer ejercicios que, en vista del tiempo restante, no podrán corregirse hoy. La segunda clase la mantiene en el mismo estado de ensoñación, aunque su nivel de inglés supera con creces al de sus compañeros y puede seguirla sin problemas. En realidad, sólo piensa en el recreo, en el momento en que pueda hablar con Saray de una vez, si la otra se lo permite. El ánimo de Alena oscila entre la esperanza de arreglar las cosas y una rabia momentánea, intensa y breve, por todo lo que le ha sucedido los últimos días. Sabe que debe esforzarse por una cosa: no dejarse intimidar. Las lágrimas quedan descartadas, por dignidad y también por pura supervivencia.

Por ello, en cuanto suena el timbre que anuncia el descanso salta de la silla y casi corre hacia la primera fila.

—Tengo que hablar contigo —suelta a bocajarro a Saray ante la mirada desdeñosa de Noelia.

Quizá Saray aún no se encuentre bien del todo, tal vez se sienta todavía débil. Lo cierto es que no se niega. Se levanta de la silla, coge el bolso y afirma con la cabeza, sin decir nada. Noelia le coge una mano, en un gesto de apoyo moral sobreactuado.

—A solas —remacha Alena—. Por favor.

Salen juntas y buscan durante unos minutos un aula vacía. Hace frío y muchos alumnos se quedan en ellas fingiendo estudiar. Por fin prueban en la sala de proyección, una especie de auditorio pequeño que, sin duda por descuido, tiene la puerta abierta. No es tan espaciosa como el centro necesitaría, pero sí lo bastante para acoger a un par de grupos, y está helada.

—Tú dirás —empieza Saray, cruzada de brazos.

Alena tiene demasiadas cosas que decir, tantas que de repente no sabe por dónde empezar. De hecho, en ese momento rompería a llorar. Pero eso es lo único que se ha prometido no hacer.

—¿Yo? ¿Acaso no sabes lo que ha pasado estos días? —pregunta con voz temblorosa—. ¿La foto, los insultos?

—No tengo ni idea de qué me hablas.

—¡Vaya! ¿Te suena este móvil? ¿Y esta fotografía? ¿No tenías bastante con la escena del Bershka?

Alena agita un teléfono apagado que la otra observa con expresión indiferente.

—Llevo una semana sin venir al insti.

—¿Ahora vas a decirme que no sabías nada? Por favor, no soy imbécil, aunque tú y tus colegas creáis que sí. Me robaste el móvil el sábado pasado, le enviaste la foto a tu novio, quién sabe por qué. Y luego me lo devolvisteis el lunes. Quizá lo que te jodía es que Christian haya intentado hacérselo conmigo, pero yo no tengo la culpa, ¿sabes? ¡Tómala con él y déjame en paz!

—Estás flipando. Yo no he robado nada en toda mi vida, y desde luego no pude devolverlo.

—¿Ah, no? Y entonces ¿qué piensas? ¿Que se la mandé yo?

—¿A mí qué me cuentas? Era tu foto, vestida de puta. Y era tu móvil, el mismo que tienes ahora en la mano. Me parece que la que debería estar cabreada soy yo, no tú. Pero la verdad es que paso, tía. Paso de rubias locas. Mi vida ya es bastante complicada. ¿Quieres que Christian te folle? ¡Pues adelante, pruébalo, todo tuyo! A mí no me comas la cabeza. Y, sobre todo, no vuelvas a llamarme ladrona.

A Saray se le quiebra la voz en la última frase, aunque lo disimula con un carraspeo y lo compensa con una mirada que pretende ser desafiante.

—¿Sabes lo que creo? —prosigue—. Creo que estás loca. En serio. Ve al médico, al psiquiatra, a quien sea. Te vi en el parque mirándonos. Piensas que no me di cuenta, ¿eh? Estabas ahí plantada como un fantasma. Lo que te molaría es eso, ¿no? Pasar un buen rato con Christian.

—No quería verlo. Me topé con vosotros por casualidad.

—Ya, pero te quedaste ahí, plantada como un árbol. ¿Qué hiciste luego? ¿Tocarte como una bicha en celo cuando llegaste a casa?

Alena se sonroja, porque por una vez Saray no anda del todo equivocada. Intenta recomponerse, fortalecer la voz para que no sea el balbuceo de una cría pillada en falta.

—¡No soy yo la que estaba follando al aire libre para que la viera todo el mundo!

—Ya. Eso sólo lo hacemos las «ordinarias», ¿verdad, princesa? Las tías como yo. Tú esperas hacerlo en una cama con sábanas blancas que huelan a rosas y que el pavo te traiga un zumo y cruasanes por la mañana. Mira, bonita, *welcome to reality*. La vida no es un cuento.

—Tu realidad nunca será la mía. Yo no voy a revolcarme en la hierba con mi novio como... como dos perros. Si te da vergüenza ser como eres no la pagues conmigo. ¿O es envidia? Porque yo tengo algo que ofrecer que tú perdiste con cualquiera hace ya tanto tiempo que ni te acuerdas.

Saray se yergue como una cobra. Tarda unos segundos en responder, los suficientes para que Alena empiece a arrepentirse de cada una de sus palabras.

—No. Vivimos realidades paralelas, en eso llevas razón aunque no me conoces de nada. Tú has flotado en una nube mientras yo me «revolcaba» en la tierra, y ahora, cuando estás empezando a caer, notas que el suelo está duro y que duele. Voy a contarte algo: el sábado, cuando volví a casa del Splau, me encontré a mi abuela tirada en el suelo. ¿Sabes que vivía con ella? ¿Que fue ella la que me cuidó cuando mis padres se largaron? He estado toda la puta semana en el hospital, así que no he tenido tiempo para pensar en tías *traumadas* como tú.

Alena calla, luego susurra algo parecido a un «lo siento» que ni siquiera es audible porque Saray continúa, inexorable:

—Yo no voy aireando mis penas como hacen otras. Pero te diré algo: llevo años en este instituto, con esta gente, y tú acabas de llegar. A mí me quieren, y de ti algunos piensan que eres rara y otros que eres una golfa. A partir de ahora vas a saber de verdad lo duro que está el suelo. Te lo juro.

La amenaza se convierte en un grito histérico y Saray aprieta los puños. Le tiemblan las manos, más aún que el día del primer enfrentamiento, y Alena teme, por segunda vez, que la agresión se produzca. Se encoge sin querer y se siente diminuta, casi invisible, susceptible de ser pisoteada por todos. La sala de proyección se convierte en un espacio rojo, asfixiante y peligroso, así que huye a un pasillo que empieza a llenarse de alumnos mientras Noelia y otra chica, Wendy, entran a consolar a su amiga, que sigue en pleno ataque.

El aula aún está vacía cuando Alena entra. Sobre su mesa hay una cosa de goma, un objeto extraño que no consigue identificar hasta que se acerca. Es la reproducción barata de un pene erecto al que le han colgado un cartelito: «Para que vayas practicando».

Es incapaz de tocarlo y al mismo tiempo no soporta la idea de que alguien más lo vea ahí. Esos segundos de vacilación resultan decisivos, porque cuando lo coge los demás ya están entrando. Las primeras son las «indepes», como siempre, y no pueden evitar sorprenderse cuando la descubren en medio del aula con eso en la mano.

—*Collons, tia, quin fàstic, no?* —grita una de ellas—. *Que guarra es la tia aquesta, per favor.*

Explicarse es inútil, y Alena no tiene fuerzas para convencer a nadie de la verdad, ni siquiera para intentarlo. Quiere huir, pero las piernas no le responden. Quiere llorar, pero se ha prometido no hacerlo. El barullo de los alumnos que entran la paraliza, aunque consigue ocultar en la mochila ese regalo envenenado antes de que muchos se den cuenta. Claro que da igual, piensa; todos jurarán haberlo visto, incluso los que no han ido a clase hoy.

Christian le guiña un ojo y al pasar a su lado le susurra:

—Joder, tía, ¿ni siquiera en el insti puedes parar? Cuánto vicio, ¿no?

30

Desde su sitio, Lara se dedica la clase siguiente, Lengua Española, a regocijarse observando su obra y a intentar comprender qué ha sucedido durante el recreo, aunque deducirlo no le resulta demasiado difícil. Sólo hace falta ver a Saray, echando humo, y a su estúpida corte de seguidoras haciéndole la pelota como princesas ofendidas en nombre de su reina. Le gustaría mirar a Alena, pero teme que el brillo de sus propios ojos la delate. Hay algo maravilloso en ser más lista que el resto, en actuar en la sombra, moviendo los hilos, y luego sentarse a observar el resultado, que en este caso está superando con creces sus expectativas. Lo único malo es que eso implica seguir fingiendo: escuchar las quejas de Alena, simular empatía, esperar a que llegue el momento de darle la patada. De momento resulta más práctico continuar a su lado hasta convertirse en su único apoyo... a excepción de Iago. Definitivamente, tiene que pensar algo para alejarlo, para dejar a Alena sola en su miseria. Como se merece.

No fue difícil robarle el móvil. La muy boba se lo dio junto con la bolsa de la tienda, sin reparar en ello. Resultó más sencillo aún escoger una foto y mandársela al chulo de Christian Ruiz. A partir de ahí, ya sólo faltaba devolverlo, ponérselo otra vez en la mochila y dejar que las cosas siguieran su curso. Christian no le falló, y tardó poco en hacer circular la foto. Y mientras tanto ella podía seguir representando el papel de amiga fiel, de confidente leal, un papel que se le da de maravilla y que le ha proporcionado grandes momentos de satisfacción. Ver a Alena hundida, obsesionada por lo que le está ocurriendo, la llena de una felicidad completa, de una sensación de poder casi salvaje. Nunca, en toda su existencia, había vivido algo así.

Lara piensa en lo contenta que estará Liliana cuando se lo cuente todo. La usurpadora, la hija del polaco aprovechado, está pagando con creces el error de su padre, aunque, si es sincera consigo misma, hace tiempo ya que está maquinando todo eso por su propio placer, como una especie de revancha contra un mundo que hasta el momento sólo le ha dado sinsabores, quitándole a las personas que quería y colocando en su lugar a otras a las que aborrece. Primero su padre, que se largó sin mirar atrás ni acordarse de ella; luego Liliana, que tuvo que volver a Bolivia con su familia cuando el banco los desahució. Y a cambio esa vida asquerosa le había dejado al Cabrón y a Alena. No puede hacer mucho contra él, aunque lo desearía, y tiene que conformarse con fastidiar al bebé. Bañarla con agua demasiado fría o demasiado caliente, darle un golpe rápido que pueda parecer una caída; nada demasiado grave, o se metería en un lío.

Pero con Alena sí. Con Alena está explorando una parte de sí misma que ya intuía, y está desarrollándola sin prisas, regodeándose en los detalles. Como ahora: por fin se atreve a volverse hacia ella, desde su asiento, y a dirigirle una sonrisa de ánimo, un gesto que ha ensayado frente al espejo alguna que otra vez, mientras piensa en lo mucho que le queda por sufrir.

Desde donde está oye el susurro de las «indepes», otras tontas a las que Alena les cae cada vez peor. Es una lástima que Iago esté ahí porque, si no fuera por él, Alena se quedaría completamente en sus manos. Lara sabe que se ven, y no hace falta ser muy perspicaz para deducir que ese bobo se ha enamorado de la rubia y que ella le corresponde. Lo busca ahora con la mirada; sorprendentemente, él no ha entrado en clase después del recreo. Ojalá no vuelva, piensa Lara, a pesar de que sabe que es un deseo absurdo. Su poder es limitado, aunque cada día que pasa se sorprende más de lo imaginativa que puede llegar a ser.

Cuando llega el cambio de clase se vuelve hacia ella.

—¿Me dejas tu trabajo optativo de Inglés? —le pide—. A ver si me inspiro un poco.

Alena está tan abstraída en su mundo que asiente sin decir nada, como Lara sospechaba. Esos días está aprendiendo una lección muy útil: cuando alguien está jodido resulta muy fácil machacarlo aún más.

31

El despacho del director no es ya la estancia imponente que había sido en el pasado, aunque los chavales que lo han visitado alguna vez con propósitos disciplinarios suelen salir de él con aire contrito, avergonzados después de una bronca vigorosa. Al señor Suárez se le sigue respetando, quizá debido a su edad y al tono enérgico que utiliza, menos amistoso que el de los demás profesores. La verdad es que Iago no recuerda haber sido nunca enviado a esa oficina, que se encuentra al final del pasillo, al lado de la secretaría, y jamás se le pasó por la cabeza que él mismo pediría una cita, voluntariamente, así que hoy está nervioso, más que si temiera una reprimenda que no va a producirse. Deambula por el pasillo desde quince minutos antes de la hora acordada, sin alejarse de la puerta, mientras piensa en cómo enfocar el tema. En el bolsillo lleva la fotografía, en blanco y negro, y la saca ahora para darse ánimos.

El señor Suárez es puntual. A las once y cuarto exactamente abre la puerta y busca con la mirada al chico que ha solicitado verlo. Es un hombre alto, de pelo claro peinado con raya, a la antigua, y usa gafas con montura metálica.

—¿Vázquez? —pregunta, y Iago se sobresalta. Se siente como si entrara en la consulta del médico para una vacuna, deseoso de que todo termine y sin muchas ganas de que comience.

Es obvio que el director lo conoce de vista, aunque es probable que no sepa su nombre de pila. Los alumnos como Iago suelen pasar desapercibidos: sus notas son correctas, dentro de la media, y no dan problemas. Lo ideal para un instituto con más alumnos de los que puede atender y en edades de lo más conflictivas. El señor Suárez sólo imparte ya alguna clase en bachillerato, y Iago está convencido de que únicamente conoce en persona a sus alumnos o a los conflictivos de otros cursos, por eso le extraña que lo ubique en un curso nada más entrar.

—Adelante. Iago Vázquez, de tercero B, ¿verdad? El grupo de Cecilia. Es dura en mates, ¿eh? —Carraspea, toma asiento e invita al chico a hacer lo mismo en la silla que hay al otro lado de la mesa—. Y bien, tú dirás.

De repente Iago no sabe por dónde empezar. Nunca ha sido muy hablador, y la idea de presentarse ante alguien como el director para pedir explicaciones le hace sentir muy incómodo.

—¿Hay algún problema en clase? ¿Algo que no quieras contarle a Cecilia?

—No, no. Para nada. Quería... Bueno, es con usted con quien quería hablar.

—Ahora estás despertando mi curiosidad, chico. Venga, no te pongas nervioso y dime en qué puedo ayudarte. Estoy aquí para eso.

El señor Suárez ha acompañado la última frase con una sonrisa y el gesto consigue distender un poco el ambiente. Iago se frota las manos. Se le ha quedado la boca seca y las palabras no terminan de salir.

—Usted... usted lleva muchos años aquí, ¿no es así?

—Treinta y nueve, para ser exactos. Toda mi vida profesional. Llegué aquí en septiembre del año setenta y siete.

—Mi... mi tío estudió aquí. Con usted. Le he visto a usted en una foto.

—¿Tienes una fotografía de esa época? ¿Puedo verla?

—La he traído, sí. Para enseñársela.

Iago se saca la fotografía del bolsillo de la cazadora. Se ha sonrojado sin poder evitarlo y la deja encima de la mesa sin atreverse a mirar a su interlocutor. Este se quita las gafas con aire de fastidio «De cerca no veo un pimiento» y coge la foto con ambas manos.

—¿Y has venido sólo para enseñármela? Te lo agradezco, en aquella época yo no era mucho de fotos y apenas tengo. Dios, era realmente joven entonces. ¡Y tenía bastante más pelo!

Pero mientras observa la foto algo cambia en el rostro del director y en el despacho se hace un silencio que no parece terminar nunca.

—¿Y me has dicho que tu tío es uno de estos muchachos?

Iago traga saliva, aunque de golpe los temores se desvanecen. Al fin y al cabo, él sólo quiere respuestas y tiene derecho a formular preguntas.

—Es este. Joaquín Vázquez. Murió... Bueno, según me han dicho, se lo cargaron... A lo mejor usted lo recuerda.

El señor Suárez asiente con la cabeza despacio, sin decir nada. Se echa hacia atrás en la silla, deja la foto encima de la mesa y exhala el aire lentamente. Ahora es él quien no mira a Iago, o al menos no con la fijeza de antes. El chico se demora unos segundos, aguarda a que el adulto tome la palabra, pero este sigue en silencio.

—Yo... bueno, no quiero molestarle, pero... creo que debería saber qué ocurrió, ¿no le parece? Mi abuelo ya no se acuerda, tiene alzhéimer, y mi madre no lo vivió. Yo... creo que tengo derecho a saber qué pasó. A que me digan cuál de ellos lo mató y por qué.

El director sigue imperturbable durante unos instantes

y luego se frota los ojos. Vuelve a coger las gafas para ponérselas y, al hacerlo, da la vuelta a la fotografía. Las caras de los niños desaparecen, ocultas bajo esa mano que ahora tiembla un poco.

—Todo eso sucedió hace mucho tiempo. Pero en realidad tienes razón: saber nunca ha hecho daño a nadie. No es una historia bonita, como puedes imaginar.

—¿Por qué lo mataron? Sé que repetía curso, y se nota en la foto: es un poco más alto, más robusto que los demás. ¿Se metían con él por eso?

—Te he dicho que no es una historia bonita. ¿De verdad estás dispuesto a oírla? Es posible que algunas cosas no te gusten. Y de hecho no soy yo quien debería hablarte de ello, supongo que eso también lo entiendes.

El director casi ha recuperado ya su tono habitual, el de adulto responsable que sopesa los pros y los contras, las consecuencias que puede acarrear esta charla.

—Es el único que puede hacerlo —insiste Iago.

—Te contaré la verdad. No creo que deba asumir esta responsabilidad, pero estoy a punto de jubilarme y, qué diablos, no se os puede proteger siempre de todo. Has venido a mi despacho, estás formulándome unas preguntas y mi obligación, como adulto, es responderlas. Sólo quiero que me prometas una cosa. Han pasado casi cuarenta años de aquello, tú no puedes imaginarte cómo eran las cosas por aquí entonces, así que antes de juzgar nada o a nadie, sé lo bastante responsable para asumir que la verdad quizá no te guste y que se corresponde con una época y unas costumbres que en las últimas décadas han cambiado de manera radical... para bien, hay que decirlo.

—No voy a juzgar nada. Sólo quiero saber qué pasó, cómo era mi tío. Por qué murió.

El señor Suárez vuelve a exhalar el aire lentamente. Le da la vuelta a la foto y la mira por encima de las gafas hasta encontrar al chico que buscaba. Es un niño escuchimizado que en la imagen aparece casi borroso.

—Lo llamaban el Moco. Pobre crío. Pobre crío...

—¿Fue él?

—Fuimos todos. Escucha, si quieres que te lo cuente, no me interrumpas. Deja que te explique la historia hasta el final, ¿de acuerdo?

Por primera vez en su vida Iago se siente tratado como un adulto. Quiere escuchar, desea saber la verdad, y confía en ser capaz de contener su curiosidad, que ahora, ante esa mesa, tiene algo de capricho infantil.

—Llegué con veinticinco años a este colegio. Había estado antes en otro, en el centro de Cornellà, por poco tiempo. De hecho, mi intención era volver a enseñar en Barcelona; sin embargo, supongo que el barrio y sus gentes me atraparon. El nivel no era muy alto, había muchos problemas, todo era desesperante para alguien como yo, educado en otro ambiente, criado en otra clase de familia. Me pasé los primeros meses renegando de la escuela, de la zona y de los chicos, pero luego... no sé cómo decirlo, enseñar aquí me hizo sentir realmente útil. Como si mi trabajo tuviera una influencia que en otros centros, más afortunados, pasaría más desapercibida. Por aquel entonces la droga campaba a sus anchas por las calles, la delincuencia era moneda común y los padres no estaban preparados para enfrentarse a algo que desconocían. Habían venido hasta aquí huyendo del hambre, trabajaban duro y luchaban por sus derechos. No eran gente amable, la vida los había endurecido demasiado, pero se preocupaban por sus hijos. Era todo tan diferente que no sé si conseguiré que te hagas a la idea.

»El Moco estaba en mi clase, en sexto de EGB, y fue quizá uno de mis mayores éxitos ese año. Entre los profesores se rumoreaba que su hogar era un desastre, que la madre bebía y que el padre resolvía los problemas a golpe de cinturón. No era tan raro en aquellos años, no creas, pero el crío se veía más desamparado que muchos otros. Fuera verdad o no lo del alcoholismo de su madre, lo cierto es que el Moco llegaba a clase desaliñado, sucio... Y los demás se metían con él todo el rato.

Iago se muerde la lengua para no caer en la tentación de cortar el discurso, se revuelve en la silla, muriéndose de ganas de saber qué papel desempeñó su tío en todo eso.

—A trancas y barrancas, conseguí que el Moco pasara de curso. Lo senté con uno de los mejores alumnos, me esforcé por ayudarlo, y el chaval consiguió el aprobado. Ignoro si algo habría cambiado de ser yo un profesor menos entregado, quiero pensar que no. Te he dicho que los críos se reían de él. Ahora lo llamaríamos *bullying*, pero entonces era algo bastante normal. Otra de las cosas que ha cambiado, gracias a Dios. Yo ignoraba que aparte de las burlas de clase había alguien más que lo acosaba. Nunca lo vi hacerlo. Nunca vi a Vázquez, a tu tío, metiéndose con el Moco, pero al parecer todos los chavales de su clase lo sabían. Ya te he advertido que no era una historia bonita. Deja que siga, por favor —dice cuando ve que Iago abre la boca, dispuesto a intervenir—. Joaquín Vázquez había repetido ya un curso y estaba en séptimo cuando yo entré. Según su tutor del momento, era un zote. Un incapaz, que tampoco ponía ninguna voluntad. Ese año volvió a repetir, y mi curso, mis chicos de sexto, se encontraron con él en septiembre. Yo había «ascendido» con ellos, la idea de la época era que el tutor los acompañara, año tras año, hasta el final de la EGB. Y supongo que debería haber notado algo, haberme percatado de lo que pasaba. Eso me lo reproché muchas veces, después. Pero los lamentos llegaron tarde, como siempre.

»En mi calidad de tutor me interesé por los repetidores:

Vázquez y una niña, cuyo nombre no recuerdo. Él... no sé cómo decirlo, ahora hablaríamos de educación especial, de esos niños cuyo cociente intelectual se encuentra en la frontera de la normalidad. Entonces simplemente se los llamaba «cortos».

—¿Qué?

—La verdad es que por aquella época no estábamos preparados para tratar con ellos. Tu tío no era «retrasado» exactamente, sólo bordeaba esa línea fina que marca la normalidad intelectual. Recuerdo que hablé con sus padres, con tu abuela, para ser exactos, y ella se molestó mucho. No era mi intención ofenderla, y me limité a sugerir que lo mejor sería sacar al muchacho del colegio y que no siguiera estudiando: que aprendiera un oficio, que trabajara en la papelería... Estar en clase no le hacía ningún bien, créeme: tenía catorce años y estaba rodeado de niños de doce, y eso no ayudaba en absoluto a que se sintiera mejor. Había mucha rabia en ese crío, el rencor de aquellos que se sienten fracasados. Lo veo en esta foto y me acuerdo de él. Ojalá hubiera podido convencer a tu abuela, pero ningún padre cree que su hijo es un inútil para estudiar. Ni antes ni ahora. Te cuento todo esto porque quizá fuera esa la explicación del comportamiento de tu tío, la razón última que lo mantenía enojado con el mundo y lo empujaba a agredir a los más pequeños, a los más débiles. A críos como el Moco.

—Pero... ¿qué pasó? Quiero decir... que las cosas terminaron al revés. Que no fue el Moco quien murió.

—No. Por una vez la historia no acabó como cabía esperar. Debo ser honesto: no recuerdo bien los detalles porque la noticia me horrorizó tanto que los borré enseguida de mi memoria. Una tarde de diciembre, el Moco, harto de las pullas y las palizas de Vázquez, lo esperó en una obra. No sé de dónde sacó el valor para hacerlo, supongo que procedía de la desesperación. El caso es que lo esperó allí, armado con un palo, y lo golpeó hasta matarlo.

—¿Él solo? Vamos, mírelo. ¡Mi tío le sacaba dos cabezas!

—La furia da una fuerza inusitada, créeme. Lo he visto otras veces, alfeñiques con brazos como alambres que se vuelven toros cuando se enfadan.

—¿Y luego? ¿Qué pasó después? ¿Qué fue del Moco?

—Lo mandaron a un correccional. Era obvio que sus padres no sabían cómo ocuparse de él, y el juez no dudó que debía enviarlo allí. La Ley del Menor es un invento reciente: en aquellos años el juez decidía, y la muerte de un chaval no podía quedar impune. No sé qué habrá sido de él, del Moco. Te aseguro que en aquel momento me dio tanta pena como tu tío. Cada uno a su manera, ambos eran víctimas de unas calles, de un ambiente y de un mundo que aún no estaban preparados para enfrentarse a ciertos retos educativos. En el fondo fue un fracaso de todos: de las familias y del colegio. Tanto Juanpe como tu tío desaparecieron de clase después de Navidad… y ver esas dos sillas vacías durante el resto del curso casi hizo que dejara la enseñanza. Yo debería haberlo previsto, debería haber hecho algo para evitarlo… Creo que terminé quedándome para asegurarme de que algo así no volviera a ocurrir aquí nunca más.

—¿Se llamaba Juanpe? ¿El Moco?

—Juan Pedro Zamora, aunque debo admitir que hasta yo lo llamé «Moco» alguna vez.

Iago sigue mirando la foto, fijándose ahora en aquel crío enclenque y en otro, a su lado, que lo abraza por los hombros.

—¿Quién es este?

—Déjame ver. Ah, pues tenía que ser el amigo de Juanpe. El alumno con quien se sentaba, el que lo ayudó bastante el curso anterior.

—Da la impresión de estar protegiéndolo.

El señor Suárez desvía la mirada; sin decir nada, su actitud demuestra con bastante claridad que desea dar por finalizada la conversación. Iago lo percibe, y se pregunta por qué de repente el director parece incómodo, casi impaciente.

—¿Recuerda su nombre? El del colega del Moco.

—Creo que es hora de que vuelvas a clase. Tampoco vamos a perder toda la mañana dando vueltas a cosas que pasaron hace mucho tiempo, ¿no crees?

Iago se ve obligado a asentir, a pesar de que aún le quedan muchas preguntas por hacer.

—Claro. Pero no me ha dicho si se acuerda de cómo se llamaba ese otro chico.

El señor Suárez se echa hacia atrás en su silla y lo mira fijamente.

—¿Qué más da ya? —pregunta, y casi parece estar formulándose la cuestión a sí mismo—. Creo que la familia regresó a Andalucía. No todos se adaptaban a la vida aquí, ¿sabes?

—Ya.

Iago se ha levantado. Sigue inmóvil, esperando esa respuesta que, de pronto, parece cobrar mucha más importancia de la que había imaginado en un principio. No dice nada: la tozudez de su postura lo expresa todo.

—Lo siento, no lo recuerdo —responde el director por fin—. Y ahora regresa a clase. Y saluda a tu madre de mi parte.

32

Ahora tienes escrúpulos? Vamos, estuviste a punto de cargártela en el coche, te morías por apretarle el cuello y no tuviste huevos para hacerlo. Y cuando llegue el momento te pasará lo mismo. Cobarde. Rajao.

Juanpe deambula por el piso como un animal enjaulado. La nube de humo es tan densa que el olor a tabaco parece haber impregnado los muebles, las puertas, su ropa. Lleva varios días encerrado, sumido en una niebla densa que rezuma nicotina y contradicciones. La imagen de Rai se le ha aparecido en sueños: mudo, con las manos extendidas, parecía rogarle algo que no llegaba a decir. Detrás de él, el Míster le disparaba en la nuca y la detonación lo sacaba del sueño. «¿Ves cómo se hace? —le decía—. No es tan difícil.»

Él sabe el porqué de esos sueños, el porqué de las dudas. Matar puede ser un placer o un simple trabajo, pero para cometer ese acto necesita sentir una pulsión que ahora mismo se encuentra totalmente sofocada por los nervios y la preocupación. Lo peor es esa espera interminable, aunque conlleva al mismo tiempo la esperanza de que Valeria se haya esfumado de verdad, para siempre.

No te engañes, capullo. En el fondo lo preferirías: sería la excusa perfecta para no cumplir con tu cometido. Pien-

sa en su cuerpo en tus manos, en la mirada de pánico de sus ojos. Piensa en el placer que obtendrás cuando, poco a poco, su estúpido corazón deje de latir. Si se lo hiciste al hijo de puta del doctor Bosch, ¿por qué a ella no?

El niñato no calla nunca y parece saberlo todo. Día y noche, desde el encuentro en el garaje, le lanza sus órdenes, sus insinuaciones y sus burlas. A veces desde el espejo, otras acostado a su lado, en la cama, o reptando debajo del sofá y asomando la cabeza como la serpiente venenosa que es. Le habla durante la vigilia y también en las escasas horas que duerme. Anoche, sin ir más lejos, lo hizo desde la pantalla del televisor. Juanpe estaba medio amodorrado, disfrutando de una hora de silencio; había bajado el volumen al mínimo y sólo veía las caras de unos políticos que discutían, por enésima vez, la necesidad de un pacto que evitara nuevas elecciones. Y de repente, escondido tras las facciones de esos hombres, la voz de ese crío llegó hasta sus oídos, sarcástica y clara.

Gallina. No serás capaz. Cuando llegue el momento te cagarás como el cobarde que eres. Como la última vez.

Apagó el televisor, ofuscado, aunque sabía que era inútil. Las carcajadas irónicas se lo confirmaron. El niñato no necesitaba altavoces: estaba allí, desde que llegó al piso, conviviendo con él en ese espacio, siguiéndolo cuando le apetecía, desapareciendo sólo para regresar con más brío, con más inquina.

Juanpe sabe que no tiene a nadie en quien confiar, pero le gustaría, sí, le encantaría poder contar con Víctor. Le envió un mensaje de disculpa y el otro le respondió, tranquilizándolo.

Nos vemos un día de estos, vuelvo a ir a tope
con el lío del hotel

El hotel, el nuevo empleo, la puerta que se abría y que ahora, si no se decide, puede cerrarse para siempre.

No, no puede permitírselo, y no sólo por eso. Al Míster no se le desobedece, y no quiere pensar en lo que sucedería si no acata sus órdenes, en las consecuencias que eso podría tener para él. No ha dejado de pensar también en su oferta: seguir a su lado cuando todo eso pase. Sabe que no debe confiar ciegamente en esa promesa, y sin embargo algo le dice que el Míster hablaba en serio. Se ve viejo, piensa, y no tiene familia; necesita a alguien a su lado, alguien que ocupe el puesto de Rai, y sabe que yo soy el indicado. Que no le fallaré.

Eso si te atreves a matar a la zorra esa, ¡cobarde!

—¡Calla!

Juanpe corre hacia el cuarto de baño, se desnuda y se mete bajo la ducha. Es uno de los pocos lugares en los que está a salvo del niñato, pero el vaho que va inundando el estrecho interior y empaña el espejo empieza a darle miedo.

Puede soportar su voz a duras penas, ya se ha acostumbrado a ella. Lo que más aborrece es distinguir sus facciones, ver su cara de matón adolescente eterno. Han pasado muchos años y, aunque él ya no es ningún niño, volver a ver el rostro desdeñoso y cruel de Joaquín Vázquez lo llena de una inquietud insoportable. Por eso sale rápidamente de la ducha, antes de que se despeje esa neblina húmeda, se viste y decide salir.

Aún no ha cerrado la puerta cuando la de doña Flora, su vecina, se abre de repente. Oye el maullido de los gatos de fondo y se esfuerza por sonreírle.

—¿Necesita algo?

La mujer sí le sonríe de verdad.

—La artritis me está matando, hijo. ¿Te importa subirme un cartón de leche y comida para mis niños? Casi no me queda.

—Claro.

—Que Dios te lo pague, hijo.

A Dios no le importamos lo más mínimo, piensa él, aunque no lo dice.

—No se preocupe, no me cuesta nada.

—Eres un buen hombre, Juan Pedro. Digan lo que digan, eres una buena persona.

Juanpe se da la vuelta. Quizá lo era, tal vez nació siendo un tipo decente. Ahora ya no. No puede permitírselo si quiere salir de allí, dejar de oír al niñato al que se encontró en las cuatro paredes del piso. En definitiva, si quiere sobrevivir.

La visita de Víctor, esa misma tarde, lo pilla por sorpresa. Su presencia siempre aseada supone un contraste y Juanpe es consciente entonces del desorden: de la toalla húmeda que todavía está tirada en el suelo, de la ropa sucia hecha un ovillo sobre el sofá.

—Hace días que no sé nada de ti —dice Víctor—. ¿Estás bien?

No. No lo está, pero no puede contárselo. Incluso le cuesta contestar, articular palabras hacia otro ser vivo, de carne y hueso.

—Oye, no quiero entrometerme en tus asuntos... ¿Has pensado en ir al médico?

Juanpe se echaría a reír si no oyera ya las carcajadas del niñato que provienen del cuarto de baño, donde se quedó horas antes. El hecho de que el recién llegado no se vuelva hacia esa puerta cerrada no le extraña: sabe que sólo él puede percibirlas, aunque eso no signifique que no las viva como algo real.

—Estoy bien —dice por fin—. De verdad. Sólo he estado un poco enfermo. Con gripe.

Tose para reforzar la afirmación y la risa del fondo toma un cariz más sarcástico, más hiriente.

—Sigo pensando que una visita al médico no te sentaría mal. Todos nuestros empleados tienen una mutua, así que en cuanto empieces podrás utilizarla. ¡Y te ahorras las colas de la Seguridad Social! De hecho, he venido a decirte que el puesto es tuyo. No el del aparcamiento: trabajarás con el equipo de mantenimiento del hotel. Son más horas y más dinero. Es una buena oportunidad, Juanpe, no la estropees. Hazlo por ti mismo, y un poco también por mí.

La noticia es tan inesperada que consigue acallar las risitas del niñato. Juanpe se yergue, se olvida por un momento de toda la fealdad que lo rodea dentro y fuera de ese piso. No se le ocurre nada que decir porque un simple «gracias» parece insuficiente. Le tiende la mano y Víctor se la estrecha, ligeramente sorprendido.

—¿Trato hecho? —le dice, y él asiente.

Juanpe comprende entonces que, le guste o no, deberá hacer acopio del coraje suficiente para cumplir con el encargo. Ahora ya no hay vuelta atrás: no puede dejar que el pasado, el Míster y toda una vida llena de fracasos se carguen esa última oportunidad. Debe aferrarse a esa cometa que flota en el cielo y correr con ella, escapar mirando hacia las nubes pero con los pies en la tierra. Víctor no lo sabe, pero su visita acaba de inclinar la balanza: si es que alguna vez existió la posibilidad de desobedecer, él, sin saberlo, acaba de borrarla con esa promesa de normalidad. Juanpe siente un sosiego extraño que horas antes le parecía inalcanzable. Al fin y al cabo, él no puede cambiar lo que ya se ha escrito, y la muerte de esa mujer la ha dictado alguien con mucho más poder que su víctima o su ejecutor. Por lo tanto, en su mano sólo está seguir el guion, ajustarse a su papel, asumir su rol de peón y ejecutar la tarea asignada para ganarse ese futuro merecido. Porque ahora ya no tiene ninguna duda de qué oferta de trabajo debe aceptar.

Las risas desaparecen, el silencio vuelve y nota su mente clara, limpia como un amanecer diáfano en las montañas. A veces hay que abrazar la oscuridad para poder ganarse la luz.

—¿Quieres una cerveza? —pregunta, y su tono es idéntico al de los últimos días, el del Juanpe amable que se ha esforzado por ser.

—Me vendrá bien, sí.

Al regresar de la cocina con la bebida en la mano ve que Víctor se ha sentado en una de las sillas viejas del comedor, y si bien Juanpe no es precisamente un hacha para detectar estados de ánimo ajenos, no puede por menos que percibir que su amigo está diferente, ensimismado y, a juzgar por la rapidez con que bebe, muy sediento o un poco nervioso.

—¿Todo bien en el hotel? —pregunta sin obtener respuesta.

—¿El hotel? Sí, sí. Todo bien. ¿Y tú?

Juanpe sonríe.

—Con gripe. Pero mejor. Mucho mejor hoy.

Víctor no se queja del olor a tabaco ni del humo; de hecho, da la impresión de que sólo se encuentra allí físicamente.

—Juanpe, ya... ya sé que hace siglos que no nos veíamos y que justo acabamos de reencontrarnos. Pero ahora mismo eres mi único amigo aquí.

—Claro. —Se le ocurre por primera vez que Víctor podría necesitar algo de él y la idea lo reconforta—. Si puedo ayudarte...

El otro sacude la cabeza, despacio.

—Gracias. Es sólo que en ocasiones uno se pregunta si está cometiendo un error. Seguro que te ha sucedido alguna vez.

Juanpe piensa en sus meñiques cortados, en la cárcel, en la sentencia de muerte que debe ejecutar en cuanto suene el teléfono. Su vida está llena de errores que ha pagado con creces, pero intuye que su amigo se refiere a algo distinto. Víctor no le da tiempo a responder, prosigue sin mirarlo, como si hablara para sí mismo.

—Hay tantas teorías absurdas, ¿no te parece? *Carpe diem*, sólo se vive una vez, no dejes pasar el tren… Ninguna de esas frases significa nada, en realidad. A la hora de la verdad, uno tiene que tomar decisiones, arriesgarse, o bien frenar en seco y quedarse como está.

Por un instante Juanpe cree que se refiere a él, que de algún modo ha conseguido averiguar el dilema que pende sobre su cabeza.

—En el fondo —le dice muy despacio—, supongo que uno siempre sabe lo que debe hacer. Otra cosa es que no sea agradable.

—¿Y tiene algún mérito hacer siempre lo que es debido? ¿En qué nos convierte? ¿En robots programados para obedecer?

—Nosotros no lo hicimos.

Es la primera vez que Víctor asiente ante la mención a ese hecho del pasado, que no protesta ni lo envía a un rincón simbólico. Al revés, prosigue casi sin darse cuenta:

—Lo planeamos aquí. ¿Te acuerdas?

—Claro.

—Estos días he vuelto a pensar mucho en eso. En ese día, y en los días previos y posteriores. Y en lo que provocamos, sin saberlo. Su familia; sus padres y su hermana… ¿Sabes que me acerqué a la peluquería? No sé por qué, fue hace unos días, esa tarde en que había quedado contigo y no nos encontramos.

A Juanpe no le extraña demasiado: también él anduvo un día hasta la antigua papelería. El nombre del rótulo, en brillante negro y blanco, no dejaba lugar a dudas: Miriam Vázquez.

—Esa familia tuvo que pasarlo muy mal —prosigue Víctor—. Nosotros sabíamos cómo era su hijo, pero es de suponer que ellos lo querían. Tú... tú no tienes hijos, no te puedes imaginar el dolor de perder a uno.

Juanpe intenta seguirlo, busca en su interior algún rastro de culpa y no lo encuentra. Quizá porque ya pagó por ello, quizá porque en su mente no cabe la empatía con unos desconocidos, quizá porque en toda su vida no ha tenido a nadie por quien sufrir o a quien llorar y no puede imaginar el dolor de perderlo. La única ventaja de quien nada posee es que poco puede echar de menos. Calla, pues, y deja que Víctor siga hablando.

—Han pasado muchos años. Por lo que sé, la madre ya murió y dicen que el padre ha perdido la memoria. Quizá sea una bendición, ¿quién sabe? Ella, Miriam, no se parece en nada al Cromañón.

—¿La viste de cerca?

—Salía de la peluquería cuando llegué yo.

Víctor calla. Da un trago a la cerveza y hace una mueca, como si no estuviera sentándole bien.

—He venido tan sólo para decirte eso. Podría haberte llamado, pero me hacía ilusión darte la buena noticia en persona.

—No tienes buena cara. ¿No estarás con gripe tú también?

Su amigo niega con la cabeza.

—No creo. Es sólo... Nada, tonterías. Será mejor que me vaya.

Juanpe tiene la impresión de que debería añadir algo que reforzara su agradecimiento, pero lo que quiere decir resuena en su cabeza con aires demasiado pomposos. A Víctor nunca le ha gustado el exceso de efusividad, ya le sucedía de pequeño, o al menos eso recuerda Juanpe. Sin embargo, no puede evitar detenerlo antes de que se marche. Lo agarra con fuerza del brazo intentando transmitir con ese gesto el apego, la gratitud, el orgullo incluso. Pasara lo que pasase al final, la mejor etapa de su vida tuvo lugar cuando podía contar con Víctor como amigo. Pase lo que pase ahora, nada borrará este momento en el que el futuro se convierte en algo posible, agradable, alejado de un presente que, cuando Víctor cierra la puerta, sabe que no podría soportar durante mucho más tiempo.

33

Los favores que se hacen a los demás repercuten también en uno mismo. Al menos eso es lo que piensa Víctor mientras desciende en el ascensor y luego, ya en la calle, cuando camina hacia la estación de metro con el paso ligero de quien ha realizado una buena acción. Recuerda que de pequeño su madre hablaba siempre de la importancia de ese acto de generosidad cotidiano, algo de lo que pudieran sentirse orgullosos antes de acostarse. Lástima que no se lo aplicara siempre a sí misma.

Ese último pensamiento lo pilla justo en el semáforo de la avenida, que lo obliga a detenerse. Hasta ese momento caminaba deprisa y sin dudas, alejándose con cada paso de esa otra tentación que no vivía arriba, aunque sí a unas calles de distancia. No ha vuelto a hablar con Miriam desde esa noche que durmieron juntos, y así debe ser. Continuar con esa historia resulta ya demasiado morboso; no puede negar que lo pasaron bien, tanto en la cama como fuera de ella. Es difícil de explicar, incluso a sí mismo: en todas sus otras aventuras, que tampoco han sido tantas, lo que más lo excitaba era la seducción de una desconocida. Le atraía la sensación de novedad, de aire fresco, que esas mujeres traían consigo. Con Miriam había sucedido algo distinto, y comprendió que acostarse con ella conllevaba más nostalgia que descubrimiento. El hecho de saber cosas de la vida de esa mujer que ella misma ignoraba despertaba en él una gran dosis de ternura. Y no es que Miriam fuera una persona triste, más bien al contrario. En el sexo, como en la ropa que vestía, se mostraba juguetona, desinhibida, casi descarada. Pero él sabía, o creía saber, que todo ese abanico de colores escondía un tono más azulado, definitivamente melancólico, que apenas dejaba entrever, como los cielos borrascosos que olvidamos al contemplar el arcoíris. Y Víctor notó, al despertar a su lado, que el deseo urgente de la noche anterior convivía con otro sentimiento difícil de creer, teniendo en cuenta que sólo se habían encontrado un par de veces: un afecto genuino, la sensación de regresar con ella a un pasado que, ahora se daba cuenta, siempre había echado un poco de menos.

Y fue eso, más que cualquier otra cosa, lo que lo decidió a no llamarla, a no volver a quedar con ella; a dejar que esa historia se redujera a un simple cruce de caminos sin más trascendencia. Era lo único decente que podía hacer, lo mejor para ambos, aunque, si era sincero consigo mismo, ambos sentimientos, cariño y deseo, seguían enredados en su cabeza, forzándole una sonrisa boba si pensaba en ella. En la sultana y el esclavo, un juego de palabras que había sido todo un detonante de órdenes placenteras y dulces castigos, de la rebelión posterior y el sometimiento a besos de esa Scherezade que no necesitaba mil y una noches para seducir.

Se da cuenta de que el semáforo ha cambiado dos veces de color en el tiempo que lleva allí parado y lo asalta un repentino ataque de vergüenza, como si el mundo entero estuviera observándolo. Da un paso adelante, sin pensar, justo cuando una moto apura el ámbar y nota que una mano tira de él con fuerza hacia atrás. El motorista se tambalea, sin llegar a caerse, y los insultos mudos flotan en el aire: ¿En qué coño pensabas, capullo?

—Eh, ¿en qué diablos estabas pensando?

No puede ser, se dice Víctor, aunque a esas alturas de la vida sabe que tendemos a confundir lo imposible con lo improbable. Porque allí está, cargada con una de esas grandes bolsas de los supermercados que ahora deja en el suelo.

—Llevaba cinco minutos observándote sin que me vieras. Estabas completamente absorto. Y cuando ya me iba te lanzas a la carretera sin mirar…

—No te había visto. En serio.

—Lo sé. Si no has visto ni la moto y la tenías delante.

Miriam sonríe antes de recoger la bolsa del suelo.

—Bueno, ¿puedo irme tranquila? ¿O tengo que esperar a que cruces la calle, como hacía con Iago?

—¿Te vas?

Víctor no sabe por qué ha hecho esa pregunta. O, mejor dicho, lo sabe y se arrepiente al instante. O, siendo muy sincero, lo sabe, se arrepiente al instante y volvería a formularla.

—Sí, claro. —Ella señala la bolsa—. Me has pillado en plena actividad doméstica. Las peluqueras tenemos que llenar la nevera a partir de las ocho y media de la noche. ¿Has venido a ver a tu amigo?

Víctor asiente, y nota que toda su firmeza, todos los argumentos razonables y razonados se van evaporando con cada segundo que pasa.

—Pues nada. Ya nos veremos.

—Espera. Quiero… Debería explicarte…

—Oye, nos hemos encontrado por casualidad. Ni siquiera te habría dicho nada de no haber sido por tus pasos suicidas.

Miriam sigue sonriendo, y sin saber por qué él vuelve a

intuir lo mismo. No es que el gesto carezca de sinceridad, es sólo que oculta algo más, unas emociones que se agazapan detrás de esa máscara frívola y alegre.

—Quería llamarte —le dice él.

—Ya. Víctor, por favor… Tengo treinta y ocho años, no soy una adolescente que está esperando un mensaje o un ramo de flores. Estuvo guay, lo pasamos bien, y no hay que darle más vueltas. El siglo de los melodramas ya pasó, ¿no crees?

Como respuesta, él se saca el móvil del bolsillo y, sin dejar de mirarla, busca un número en la agenda. Miriam se encoge de hombros con cara de extrañeza cuando se oye la música de *Heroes*, la sintonía de su teléfono, pero le sigue el juego y contesta.

—Miriam, soy Víctor.

—Ya.

—¿Cómo estás?

—Diría que bien. Me pillas en la calle, volviendo del supermercado.

Por suerte nadie parece percatarse de esa escena surrealista: dos personas, una delante de la otra, hablándose por teléfono en plena calle.

—¿Es mal momento? ¿Te llamo luego?

—No, dime. ¿Qué quieres?

Víctor percibe el cambio de tono, también en sus ojos. ¿Qué quieres, tío? Dilo de una vez o deja de hacer tonterías de galán de comedia romántica.

—Me gustaría volver a verte. Cenar contigo. Hoy, si es posible.

—Esta noche no puedo. Tengo que ir a casa. Ya sabes: padre, hijo, cenas…

—¿Mañana entonces?

—Tal vez.

—¿Sólo tal vez?

Miriam aparta el móvil y le habla directamente.

—De acuerdo. Mañana. Así te da tiempo a pensar un sitio chulo al que llevarme. Después de este numerito quiero una cena que esté a la altura.

Víctor cuelga y le lanza un beso.

—Te lo prometo. Buscaré el mejor restaurante de Barcelona.

—¿Ves? Mi madre siempre lo decía: hacer una buena acción tiene su recompensa, aunque nunca la creí. Ahora sí: te he salvado la vida y me he ganado una cena.

Miriam le guiña un ojo, coge la bolsa y se da media vuelta. Él la ve marchar y siente ese peligro que ya percibió antes. La agradable y punzante sensación de que estar con ella es como volver a casa.

CUARTA PARTE

El corazón tiene orillas estrechas

34

Ciudad Satélite, 1978

Así, poco a poco, vamos acercándonos al final de la primera parte de esta historia, aunque todavía nos hallamos en un momento en que todo pudo haber sido distinto. Me pregunto a veces si alguien habría podido evitar lo que pasó después o si simplemente los hechos se fueron sucediendo, como en las tragedias griegas, dirigidos por un dios que carecía por completo de piedad para con sus criaturas. Lo cierto es que ahora, casi cuarenta años después, vuelvo a hacerme la misma pregunta porque aquellos protagonistas infantiles, convertidos en seres adultos, siguen dejándose llevar por impulsos que obedecen más a la amistad, la gratitud o la protección que a la más simple cautela. Dicen que el pasado se empeña en regresar, pero no es menos verdad que nosotros se lo ponemos fácil: acudimos a su encuentro, nos zambullimos en él, intentamos comprenderlo y a la vez compensarlo, en lugar de asumir los errores y los aciertos, en lugar de dejarlo descansar en paz. Quizá sea inevitable, tal vez esté en nuestra naturaleza la incapacidad de abrazar el olvido. Quizá el tiempo, que entierra unas cosas y no otras, sea el auténtico medidor de la justicia.

Ya en los setenta se hablaba mucho del tema, de cortar por lo sano con unos hechos recientes como única manera posible de avanzar. La Ley de Amnistía, aprobada en enero de 1977, fue una clara muestra de ello, y funcionó, al menos a corto y medio plazo, aunque lo hizo a costa de unos sentimientos que nunca se sofocaron del todo. Ninguna ley, por útil que sea en su momento, puede obligarte a perdonar al otro si muchas veces ni siquiera tú consigues perdonarte a ti mismo.

Pero volvamos a los últimos meses de esperanza para todos, al verano previo, e intentemos imaginar que ignoramos lo que sucedió después, que no jugamos con la ventaja de saber que Víctor y Juanpe matarían al Cromañón porque en aquel entonces, estoy seguro, ni a ellos mismos se les había pasado por la cabeza la idea. Regresemos al mes de agosto, cuando las calles de la Ciudad Satélite quedaron vacías, a merced de los gatos, porque, como si fuera una empresa familiar, el barrio cerraba sus puertas durante treinta días. Cerraba el mercado, cerraban las tiendas, cerraban con doble llave los vecinos que partían hacia sus pueblos de origen. A mediados de agosto aquellas calles normalmente bulliciosas se alteraban del todo, ofreciendo la imagen de un pueblo fantasmal, abandonado y silencioso: persianas bajadas, avenidas vacías, aparcamientos desiertos, calor y silencio.

Estoy seguro de que la noticia no importó a nadie más que a mí y que, desde luego, no causó la menor extrañeza. Después de todo, nada tenía de raro que los Yagüe se llevaran consigo al mejor amigo de su hijo a pasar el verano en el pueblo, más aún teniendo en cuenta el ambiente que el pobre chiquillo vivía en casa. Sin embargo, para mí se trató de una especie de desengaño: durante todo el curso me había esforzado por caer bien a Víctor, por ganarme su amistad, y no había logrado el menor resultado. Saber que el Moco, eterno objeto de burlas, se iría con los Yagüe era la constatación evidente de mi fracaso, aunque incluso yo tenía que admitir que al pobre chaval le sentaría bien pasar un mes fuera del barrio, lejos de su hogar, a salvo de Joaquín Vázquez. La verdad es que, en el fondo, sabía que mis padres tampoco me habrían dejado ir. Ya costó más de una pelea en casa que mi hermano se negara a unirse a ellos en esa expedición vacacional que tenía bastante de procesión obligada. Nico consiguió quedarse, algo que a mis hermanas ni se les habría ocurrido sugerir, pero prescindir de su otro hijo habría sido impensable para mis padres. Mi destino era seguirlos, alejarme también del barrio en dirección sur, volver a Azuaga y atiborrarme de perrunillas hasta no poder más. Pero ese verano, a diferencia de otros idénticos, sí pensé en lo mucho que me habría divertido si hubiera podido ser Juanpe durante un solo mes.

Supongo que todo esto sonará extraño, y que presupone cierto grado de conciencia por mi parte, cuando la realidad es que en aquellos días mi admiración por Víctor Yagüe era tan platónica como la de cualquier otro chaval. Me fastidiaba que no reparara en mí, que desoyera mis invitaciones a venir a casa. Por esas fechas habíamos comprado el primer televisor en color y, por tonto que parezca, aquello era un acontecimiento. Mi padre cedió a las presiones familiares, a las de mi madre, que insistía en ver los documentales de Félix Rodríguez de la Fuente en su máximo esplendor cuando en realidad lo que más le gustaba era el *Un, dos, tres*. A mí me hizo ilusión, claro, porque a la vez se convirtió en una oportunidad más para ganarme la amistad de Víctor Yagüe: en aquel momento aún creía que los amigos se conseguían a cambio de algo. Al final eso jugó en mi contra, por cierto; él tardó poco en tener la suya propia, y en llevarse a su casa a un par de críos, Juanpe incluido, que no disponían de aquella maravillosa pantalla. Yo, por supuesto, quedé excluido. No me hacía falta ir allí para verla.

Las aventuras de los dos en Montefrío, un pueblecito granadino en el que nunca he estado, llegaron con ellos a finales de agosto, distorsionadas por la emoción de quienes las relataron. Dos chavales que aquel verano crecieron en talla y en madurez. Juanpe, sobre todo, regresó al barrio convertido en alguien distinto, y todos nos dimos cuenta de que, a pesar de la pena que pudiéramos sentir por Rosi y la manía que ya empezábamos a albergar hacia Juan Zamora, por maltratador, infiel y mal padre, era evidente que la enfermedad de una y la brutalidad del otro se cobraban un alto precio en un crío que habría sido distinto de haber nacido en un hogar más afortunado.

Durante aquel largo mes de agosto Anabel se ocupó de Juanpe Zamora como si de un hijo más se tratara; le exigió los mismos baños y los mismos modales que a sus cachorros, le dio ropa que a Víctor le quedaba pequeña y que solía heredar Javier y lo alimentó con la dedicación natural que impulsa a las madres. Por otro lado, Emilio Yagüe siguió siendo el mismo, y para el pobre Juanpe se convirtió en lo más parecido a un padre que había tenido nunca. El resultado fue que tras sólo treinta días en Montefrío el Moco volvió más alto, más limpio y, por decirlo claramente, más persona. No puedo imaginar lo que tuvo que ser para él reintegrarse en un hogar que ya había degenerado al máximo.

Aquel mes de agosto, aprovechando que el barrio estaba casi vacío, Juan Zamora durmió la mayor parte de las noches en el piso de la Viuda e incluso, según comentaron los dueños del bar El Santo del bloque cero, que siempre cerraban sólo dos semanas, se había paseado con ella por las calles de la Satélite y habían compartido un cubalibre, al atardecer, en un par de ocasiones. No más de dos, al parecer, porque el segundo de esos días Rosi apareció en la puerta del bar hecha un desastre. Dudo que sufriera por las ausencias de un marido que tendía a usar el cinturón para acariciarla, pero la marcha de Juanpe y la deserción del bruto de su padre la habían dejado sola en casa, a merced de esas voces que oía en ella.

Por lo que cuentan, a esas alturas Rosi había perdido completamente la cordura. No se atrevió a entrar en el bar y permaneció en la puerta, pegada a los cristales como un moscardón de verano hasta que los clientes, pocos y todos de sexo masculino a excepción de la rubia de negro, empezaron a reírse de ella. Juan Zamora siguió bebiendo, imperturbable, y no se movió hasta que el dueño, harto de chanzas y de ver a aquella alma en pena al otro lado de la cristalera, le dijo: «Joder, Lobo, tu mujer está espantándome la clientela». Quizá se arrepintiera después, o tal vez no, cuando vio que Zamora se levantaba de la silla despacio, apagaba el cigarrillo y se remetía el polo en el pantalón antes de salir a la calle. Todos lo vieron: chasqueó los dedos, cual pastor llamando al perro, y soltó en voz alta: «Tú, a casa. Y prepárate, que ya voy».

Me gustaría pensar que alguno de aquellos tipos que antes se reían tuvo la decencia de salir y, cuando menos, intentar persuadirlo de que la dejara en paz, pero los buenos deseos no se convierten en hechos ciertos. Rosi se escabulló, aterrada como un perrillo, y Juan Zamora se fumó otro cigarrillo antes de subir tras ella. Dentro del bar ya nadie se reía, y la bromita del gracioso de turno («Ya verás, esa duerme caliente») apenas despertó el eco de una carcajada de borracho.

El Lobo regresó unos quince minutos más tarde, sudoroso y enrojecido, y pidió otro cubalibre que se bebió de dos tragos largos. Luego se tragó un eructo y, dirigiéndose al dueño del bar, le dijo: «Tranquilo, que ya me he ocupado yo de que no venga a dar más la tabarra. Y como alguno de estos haga algún comentario se va a llevar lo mismo que ella, ¿estamos?».

Durante todo ese rato la Viuda había permanecido sentada, con las piernas cruzadas, hierática como una esfinge rubia. Si sintió alguna solidaridad por aquella mujer que acababa de ser humillada en público y golpeada en privado, nadie la notó, pero tuvo que darse por aludida cuando la dueña del bar, que había asistido a la escena muda y rabiosa, se quitó el delantal, dio una palmada en la barra y gritó: «¡A ver si vais desfilando todos, que es verano y cerramos pronto! Hale, a casita, que esto es un bar decente. Para andar con putas os buscáis otro lado, ¿estamos?». Dicen que, a pesar del machismo imperante, ninguno de los presentes se atrevió a abrir la boca: ni el marido, ni los clientes ni la única mujer que había en el local.

Fue a esa casa a la que Juanpe volvió al cabo de un mes de normalidad, y no hace falta ser un genio para imaginar que después de haber convivido con Emilio, Anabel y su familia aquello tuvo que ser como regresar a una cárcel tras un permiso penitenciario. Hundirte de nuevo en un foso cuando has estado a punto de alcanzar el sol. Eso sí, le quedaban un montón de recuerdos para aislarse del frío. Las correrías por el pueblo con Víctor, sus hermanos y sus primos se convirtieron en su único tema de conversación. Y no es que de repente se hubiera vuelto muy locuaz, sino que por primera vez en su vida tenía algo bueno que contar. Todos oímos sus aventuras: el calor sofocante del mediodía que derretía las piedras, las noches largas de horarios laxos, los escondites nocturnos que al principio lo aterraban y que luego lo entusiasmaron, los primeros cigarrillos. Nos habló hasta cansarnos de aquel pueblo, que visto desde la entrada parecía un corte de tarta; del largo paseo donde se arrullaban las parejas y del que los había echado algún que otro chico mayor a pedradas, por curiosos. Y contaba, casi sin aliento, su aventura máxima: la que les sucedió a él y a Víctor una noche en que, jugando al escondite, se les ocurrió meterse entre la maleza, montaña arriba, en busca de unas cuevas que eran el refugio perfecto.

Como exploradores de una novela de Enid Blyton, Víctor y Juanpe, armados con una linterna, encontraron las cuevas que el primero recordaba de las escapadas de otros años. Se internaron en una de ellas sin mucho convencimiento, sobre todo en el caso de Juanpe, a quien la oscuridad le daba miedo, y tardaron poco en salir. Fue entonces cuando lo vieron. Los relatos de ambos coincidían tan exactamente que nos convencieron a todos de esas luces intermitentes que aparecieron en el horizonte y se acercaron despacio. Seguros de que se trataba de uno de esos ovnis de los que hablaban en televisión, echaron a correr, huyendo de una nave de la que podían salir criaturas monstruosas para llevarlos a un planeta remoto. Sin embargo, Juanpe, que no había superado su proverbial torpeza, terminó por los suelos después de un traspié que los dejó a los dos sin luz y a él con un tobillo torcido que le impedía andar.

Pasar la noche a la intemperie no era exactamente desagradable en pleno verano, pero tener como compañeros de alojamiento a unos misteriosos extraterrestres los horrorizaba. Así que, en plena noche, Víctor se subió a Juanpe a caballito y bajó, con cuidado, hasta el pueblo, que parecía poseído por un nerviosismo fuera de lo común.

Al primero que vio fue a su padre, que llevaba horas buscándolos, porque entre el ascenso, la caída y el lento camino de vuelta les habían dado las tantas. Emilio juró en arameo e insultó a media docena de vírgenes sin importarle que lo oyera medio pueblo, porque se debatía entre eso o liarse a sopapos con los dos prófugos. Pero él no era propenso a arreglar las cosas a golpes y, además, la visión de su hijo con el otro a hombros, como dos soldaditos que llegan a la trinchera después de un combate, le hizo perder la mala leche y quedarse sólo con el alivio. Cogió a Juanpe en brazos, alborotó el pelo a su hijo con más afecto que severidad y soltó:

—*Mecagüen* la Virgen, pasad *pa* casa, que os vea tu madre antes de que se le acaben los santos a los que rezar.

—¡Hemos visto un ovni! —gritaba Juanpe—. Allí arriba. ¡De verdad! Ha aparcado delante de nosotros...

—¿Un *ofni*? —preguntó Emilio, súbitamente interesado.

—Sí, papá. Estaba allí, al otro lado de la loma. Lo vimos y salimos corriendo.

Era una época en la que aún creíamos en habitantes de otros planetas, en naves espaciales con forma de cuenco, en los misterios de un cosmos que, tal vez, escondía mundos más avanzados.

Los tres alzaron la vista hacia la sábana negra bordada de lentejuelas. Emilio había relevado a su hijo en la tarea de cargar con el herido y Víctor, agotado, se dejó caer al suelo. Le temblaban las rodillas, por los nervios y el cansancio.

—Deja que lleve a este a casa y ahora vuelvo a por ti —le dijo su padre.

—No. Mamá se asustará si no me ve llegar.

Así que caminaron los dos, padre e hijo, despacio, sin dejar de volver la mirada de vez en cuando hacia aquel cielo estrellado y misterioso, con la esperanza de atisbar de nuevo las luces parpadeantes del platillo volador, pero Anabel no había querido ni oír hablar del tema, aduciendo que en el cielo sólo vivían Dios y los ángeles, y que, estaba segura, ninguno de ellos conducía una nave espacial. Pero los chicos y Emilio se acostumbraron a salir a dar un paseo todas las noches, a veces con Javier, el hermano menor de Víctor, pero a menudo ellos tres solos. Emilio les hablaba de las luchas obreras, del socialismo, de la igualdad, así como de las mujeres y el sexo. Llegó un momento en que ya desistieron de volver a ver el dichoso ovni, pero siguieron saliendo porque a los chavales les gustaba escuchar las lecciones de un mayor que les hablaba de tú a tú sobre los misterios del universo donde vivían y que, a su corta edad, se revelaba tan insondable como los mundos del espacio exterior. Ignoro si Juanpe llegó a sincerarse con el padre de su amigo, a contarle lo que le preocupaba de verdad en su día a día. Creo que no hacía falta: tanto Emilio como Anabel sabían su historia, y estoy seguro de que en esos días encaminaron sus esfuerzos a que se olvidara de ella. No sé si llegaron a imaginar lo duro que sería para él tener que volver a casa.

Pero era inevitable: todos los veranos terminan, y su final marcó el regreso para todos. Víctor y Juanpe volvieron a un mismo lugar y a unos problemas idénticos, aunque convertidos, quizá, en personas un poco distintas. Su amistad se había afianzado más que nunca en aquellos treinta días y, al empezar el nuevo curso, ya no hizo falta que ningún maestro los sentara juntos. Cuando pienso en ellos me vienen a la cabeza, no sé por qué, historias y películas que he visto más tarde, ya de adulto, y que arrojaban una imagen distorsionada de nuestras infancias. Quizá porque esas películas mienten en algo esencial: los frikis del colegio no se ayudaban entre sí ni sentían la menor simpatía entre ellos. Al revés, se despreciaban con más ahínco porque su única oportunidad de alcanzar la normalidad era demostrar al mundo que existían otros chavales más marginados que ellos. Juanpe tuvo suerte, y creo que era consciente: la amistad de Víctor lo sacó del ostracismo para incluirlo en el grupo, algo que, tal vez, fue la causa de que más tarde, cuando las cosas se torcieron para ambos, él le devolviera el favor.

A todos nos habría gustado vivir en *Cuenta conmigo*:

ser uno de esos niños que montaba en bicicleta con sus amigos, se internaba en el bosque y vivía aventuras emocionantes. Pero la Ciudad Satélite no era Maine, y nosotros no teníamos bosque ni, en la mayoría de los casos, bicicleta; sólo canicas, tebeos, balones... y la tele, ya fuera en blanco y negro o en deslumbrante color. Y sin embargo, si hay algo de toda mi infancia que recuerda a esas historias de niños valientes fue el relato del verano que contaron tanto Víctor como Juanpe, ante un auditorio atento que no se cansaba de preguntar cómo era aquel ovni que el Moco describía con todo lujo de detalles.

He hablado de la televisión porque, digan lo que digan ahora, nos hechizaba tanto como lo harían luego en futuras generaciones los videojuegos, las consolas o las tabletas. Ya entonces los padres nos mandaban a la calle para que no estuviéramos pegados a esa mal llamada «caja tonta» que nos mantenía hechizados como serpientes amaestradas: erguidos y en estado de alerta.

¿Cómo resistirse a ese rato maravilloso en el que te veías transportado a otros lugares, casi a otra dimensión? Dijeran lo que dijesen, eso se aplicaba también a los adultos, que lloraban a lágrima viva cuando a la pobre Heidi, un personaje animado, se la llevaban a Frankfurt y recordaba con nostalgia esos campos abiertos, de un intenso e imposible color verde. Incluso mi padre murmuraba, con la voz tomada por una emoción que se esforzaba por disimular: «Joder, Trini, me dais la comida cada sábado con las penas de esa chiquilla». Pero si alguien se hubiera atrevido a apagar la tele (la opción de cambiar de canal era muy limitada) lo habría fulminado al instante con un grito salvaje.

Las desdichas de Heidi no era lo único que veíamos,

claro. Estaban las pelis, los concursos y otras series. Y en el año que nos ocupa había una en especial que nos fascinaba a todos: Sandokán y sus Tigres de Malasia. Todos queríamos ser como él o, en su defecto, como uno de esos piratas endurecidos y belicosos. Pero las modas eran pasajeras, ya entonces, y en el año 1978 un nuevo héroe sustituyó al que encarnaba Kabir Bedi. Este no era de carne y hueso, sino un dibujo animado, un robot fuerte y justiciero que respondía al nombre de Mazinger Z.

La popularidad de esos dibujos entre los críos del barrio y del país en general es casi inexplicable a día de hoy. Supongo que, después de años de animaciones lacrimógenas como la desdichada Heidi, por fin había algo que los chicos podíamos ver sin avergonzarnos. Koji Kabuto; su abuelo inventor; la caprichosa Sayaka, que manejaba al robot femenino, Afrodita; el doctor Infierno, y, por supuesto, Mazinger, el todopoderoso ser que Koji dirigía con pericia. Seguíamos esa serie con una devoción inusitada, y jugábamos a reproducir los argumentos de sus episodios haciendo gala de una memoria asombrosa. Mazinger trajo consigo la pasión por el kárate y los robots, además de soltar en nuestras tiendas una serie de complementos de *merchandising* a los que no podíamos resistirnos. Entre ellos, en los productos Panrico, estaba la colección de cromos.

Os parecerá una tontería, pero ese álbum nos tenía obsesionados a finales de 1978. Ya habíamos seguido otras colecciones similares pero, por lo que yo recuerdo, ninguna con tanto ahínco como la de los cromos de Mazinger. Nos fascinaba a todos, incluido al Cromañón, que intentó tomar el mote del robot sin ningún éxito. Ahora que lo pienso, resulta extraño que Joaquín Vázquez se interesara aún por algo así, si bien en aquel momento no vi nada raro en ello, porque, a pesar de su edad, el abusón no había abandonado el colegio; de hecho, la sorpresa más desagradable que aguardaba a Juanpe al regresar de ese veraneo en Granada fue que Joaquín repetía curso, una vez más, y estaría en séptimo de EGB con nosotros.

Puedo imaginarme la cara del Moco cuando lo vio sentado al fondo del aula, no muy lejos de donde seguían sentándose él y Yagüe. El profesor Suárez ya no era tan estricto con los asientos y los apellidos pero, salvo raras excepciones, en cuanto supimos que era nuestro tutor de séptimo ocupamos los mismos asientos que el curso anterior. A primera vista, daba la falsa impresión de que nada había cambiado. En realidad, justo al lado de Yagüe y Zamora se sentaba ahora Joaquín Vázquez, con otra repetidora, avergonzado de que aquel chaval esmirriado al que llevaba siglos torturando y que era dos años menor que él hubiera llegado a alcanzarlo en clase.

Tener al Cromañón tan cerca sumió a Juanpe en un terror continuo y paralizante. Lo veía a todas horas, y le resultaba más difícil que nunca abstraerse de sus muecas de burla y sus insultos, de las collejas y el resto de los agravios. Claro que eso nunca sucedía dentro del aula, pues Joaquín no era tan tonto, al menos en ese sentido: el acoso se mantenía latente, estallaba en los descansos o cuando nos quedábamos solos, pero sobre todo estaba siempre ahí, disfrutando con el pánico que provocaba su mera presencia. En realidad, y quizá esto es lo que más cuesta de entender o de explicar, tenía la partida ganada de antemano porque lo más importante, el miedo, ya estaba allí, inoculado en el cerebro del Moco a fuerza de repeticiones. Vázquez se dio cuenta de que ya ni siquiera necesitaba insistir a diario en sus malos tratos; bastaba con aprovechar alguna oportunidad para mantener la tensión. Y, por supuesto, ir ahondando en la humillación y el dolor, pues ya no le servían un guantazo o los insultos de rigor: el Cromañón depuraba sus métodos para que los efectos de ese daño, entonces más ocasional, perduraran durante días.

Esos tres meses y medio de curso, desde septiembre hasta el 15 de diciembre en que sucedió la tragedia, Juanpe se sumió en lo que hoy llamaríamos una depresión infantil. Motivos tenía, y muchos: el ambiente de su casa seguía empeorando, y el bruto de Juan Zamora ya no se molestaba en ocultar sus «paseos» con la Viuda. Rosi degeneraba a ojos vista; por lo que las vecinas contaban, apenas se levantaba de la cama, y cuando lo hacía era para fundirse el dinero en vino. Después de un verano maravilloso, Juanpe se hundía en un otoño cruel y ya ni siquiera Víctor era capaz de animarlo.

Hasta que, en medio de aquellos meses atroces, el destino se confabuló para dar al Moco la única alegría que podía compensarlo un poco. Ignoro si habéis intentado hacer alguna vez una colección entera de cromos; si es así, seréis conscientes de que algunos nunca aparecen, números malditos que nadie consigue tener. Supongo que se debía a la distribución de los productos, o quizá sea también una leyenda urbana, pero algún motivo real debería haber cuando, a finales de 1978, a casi todos nos faltaba una única imagen para completar la colección de Mazinger. Era un cromo cualquiera, ni siquiera especialmente atractivo, aunque sí necesario para poder decir con orgullo que tenías el álbum completo. Y ese, ese cromo inalcanzable, fue a parar a manos del crío más desgraciado de todo el barrio. Le tocó, como si fuera la lotería de Navidad, a Juan Pedro Zamora, el Moco, quien al saberlo se sintió, por una vez en su vida, alguien especial.

En pocas ocasiones un golpe de suerte ha sido, a la postre, un regalo tan envenenado, porque cuanto sucedió después, lo que cambió la vida a todos, fue consecuencia de ese momento de máxima ilusión al que Juanpe se aferró con fuerza porque, maldita sea, si alguien se merecía esa compensación era precisamente él. De la misma manera que se merece que alguien cuente esta historia, el relato de esos años hasta llegar al día fatídico en que su futuro se truncó en dos, algo que tal vez sólo yo sea capaz de hacer, aunque no sé muy bien qué me ha empujado a esta tarea que, quizá, únicamente me sirva de expiación literaria.

Ahora caigo en la cuenta de que mi papel real en esta historia empezó justo ahí, en esa semana que transcurrió entre el momento mágico del cromo y la noche terrible de la tragedia. Hasta ese momento yo había sido un mero observador, el testigo más o menos interesado en las vidas ajenas, pero a partir de entonces me convertí en un actor en la sombra, un secundario que de repente adquirió una importancia destacada. Sé bien de lo que hablo: he escrito cuatro novelas que han pasado sin pena ni gloria, pero algo he aprendido sobre la construcción de personajes y tramas, aunque nunca imaginé que algún día me sentaría a escribir sobre algo que me afecta directamente.

Lo que debería ser más fácil se vuelve a la postre lo más complejo. Yo, Ismael Arnal (eliminé el López, literariamente, al publicar mi primera novela) sé todo lo que ha de acontecer en esta historia que nunca verá la luz, quizá mejor aún que los propios protagonistas, y sin embargo, ahora que se acerca el momento, no me decido a escribirlo. Quizá porque, en el fondo, cualquier autor piensa siempre en un lector que complete su acto de creación, en alguien que juzgue, comprenda, critique o aprecie su esfuerzo. Quizá sea eso lo que necesito para poder llevar a cabo mi expiación completa: un lector que dé sentido a todo esto.

35

San Ildefonso, Cornellà de Llobregat,
marzo de 2016

Han quedado para coger el metro en la estación de Gavarra porque algo los hace desear salir del barrio, alejarse de las calles conocidas y dar un marco distinto, más abierto, más bonito, a esos encuentros que entre semana están condenados a desarrollarse siempre en los mismos escenarios. Los ayuda el buen tiempo, una primavera acelerada que los expulsa del ambiente sofocante de la ciudad y los apremia a buscar otros espacios donde, al menos Alena, siente que puede respirar mejor.

Si bien la playa del Bogatell no es exactamente un paraíso, a los quince años y en un sábado cálido de marzo les ofrece cielo y mar, anonimato e intimidad. No necesitan mucho más, aunque la excusa real es esa pista donde Iago suele ir a practicar con el *skate*. Lo ha hecho hoy, ante la mirada atenta de Alena, y antes de tumbarse en la arena sobre una gran toalla que ella ha llevado para la ocasión. Al principio ha tenido la impresión de estar exhibiéndose; luego ha ido perdiendo la vergüenza y ha arriesgado en los saltos sólo para conseguir su aplauso. Impresionar a una chica siempre es divertido, sobre todo si es tan guapa como Alena.

A pesar del buen tiempo no hay demasiada gente en la playa, o quizá es que se han preocupado de buscar un rincón donde pueden convencerse de que están solos. Aún necesitan eso, la sensación falsa de soledad, para besarse tranquilos. Pasan un rato así, tumbados y medio vestidos, tan juntos como pueden, sin pensar en nada más que en ellos mismos. Ninguno de los dos había estado nunca tan cerca de alguien del sexo opuesto, y no se cansan de buscarse los labios, de acariciarse y de pensar que, por fin, esa otra vergüenza también ha quedado atrás.

El sol va desapareciendo ya, como si recordara que el verano no ha llegado aún, y a pesar del contacto Alena siente frío. Iago la ve ponerse el suéter encima de la camiseta y lucha por combatir esa erección que intenta disimular a toda costa.

—Ojalá pudiéramos quedarnos aquí —dice ella mientras vuelve a acostarse a su lado.

—Te morirías de frío.

—No seas tonto. No lo decía literalmente.

Alena desliza una mano hasta la entrepierna de Iago, sin mirarlo, y se enorgullece al palpar la excitación. Quizá sea eso lo que más disfruta en ese momento, saber que consigue causar ese efecto en el chico que tiene al lado. Él no dice nada; nota la caricia por encima de los vaqueros y reza a la vez para que siga y para que se detenga. Al final, temiendo lo peor, agarra esos dedos y los aparta con suavidad, sin hablar. Se incorpora un poco, lo justo para ver esas olas débiles que los acompañan.

—Deberíamos irnos —dice él sin moverse ni un milímetro.

—No quiero volver. De verdad, no quiero.

Suena como una niña pequeña y se detesta a sí misma al oírse, pero no consigue evitarlo.

—¿No quieres volver a casa? ¿O al instituto?

Alena respira hondo y suelta el aire despacio.

—Al instituto. Pero en casa también están pesadísimos… No entienden nada.

Iago calla porque sabe, de conversaciones previas, que Alena no se ha atrevido a hablar con sus padres de lo que está pasando en clase. Se niega en redondo a plantear el tema de la foto, a pesar de que él ha insistido levemente en que debería hacerlo.

—Habla con Cecilia, al menos —le dice ahora—. Dando mates es un horror, pero como tutora no está mal y podría ayudarte.

—¿Y qué le digo? ¿Que Saray y sus chicas no me hablan porque creen que soy una zorra? De paso le enseño la fotografía y le cuento la historia de que me robaron el teléfono para mandarla y luego me lo devolvieron.

—¿Por qué no?

—Porque no. Porque creerá que estoy loca… o que miento. Y luego llamará a casa, y mi padre verá la foto y se pondrá como una fiera.

—¿Y tu madre?

Alena se incorpora también. Agarra un puñado de arena y la deja caer, despacio, entre los dedos.

—Mi madre me dirá que me espabile, que ya basta de comportarme como una cría pequeña. Siempre se queja de que soy demasiado blanda, demasiado sensible.

Iago niega con la cabeza. Las excusas de Alena se le antojan eso, puras disculpas para no enfrentarse a una situación desagradable, y se pregunta, aunque pensarlo le molesta, si ella está contándole toda la verdad. Quiere creerla: desde que encontraron el teléfono en su mochila se ha repetido muchas veces que lo que Alena cuenta podría ser cierto. Existe una vocecilla rebelde, sin embargo, que le recuerda que también podría no serlo. La conversación con Christian se mezcla con la foto. Es posible que Alena la enviara en un arrebato de rabia contra Saray. Iago es consciente de los comentarios que circulan por clase, entre los chicos y también entre el grupo de Saray. «Llegó con aires de princesa y es una golfa.» «Paso de esa tía, está loca.» Un par de días atrás intentó hablar con Christian, decirle que la dejaran en paz. Su amigo, examigo en realidad, se limitó a echarse a reír. «¿Te has enamorado de la rusa, *brother*? Ya te advertí que no era para ti.» Iago se sintió tentado de empujarlo, de acompañar su caballerosa defensa con un puñetazo. Eso es lo que haría un hombre de verdad, se dice. Pero pelearse con Christian podría terminar siendo una humillación absurda, así que se mordió los puños y se tragó la rabia. Necesitaba crecer diez centímetros y ganar masa muscular para poder representar el papel de novio ofendido con alguna garantía de éxito.

—Dejemos esto, ¿vale? —dice Alena—. No fastidiemos la tarde. Hablemos de otra cosa mejor. Así al menos me olvido durante un rato. Estoy aburrida de este tema, en serio. Cuéntame algo.

Saray aparta a Christian de un empujón que tiene poco de cariñoso. Están los dos en la habitación de él, medio recostados en la cama, un lugar que ha servido para propósitos mucho más divertidos y que hoy se ha convertido en una zona de guerra fría, marcada por una frontera invisible que parece rodear el cuerpo de Saray como una coraza electrificada. No hay acercamiento posible ni manera humana de quitarle esa rigidez que encaja a la perfección con el ceño fruncido y ese gesto de los labios, carnosos y apretados. Christian no es un chico con mucha paciencia, y ya ha intentado disculparse varias veces por algo que, en el fondo, no le genera el menor remordimiento. Alena está buena y él es un hombre; si no le gustara sería un tipo raro, pero eso no significa que haber recibido esa foto sea, en absoluto, culpa de él. Y eso es algo que Saray no quiere entender. Christian se esfuerza por comprenderla sin mucho éxito, y en realidad está empezando a cansarse de unas broncas y unos problemas que lo superan de lejos. Eso tenía que ser divertido, sin más, no un rosario de penas con abuelas enfermas y ataques de celos.

—Si vas a estar cabreada toda la tarde, mejor te vas, ¿no?

Saray le lanza una mirada furiosa; lleva tantas en un par de horas que ya no surten ningún efecto e incluso ella comienza a hartarse de estar enfurruñada. Aun así, le sobra orgullo para darse por vencida.

—Pues vale. Me abro.

Alarga el brazo para coger la chaqueta y se pone de pie, de espaldas a él, para mostrarle un trasero espléndido que está a punto de reventar unas mallas elásticas. Eso nunca ha fallado, el instinto básico de Christian no resiste un culo bien expuesto, y sin embargo hoy él lo ignora; pasa pantallas con el móvil sin hacerle el menor caso.

—Me voy, ¿eh?

—Espera. Esto te va a molar.

Se le ha ocurrido de repente y tarda sólo unos minutos en hacerlo. Snapchat tiene gadgets increíbles y él busca ahora, enfrascado, la imagen que complete lo que tiene en mente. Cuando se lo enseña a Saray, ella no puede evitar reírse. La foto de Alena tiene ahora, gracias a la posibilidad de recortar y pegar, un pene inmenso rozándole la boca.

—Voy a subirla para que la vean los *bros*.

En cinco segundos Saray y Christian, ambos tumbados en la cama, leen los comentarios de Kevin y Oriol; de Wendy y Noelia, y de los amigos del gimnasio de él. Saben que la foto desaparecerá a los diez minutos sin dejar rastro; por eso juegan con ella, tatuando en la frente de Alena la frase «Soy una zorra». Luego le añaden otros recortes que sustituyen al pene en acción: un culo gordo y peludo, por ejemplo. A Saray se le ocurre colocar después el número de móvil de Alena. Vuelven a la foto original y lanzan a la red el mensaje: La chupo gratis, y el número escrito en cifras enormes.

—¡Mira! —exclama Christian riéndose exageradamente—. Kevin ha hecho un meme brutal.

Es cierto. Alena ya no es una imagen fija sino una cara que se mueve, con la polla impresa en la boca, que circula por el grupo privado del instituto y por el de los colegas del gimnasio de Christian.

Preséntamela, cabrón
Joder, ke pasada. kien es?
Os estáis pasando un poco, no?
Me quedo con el número, para un día de calentón
BRUTAAALLL!!!
MMM… la llamo esta noche
putazorrarusa
iba de limpita, la muy p…
melafo ya mismo

Iago lleva toda la semana pensando en contarle algo en especial, aunque a decir verdad en esas últimas horas se le ha olvidado por completo. Tiene ganas de compartir la historia de ese tío al que no ha conocido, de contar a Alena lo que ha descubierto, hablarle de ese crimen que tuvo lugar en el barrio tanto tiempo atrás. Lo hace ahora, en la playa: le enseña la fotografía antigua y deja que ella la observe con ojos nuevos. Iago casi se la ha aprendido de memoria. Alena lo escucha, sorprendida y atenta. Un escalofrío le recorre la nuca en cuanto él termina: cuando le pidió un cambio de tema no esperaba encontrarse con una historia de acoso escolar y muerte.

—Lo que me jode es que en casa no me explicaran nada —dice Iago—. Al menos ahora sé lo que pasó.

—¿Tú crees? Nadie puede saber a ciencia cierta lo que pasó hace un montón de años.

—Acabas de cargarte las clases de Historia. Que lo sepas.

—No hablo de eso. No es lo mismo: se sabe cuándo se descubrió América, pero no lo que pensaban los marineros. A lo mejor uno odiaba a Colón y quería matarlo. O estaba enamorado de él.

Iago lo piensa. A Alena le encanta verlo fruncir el ceño. Lo hace también en clase cuando no termina de entender algo, cuando está concentrado en algún ejercicio de mates que se le resiste. Entorna los ojos como si estuviera enfadado en un gesto que a ella le resulta encantador. Se pregunta cómo será verlo cabreado de verdad y para comprobarlo, o quizá para alejar ese otro tema de conversación, le arroja un puñado de arena sobre la camiseta. Es la señal para que empiece una pelea: ella huye, entre risas, y él la sigue. Corren en zigzag, se atrapan y ella vuelve a escapar. Unos minutos después se detienen, cansados, sucios de arena, y firman una tregua que los devuelve a los momentos previos a la conversación, a esa explosión de emociones y hormonas que ahora hace que se sientan únicos. Huérfanos, náufragos aislados en una playa de ciudad, ajenos a la marea de mensajes que está surcando las aguas conocidas de quienes son, o han sido, sus amigos.

—Ah, te he comprado una cosa —le dice él—. Como vi que lo cogías de la biblio…

Alena se sonroja un poco al ver el libro de poemas de Dickinson, aunque menos que Iago. Es seguramente el primer regalo que le hace a alguien y no sabe muy bien qué cara poner.

—¡Gracias!

El beso de agradecimiento es espontáneo, feliz. Alena lo abre al azar y lee en voz alta:

Cada instante de dicha
se paga con dolor
en proporción intensa y temblorosa
con la felicidad.

—¿Y todos son igual de alegres? —pregunta él.

Alena ríe. Le gustaría poder explicarle lo que siente al leerlos, y no es en absoluto tristeza sino un cosquilleo extraño, la sensación de que esa mujer, muerta hace más de dos siglos, se comunica con ella a través de esas líneas. Busca uno que le gustó especialmente, aunque comprende que a Iago va a parecerle igual de lúgubre. No necesita leerlo, es muy breve y lo aprendió de memoria: «Solamente el silencio nos da miedo. / En la voz siempre hay algo que nos salva. / Sin embargo, el silencio es lo infinito. / No se le ve la cara».

—Yo estoy alegre hoy —dice ella.

Nota la arena fría en los pies y la brisa salada en los labios. Podría escribir algo a partir de ese momento, piensa. Versos que reflejen la mirada perpleja de Iago y sus manos, que saben mucho más de lo que él cree, y del mar que susurra en sus oídos advertencias que ella querría ignorar.

—Se te está poniendo piel de gallina. ¡Vámonos!

Alena no quiere irse, pero se deja abrazar. Ese sería un buen final, piensa: la chica desoye el mensaje de las olas y se deja llevar de nuevo a la ciudad, al hormigón, al silencio. El mismo que los acompaña en todo el trayecto de vuelta, aunque no es doloroso ni incómodo, sólo reflexivo. Alena sigue pensando en ese poema no escrito; Iago, en otro hecho mucho más prosaico. Porque de repente, de camino a casa, ha recordado lo que su madre le contó: su familia había vivido en el mismo edificio que Alena y eran vecinos del niño que mató a Joaquín. Quizá los padres continúen viviendo en el piso... o tal vez no.

Así que, tras despedir a Alena en el ascensor, tarda un par de minutos en comprobarlo: los nombres de Juan Zamora y Rosalía Cuesta siguen en la plaquita del buzón del sexto primera. Deben de ser unos ancianos, como el abuelo, se dice. Se pregunta cómo serán, qué aspecto tendrán y si sabrán algo de su hijo: Juanpe, el Moco, el chaval de la foto que se convirtió en un asesino, el culpable por el que el señor Suárez parecía sentir más pena que otra cosa. De repente lo embarga una enorme curiosidad por verlos y, sin pensarlo demasiado, entra en el ascensor. Ni siquiera se ha planteado qué les dirá, seguramente que se ha equivocado, que busca a Alena, que disculpen por la molestia; no quiere otra cosa que poner cara a quienes forman parte de esa historia, aunque sea de manera tangencial. Llama, por tanto, sin volver a pensarlo porque en el fondo está convencido de que si titubea no llegará a hacerlo.

Le abre un hombre de edad indefinida vestido con un chándal, con un cigarrillo en la mano. Iago da un paso atrás sin querer, y ni siquiera acierta a balbucear una excusa, un «lo siento, me he confundido». Por edad, ese hombre no puede ser el Juan Zamora cuyo nombre aparece consignado en el buzón; aun así, sus palabras son un tiro al aire:

—¿Juan Pedro Zamora? —pregunta.

El individuo asiente, con esa desconfianza propia del que recibe pocas visitas o tiene poca paciencia. Y entonces Iago comprende que no tiene nada más que decir, que lo mejor es largarse, correr escalera abajo, dejar atrás a ese tipo poco amistoso que lo mira de reojo, pero al mismo tiempo las piernas parecen habérsele transformado en columnas de piedra pegadas al suelo.

—¿Qué quieres?

Nada, piensa, antes de realizar un esfuerzo épico para moverse, para apartar la mirada de la cara de ese hombre, que ya ha sustituido para siempre el rostro del chaval de la foto. Corre, por fin, dejando a su interlocutor con la palabra en la boca y la mano en el quicio de la puerta. Corre a pesar de que le tiemblan las rodillas y le falta el aliento. Corre y consigue llegar hasta la puerta del vestíbulo sin caerse y salir por ella, más rápido aún, sin mirar atrás.

36

Es posible que los dos piensen lo mismo, que sus cerebros lleguen siempre a la misma conclusión, aunque en las decisiones finales no pesen exactamente idénticos argumentos. Miriam ya ha dejado de repetirse el «no te ilusiones», porque a esas alturas ya es consciente de dos cosas: para empezar, la advertencia llega tarde y, por otro lado, sabe que esa ilusión tiene una fecha de caducidad que ambos han asumido como improrrogable. Quizá por eso ni ella ni Víctor verbalizan nunca lo que piensan; conspiran en silencio para dejarse llevar por una historia que fluye con facilidad, ignoran a propósito ese final o tal vez, en el fondo, lo tienen siempre tan presente que les sirve para descartar tanto las discusiones fútiles como las palabras trascendentes. En eso, sin decírselo, también están de acuerdo.

Fue en esa cena, la del día siguiente a su encuentro fortuito en la calle, donde sentaron unas bases mudas y sólidas. Tenían por delante poco más de un par de meses de posibles encuentros, hasta el primero de mayo, la fecha en que se inauguraría el hotel y se clausuraría su historia. Claro que no se trata de un final forzoso, pero sí uno asumido por ambos. Eso los tranquiliza, les da pie a verse con frecuencia y a dejar de cuestionarse conceptos como la sensatez. La oportunidad gana la partida a cualquier otra consideración. Las ganas de pasarlo bien se imponen a la prudencia.

Y en eso no hay engaño: la verdad es que lo pasan bien. Tanto que a veces los dos tienen esa romántica y falsa impresión de haberse conocido antes, en otra vida. Ambos han criticado esa idea, se han burlado de ella en el pasado y aún lo harían si alguien les preguntara, y sin embargo a veces se establece entre ellos una conexión sorprendente. Sexualmente apasionados, las pocas inhibiciones que se impusieron al principio han caído derribadas por esa filosofía del *carpe diem* tan útil para los amantes. Pero no es sólo sexo, piensa Víctor, aunque no sabe cómo llamar a ese añadido que convierte sus citas en algo que sobrepasa el ardor sin dejarlo nunca atrás. Lo mismo que le hace imposible cancelar un encuentro a pesar de que siempre, cuando sus caminos se separan, él se promete hacerlo, y ya no por cautela o miedo a las consecuencias familiares, sino por la misma decencia que lo llevó a alejarse de Miriam al principio. No puede. Los días se suceden, envueltos en esa primavera incipiente que aborrece la soledad nocturna.

Han establecido sus rutinas y a mediados de marzo, cuando llevan ya tres semanas de relación continuada, estas han adoptado una estabilidad bastante precisa. Se llaman un par de veces entre semana, cenan juntos los miércoles y los viernes; por varias razones, evitan verse en sábado o domingo, incluso si Víctor está en Barcelona. Esta tal vez sea la única precaución de Miriam: no quiere llenar los sábados por la noche con alguien que desaparecerá en seis semanas porque intuye que esos serían los momentos más añorados, más difíciles de llenar. Lo otro, las citas habituales, tiene un componente furtivo, clandestino, mucho menos comprometido: siempre hay que volver a casa o dejar la cena hecha, y las obligaciones del día siguiente ayudan a no plantearse demasiadas cosas. Además, pasar el fin de semana en casa aleja las sospechas de un hijo que ya empieza a preguntar por esas cenas intempestivas. Miriam no quiere hablar con Iago de Víctor simplemente porque no merece la pena hacerlo, pero sí quiere enterarse de en qué anda ese chaval, que en los últimos tiempos parece más en las nubes que ella.

No esperaba ver a Víctor hoy, jueves 17 de marzo, y algo en ella se rebela contra esa visita imprevista, contra el amante que, sin tener en cuenta la costumbre, ha aparecido en la peluquería justo cuando ya era hora de cerrar.

—¿Te molesta que haya venido?

Miriam titubea unos segundos. No, responde, aunque la falta de entusiasmo la contradice un poco. No ha tenido un buen día, y ver llena la peluquería de las chinas cuando pasó por delante no ha contribuido a mejorarle el humor.

—Me pillas cansada, eso es todo. Y sin arreglar —añade sonriendo, para compensar.

—Yo te veo fantástica.

—¡No mientas! Nadie está fantástico después de trabajar ocho horas aquí dentro. Y llevo el pelo hecho un asco. Ya sabes lo que dicen: en casa del herrero...

Víctor se le acerca, la coge de la mano.

—Creo que te mereces que alguien te cuide un poco —le dice—. ¿Me dejas que te lave el cabello?

Miriam recuerda haber visto una escena parecida en una película, con Meryl Streep y Robert Redford, pero la peluquería no es un paisaje africano y, después de haber pasado todo el día entre esas cuatro paredes, no tiene muchas ganas de seguir encerrada. Aun así, algo en la mirada de Víctor la impulsa a acceder; se deja llevar y cierra los ojos al acomodar la cabeza, al notar el agua templada y al percibir esos dedos, que puede imaginar aun sin verlos, deslizándose por su nuca. Siente un cosquilleo en los hombros mientras las manos húmedas se deslizan detrás de sus orejas y se ponen a enjabonar esos rizos que parecen deshacerse al contacto del champú. También ella se rinde y empieza a disfrutar de ese capricho: espuma, caricias, la firmeza tierna de unas manos grandes, las gotas perdidas que resbalan por el cuello y caen por la espalda. El hilo musical escoge ese momento para poner una de sus canciones favoritas, *Common people*, de Pulp, y ella tararea la letra sintiéndose súbitamente alguien especial, alguien distinto a esa gente corriente que refleja la letra del tema, aunque no sea verdad.

Víctor se toma su tiempo, y Miriam oye esa respiración tensa que ya conoce: sabe que se está excitando y ese es un estado que resulta contagioso. Ahuyenta la sensación de pudor, se llena la cabeza de imágenes perdidas, detalles que han formado ya una pequeña historia: la habitación del hotel, la timidez repentina, el beso que no llegaba nunca, el reencuentro en la calle, la cena, los juegos en la cama, las manos (las mismas que ahora le agitan los pensamientos) convertidas en esposas en torno a sus muñecas. Se aferra a los reposabrazos de la silla cuando nota que el agua empieza a llevarse el champú y siente una oleada de placer distinto, nuevo para ella, que procede de otros rincones mentales. Víctor acaricia sus cabellos como si fueran un regalo, los envuelve con la toalla, los seca con mimo, y Miriam se dice, a su pesar, que nadie la había tratado así nunca y que no debería acostumbrarse a ello. No es bueno para la *common people*, piensa, sin poder evitar un brote de rebeldía.

—¿A qué ha venido esto? —le pregunta mientras va a buscar el secador.

—¿No te ha gustado?

Parece decepcionado, y Miriam se encoge de hombros, sin saber muy bien qué decir. Está excitada y algo enojada al mismo tiempo, y eso es difícil de traducir en palabras. Sobre todo cuando, de repente, ve a Iago reflejado en el espejo, y a sí misma, con el cabello mojado y los ojos brillantes, y a Víctor, que la mira sonriente.

—El abuelo no estaba en casa, mamá. No tengo ni idea de dónde puede estar. Me dijiste que terminarías pronto hoy, ¿verdad?

En las palabras de su hijo resuena algo parecido a un reproche, como si ella tuviera la culpa de todo: de esa escena, de la huida del abuelo y, en definitiva, de los problemas generales del mundo. No tiene ganas de discutir, no ahora, no delante de Víctor. Se echa el abrigo sobre los hombros y dice con voz tensa:

—Vamos. No puede llevar mucho rato extraviado. No habrá ido muy lejos.

Pero una hora después aún no han dado con él, y Víctor no sabe muy bien qué hacer. Iago espera en casa, por si el abuelo regresa, y él y Miriam recorren las calles cercanas en silencio. Ella pregunta a conocidos con quienes se cruza por el camino. Nadie lo ha visto, nadie sabe, nadie responde. Víctor desea alejarse de todo eso, de una búsqueda que, en el fondo, poco tiene que ver con su vida, y al mismo tiempo no quiere abandonarla sin haber resuelto el problema.

—Quizá deberíamos avisar a la policía, ¿no crees? Puede... puede haber sufrido un accidente.

Miriam asiente, lentamente, apoyada en un portal.

—Vete a casa, Víctor. Esto no es asunto tuyo.

—No digas tonterías.

—Hablo en serio.

—Llama, va... En cuanto se hagan cargo del tema, me marcharé.

Sin saber muy bien por qué, de repente Víctor piensa que esa será la imagen que conservará de ella, dentro de unos años, cuando otros detalles de su cuerpo se le hayan olvidado ya. Pálida, con el cabello mojado y una mirada de gratitud seria en los ojos. Dura sólo un instante, porque poco después queda reemplazada por una expresión de alivio.

Un individuo se acerca por la calle acompañado de un anciano en batín.

—¡Rober! —exclama Miriam—. Papá, ¿dónde te has metido?

—Lo encontré sentado en el portal de mi casa. Al principio no lo reconocí... Ha pasado mucho tiempo.

Víctor mira al recién llegado. Es un tipo que aún no ha cumplido los cuarenta, con la cabeza rapada y una pose de tío duro un poco impostada.

—Gracias —le dice Miriam.

Es sólo una palabra, y sin embargo Víctor percibe en el tono y en el gesto de complicidad que la acompaña una amistad de largo recorrido, o quizá algo más. Se siente desplazado: el tal Rober no se ha dignado mirarlo. Es el padre de Miriam quien, de repente, se dirige a él.

—¡Emilio! ¿Has visto a mi hijo? ¿A mi Joaquín?

—Papá, por favor... Perdona, Víctor. Te ha confundido con otra persona.

Víctor da un paso atrás por puro instinto. La pregunta del anciano lo conmueve y lo sonroja a la vez. Puede que el hombre haya perdido la cabeza, pero no ha olvidado. Las víctimas no olvidan, se dice. El dolor mengua sin desaparecer, dejando un rastro formado por recuerdos.

—No pasa nada.

—Lo llevaré a casa. Gracias a los dos... por todo.

El abuelo no opone resistencia cuando Miriam lo coge del brazo, y los dos hombres se quedan un par de minutos mirando la puerta del portal ya cerrada. Se separan con un adiós rápido, no del todo amable, como si en ese breve lapso de tiempo hubiera surgido entre ellos una rivalidad puramente masculina, ridícula pero palpable.

Víctor camina hacia el metro. Es tarde ya y no consigue

despojarse de una sensación incómoda, un lastre que le frena los pasos. Y de repente comprende que Juanpe, a su manera, tenía razón. Ya no puede engañarse diciéndose que todo sucedió hace muchos años: hasta ahora él se había librado de los recuerdos y de los remordimientos. Juanpe pagó sus culpas, él no. Y siente que debe empezar a hacerlo aunque para ello tenga que preguntar, averiguar, recordar; hundirse en aquel pasado para poder salir a flote y seguir adelante. Ya no le vale con repetir aquel mantra que le ha servido durante años, mientras estuvo alejado del barrio; ya no le vale esa amnesia deliberada, no recordar como esos niños que cierran los ojos y creen que el mundo no los ve.

Mataste a un chaval, se dice. Llevas toda la vida fingiendo que eso no sucedió, pero algún día tendrás que pagar por ello. Quizá sea hora ya de enfrentarse a la realidad.

37

En los últimos días Alena ha recordado a menudo la historia que Iago le contó en la playa. La de los chicos, la del abuso, la del crimen. Y no porque haya sucedido nada en especial, algo concreto que pueda señalar. Es más bien una telaraña formada por miradas despectivas, por risitas cómplices y silencios repentinos; por algún gesto obsceno de uno de los chicos de su clase o por los desplantes obvios que Saray y su corte le dedican. A veces se dice que podría luchar contra alguno de esos momentos, encuentra en sí misma la fuerza suficiente para rebelarse contra un insulto susurrado en voz baja, pero al mismo tiempo es consciente de que no serviría de nada; tal vez, sólo para quedar como una histérica delante del profesor o la profesora de turno. Y luego, claro, están los mensajes.

Textos de números desconocidos que buscan sexo; la sensación de que al salir de clase, cuando camina por la calle, la gente la observa. Sabe que no es cierto, pero no puede evitarlo. Hasta hace poco ignoraba cómo había circulado su número de teléfono, pero por fin, hace un par de días, Marc le enseñó los memes. «No le digas a nadie que te los he mostrado», le pidió, y ella sabe por qué. Además, ¿qué importa ya? El daño está hecho, piensa Alena. El mundo, su mundo, está convencido de que es una puta, de que la chupa por cinco euros o de que está loca. Y poco a poco, hora a hora, la van dejando agotada, sin fuerzas.

«Deberías denunciarlo», le insiste Iago, y quizá tenga razón, pero ¿de qué servirá? ¿Acaso conseguirá así que sus compañeros dejen de mirarla con desprecio? ¿Detendrá los mensajes guarros que recibe de vez en cuando? Y, lo que es peor, la denuncia iría acompañada de una charla con sus padres, y no puede decir que en los últimos tiempos las cosas en casa marchen demasiado bien. A su padre le han reducido la jornada laboral y está impaciente, preocupado e irritable. Y su madre... A Alena le gustaría tener una relación más fluida con ella, pero simplemente no es así. O tal vez sea su propia falta de ánimo lo que lo empeora todo. Alena y su madre llevan semanas de bronca continua; mejor dicho, su madre riñe y ella asiente, sin el menor interés. Ojalá pudiera ser como su madre quiere que sea: más decidida, menos melancólica, demostrar más coraje o más espíritu... «Estás en las nubes, hija», le soltó el otro día cuando olvidó, por tercera vez, realizar un encargo que le habían encomendado en casa. Y a ella le habría gustado decir que esas nubes eran oscuras, densas, cargadas de unas lágrimas que sólo derramaba cuando se encerraba en su cuarto. E incluso allí, en lo que debía ser un refugio seguro, los mensajes seguían llegando de vez en cuando. Fotos de tíos en pelotas, cuerpos sin rostro, penes anónimos. Podía ignorarlos, claro, y sin embargo reconocía en ella la necesidad de mirarlos, de leer esas guarradas, de hacerse daño.

Ahora falta muy poco para las vacaciones de Semana Santa y lo único que Alena desea es, al menos, alejarse del instituto durante siete largos días lectivos. De hecho, le gustaría no volver nunca más, aunque sabe que es imposible. En su ánimo existe sólo una meta: terminar el curso y pedir a sus padres que la saquen de allí, que busquen otro centro, lejos del barrio, lejos de Christian y de Saray, de Wendy, Noelia, las «indepes»... Sólo echará de menos a Lara y a Iago, porque incluso Marc, cumpliendo su palabra, se ha buscado otro compañero en clase. Ahora se sienta sola, al fondo, para pasar desapercibida. Quizá haya sido un error porque, precisamente por esa causa, Cecilia, la tutora, la ha citado hoy en su despacho a media tarde. Alena se dirige hacia allí cuando se cruza con Christian y Oriol; podrían ser imaginaciones suyas, pero distingue en la mirada del primero un punto de amenaza. Christian la asusta, hay algo cada día más perverso en ese chico que la odia y la desea a la vez. Llama a la puerta del despacho de Cecilia y se vuelve por última vez hacia ellos. Christian se lleva un dedo a los labios en señal de silencio y luego le sonríe con ese gesto de lobo feroz que a algunas chicas las vuelve locas y a ella le da puro miedo.

Entra en el cuartito que Cecilia usa para las tutorías personalizadas. No ha vuelto a estar allí desde la primera entrevista, en octubre, cuando todo parecía ir sobre ruedas.

—Pasa, Alena. Espera que te desocupo esa silla. ¡Lo siento, pero me falta espacio y acabo invadiéndolo todo!

Cecilia le habla en un tono ligero; a sus cincuenta años tiene a sus espaldas la suficiente experiencia para no perder la calma de manera innecesaria. Es menuda, muy activa, de gestos rápidos y mirada huidiza. No invita a la confidencia ni trata de ser amiga de nadie, ni siquiera de los demás profesores, pero es eficaz, clara en sus explicaciones y tendente a atajar los problemas de raíz. Quizá sí, piensa Alena, quizá haya llegado el momento de soltar todo lo que lleva encima.

—Ya está. Siéntate. Hace días que quería hablar contigo.

—¿Sí?

—A ver, Alena, no sé muy bien cómo decirte esto, la verdad. Es un tema un poco desagradable... y me gustaría que pudiéramos resolverlo entre nosotras, ahora, y no darle más vueltas. Sin mezclar a tus padres ni a nadie más.

Alena se encoge de hombros, desconcertada. Tiene las manos cruzadas en el regazo y la mirada baja. Se siente culpable y no sabe muy bien por qué; quizá porque es como dice su madre, demasiado blanda. Casi cree oír sus palabras: «Espabila, Alena, hija, que el mundo te va a comer».

—No sé ni por dónde empezar, así que tal vez lo mejor sea ir directa al grano. ¿Le entregaste esta redacción en inglés a Jordi Guardia?

Alena la mira por encima, sorprendida de que haya terminado en manos de la profesora de Matemáticas por muy tutora que sea.

—Sí. Hace unos días...

—A ver, Alena, yo también he tenido tu edad. Todas nos hemos encaprichado de algún profe en nuestra vida. No, no me mires con esa cara...

—Es que no entiendo de qué me hablas. De verdad.

—¿Hace falta que te la lea? Mira, hazlo tú misma.

Alena coge la hoja de papel. Ni siquiera la revisó, ahora que lo recuerda; se la prestó a Lara y ella se ocupó de entregar la suya y la de su amiga.

—No finjas leerla entera, por favor, me basta con que vayas al final. El último párrafo. El que está en castellano.

No puede creerlo. Hay, efectivamente, un trozo que no está en inglés, cuatro líneas que no estaban ahí cuando escribió la redacción, porque nunca, nunca, se atrevería a hacer algo así.

—¿Ahora ya sabes de lo que te estoy hablando?

Mueve la cabeza con la mirada fija en esas frases. «No puedo apartarte de mi mente. Pienso en ti cuando me acuesto, cuando me levanto. Me gustaría follar contigo, chupártela hasta dejarte seco. ¿Yo te gusto? Espero que sí, y que me llames a este número. Estaré esperándote, a cualquier hora.» La nota concluye con su número de teléfono, y Alena se siente tan descolocada, tan avergonzada, que casi está a punto de echarse a reír.

—Esto no es gracioso, Alena. De hecho, es muy grave. Por suerte, Jordi vino a hablar conmigo y hemos decidido tomarlo como una broma de mal gusto. Porque eso es lo que es, ¿no?

—Yo no escribí esto. No se me ocurriría... Tiene que haber sido cosa de Christian... o de Saray.

—¿Y cómo lo hicieron? ¿Acaso les prestaste la redacción?

—No. Sólo se la presté a... —Calla. Las palabras se le atascan en la garganta y nota las manos frías, húmedas de sudor.

—Alena, entiendes que podríamos tomar medidas por esto, ¿verdad? Es una falta de respeto y una grosería. Quizá la palabra te suene anticuada; para mí no lo es. Creo que lo mejor, por ahora, es tomarlo a broma porque de lo contrario tendría que acudir a tus padres. De hecho, es lo que pensaba hacer, pero quiero darte una última oportunidad. Dime, por favor, que en efecto es una broma y nos olvidaremos de esto.

No sabe qué decir. Admitir que se trató de una burla implica reconocer que es la autora de ese horror. Se siente atrapada, presa de una situación donde ya no sabe qué creer. Cecilia la presiona con la mirada; se nota que tiene ganas de dejar zanjado el asunto. A Alena le gustaría explicarse, explicarlo todo... Y a la vez comprende que nadie le hará caso, ahora menos que nunca.

—Yo no escribí eso —repite—. La persona que lo hizo pretendía gastarme una broma, supongo, así que puedes estar tranquila. No volverá a repetirse.

Intenta hablar con firmeza, procura controlar la vergüenza que, por momentos, se le come el aire.

—Admitir un error no debería costarte tanto, Alena.

—¡No lo hice yo!

—No me levantes la voz. Por favor.

—Perdona. —Alena respira hondo y trata de calmarse—. Te prometo que no volverá a pasar. ¿Es suficiente?

Cecilia la observa. Con su experiencia intenta calibrar hasta qué punto esa chica está siendo sincera y no lo consigue. Le resulta obvio que esconde algo y, por enésima vez a lo largo de su vida profesional, piensa que daría lo que fuera por conocer mejor a sus alumnos, por tratar más con sus padres; en definitiva, por tener más elementos de juicio ante casos así, que, por suerte, no son frecuentes.

—Vamos a dejarlo aquí, de momento. Pero esto se queda conmigo. Jordi está dispuesto a olvidarlo, así que no hace falta que se lo menciones siquiera. Yo también lo olvidaré… por ahora. Sin embargo, lo pongo a buen recaudo, y te prometo que hablaré con tus padres si surge otro problema de este estilo. ¿Está claro?

—Sí.

Sólo quiere salir de allí. Salir del instituto. Salir de la ciudad. Sólo quiere perderse en su cama, meterse bajo las sábanas como cuando era una niña y tenía miedo a los monstruos nocturnos. Ahora sabe que los auténticos monstruos salen a la luz del día y pertenecen al mundo real, que no tienen aspecto terrorífico y que es imposible protegerse contra ellos; que están tan cerca que a veces una los tiene delante sin ser capaz de reconocerlos.

38

Granada sigue siendo la ciudad hermosa que Víctor dejó al cumplir los veinticinco años, cuando una buena oferta de trabajo y la inquietud de la edad lo condujeron hasta un Madrid que, para él, significaba un paso de gigante, un salto obligado hacia el futuro. Ha vuelto en muchas ocasiones, por supuesto, primero solo, para ver a los amigos, y luego con Mercedes, para visitar a su padre. Emilio vendió la casa del pueblo cuando el abuelo murió y reside ahora en el centro de Granada, en un piso pequeño. A Víctor siempre le ha extrañado que no volviera a casarse, aunque le consta que no ha estado, ni está, completamente solo. «No quiero líos», decía siempre Emilio, a pesar de que Víctor sospechaba que lo que sucedía era que ninguna mujer resistía la comparación con aquella que lo dejó, tantos años atrás. Quizá por eso, entre otras cosas, ha seguido guardando una especie de rencor a Anabel, que eligió finalmente un marido más rico, un futuro más dorado. Escogió abandonar a un hombre y a un hijo, y llevarse a los otros: un gesto injusto, arbitrario; para él, inexplicable y doloroso.

Su padre baja todas las tardes a tomarse un vino a la plaza Bib-Rambla, y a Víctor, recién llegado de Barcelona en el vuelo de mediodía, se le ocurre que puede ser una sorpresa agradable presentarse allí sobre las cinco. No le ha avisado de ese viaje breve, y decidido en un impulso dos días antes de que empiece oficialmente la Semana Santa, que tiene previsto pasar en La Coruña. Dos días y un único propósito, en realidad.

Está demasiado nervioso para echarse una siesta y el piso que aún conserva allí necesitaría, con absoluta urgencia, una limpieza a fondo para poder estar a gusto en él, así que dedica esas horas a dar una vuelta por la ciudad. El calor es aún misericordioso con los paseantes y Víctor deambula por esos rincones conocidos y a la vez nuevos en cada una de sus visitas. La Alhambra sigue allí, claro, atrayendo a los visitantes, y aunque él siempre ha preferido su vista de noche, cuando las luces le confieren un aspecto más legendario, no puede evitar fijarse en ella. Busca luego un mirador que era el secreto mejor guardado entre sus amigos cuando eran muy jóvenes y querían encandilar a las primeras turistas, rubias de aspecto distante y cuerpo accesible, desde el que se disfruta de una magnífica panorámica del Albaicín. Llevarlas allí a la caída de la tarde, cuando el sol teñía de crepúsculo las casitas blancas, era asegurarse al menos un beso y, en muchos casos, algo más. A esa hora, sin embargo, con el sol cayendo de lleno, el paisaje es más adusto y, a pesar del brillante color azul del cielo, Víctor no consigue permanecer allí mucho rato. La cuesta hacia el Albaicín lo impone y opta por regresar al centro, por callejear perezosamente para hacer tiempo. El momento se acerca, y con él regresan las dudas.

Por un instante, a las cinco menos diez, teme que su padre haya cambiado de hábitos, aunque en su fuero interno está casi seguro de que no es así. No se equivoca: sentado en un banco frente a esa fuente que escupe agua a través de las extrañas figuras que la sostienen ve a Emilio, que, a sus setenta y tres años, sigue andando con el mismo paso ágil, ligeramente chulesco, que le recuerda de siempre. Le sorprende, en cambio, la sensación de que ha encogido desde el verano, no sólo en altura sino también en volumen, y antes de levantarse para ir a su encuentro se reprocha, no por primera vez, ese abandono justificado por la distancia, el trabajo y el hecho de que, de manera objetiva, su padre está bien como está. Víctor sabe que en el pasado su hermano Javier, antes de irse a México, iba a verlo cuando podía. Emilio no puede, pobre, ya que la leucemia infantil le dejó unas secuelas que le impiden moverse, así que él, Víctor, es el único vástago disponible y quien debería hacerse cargo de visitarlo, al menos de vez en cuando.

Se levanta del banco y comprende que su padre aún no lo ha visto, lo que demuestra que sus ojos ya no son los que eran. Camina hacia él y lo ve sentarse en una de las terrazas, a la sombra, como hace siempre. El camarero ya lo conoce y le servirá el carajillo de coñac que se toma todos los días, a pesar de las advertencias del médico. Tiene un palillo en la boca, que se le cae cuando esta se le abre por la sorpresa al reconocerlo.

—¡Coño! Pero, pero… pero ¿qué haces tú aquí? ¡Eh, Satur, pon otro carajillo que hoy tengo visita!

Víctor lo abraza. ¿Cuándo se convirtió su padre en un ser tan frágil? No puede haber sido de repente, en los últimos siete meses, y sin embargo no recuerda haber tenido esa sensación en verano. Cuando se sientan, Víctor se tranquiliza un poco: los ojos verdes, hace ya mucho terminados en arrugas profundas, siguen conservando el mismo brillo. La misma vida.

—¡La Virgen! Esto sí que es una sorpresa. ¿Por qué no me has avisado? ¿Queréis matarme de un síncope o qué?

—Es un viaje relámpago, papá. Y lo decidí hace sólo unos días.

—Ya, ya. Excusas. Y dime, ¿cómo está mi nieta? ¿Y Mercedes?

—Bien, bien. En La Coruña. Iré a verlas este fin de semana.

—Tendríais que haberlo hecho al revés, que ellas vinieran aquí. Las procesiones gallegas no pueden compararse con estas...

—¿Ahora vas a las procesiones?

—Eh, como fiesta popular sólo. Ya sabes que a mí los curas y las iglesias me la traen floja. Pero bonitas son, no vamos a engañarnos.

—De acuerdo. ¿Y tú cómo estás?

—Yo bien... Bien aburrido, que es lo mejor que puede decirse ya.

El carajillo arde, y aun así su padre se lo bebe casi de un sorbo.

—Esta es mi medicina. El día que no pueda tomarlo... *kaput*. Te lo digo yo. Mi padre hizo lo mismo hasta los ochenta y cuatro, así que todavía me quedan unos cuantos. Joder, once años más. Ahora vivimos mucho, ¿no te parece?

—Vivirás más aún. Papá, no... no he venido sólo para verte. Estoy aquí porque necesito hablar contigo.

—Te lo estaba advirtiendo en los ojos. Algo le pasa, estaba pensando; algo que no va a ser bueno.

—Tampoco es malo, no te preocupes. Hace unos meses, a finales del año pasado, me encontré al Moco.

Utiliza el apodo porque sabe que su padre lo recordará mejor. «¡*Quillo*, deja ya de sorber *p'arriba*!» era una frase que le dedicaba a menudo, y a la que ambos, él y el Moco, respondían al unísono: «¿Cómo se puede sorber *p'abajo*?». El recuerdo de esa bobada no le impide ver la cara de su padre; de joven, esa mirada entornada era presagio de tormenta y no cree que los gestos cambien con la edad. Los silencios tensos tampoco. Su padre nunca fue un hombre muy hablador, al menos no de esos que llenan los huecos con charlas intrascendentes, así que intuye que deberá seguir hablando él.

—Vino al hotel para una entrevista de trabajo. Lo atendí yo por casualidad y nos hemos visto varias veces desde entonces.

—Ya.

—Sé que nunca hemos vuelto a hablar de eso, de lo que pasó, pero creo que ha llegado el momento de hacerlo. Nuestras vidas cambiaron a partir de ahí. Yo me vine al pueblo, con el abuelo, y el Moco... Juanpe acabó en el reformatorio.

—Sí. ¿Y de qué quieres hablar, si puede saberse?

—Hay muchas cosas que no sabemos, ni él ni yo. ¿Cómo nos descubristeis?

Víctor lanza la primera pregunta sin demasiadas esperanzas de obtener una respuesta. El sonido del agua de la fuente llena los siguientes segundos. Es martes y la plaza está vacía a esas horas.

—Papá, me gustaría saberlo. He venido hasta aquí por eso.

—Pensaba que habías venido a verme.

—También. Y sé que debería hacerlo con más frecuencia, pero ahora necesito respuestas. Tengo derecho a saberlas.

—¿Derecho? ¿Derecho de qué? Tu vida ha sido mucho mejor aquí de lo que habría sido allí, créeme.

—Tienes razón. Habría terminado como el Moco, encerrado durante varios años.

—¡Pues de eso se trataba, joder! Hice lo que cualquier buen padre habría hecho.

—Lo sé. —Víctor apoya los codos sobre la mesa, intentando acercarse a aquel hombre que ahora lo mira con ojos turbios—. No estoy aquí para reprocharte nada. Te lo juro.

Y también sé que si mi vida es la que es debo darte las gracias a ti. No a mamá.

Hace tiempo que no pronuncia esa palabra; nunca ha conseguido dirigirse a su padre y llamarla Anabel, intuye que no se lo habría consentido.

—Deja a tu madre fuera de esto.

—Como quieras. ¿Piensas contestar a mi pregunta?

Su padre se echa hacia atrás y rehúye su mirada con toda la intención.

—Ya decía el abuelo que las sorpresas las carga el diablo. También decía que los hijos, cuando son mayores, no dan más que disgustos. *Jodío* viejo, ¡cuánta razón tenía!

—¿Por qué te cuesta tanto hablar de eso? Nunca volvimos a tocar el tema.

—¡Ni falta que hacía, *mecagüen* la Virgen!

—Yo pensaba lo mismo, ¿sabes? Hasta que me crucé con Juanpe.

—El Moco... Pobre chaval.

—Sí, pobre chaval. Y pobre tipo ahora, si quieres saber la verdad.

El puño de su padre se estrella contra la superficie de la mesa; las tazas vibran y una cucharilla cae al suelo.

—¡Es que no quiero saberla!

Hace mucho tiempo que Víctor no veía a su padre enfadado y se da cuenta de que sigue impresionándolo, quizá por ese temor respetuoso que uno siempre siente hacia la ira de sus mayores o tal vez porque, de todas las reacciones, no se esperaba ese enojo bronco, visceral, ese punto violento que Emilio nunca tuvo.

—No hace falta que te pongas así.

El camarero ha salido a la puerta; es un hombre altísimo y espigado, algo mayor que Víctor.

—Don Emilio, no se altere. ¿Quiere una copita de coñac? Le irá bien *pa* esos nervios, hombre.

El anciano reniega en voz baja, rezonga entre dientes una letanía de blasfemias que nadie oye, ni siquiera los santos.

—Tenga, *pa* que se serene usted. ¿El caballero desea algo más?

Víctor niega con la cabeza, algo avergonzado por la mirada reprobatoria del camarero. Espera a que se marche y a que su padre dé un sorbo al coñac. De repente ambos hablan a la vez, uno disculpándose y el otro maldiciendo su malhumor.

—¡Qué manía os ha *entrao* de desenterrar el pasado! —dice su padre luego, ya más sosegado—. A ti y a todos. Los muertos. Las cunetas. ¿Qué coño importa lo que pasó?

—Antes no pensabas igual.

—Antes no pensaba mucho.

—Eso no es verdad. Eras un tipo listo, siempre lo fuiste. Nos hablabas del valor de la justicia, de la verdad... A lo mejor tú no te acuerdas, pero yo sí. Y estoy seguro de que el Moco también.

—¡Y vuelta la burra al trigo!

—¿Te acuerdas del verano que pasó con nosotros en el pueblo? Para él sigue siendo uno de los mejores de su infancia. Y cuando lo pienso, reconozco que también lo fue para mí.

—¿Porque visteis un platillo de esos? —pregunta Emilio sonriendo a su pesar.

—Tú también lo recuerdas.

—Eres *clavao* a tu madre. *Clavaíto*. Daba igual que uno quisiera cambiar de tema; ella te camelaba hasta que se salía con la suya. ¿Quieres hablar del Moco? Pues bien. Ese crío era un *esfarriao*, no habría hecho nunca nada bueno. Con esa madre borracha y ese padre que no tenía corazón... un *descastao* era ese tal Juan Zamora, un verdadero hijo de puta.

—Lo sé. Juanpe no tuvo mucha suerte. Nunca.

—¿Y qué culpa teníamos nosotros de eso? Lo acogimos en casa, Anabel le daba la merienda, lo trajimos aquí... Y luego vais y os metéis en ese lío... ¡La madre que os parió, Víctor!

—No sabes cómo era Vázquez. Cómo lo trataba...

—¿Y por qué no dijisteis nada, joder? El pobre Moco no tenía un padre digno de ese nombre, pero tú sí, maldita sea.

Ahora es Víctor el que no tiene respuesta.

—Las cosas eran muy distintas entonces. No sé, supongo que no se nos ocurrió.

—¡No! No se te ocurrió porque al que cascaba ese bruto era al otro. Si no, me lo habrías contado. O tu madre se habría enterado. ¿Tengo razón o no tengo razón?

—Sí. Anab... mamá se habría dado cuenta, seguro.

—Pero luego te liaste a ayudarlo en esa venganza. Joder, Víctor, ¿tú puedes imaginar siquiera el desespero que me entró cuando lo supe? Os habíais cargado a un chaval, un completo asno, sí, pero un chaval de... ¿qué? ¿Catorce años? Los dos.

—¿Cómo lo supiste?

—Ahora ya da lo mismo. —Emilio apura la copa de coñac y la apoya en la mesa con un golpe seco—. Os vio otro crío del colegio, el hijo de uno de mis mejores amigos de entonces. Trabajaba conmigo en la Cláusor, en utillajes. Iba a vuestra clase y al parecer no se le ocurrió otra cosa que seguiros. También era rarito el niño aquel... Ismael se llamaba. El hijo de Antonio López, el Largo, le decían al pobre porque no pasaba del metro y medio.

—¿Ismael López? No me suena.

—Ya... Alguna que otra vez había venido a casa, y tu madre era muy amiga de la suya. ¿Cómo se llamaba? Una mujer muy *esmirriá*, muy poquita cosa, como el marido. El

Antonio y la… la… Lo siento, ahora no me viene el nombre a la cabeza. Eran buena gente, extremeños, y vivían cerca de casa.

—Ni idea. La verdad es que recuerdo muy poco de esos años. Al venir luego aquí y cambiar de ambiente, fui perdiendo las imágenes, los nombres. Todo…

—Ya. De eso se trataba, hijo, de eso se trataba. De que lo olvidaras. Porque no pensamos que pudieras seguir viviendo con eso en la cabeza. Con ese niño muerto arañándote la conciencia.

—¿Y el Moco?

—Yo tenía un hijo metido en un lío. Él tenía a su propio padre. Si el Zamora era un *malaje* yo no tengo la culpa. A la hora de la verdad, cada uno debe ocuparse de los suyos. Lo hice, y no me arrepiento ni una *mijita*. Si el Moco tiene algo que echarte en cara, mándalo al carajo. Tú lo ayudaste, eso es todo. Bastante pagamos por eso como para que venga ese *escarriao* a tocar los huevos ahora.

—No. El pobre no me ha molestado. Al revés, pareció contento de verme incluso.

Emilio respira hondo y desvía la mirada hacia la fuente, como si oyera por primera vez el sonido del agua.

—Ya sé que tú sabes mucho, Víctor —dice en voz baja sin mirarlo a la cara—, pero escucha este consejo de un viejo: aléjate de él. Si yo hubiera sabido cómo era, lo habría mandado a su casa de una patada en el culo.

—Nunca fue un mal chico, papá.

—Igual no. Pero llevaba *mal fario*. Y eso, Víctor, no se quita con los años. Tu madre, que era más lista, lo vio enseguida. «Ese crío me da coraje», decía, y yo no le hice caso.

—Ya. Bueno, mamá resultó ser muy… práctica.

—Te lo he dicho muchas veces: no te metas con tu madre. Ella escogió irse, no hay nada que echarle en cara.

—¡Escogió no volver a verme! Creo que eso sí me da derecho a reprocharle algo.

Emilio se encoge de hombros y lanza un suspiro profundo. La plaza empieza a animarse un poco y él mira el reloj.

—Es la hora de la partida —dice.

—Claro. ¿Cenamos juntos luego?

—Yo ceno pronto. Sobre las ocho.

—No hay problema. Papá, no me has contado...

—¿Aún tienes más preguntas? ¿Qué quieres saber? Suéltalo ahora o nunca, porque esta noche no quiero volver a sacar el tema. ¿Estamos?

—Ese chaval, Ismael, nos vio, de acuerdo. ¿Qué sucedió luego?

—¿Luego? Luego tu padre se puso las pilas y se ocupó de que salieras indemne de eso.

—¿A costa de Juanpe?

—¡A costa de lo que fuera! Para eso eras mi hijo.

Víctor lo ve alejarse por la plaza. Un par de palomas se espantan a su paso y emprenden el vuelo hacia la parte alta de la fuente. Hace calor, y el aire va adquiriendo esa densidad más propia del verano, sólida y caliente, aunque ahora matizada por una temperatura más liviana. Una de las palomas desciende de nuevo mientras la otra sigue apostada en las alturas, vigilando el terreno. Tal vez la vida le ha enseñado ya que los humanos no son de fiar.

39

Iago no puede evitarlo. La cara de Juan Pedro Zamora se le aparece cada vez que mira la fotografía del colegio y las preguntas se repiten en su cabeza, resonando por encima de la música que sale por los cascos y lo aísla del mundo exterior. Sobre todo ahora, en vacaciones, sin nada que hacer y con todo el tiempo del mundo para pensar. Tumbado en la cama, sigue dando vueltas a la entrevista con el director mientras intenta descifrar si le ocultó algo. Sus explicaciones eran razonables, y le parecieron sinceras hasta que llegó el final. Hasta que se negó, porque fue eso, una negativa y no una carencia de memoria, a darle el nombre del amigo del Moco. Quizá no tenga importancia, pero es raro, y para Iago se ha convertido en algo que debe averiguar. Lo ha intentado con el abuelo pero, después de la última escapada, el hombre se encuentra cada día más apático. Duerme la mayor parte de la jornada y los ratos que está despierto, que son pocos, los pasa sumido en un mutismo que resulta angustioso y que rompe de repente con una larga perorata en la que, enfadado, reniega del mundo.

Su madre tampoco le sirve; además, lo último que Iago desea es agobiarla con más problemas. Y Alena, que podría ser al menos una interlocutora, ha desaparecido del mapa esos días. Iago estaba al corriente de que se iba de vacaciones con sus padres toda la semana, pero eso no explica por qué no responde a sus mensajes. Incluso habló con Lara, y esta le dijo que tampoco sabía nada de ella. Alena no responde a los mensajes ni contesta al teléfono, o al menos no lo ha hecho hasta hoy. Iago lo intenta de nuevo; teclea casi con furia en el móvil y los wasaps parecen quedarse en el aire, incapaces de alcanzar su destino final.

Por fin suena una respuesta:

T aptece kdar? M gustaría hablar contigo

Tumbada en el sofá del comedor, Lara disfruta de tener el piso para ella sola. No le importa pasar horas en su cuarto, pero es un gusto poder deambular por todo el espacio sin cruzarse con el Cabrón o con la niña. Hoy se han ido todos a pasar el día fuera y ella los convenció para que la dejaran quedarse. Debe admitir que no le costó mucho persuadirlos. En otro momento su madre habría insistido, imbuida por esa estúpida y ñoña idea que tiene de las familias unidas; últimamente, en cambio, se rinde con facilidad, y eso también empieza a dolerle un poco. Hoy no, sin embargo. Esos días nada consigue enturbiarle el buen humor, no desde que Alena se encaró con ella el viernes pasado, el último día antes de las vacaciones. Le gusta rememorar su momento de gloria, esos quince minutos en que vio a su supuesta amiga derrotada, enojada, triste e inquieta. Lara sabía que esa escena tenía que ocurrir y estaba preparada. Más que lista para negarlo todo y, en especial, para acusarla de haber perdido la cabeza.

—Estás loca, tía —le dijo después de que la rubia le soltara el rollo acusatorio de la redacción de Inglés—. ¿Por qué iba yo a hacer algo así?

Esa era la gran pregunta para la que Alena no tenía respuesta. Lara percibía en la otra la lucha que se establecía entre la lógica, que la llevaba a culparla de manera inequívoca, y el deseo rabioso de que no fuera cierto, de que existiera otra explicación.

—Fuiste la única que tuvo la redacción en sus manos. Y estabas conmigo cuando perdí el móvil...

—Mira, creo que todo esto te está afectando al coco. Te recuerdo que también soy la única amiga que tienes por aquí.

—Eso creía yo.

Lara habría disfrutado mucho admitiéndolo todo, hundiendo a Alena aún más, pero algo en su cabeza le decía que lo mejor era dejarla con la duda. Ofenderse y marcharse. Ya habría tiempo para confesiones cuando llegara el momento.

—¿Adónde vas? —le preguntó Alena en cuanto se dio la vuelta.

—Paso de ti hasta que te calmes, tía.

—No. —Alena la agarró del brazo con fuerza—. Estoy segura de que lo hiciste. No pudo ser nadie más. ¡Quiero que me expliques por qué!

—¡Suéltame! ¿Sabes una cosa? Empiezo a pensar que estás tarada de verdad, que haces cosas y luego no las recuerdas, o te engañas a ti misma pensando que no lo hiciste.

—Yo no escribí eso en la redacción. Yo no le mandé esa foto a Christian. Fuiste tú, Lara, y lo sabes.

—No, no lo sé. Y no voy a seguir aguantando tus paranoias, tía. Comprendo que estés pasándolo mal, pero acusar a tu amiga no es la mejor reacción, ¿no te parece?

—Tú no eres mi amiga.

—Perfecto. Pues dejémoslo. Reflexiona durante las vacaciones... Piensa en lo que te espera aquí cuando vuelvas si ni siquiera puedes contar conmigo.

«Piensa en lo que te espera aquí cuando vuelvas si ni siquiera puedes contar conmigo.» Piensa en ello, desde luego; Alena lleva reflexionando sobre todo eso desde que se marchó con sus padres, el sábado, a Montblanc, donde la hermana de su madre tiene un apartamento. En general siempre le ha gustado visitar a sus tíos, que tienen dos niños pequeños, gemelos, muy divertidos; esos días, sin embargo, sólo desea estar sola. Tiene demasiadas cosas en la cabeza para disfrutar de las monadas de los chavales o de zambullirse en su mundo infantil y jugar con ellos. Lo peor de todo es que su madre empieza a impacientarse, Alena lo nota, la conoce bien, y ella no se siente capaz de dar una explicación ni de soportar esas miradas que transmiten inquietud e irritación a la vez. «¿Qué te pasa?», le dijo anoche, y ella habría querido echarse a llorar, pero intuye que eso únicamente sería el inicio de un interrogatorio más largo de lo que podría soportar.

¿Qué me pasa?, se pregunta ella también sin poder darse una respuesta porque, en realidad, no la tiene. Intuye que Lara no es ni de lejos tan inocente como aparenta, no puede serlo, no existe otra explicación, y al mismo tiempo es consciente de que la traición de su supuesta amiga la deja sola. Está Iago, claro, y los continuos mensajes en el móvil le demuestran que sigue ahí... O al menos eso parece; también creía que podía contar con Lara y ahora, por mucho que deseara engañarse, está convencida de que no es así, aunque no logra en ningún momento imaginar el porqué. De repente necesita hablar con Iago. Oír su voz. Asegurarse de que puede contar con él cuando regrese a ese instituto que se ha convertido en una tortura. Él la entenderá, se repite. Debería haber ido a verlo el viernes, después de su conversación con Lara, pero no tuvo ánimos. Estaba demasiado desconcertada, demasiado perdida.

—¡Eh! Vaya sorpresa. Llevo días intentando hablar contigo.

—Lo sé… Estoy fuera. Hay… poca cobertura.

—Ya. ¿Te pasa algo?

Y Alena se rompe. Se esfuerza por controlar la voz.

—Todo. Me pasa todo. Y te echo de menos.

—Yo también.

—Tenemos… tenemos que hablar cuando vuelva. No puedo más, Iago.

—Eh, eh, tranquila, tranquila. ¿Cuándo volvéis?

—El lunes por la tarde. Mis padres quieren apurar al máximo.

—¿Me das un toque cuando llegues? O nos vemos el martes, en el insti.

—No quiero volver al insti, Iago. No puedo más.

—Venga, hablamos el lunes pues, aunque sea tarde. Te… te echo de menos.

—¿Qué haces? Yo estoy encerrada con mis tíos, mis padres y mis primos. Un planazo…

—Yo nada. Ahora saldré a dar una vuelta. He quedado con Lara.

Alena calla.

—¿Sigues ahí?

—Sí.

—¿Pasa algo?

—Lara no es buena, Iago. Oh, mierda, tengo que hablar contigo…

—¡Es tu amiga!

—No, no lo es. Creo que no lo es. Creo que fue ella quien envió esa foto y…

—Eh, tranquila, ¿okey?

—¡No, no puedo estar tranquila!

—Mira, hablamos el lunes. Sin falta.

—¡No vayas a verla!

—Alena, me estás rayando. ¿Alena? Alena...

—Y me ha colgado el teléfono.

—En serio, Iago, estoy flipando. Esa chica no está bien, te lo juro. Empiezo a pensar que no está del todo cuerda, la verdad. Realmente, apenas la conocemos, ¿no?

—Pero ¿qué le pasó contigo?

Lara suelta un bufido y se aparta un mechón de cabello de la cara. Es un gesto que hace su madre y que siempre le ha parecido convincente y atractivo a la vez.

—Se puso como una energúmena. Me dejó hecha polvo, en serio. Al parecer ha habido un problema con un trabajo de Inglés, pero tampoco quiso explicarme de qué se trataba. Si te digo la verdad, no entendí nada. ¡Me acusó de todo! Según ella, yo tengo la culpa de todas sus desgracias. Y mira, ya paso: no pienso aguantar que me suelte lo que le da la gana cuando pierde los nervios, por muy amiga mía que sea.

Están en la calle, no muy lejos de la casa de Lara, apoyados en la baranda del mirador que da al parque.

—Tenemos que conseguir que se calme —opina Iago.

—No sé... te digo que paso, tío. Si quiere algo conmigo, ya vendrá. Después de lo que he hecho por ella, va y se pone como una fiera. No me lo merezco, Iago.

—Está muy nerviosa. Todo eso de los memes, las fotos...

—Ya lo sé. Pero...

—Pero ¿qué?

—¿Puedo contarte algo? ¿En confianza? ¿Me juras que no se lo dirás a nadie?

Iago no tiene muy claro si quiere saberlo o si podrá cumplir ese juramento, así que no hace nada. Ni asiente ni niega, aunque sabe que el silencio es una forma sutil de conformidad.

—Esa historia del móvil robado... es mentira, Iago. Alena mandó esa foto a Christian porque estaba cabreada con Saray, y porque el capullo ese le mola. O le molaba —se corrige enseguida, lo cual, ella lo sabe, hace que su afirmación anterior cobre más fuerza—. Y luego se inventó la chorrada esa del robo del móvil. No digo que se merezca lo que han hecho ellos después, son unos cerdos, pero Alena es una mentirosa compulsiva. Estoy segura de que se cree sus propias trolas, tío. ¡Y ahora miente sobre otra cosa que ni siquiera llegué a entender! Nada es culpa de ella, el mundo la acosa, todos somos malos... No está bien del tarro, Iago, de verdad. Y no sé si tengo ganas de aguantarla mucho más.

Iago aparta la mirada de Lara, la pasea por las copas de los árboles del parque, visibles desde el mirador. No le apetece seguir con esa conversación y tiene la urgente necesidad de irse. De colocar el *skate* al inicio de la cuesta y descender a toda velocidad, notando el viento en la cara; de alejarse de esas historias que, en el fondo, no se ve capaz de manejar.

—Mira —insiste Lara—, mi vida era más fácil sin ella, ¿sabes? Y creo que la tuya también.

40

Hay algo reconfortante en sentirse parte de algo, sobre todo para aquellos que han asumido la soledad como forma de vida. A veces Juanpe ha tenido la impresión de que, con contadas excepciones, su vida ha transcurrido sin más compañía que la de sí mismo. Quizá por eso el niñato y sus voces no le perturban tanto como les sucedería a otros: al menos es alguien, una presencia activa; un ser que existe, lo sabe, sólo para él. Quizá también por eso unos días en la masía, con el Míster y un par de invitados más, suponen un cambio bienvenido a su paisaje habitual. Y es obvio que, al menos de momento, su estatus dentro de ese grupo ha cambiado. Sigue siendo el ayudante, por supuesto, pero esa vez no se ocupa de hacer las camas ni de servir a los demás. El cocinero, esa mole sólida y silenciosa, se ha traído a un ayudante, y esos días la función de Juanpe ha consistido exclusivamente en atender los deseos del Míster. Como hacía Rai, cuyo nombre no ha salido a colación en momento alguno, y sin embargo flota en el aire, a veces en una orden casual del Míster que se dirige a ese fantasma que él mismo condenó a ese destino. No es frecuente. El Míster no chochea; es más, en algún momento a Juanpe se le ha ocurrido que el lapsus podía ser deliberado, un recordatorio de que los traidores desaparecen y su nombre sirve tan sólo ya de advertencia.

Tampoco se prevé una gran juerga esa vez, y eso es algo que Juanpe agradece. Al parecer, los invitados de esos días, en plena Semana Santa, piensan más en pecados relacionados con la gula que con la lujuria, y los primeros, todos lo saben, no suelen generar demasiados imprevistos. Salieron a cazar y Juanpe los acompañó; el Míster le cedió una de sus escopetas en un gesto que, de nuevo, lo elevaba de categoría. Y cazaron, vaya sí cazaron. El propio Juanpe acabó con la vida de un jabalí; lo vio a lo lejos, se acercó a él poco a poco, disfrutando de ese momento en que la vida de la bestia estaba en sus manos, y después apretó el gatillo. El tiro fue certero, y todos lo felicitaron. Sí, sin duda alguna, es bueno percibir el aprecio de quienes te rodean, aunque sea momentáneo, circunstancial, el producto de una habilidad que, ahora se da cuenta, no ha perdido con los años. «Buen trabajo —le dijo el Míster al tiempo que le daba una palmada en la espalda—. Me gusta ver que no te tiembla el pulso.» Lo dijo despacio, con el énfasis necesario para que él comprendiera. Y lo hizo, por supuesto. Era imposible no hacerlo, dado que fue eso, el temblor, la imposibilidad de terminar la faena, lo que le costó dos dedos y el respeto de quienes habían sido los suyos.

Aún recuerda la cara de aquel hombre, a pesar de que era un tipo tan ordinario como él mismo. Calvo, sudoroso, aterrado ante la amenaza que estaba próxima a cumplirse y que, en el último momento, se transformó en un golpe en la nuca, lo bastante fuerte para dejarlo inconsciente pero, desde luego, no para matarlo. Juanpe había ido a su encuentro decidido a cumplir el encargo, sin hacer preguntas, tal como Rai le había aconsejado. Llevaba ya unos años al servicio del Míster, y en ese tiempo él y el gitano habían dado algunas palizas. Quizá fueron las expectativas creadas por esa historia que Rai vendió al Míster para que lo sacara de la cárcel. «Se cargó al primero con doce años, jefe. Y al otro, al médico, con apenas veintitrés, cuando terminó la mili.» Lo que nadie contó al Míster, o al menos no del todo, fue que Juanpe había tenido buenos motivos para cometer ambos crímenes: una rabia infinita hacia ambas víctimas. Cuando el médico le ofreció el dinero, Juanpe cerró los ojos y le golpeó la cabeza con un objeto que encontró en su propia mesa del despacho. Luego, al terminar, vio que se trataba de una de esas bolas de cristal, macizas y pesadas, que había en su infancia en todas las casas. El paisaje interior, ese mundo diminuto formado por gnomos y arbolitos que él recordaba bien, apenas se veía. La sangre cubría la superficie, tiñendo de rojo la falsa nieve. El cráneo del doctor Bosch, o lo que quedaba de él, presentaba el mismo color. Juanpe ni siquiera intentó huir del despacho ese día. Se quedó allí, con la bola en la mano, contemplando ese interior que, por fin, había dejado de ser blanco y puro. Como él. Quizá si hubiera contado el motivo, si hubiera explicado eso que llamaban «el móvil del crimen», su condena habría sido menor. No lo hizo; confesarlo le daba vergüenza. Además, la cárcel no le parecía tan mal sitio; no era mucho peor que un exterior que tampoco le ofrecía demasiado.

Intentó hacer acopio de esa furia el día del encargo; se esforzó por recuperar el odio, pero fue inútil. El tipo al que debía matar le sacaba sólo pena, asco incluso, y la cosa terminó en un estúpido fracaso. El Míster no se lo perdonaría de nuevo, y a Juanpe no le cabe la menor duda al respecto. Esa vez al menos tiene un buen motivo. Se puede matar por odio, seguro, quizá pueda hacerse también por simple esperanza.

Los invitados aún duermen cuando Juanpe se despierta y se dirige a la cocina. Está convencido de que es el único que está despierto porque el Míster no suele madrugar, y por eso le sorprende verlo en el porche cuando sale a fumar con un café en la mano.

—Deberías dejar el tabaco —oye a su derecha, casi antes de percatarse de su presencia allí.

—Supongo. Algún día.

No le apetece hablar por las mañanas; de hecho, no le apetece nunca, pero después de un par de cafés y otros tantos cigarrillos le cuesta un poco menos. Le gustaría disfrutar de las montañas, de la paz que se respira allí, sin la interrupción de las palabras.

—Hazlo. De verdad, Juanpe. Vivirás más y, sobre todo, mejor. Nunca he entendido esa manía de automatarse lentamente. Bastante mal nos trata ya la vida para que nosotros contribuyamos a ello.

—Quizá a algunos morir nos importe menos.

—No. No te engañes. —El Míster estira los brazos y se despereza; ya está vestido, listo para emprender el día—. Incluso la gente más desgraciada prefiere seguir viva. Mendigos, presos... Uno a veces no entiende por qué, no consigue distinguir el menor atisbo de nada apetecible o atractivo en esa existencia, y sin embargo todo el mundo se aferra a ella con uñas y dientes. Es instintivo, nos nace de dentro. Luchamos contra la muerte de manera inconsciente. Si no, muchos no aguantarían, te lo aseguro.

Tal vez tenga razón, piensa Juanpe, aunque eso no explica la conducta de los suicidas. Va a decirlo cuando el Míster se le adelanta y vuelve a tomar la palabra:

—Por eso te conviene seguir mis consejos, Juanpe. Hazme caso, y tu vida será más larga y más agradable.

—¿Seguimos hablando del tabaco?

—Claro. —El Míster esboza una sonrisa que no engañaría ni a un cachorro afectuoso—. ¿De qué otra cosa íbamos a hablar si no? Respira hondo, Juanpe. Llénate los pulmones de aire puro. Este no lo respirarás en ese barrio donde vives ni en ese hotel en el que piensas trabajar. Un lugar bonito, por cierto. Lo vi el otro día.

Juanpe lanza el cigarrillo al suelo y al instante se agacha a recogerlo. Odia esas conversaciones en las que la charla casual se entrevera con amenazas más o menos veladas.

—Sí. Es un sitio bonito. Lo han reformado entero.

—Y siguen en ello, siguen en ello. Su director es amigo tuyo, ¿verdad? De la infancia. ¡Qué suerte! Siempre has tenido buen ojo para los amigos. Rai, ese tal Yagüe… Te aprecian y no les importa echarte una mano. Eso es muy de agradecer, ¿no te parece? Y más ahora, en esta vida que llevamos, tan egoísta. Fíjate que ni los políticos, que cobran para eso, han logrado ponerse de acuerdo para formar un gobierno. Unos por falsos, pactando con quien debería ser su diablo; otros por ambiciosos, negándose a dar un paso atrás. Y al final, nuevas elecciones. Un desastre, Juanpe. Un absoluto desastre. Pero no hablábamos de eso, estábamos con lo de los amigos. Son importantes, Juanpe. Debes cuidarlos. Ya no puedes hacer nada por el pobre Rai, pero sí por ese otro. Un tipo agradable, por lo que me han contado.

—¿Qué quiere decir con todo esto?

—No te sulfures. Era un simple consejo. Los viejos tendemos a ofrecerlos sin que nos los pidan. No tienes que darle más importancia.

El Míster se levanta y se coloca a su lado, sin mirarlo, con la vista fija en el sendero tiznado de verde que se pierde a lo lejos.

—No deberías confundir las advertencias con órdenes. Las primeras pueden desoírse; las segundas, no.

—Lo sé.

—Pues recuérdalo cuando regrese esa puta y la tengas delante. Piensa que es un jabalí, una bestia, un obstáculo que debes superar. Mátala… Y esto no es un simple consejo.

41

Resulta irónico que, después de esos años en que se acostaba con otros hombres para olvidarse de Rober, esté ahora utilizándolo a él para el mismo fin. Irónico o más bien inmaduro, si es sincera consigo misma. En cualquier caso, acaba de comprobar lo que ya sabía: esa receta no funcionó antes y sigue siendo igual de ineficaz. No porque no lo haya pasado bien (el sexo con Rober nunca es decepcionante), la culpa es enteramente suya por intentar convencerse de que el sexo, por placentero que sea, puede competir con ese algo más al que se niega aún a poner nombre, ese añadido que logra sentir con Víctor, una especie de postre delicioso y ligero después de un suculento festín. Ahora, a pesar del rato disfrutado, siente un ligero vacío, la sensación de estar engañándose a sí misma mezclada con una mayor urgencia de ver al hombre que realmente le importa; o de oír su voz, casi se conformaría con eso, a pesar de que en esas reglas firmadas de manera tácita consta con letra grande la no interferencia cuando él está fuera. En casa. Con su mujer, con su hija. Con su vida.

Rober le acaricia la espalda y ella intuye que percibe la lejanía que los separa, aun en ese momento en que sus cuerpos se rozan. Miriam no sabe si es mejor seguir ahí o enfrentarse a ese hueco como es debido, sin paliativos ni sedantes.

—¿Dónde estás? —le susurra Rober al oído, y Miriam no tiene respuesta porque está allí, con él, y al mismo tiempo lejos, en otra cama y con un hombre distinto, y a la vez sola, porque ese es el destino ineludible que la espera al cabo de poco más de un mes.

Las campanas de San Nicolás tocan el Viernes Santo para anunciar la salida de la procesión de los Dolores, siempre dudosa en La Coruña debido a la probabilidad de lluvia. A solas en el amplio salón comedor, Víctor ha intentado leer un rato, pero no existe ficción alguna que consiga distraerlo de su propia historia. Quizá por eso lean más los niños y los ancianos, piensa, porque sus vidas son menos emocionantes y no tienen una historia propia que los perturbe. La conversación con su padre, mantenida apenas unos días antes, sigue resonando en su cabeza. Al menos ahora tiene un nombre, aunque para él no signifique nada. Y algo más, sí, una suerte de absolución paterna. «Tú sólo lo ayudaste», le dijo, y a Víctor le gustaría pensar que así fue, que su colaboración fue tan secundaria como sus motivos, pero algo le impide creerlo del todo. La rabia que sintió al oír el nombre del Cromañón, esa furia intensa que lo quemaba por dentro tanto tiempo después, no contribuye a tranquilizarlo en ese sentido. Sí comprende que, en el fondo, su deseo infantil era el de enseñarle una lección, darle su merecido, vengarse de las afrentas y las palizas, de la humillación.

Eso no obvia el resultado, piensa el Víctor adulto, aunque sí lo tranquiliza un poco. La vida era áspera en aquellos años, aunque seguramente no tan dura como la de sus mayores en el pueblo. Víctor no había conocido el hambre ni esa pobreza radical de la que sus mayores hablaban. Sí había vivido en un mundo en el que la injusticia era flagrante y donde nadie fingía que el castigo era la última opción. Ahora, al oír en los debates que España apenas ha cambiado en esos años, o cuando Cloe, en su fase de apasionamiento político, sostiene eso mismo, le entran ganas de echarse a reír. Comparar la juventud de su hija con la de cualquiera de su generación es casi un ejercicio imposible. Está bien que ella lo vea así, de todos modos: ahí radicó la fuerza, en personas que buscaban un cambio que en ellas mismas ya estaba produciéndose y al que la estructura política debía seguir. La diferencia, a juzgar por esos mismos debates, era que en esos años la lucha era conjunta y el enemigo un adversario común, o eso parecía. La nostalgia tiñe la verdad del color de nuestros deseos, piensa, antes de incorporarse del sillón, como si moviéndose consiguiera ahuyentarla.

Porque ahora mismo ya no es el pasado lo que lo inquieta, o al menos no tanto como un presente en el que no termina de encontrarse a gusto. Cuando Mercedes y Cloe están en casa, su presencia y sus voces disipan esa sensación de estar ocupando un lugar que no le pertenece, de ser un intruso que usurpa el espacio del Víctor Yagüe de antes; de haber regresado en el tiempo a su auténtico yo, el hijo de los Yagüe, destinado a emparejarse con alguna jovencita de la Satélite y a vivir en un piso de cincuenta metros con vistas a otro igual. Es absurdo pensar que su vida allí lo habría llevado hasta Miriam, pues le lleva más de diez años. Lo que es seguro es que ese crío de la foto no soñó nunca con acabar viviendo en La Coruña, con ejercer de yerno de un acaudalado empresario hotelero, con estar, aquí y ahora, esperando que la familia regrese de la procesión de los Dolores. Y no es que Mercedes sea muy devota, lo que ocurre es que sus padres ya están mayores y ha preferido acompañarlos. «No vamos a obligar a la pobre chica que los atiende a tragarse la procesión», ha dicho con una sonrisa.

En realidad, piensa que todo sería más sencillo si Mercedes fuera una mujer distinta: más exigente o simplemente peor persona. Está casi seguro de que si a su llegada le hiciera un resumen de su historia, de ese relato de niños culpables y venganzas torcidas, ella aplicaría el sentido común para decirle lo que lleva oyendo desde entonces: «Fue una desgracia, Víctor. Un accidente lamentable. Torturarse ahora no tiene sentido. En el fondo, no erais más que unos críos». Sí, ese sería su razonamiento, el lógico en una persona adulta a quien ese hecho sólo afecta de pasada, por encima. Ahora que él ha conocido el otro lado de esa historia tampoco puede negar que sus actos tuvieron consecuencias que han ido más allá de la muerte del chico. Lo único que terminó el 15 de diciembre de 1978 fue la vida de Joaquín Vázquez, y todos ellos, incluso aquellos que apenas lo conocieron, como Miriam, han arrastrado los efectos de esa tragedia.

No es que el razonamiento lo haya llevado hasta Miriam, sino lo contrario: su imagen no se le va de la cabeza, no desde el último encuentro en la peluquería, y lo que hace, lo que piensa y lo que dice empieza y acaba con ella. Su presencia ausente es una obviedad que ya no puede negar. Está con él, en él, a su lado… Está en su cabeza y alguna noche la ha buscado al otro lado de la cama. La ve ahora, con sus vestidos excéntricos y su risa fácil, contagiosa; cierra los párpados y siente sus dedos recorriéndole la nuca y percibe el olor a champú, que se mezcla con su piel suave y sus ojos vivaces. Quizá sea todo sexo, se dice a veces, pero si es así nunca el sexo le había importado tanto.

—¿Te encuentras bien?

La voz de Mercedes lo sobresalta y se da cuenta al instante de que está de pie, en medio del comedor, mirando a una pared vacía como un filósofo absorto en algún concepto abstracto e inexplicable.

—Me has pillado pensando.

—Bueno, eso no es malo. Pero tampoco me refería exactamente a hoy, Víctor. Estás raro.

Mercedes está quitándose el abrigo y tiene aún las llaves en la mano. Ambos, chaquetón y llavero, caen sobre el sofá con suavidad.

—Llegué anoche —dice Víctor en tono ligero—. No me ha dado tiempo a estar raro.

—Eres como tu hija. No sé por qué pensáis siempre que podéis disimular conmigo.

Víctor no responde. Mira a su mujer con todo el afecto que siente por ella, que es mucho.

—Llegaste anoche y has estado en Babia desde entonces. Y no es la primera vez en este último mes. Me gustaría pensar que se trata de problemas con el hotel, con las obras o con cualquiera de esas cosas, pero no es eso, ¿verdad?

Los ojos de Mercedes denotan tanto perspicacia como un temor leve, casi maternal. Mentirle sería ofensivo y también, Víctor se da cuenta ahora, superfluo, porque está seguro de que no podrá ocultar la verdad por mucho más tiempo.

—No. —Respira hondo—. No se trata de eso.

Ignora lo que está dispuesto a admitir en ese preciso instante. Sin embargo, sabe que su esposa merece una explicación, y de repente se convence de que ese es el primer paso hacia una eventual redención. Ser sincero, aunque sea a medias, es mejor que seguir mintiendo.

—Hay algo que quiero contarte. Algo que pasó hace mucho tiempo, cuando era un niño.

42

Intenta cruzar el patio que rodea el instituto. Avanza despacio, como si el suelo fuera un barrizal, una ciénaga que le impide moverse con soltura. La separan pocos metros de la puerta y el camino le resulta eterno, un escenario sacado de esas pesadillas que la asaltan por las noches desde hace semanas. Lo peor no es ese trayecto, sino lo que la aguarda en el interior. Una semana fuera de ese ambiente no ha hecho las cosas más fáciles; al contrario, el regreso es más duro, sobre todo desde el momento en que ve a Lara, su *amiga*, charlando animadamente con Noelia y Saray. ¿Se trata de eso? ¿Ha sido todo una broma, una conspiración en su contra? Lara decía que no las soportaba y ahora están ahí, quejándose de lo dura que es la vuelta, con ese buen tiempo, con ese sol. El mismo que la deslumbra un instante y que, cuando tiene a bien apartarse, la deja frente a la última persona que querría ver. Jordi Guardia, el profe de Inglés, finge no reparar en ella, pero Alena lo nota. Percibe esa tensión extraña, coreada por el murmullo que se genera entre Lara y las otras. La miran, eso no son paranoias suyas, y cuchichean entre sí. Lara lleva la voz cantante y las otras menean la cabeza con aire de incredulidad. «Está loca, tía», dice Noelia, y Wendy se aparta del resto; da un paso a un lado para observarla sin el menor disimulo, recorriéndola con la mirada de los pies a la cabeza con una expresión que Alena no sabe descifrar. ¿Conmiseración? ¿Desprecio? ¿Todo a la vez? Saray se carga la mochila al hombro con un «ya os lo decía yo» que sentencia la conversación. Todas pasan por su lado, ignorándola deliberadamente. Noelia incluso la aparta, con fastidio, como harías con un bulto que te obstruyera el paso. Se dirigen a clase, y Alena sabe que debe seguirlas, que sus caminos no se bifurcan sino que, por desgracia, coinciden en un destino común.

«¿Qué pasa, rubia?», oye a su espalda. Kevin. No se vuelve; la pregunta sirve para desatascarla y la empuja hacia delante. Ya está al otro lado de la puerta, y desde allí sí que mira hacia atrás. Christian, en medio del patio, le guiña un ojo. Parece un simio musculado, con la visera de la gorra hacia atrás y el pantalón de chándal estrecho, embutido en las deportivas, marcando paquete. Anda con indolencia, con la vista puesta en las nubes, abriéndose paso cual rey de la jungla. Imbécil, piensa Alena, así, en tres sílabas: im-bé-cil. Quizá hasta lo ha dicho en voz alta, porque cuando Christian llega a su altura se detiene y le suelta en voz baja: «No te pases, rubia. Conmigo no te pases ni un pelo».

Alena se arrastra hasta la puerta del aula. Que toque Inglés a primera hora del martes no es exactamente una buena noticia. Jordi ya está dentro y hace gestos a los rezagados, a ella y a los tres chicos, para que entren. Iago aparece en el último segundo, como siempre, antes de que la puerta se cierre. El barullo del interior la acompaña hasta su sitio, al fondo, y Marc es el único que la saluda con un gesto. Alena se sienta y saca los libros mientras el profesor reparte los trabajos optativos. Esos trabajos. Los habían entregado cuatro, así que tampoco se nota mucho que ella no reciba el suyo. Desde su lugar descubre un gesto cómplice entre Lara y Iago, o al menos cree percibirlo al tiempo que hace esfuerzos por pensar que se equivoca. Al final su madre no tendrá razón: eso va a ser mucho peor de lo que imaginaba.

Intentó hablar con ella la noche anterior, después de una trifulca en el coche en la que Lidia dejó claro que ya estaba harta de esa cara de pan con vinagre. Su padre no dijo nada, pero resultaba obvio que se alineaba en el bando contrario. Desde el asiento delantero, sin mirarla, su madre fue desglosando todo un rosario de quejas (no ayudas; estás en Babia; pones cara de asco a todo, me aburres, hija, me aburres; no, no te pongas los cascos para no oírme o tiro ese chisme por la ventanilla, ¿estamos?), y al final, para zafarse de la reprimenda que amenazaba con durar los noventa minutos de viaje, Alena respondió que no estaba a gusto en el insti. Que quería cambiarse. Que no tenía la intención de volver. No era exactamente lo que deseaba decir y, desde luego, no contribuyó a serenar el tono materno, al menos al principio. Después, sin embargo, cuando ya estaban en casa, Lidia se coló en su habitación. Había un ligero arrepentimiento en su voz, lo cual, a esas alturas, resultaba bastante irritante, y una preocupación más profunda. Alena estuvo a punto de contárselo todo, pero se quedó en la superficie, en esa pelea con Lara, en ese «ya no es mi amiga» que su madre quiso aceptar como justificación absoluta. «No seas boba, hija. Esas cosas pasan. Ya verás como una vez allí nada es tan terrible. Dios aprieta pero no ahoga.»

Pues no, mamá. A mí está ahogándome.

Resiste en clase un par de horas más, hasta el recreo. Es entonces cuando recoge sus cosas, sale del aula con la cabeza baja y huye. Escapa sin saber muy bien adónde ir, con un único pensamiento en la cabeza: alejarse del centro, no volver nunca. Sale a la calle con esa intención, dispuesta a cumplir su propósito, y se detiene un momento para tomar aire y decidir el destino de sus pasos.

—Eh, ¿adónde vas?

—¿Qué más da? Nadie me echará de menos.

Le gusta que Iago la haya seguido, que esté ahora allí, a su lado, pero su presencia no va a cambiar las cosas.

—Yo sí. Anoche te llamé, como habíamos quedado.

Es verdad, y Alena lo sabe. Debería haber respondido, de la misma manera que ahora tendría que sumarlo a su causa o al menos desahogarse con él.

—Déjame, Iago, en serio. Vuelve a clase.

—Oye, ¿todo esto es porque quedé con Lara?

—Ni me hables de ella. No tengo la menor idea de por qué quiere amargarme la vida, lo que sí sé es que está consiguiéndolo.

Iago se acerca a ella un poco más.

—Huir no resolverá nada, y eso también lo sabes.

—¡Ojalá pudiera huir! No… no puedo más. Necesito estar sola. En serio, Iago, si de verdad quieres ayudarme, cúbreme con Cecilia y los otros profes. Diles que me encontraba mal, que he tenido que ir a cuidar a mi abuela o que mi padre ha tenido un accidente… Diles cualquier cosa. Y déjame sola, al menos hoy.

Nota que la mirada de Iago se altera un poco, como si lo que acaba de pedirle le resultara decepcionante.

—Vale, no lo hagas si no quieres, pero luego no me vengas con que eres mi amigo.

—Okey. Si alguien pregunta, te cubriré. Pero sólo hoy, ¿de acuerdo?

Alena ya no le contesta. Le da un beso rápido y echa a correr sin mirar atrás. Son las once de la mañana, luce un sol espléndido y el parque se le antoja un lugar muy apetecible para pasar en él las horas que faltan hasta que llegue el momento de ir a casa.

43

Ese año la primavera ha llegado antes de lo previsto, un calor prematuro se extiende por el barrio flotando en una brisa cálida que hace florecer los plataneros de los parques y llena el aire de ese polen molesto e insidioso. Tal vez en el campo todo ello sea señal de un momento revitalizador, pero en el mundo urbano provoca una plaga de indolencia, especialmente a primera hora de la tarde, cuando las obligaciones laborales chocan con esa cadencia perezosa de las siestas veraniegas.

Lo bueno, para Juanpe, es que esa temperatura tan fuera de lugar para principios de abril tiene la virtud de amodorrar al niñato, que sólo se molesta en aparecer cuando cae la tarde y a veces ni siquiera eso. También es verdad que desde el fin de semana en la masía las cosas han ido cambiando un poco. Despacio, pero con el firme propósito de escalar hacia la normalidad que ve en los demás, Juanpe se ha establecido un horario y unas rutinas que cumple con celo casi religioso, empezando por tomar esas pastillas que le dio el pobre Rai y que, en realidad, le despejan bastante la mente.

Se levanta a las ocho y desayuna, dejando el primer cigarrillo hasta después de haberlo hecho; luego se da una ducha y arregla la casa, sale a comprar o a pasear por Can

Mercader y luego se hace la comida. Las tardes son más aburridas porque se resiste a la siesta, y a veces se acerca a la biblioteca, donde lee los periódicos rodeado de jubilados tan solitarios como él. Le gustaría coger algún libro, pero le cuesta concentrarse durante mucho rato o seguir el hilo de un argumento; le sucede también con las películas de la televisión, le ha pasado siempre.

Se obliga a acostarse a las once y media como muy tarde, y se ha acostumbrado a estar en la cama despierto. En esos momentos el niñato regresa con todo su rencor acumulado, pero a medida que pasan los días Juanpe va volviéndose inmune a sus comentarios. Es entonces cuando más piensa en esa llamada del Míster que no termina de producirse. Hay días en que preferiría zanjar el tema y terminar con eso, mientras que en otros se dedica a planear la ejecución anunciada. Ya no siente pena por esa mujer que, en su cabeza, ya está muerta. Murió cuando desobedeció al Míster y este dictó sentencia, así que ahora mismo está viviendo de prestado sin saberlo. Gracias a un esfuerzo ha conseguido que Valeria ya no sea alguien real sino una presa imaginaria, un corzo salvaje o cualquier otro animal que se mueve sin saber que sus días están contados y su destino decidido por un ser superior. Él será, simplemente, el instrumento para que ese destino llegue a cumplirse, un mensajero que no tiene más responsabilidad que la que marca la obediencia.

Y así las insinuaciones del niñato sobre su cobardía, sus insultos y sus pullas van perdiendo fuerza, enfrentadas a esa convicción férrea. Quizá por eso, por primera vez en todo ese tiempo, Juanpe se plantea el futuro con algo parecido a la esperanza: existe un peaje que pagar, por supuesto, pero será ya el último antes de tomar esa autopista nueva que lo llevará hacia un empleo normal, un sueldo a fin de mes y, sobre todo, lo alejará del Míster. Eso sigue teniéndolo claro a pesar de los intentos de este por atraerlo hacia ese puesto que la muerte de Rai ha dejado vacante. Quiere creer que cumplirá su promesa cuando llegue el momento, que el Míster es, en el fondo, un ejemplo de esa raza de hombres de palabra que, según él mismo, tanto escasean.

Y al tiempo que olvida el pasado y se prepara para esa senda reluciente y limpia, Juanpe empieza a fijarse también en el presente, en lo que lo rodea, en los vecinos que ahora, al verlo más aseado y con mejor cara, empiezan a saludarlo y a entablar conversaciones fugaces cuando se cruzan con él en el rellano o coinciden en alguno de los comercios del barrio. Juanpe sigue sin hablar mucho, apenas responde, pero lo hace con amabilidad. Incluso un día que el ascensor se había estropeado ayudó a la vecina ecuatoriana, que iba cargada con la compra y los niños, y sonrió para demostrarles que, a pesar de todo, no es ese ogro que sus padres les cuentan.

No es que le interese mucho la gente, las cosas no han cambiado tanto, sólo que el mundo se le antoja ahora más agradable, más templado y menos hostil. Y hay alguien que lo intriga, tal vez porque su presencia tiene algo de misterioso. Él la ve así, al menos cuando se la encuentra leyendo en el parque, por las mañanas, a unas horas en que este se halla casi vacío. La vio por primera vez justo después de Semana Santa y no le prestó demasiada atención, aunque ya ese día, el último martes de marzo, le pareció que la envolvía un halo enigmático y triste a la vez. Recordó haber coincidido con ella en la escalera, y la ha visto en los días siguientes, a excepción del fin de semana.

Ella pasea sola, joven, rubia y furtiva, con la mochila a cuestas, como una princesa huida de un cuento extraño. A ratos se sienta en un banco y escribe algo en un cuaderno, pero en general suele ponerse a leer o simplemente camina, sin demasiado rumbo, como hace él. Juanpe se pregunta qué puede llevar a una chica de esa edad a deambular así. No se le ocurre preguntárselo a ella, desde luego; tampoco entablar conversación. Por eso le sorprendió lo que sucedió ayer, cuando ambos se cruzaron de nuevo en el sendero que lleva a la glorieta.

«Hola —le dijo ella—. Creo que a los dos nos gusta este sitio, ¿no?»

Es curioso lo fácil que resulta mentir cuando ya no te importa nada. Durante la última semana de marzo Alena fingió estar enferma, aunque a veces se sentía así de verdad. Los primeros días supusieron una liberación, una especie de aventura controlada, porque sabía que la excusa no podía durar. En esas largas mañanas muertas, Alena leía a Emily Dickinson sin entenderla del todo, pero solazándose en esa soledad asumida y gozada que desprenden sus versos. Buscó información sobre ella y descubrió la vida, especial y sugerente, de aquella mujer que hizo de la reserva una seña de identidad. A veces, encerrada en su habitación o mientras paseaba por el parque, Alena pensaba en esa dama siempre vestida de blanco, aislada de todos, tímida y sensible, y llegaba a la conclusión de que, en ese mundo feo y prosaico que la rodeaba, la huida mental podría ser la única opción decente.

Repasó una y otra vez los poemas sobre la muerte, no por sus aspectos más morbosos sino porque le fascinaban la elegancia y la naturalidad con que esa mujer abordó el tema tantos años atrás. Su favorito es uno titulado «Morí por la belleza», porque adora sus últimos versos en los que dos muertos enterrados conversaban «hasta que el musgo nos llegó a los labios y cubrió nuestros nombres».

La muerte es ahora un hecho mucho menos frecuente que antes, se dice, y eso provoca un terror inmenso en la mayoría de la gente. Siglos atrás fallecían niños y jóvenes abatidos por enfermedades precoces, por guerras o por simple pobreza; una desgracia, sin duda, pero que a su vez dejaba un mundo lleno de gente más sana, más hermosa, más fuerte. En la última semana se ha perdido a menudo por las calles, en Cornellà o en Barcelona, siempre lejos del barrio, y ha ido encontrando mucha gente que no era ni sana, ni hermosa ni fuerte, al menos a sus ojos, personas que, en otro siglo, seguramente habrían sucumbido a la tuberculosis o a cualquier otra dolencia letal. Sí, Emily tenía razón: la muerte podía ser un hermoso final prematuro, más armoniosa que una vejez larga y sin gracia alguna. Y pensaba precisamente en eso ese día de principios de abril cuando vio a Juanpe en el camino que subía a la glorieta. Alguien que meses atrás le había parecido claramente marginal llegaba ahora hasta ella envuelto en un halo mucho más atrayente, y quizá por eso tuvo la ocurrencia de dirigirse a él.

44

Es a Miriam a quien deberías contárselo todo, piensa. No sólo a Mercedes, para quien esa historia del pasado supuso más bien un consuelo, una justificación del estado de ánimo de su marido que, en el fondo, se alejaba de un miedo peor. No tuviste el valor de explicárselo todo, dejaste el relato en ese incidente de la infancia y en el reencuentro con ese amigo que era, había sido, la otra víctima; del mismo modo que ahora, mientras besas a Miriam, mientras tus manos empiezan a desabotonarle la blusa de color malva, sabes que te faltará el coraje para narrarle quién eres de verdad, qué hiciste, por qué fuiste a verla la primera vez. Eres un cobarde, Víctor Yagüe. Quizá lo aprendiste de niño, te lo enseñaron cuando te libraron de esa mitad del castigo que merecías tanto como el otro; tal vez sea tu propia naturaleza defectuosa la que tiende a esa falta de coraje. Estás despojándola de esa pieza de ropa sedosa, la deslizas por sus hombros aguardando la revelación de esos senos firmes e hipnóticos; la besas en el cuello, justo en el nacimiento del cabello, porque sabes que eso la hace feliz, y buscas con los dedos bajo su falda para notar esa humedad que te enloquece, ese sabor que te espolea y te convierte en un amante potente y lúdico, juguetón y complaciente. La tumbas en la cama, le masajeas con cariño los dedos de los pies y luego tu cuerpo asciende sobre el suyo hasta acoplarse como si ambas piezas hubieran sido diseñadas para formar un solo elemento. Haces todo eso a sabiendas de que eres algo peor que un cobarde; tu conducta es la de un desalmado, un inconsciente, un malcriado que no quiere renunciar a nada, un niño grande que abandona toda decencia en aras del placer. Lo único que te consuela, imbécil sin dignidad alguna, es que eres consciente de que algún día pagarás por ello, añorarás estos momentos y a esta mujer, maldecirás tu conducta ruin y deberás resignarte a la penitencia merecida, al castigo vital que te acompañará para siempre. Porque, digas lo que digas, ahora sabes bien que Miriam no desaparecerá de tu cabeza el primero de mayo, ni el 15 de agosto ni el 30 de diciembre. Sabes, con la misma certeza que albergas sobre tu propia cobardía, que esta mujer ha llegado para quedarse en tus sueños, para ser objeto de nostalgia; en resumen, para hacerte sufrir.

Te contaré la verdad, dice sin hablar mientras se tumba a su lado y deja que sea ella quien se acomode sobre su cuerpo; te la contaré entera cuando lo sepa todo, y así podrás abandonarme, insultarme, echarme a patadas. Sentenciarme al desprecio perpetuo, algo que Mercedes, por supuesto, no hizo. Al revés, escuchó con atención renovada, aliviada al saber que sus temores más concretos se disipaban en una niebla de culpas del pasado. No restó importancia al hecho ni a sus consecuencias; con la ecuanimidad que la caracterizaba comprendió que eso era algo que Víctor debía asumir y superar, y su único consejo propiamente dicho fue uno que no podía discutirse: «Nada puedes hacer por alterar lo que ya pasó, Víctor. Intenta concentrarte en el ahora y en el mañana. Ayuda a ese hombre si está en tu mano y mira hacia delante. Te conozco desde hace más de veinte años; no eres una mala persona. Piensa en eso, Víctor, y piensa en los que te queremos y te admiramos. Amargarte la vida ahora por algo que sucedió hace tanto tiempo sería decepcionarnos, ¿no crees?».

El hoy. El mañana. Nada tiene mucho sentido, se dice Víctor cuando Miriam ya se ha marchado, en plena noche, para regresar a su hogar. Debería concentrarse en eso, y lo sabe, en vivir el momento y planear un futuro que, cuando se queda solo, se le antoja lúgubre, sin luz. Pero la verdad es que no puede. La verdad es que el ayer pesa demasiado.

No ha costado mucho, en el siglo de la exposición pública, localizar a un Ismael López Arnal cuya página de Facebook redirige a otra más profesional, en la que el «López» brilla por su ausencia y es sustituido por una «L». En ella aparecen cuatro fotos y los enlaces de compra a varios libros. No se percibe mucha actividad ni tampoco que tenga muchos seguidores, y los títulos desprenden un aire tópico de novela barata. Lo malo es que en ninguna de las páginas constan demasiados datos personales, así que Víctor ha optado por enviar el mismo mensaje a las dos con la esperanza de obtener alguna respuesta de ese tipo con barba recortada y aspecto juvenil que posa en las imágenes firmando sus obras. Le ha escrito un texto de significado difuso, haciendo referencia a una reunión de antiguos compañeros de colegio, y le sorprende cuando recibe otro, dos días después, escrito en un tono informal, casi amistoso. A pesar de que en el apartado biográfico se cita como residencia un confuso Barcelona-Madrid, Ismael L. Arnal reside en la primera de las dos ciudades y sugiere un encuentro, una copa o un almuerzo, para la semana siguiente, y Víctor no se hace de rogar.

El restaurante ha quedado casi vacío a las tres y media de la tarde, tal como Víctor preveía cuando reservó una mesa para esa hora y, mientras se toma una copa de cerveza en la barra, no consigue apartar la mirada de la puerta: Ismael Arnal tiene que estar a punto de llegar. Lo ha visto en las fotos de internet, así que espera reconocerlo y así es. Con puntualidad británica, un tipo de alrededor de metro setenta y cinco, rapado y con una escueta barba cuidadosamente recortada entra en el local.

Es extraño estar ahí, compartiendo mesa con alguien a quien no recuerda en absoluto y que, sin embargo, desempeñó un papel decisivo en su historia y sabe sobre él cosas que Víctor decidió olvidar. Extraño e incómodo, tal vez para ambos, porque el recién llegado no termina de estarse quieto. Lo traicionan las manos, que casi tiran la copa del agua, y una mirada quebradiza, intensa y desenfocada sucesivamente. Han pasado ya del «ha sido una auténtica sorpresa» al «joder, si hace siglos que no nos veíamos», y por fin llega la pregunta que Víctor espera y teme a la vez:

—¿Y a qué ha venido el mensaje? Quiero decir, después de tanto tiempo… ¿Me encontraste en Facebook por casualidad?

No tiene mucho sentido mentir, piensa Víctor. No a alguien que, en el fondo, quizá sabe más que tú. Sin embargo, tampoco está preparado para soltar el resto de las preguntas que lleva en la cabeza. Teme que en algún momento se cuele en su tono el reproche, la exigencia, y mientras mira a su interlocutor no puede evitar pensar que todo sería muy distinto si ese hombre no hubiese sido testigo de lo que no debía, o hubiera callado. No había nada peor que ser un chivato, se dice, aunque intenta que sus ojos no dejen entrever la acusación antes de tiempo.

—Últimamente me ha dado por pensar en el pasado. Supongo que habrá sido por el hecho de volver a la ciudad, no lo sé.

El camarero los interrumpe para tomarles nota. Apenas

han mirado el menú y ambos piden deprisa, sin pensarlo mucho, dos ensaladas con una larga lista de ingredientes y dos lenguados a la plancha.

—Te creo. Yo también hui del barrio en cuanto pude, aunque lo hice más tarde. Cuando tenía quince o dieciséis años los vecinos empezaron a mirarme raro, ya me entiendes.

Ismael le sonríe, y al hacerlo muestra una dentadura tan blanca y perfecta que parece falsa. No hay en Arnal el menor signo de amaneramiento, pero Víctor está seguro de que cualquier persona con una mínima intuición lo reconoce como gay sólo con ver esa sudadera gris, los vaqueros desgastados y las zapatillas deportivas. Al fin y al cabo, Ismael López Arnal debe de tener su edad, pero si uno lo viera de lejos le echaría diez años menos.

—Y me jodía disgustar a mis padres, que bastante mal lo habían pasado ya con Nico y las drogas. Primero un hijo yonqui y luego el otro les salía... bueno, rarito. Así que trabajé como una mula un año entero, ahorré como un avaro y me largué a Madrid antes de empezar la universidad. De hecho, no volví a estudiar hasta varios años después. La movida madrileña era demasiado divertida para perdérsela, y más llegando de nuestro barrio. Cuando descubrí que no era el único maricón del mundo casi me echo a llorar. Pero eso da igual, siempre divago; cuando escribo también me pasa. Escribo novelas, ¿lo sabías?

—Sí. Lo vi en tu página.

—Volví al barrio, claro, de vez en cuando, a visitar a mis padres. Con el tiempo se fueron haciendo a la idea de que no habría una nuera ni nietos, aunque preferían no preguntar. Mi padre falleció y mi madre se fue a vivir con una de mis hermanas, de manera que decidimos vender el piso. Está cerca del tuyo... bueno, del de tus padres. Sin embargo, por increíble que te parezca, cuando llegó la hora de formalizar la venta no pude hacerlo. Había roto con mi pareja en Madrid y me había instalado en Barcelona, así que era yo quien me ocupaba de enseñarlo a los posibles compradores. Pasé algunos ratos en él, primero con pocas ganas y mala cara; luego, a medida que transcurrían los días, fui encontrándome cómodo... en el piso, en el barrio, en todo aquello que había dejado atrás y de lo que había renegado durante años. Disculpa, estoy endosándote un rollo patético.

Ya les han servido las ensaladas: montañitas verdes con toques de granada, como diminutos árboles de Navidad, pero ambos las tienen intactas aún.

—No, en absoluto. A mí me ha sucedido algo parecido ahora.

—¿Sí? No sé qué me dio. Acabé comprando la parte de mis hermanas e instalándome allí. Cambié los muebles, eso sí, por lo que tuve que vaciarlos. Y encontré esto.

Saca una foto de colores desvaídos, blanquecinos.

—Aquí estamos todos. Se tomó en septiembre de 1978. Tú andas por ahí, en primera fila.

Víctor contempla la fotografía, se busca y no tarda en encontrarse Sí, allí está él, rodeando con el brazo los hombros de Juanpe. Amigos para siempre.

—Joder.

—Ya. A mí me pasó lo mismo. Soy este, aunque supongo que nadie me reconocería ahora. Ni a mí ni a ninguno.

Víctor mira esa cara infantil con curiosidad y algo revolotea en su memoria. Sí, no puede decir que ese rostro le sea totalmente ajeno; tampoco puede decir con sinceridad que lo recuerde.

—No te acuerdas de mí. —Es una afirmación, no una pregunta, así que Víctor no tiene que contestarla, y denota una mezcla de resignación y fastidio.

—Muchas cosas de aquella época han quedado borradas de mi cabeza, como si nunca hubieran ocurrido. Ni siquiera terminé ese curso aquí, y empezar en un ambiente totalmente distinto fue como iniciar una nueva vida.

Ismael asiente y ambos comen en silencio; desmontan la pirámide de rúcula y canónigos que, una vez esparcidos, tienen un aspecto de pasto disperso, mucho menos atractivo que cuando llegó el plato.

—Yo sí me acuerdo de ti —dice Ismael—. Bueno, me he acordado mucho de todo en los últimos meses. Supongo que ha sido por volver a vivir aquí, después de tantos años.

La fotografía ha quedado encima de la mesa, a un lado, y al volver a observarla Víctor descubre a alguien más. Está detrás, porque les saca al menos una cabeza, y frunce el ceño, como si el sol lo deslumbrara. En septiembre de 1978 Joaquín Vázquez miraba a la cámara con aire de perdonavidas sin saber que la suya acabaría apenas tres meses después. Era sólo un chaval, piensa Víctor, y de repente sabe que no podrá seguir comiendo: ese pedazo de infancia, vista con ojos de adulto, duele más que cualquier reproche. Ya no consigue sentir ese odio que creció en él la primera vez que habló con Juanpe. Si le inspira algo la imagen de ese chico es simplemente lástima.

Intenta recobrarse para proseguir con la charla, aunque enseguida se percata de que es inútil. En los ojos de Ismael brilla una mezcla de comprensión y curiosidad, la atención mal disimulada de quien espera algo sin saber si va a ser agradable o no.

—Perdona —dice Víctor al tiempo que aparta el plato—. No resulta fácil...

—Ya. Lo entiendo. —Ismael bebe un trago de agua, deja la copa, coge aire y lo suelta despacio, antes de tomar la palabra de nuevo—. Oye, no sé muy bien por qué te has puesto en contacto conmigo ni qué hacemos comiendo aquí juntos. No quería disgustarte con la foto ni... Disculpa. Quizá sea mejor... No sé, quizá sea mejor hablar de otras cosas, ¿no te parece?

Víctor levanta la mano derecha.

—En absoluto. De hecho, es de esto de lo que quería hablar, si no te molesta. Te extrañará, lo sé, después de tanto tiempo, pero han pasado cosas últimamente. Y no puedo quitarme de encima la sensación de... —Intenta dar con la palabra justa, y al no conseguirlo, opta por dejar la frase en el aire—. Mira, creo que será mejor que pongamos las cartas sobre la mesa. Me encontré con Juanpe hace meses y de alguna manera hemos retomado el contacto. Eso ha hecho que afloren recuerdos... y olvidos. Hay muchas cosas de las que apenas tengo conciencia, aunque sé que sucedieron. He intentado averiguarlas, y el otro día, hablando con mi padre, me enteré de que... nos viste.

Va a añadir «y nos delataste», pero se contiene a tiempo. El verbo le parece ofensivo, casi vulgar, y sin embargo lo tiene en la punta de la lengua, deseando salir, sin importarle dar a la conversación ese tono barriobajero, casi infantil, impregnado de un rencor tenso. Dios, si él no se ha sentido culpable de lo que hizo, ¿cómo puede responsabilizar a un chaval de la misma edad de algo mucho más comprensible? Pero al mismo tiempo las leyes de la calle parecen un código labrado en tablas de piedra, y el resentimiento, aunque irracional, está ahí, buscando la forma de expresarse en voz alta.

—Pensé que te lo habrían contado ya. —Ismael adopta una actitud reflexiva, como si evaluara el hecho de manera fría—. Claro. Supongo que pensaron que era mejor borrarlo todo.

—Así fue. Y así ha sido hasta ahora. Lo han hecho tan bien que si no hubiera vuelto a encontrarme con Juanpe creo que...

—¿Les retiro los platos?

Víctor controla un gesto de impaciencia, lo cambia a tiempo por otro de asentimiento y calla mientras el camarero realiza su tarea.

—Si no me hubiera cruzado con él, no habría pensado nunca más en lo que pasó. En lo que hicimos. En lo que hice.

Ha tardado en pronunciar esas frases y aun así le cuesta sustituir el verbo genérico por otro más ajustado: «No habría pensado nunca más en lo que pasó, en el asesinato del Cromañón, en mi participación en él». No consigue verbalizarlo; no pudo lograrlo tampoco, al menos no con tanta claridad, cuando habló con Mercedes. Los eufemismos se han convertido en mis aliados, piensa. Armas cargadas en el ejército de los cobardes.

—El Cromañón era un capullo. Nadie en el colegio lo echó mucho de menos, si te digo la verdad.

—Eso me he repetido también cientos de veces estos días, pero no me sirve. Al menos no del todo. Míralo en esta foto, ¡no era más que un crío!

—¡Y nosotros también! Todos habíamos soñado con darle una lección. La merecía.

Llegan los lenguados, que el camarero sirve con rapidez, como si percibiera la tensión y deseara alejarse cuanto antes de esa última mesa ocupada. Sin demasiada originalidad, la guarnición es otra pirámide verde que esa vez ambos dejan intacta.

—Da igual —dice Víctor—, esa parte es mi problema. Sólo quiero saber lo que pasó. Ese día… y los siguientes.

—¿No lo sabes? Precisamente tú, ¿me dices que lo ignoras?

—Sé que sonará increíble. Recuerdo que lo odiábamos. Recuerdo haber planeado el hecho, aunque lo que tengo son ráfagas, detalles, frases que ni siquiera sé si las dije yo o fue Juanpe.

—Pobre Juanpe. Yo también lo he visto por el barrio. No tiene muy buen aspecto...

Lo que acaba de oír deja a Víctor estupefacto.

—¿Lo has visto? ¿Has hablado con él? —pregunta mientras Ismael se sonroja y niega con la cabeza.

—No me reconoció y no le dije nada. Lo siento, no quiero comer más.

—Yo tampoco.

Se han terminado la botella de agua. Las copas vacías contrastan con todos los secretos y las preguntas que llenan sus cabezas.

—¿Te importa que tomemos el café fuera? —sugiere Ismael—. Necesito un poco de aire.

La terraza se halla casi desierta y ambos escogen una mesa ubicada lejos de la puerta del restaurante. Ismael lleva la foto en la mano y la deja de nuevo a la vista, junto al servilletero de plástico rojo, y se pone a hablar en cuanto toma asiento en una silla fría de metal.

—Hay algo que tengo que contarte. Espera, deja que te lo diga ya y así me lo quito de encima. Te he dicho que soy escritor, o cuando menos aficionado. Me autoedité tres novelas que no cambiarán mi vida ni la de nadie. Había pensado en dejarlo... hasta que encontré esta foto. Fue ver la imagen y saber que tenía que escribirlo, que tenía que contar esos años, pero no para el mundo. Es algo demasiado personal, demasiado íntimo. Algo que, aunque te parezca mentira, seguía doliéndome.

—¿Has escrito nuestra historia? ¿Con nuestros nombres?

—Tranquilo. Nunca se me ocurriría publicarlo, ni creo que nadie quisiera hacerlo, pero sentí que debía contarlo todo. No para mí, en realidad, sino por vosotros. Por ti y por el Moco. Os cambié la vida, por mucho que lamente admitirlo.

—Fuimos nosotros quienes nos la jodimos solos.

—Y fui yo quien habló más de la cuenta.

Víctor suspira, aliviado. En Barcelona luce ese sol templado y frágil que aún es bienvenido; la verdad dicha por el otro, también lo es. Una vez oída, no encuentra en él ese rastro de ira que antes le ha cortado la voz.

—Ojalá no lo hubiera hecho. Volver al barrio me hizo ser consciente de cómo era. De cómo éramos. En ese mundo, los chivatos eran lo peor.

—Tampoco estamos hablando de una travesura corriente.

—Eso lo dices ahora. De haberlo sabido en aquel momento, tu reacción no habría sido la misma. Y eso que apenas te enterabas de que existía.

—¿Tú me recuerdas?

Ismael se echa a reír.

—Joder, me pasé cinco años intentando ser tu amigo. Tú no te dabas cuenta, claro. Y no servían de nada los esfuerzos de tu madre para que congeniáramos. Simplemente te aburrías conmigo. No me extraña, era un crío bastante soso. Creo que sólo me aguantabas por las rosquillas de mi madre: las de la Trini eran las mejores del barrio.

Y eso sí que enciende un interruptor en el cerebro de Víctor. La frase: «La Trini me ha dado rosquillas para ti», y la imagen de una mujer bajita que desprendía un penetrante olor a colonia. Y un niño, sí, claro, un crío de su edad al que no le gustaban el fútbol ni los coches. Víctor coge la foto y lo localiza, en medio de la fila central, perdido entre los treinta y tantos críos y crías que lo miran desde la puerta del colegio.

—¿Me recuerdas ahora?

—Sí. Y a tu hermano. Era mayor que tú, ¿no?

—Nicolás. Sí. Murió hace años; el sida, como tantos otros yonquis...

—Joder, claro. Tu madre venía a casa a coser con la mía. Y tú con ella. Merendamos juntos alguna vez.

—Las rosquillas. Yo las odiaba. Se las pedía sólo para que te las hiciera.

Ismael se sonroja de nuevo, aunque ya es tarde.

—Creo que te admiraba demasiado, aunque no era el único. Eras el hijo de Sandokán, ¿te acuerdas? Todos queríamos ser amigos tuyos. Pero tú escogiste al Moco, quién sabe por qué.

—No recuerdo haber sido tan... popular. Ahora lo llaman así, ¿no?

—Eso era lo mejor. No te dabas cuenta. Por eso lo eras. Y por eso yo te seguía, a veces, por la calle... Creo que quería ser tú, o al menos aprender a ser como tú.

Víctor lo mira, desconcertado.

—¿Me seguías? ¿Fue así como...?

—Más o menos. Y hay algo más que debo confesarte ahora, ya que estamos. Cuando me puse a escribir empecé a dar vueltas por el barrio. Me acerqué a la antigua papelería, al colegio, a los bloques verdes... Todo era distinto y a la vez casi igual, como un cuadro restaurado. Intenté enterarme de quién vivía en vuestro viejo piso y acabé sabiendo que Juanpe había vuelto al de sus padres. Jamás lo habría reconocido, la verdad, y él ni tan siquiera me miró las veces que nos cruzamos. Como te decía, no parece... estar muy bien.

—Ha tenido una vida dura.

—No sé si me entenderás. Yo estaba escribiendo, evocando el pasado, y de repente me encontré con Juanpe, tantos años después. Era como si un personaje que yo estaba creando tomara vida ante mis ojos. Como tú ahora.

—No lo creaste, Ismael. Ya existíamos.

—Lo sé. Te he dicho que no es fácil de explicar. Tuve la tentación irresistible de averiguar qué os había pasado después. Te busqué, igual que lo has hecho tú ahora, y un día te vi por las inmediaciones de los bloques verdes. No podía creerlo. Allí, de repente, estabais de nuevo los dos.

—¿Nos has seguido?

—Yo no lo llamaría así. Fue como documentarme para una novela, aunque al revés. Era fascinante: por una vez podía saber lo que sucedía cuando mi historia terminaba.

Víctor sacude la cabeza y toma la palabra, intentando controlar la voz.

—Ismael, esta no es sólo tu historia. Es la mía, la de Juanpe, la del Cromañón. No somos personajes, sino personas de carne y hueso.

—Claro. Sabía que reaccionarías así... Ahora pensarás que estoy loco. No pretendía ofenderte ni perjudicaros en modo alguno, pero alguien que no se dedique a esto no puede entenderlo. Lo que quería decirte es que, aunque no sé en qué está metido Juanpe, puedo asegurarte que es algo raro. Yo que tú me andaría con cuidado. No creo que sea un tipo de fiar.

Víctor intenta que su voz no suene tan severa, si bien no puede evitarlo del todo. La recriminación que se ha tragado antes surge ahora, incontenible.

—¿Sabes una cosa? Me parece que muchos años después esos niños siguen actuando igual. Juanpe es un desgraciado, yo intento ayudarlo. Y tú... tú sigues curioseando en las vidas ajenas y hablando más de la cuenta.

—En parte tienes razón. Las circunstancias cambian, pero nosotros somos los mismos.

—Nosotros también aprendemos de nuestros errores. Y procuramos no repetirlos.

La tensión es ahora tan evidente que el camarero deja la cuenta sobre la mesa sin decir nada.

—Creo que debo pedirte disculpas. Espero que cuando lo leas todo llegues a entenderme. Te lo mandaré por correo electrónico en cuanto lo termine. Deja, ya pago yo. Ahora es mejor que me vaya.

Víctor lo ve dirigirse al interior del restaurante sin hacer ningún gesto para detenerlo. Sigue enojado, o más bien irritado, sin saber muy bien si es consigo mismo o con ese hombre que ha entrado en el local para pagar la cuenta.

Haz el favor de enseñar a Ismael el tren que te trajeron los Reyes.

Pero, mamá, es un rollo. No le gustan los trenes. Ni los coches. No le gusta nada.

¡Que te he dicho que se lo enseñes! ¿Cómo no van a gustarle?

Me ha dicho que el de su hermano es mejor. Más chulo.

Pues otro día vas tú a su casa a jugar con ese.

¡Ni hablar! Me aburro.

Víctor, te callas y obedeces, ¿está claro? No quiero oír ni una palabra más.

Ya, porque tú lo digas.

Exactamente. Porque lo digo yo, que soy tu madre.

Pues es un rollo igual, digas lo que digas. Además, me mira raro. En el cole dicen que es mariqui...

¡Víctor! Vuelve a abrir la boca y te juro que esta noche duermes caliente. Isma, cariño, Víctor ya sale. ¡Por Dios, Trini, este niño va a volverme loca!

Vale. Pero a su casa no voy, ¿eh? Ni de broma.

Sigue pensando en él, en todo, unas horas más tarde, sentado en su despacho. Piensa en que le gustaría llamar a Miriam y en que no va a hacerlo, y en que al otro lado de la ventana se distingue una tarde magnífica, tibia y amable, que contradice hasta tal punto su estado de ánimo que casi le dan ganas de bajar la persiana. Continúa dando vueltas a la conversación mantenida, al relato que espera recibir, a la verdad, una verdad propia que parece estar en manos ajenas. Por eso, absorto en sus pensamientos, casi no se percata del visitante hasta que este se encuentra frente a su mesa: un caballero de edad avanzada, vestido con un abrigo gris oscuro y una llamativa bufanda de color blanco, que lo observa con atención.

—Disculpe que irrumpa así, pero me dijeron que aún no se había ido a casa y he pensado que, a lo mejor, tenía un rato para mí. Mi nombre es Baños, Conrado Baños.

QUINTA PARTE

Morí por la belleza

45

Ciudad Satélite, diciembre de 1978

Resulta extraño escribir el final en estas nuevas circunstancias. Saber que todo será leído por uno de sus protagonistas me paraliza y me alienta a la vez. Quiero ser tan
franco como sea posible, aparcar la subjetividad, entregar
el relato desnudo de esos hechos, pero sé que mi empeño es
utópico. Yo estaba allí, los viví, y es mi memoria la que ha
ido moldeándolos de manera inconsciente; por eso deberé
conformarme con el empeño y aceptar que esta, como todas, es sólo mi verdad. Ni más ni menos.

Aunque ahora nos parezca mentira, los adultos de 1978
estaban emocionados con la Constitución que se votó el 6 de
diciembre. Adolfo, a quien ya habíamos quitado el «don»,
nos la explicó largo y tendido en la clase de Ética, que había sustituido a la de Religión, y también en Sociales, aunque no estaba en el temario. Nuestros padres acudieron a
las urnas en masa, y nuestro colegio se llenó, por un domingo, de adultos sentados en nuestros pupitres de críos.
Y si los mayores vivían aquellas fechas con esperanza, los
jóvenes como mi hermano Nicolás se paseaban por el barrio convertidos en Travoltas de la Satélite mientras escu-
chaban a los Bee Gees y sus voces de falsete. Mi hermana

nos tenía locos con *Tragedy*, un single que sonaba una y otra vez en el tocadiscos de casa y que ella intentaba cantar sin saber ni una palabra de inglés. Ahora que lo pienso, nuestra *tragedy* particular estaba a punto de estallar.

Los cromos. Creo que es ahí por donde debo continuar, por el momento maravilloso en que Juanpe consiguió ese cromo de Mazinger Z que nos faltaba a todos. La noticia era más interesante para nosotros que cualquier Constitución, por trascendente que esta fuera. Tal vez me equivoque, pues los recuerdos no siempre son fiables y se contaminan con el tiempo, adaptándose a nuestras propias conveniencias, pero juraría ahora que en el fondo casi todos nos alegramos. Incluso a nuestra edad entendíamos que al Moco ya le tocaba disfrutar de una ración de buena suerte, aunque alguno ya predijo que, a los chavales como Juanpe, esa fortuna les duraba poco.

Y así fue. Joaquín Vázquez se enteró cuando entró en clase a las tres y pensó, cómo no, que aquello era exactamente como si le hubiera tocado a él. A la salida se dirigió al Moco, que iba con Víctor hacia casa de los Yagüe, como todas las tardes, con esa sonrisa de matón que reservaba para él. Yo iba algo por detrás, con un par de chavales más. Por esa razón no presencié el principio de la escena sino sólo el final.

El Cromañón había sacudido a Juanpe muchas veces, le había quitado un montón de cosas a lo largo de los años, y siguió haciéndolo en ese nuevo curso. Pero Juanpe ya no era el mismo. Ya fuera por el verano que había pasado en Montefrío, por su amistad afianzada con Víctor o simplemente porque había crecido, ese día no estuvo dispuesto a rendirse sin plantar batalla. El resultado fue una de las palizas más salvajes que yo había visto en mi vida. Víctor intentó interceder por su amigo y también recibió lo suyo, porque si había algo que Vázquez no podía soportar era que le llevaran la contraria. El Moco se negó a darle el cromo una y otra vez, sin importarle las collejas que se convirtieron en bofetadas y luego, cuando ya Joaquín había perdido los estribos, en una nube de puñetazos que lo dejaron tirado en el suelo, dolorido y, por supuesto, sin el preciado cromo, que el otro levantó en el aire como si alzara un trofeo. Estaba arrugado, casi roto, pero era suyo.

Creo que fue ese día cuando Juanpe y Víctor Yagüe decidieron darle una lección de verdad que terminara con eso para siempre. Creo que fue ese día cuando la humillación empezó a provocar lo que terminaría siendo una tragedia. Víctor ayudó a Juanpe a levantarse y se lo llevó a su casa, casi a rastras, y los demás nos quedamos quietos, como siempre, meros testigos de algo que ya no nos hacía ninguna gracia.

A partir de ahí las cosas habrían podido ser muy distintas si Víctor, por ejemplo, hubiera puesto el tema en conocimiento de su familia. Lo cierto es que no lo hizo, porque estoy seguro de que Emilio Yagüe habría intervenido, a pesar de que el receptor de la mayoría de los golpes no fuera familiar suyo, quizá porque pensó que eso le hacía quedar como un pusilánime delante de su padre. No sé cómo lograron que Anabel no se enterara, supongo que tejieron una historia con medias verdades culpando a cualquier banda callejera. Y ella, que había cobrado afecto a Juanpe, le puso mercromina en las heridas de la refriega y lo abrazó antes de darle un pedazo enorme de ese bizcocho que le quedaba tan rico.

Aunque luego circularon muchas historias sobre ella que afirmaban que ya por entonces andaba en amoríos con el encargado de la fábrica, Pedro Terrades, yo juraría que mi madre tiene razón cuando afirma que nada de eso es cierto ni de lejos. Que Terrades bebía los vientos por ella, eso sí lo sabía, por ser su amiga, pero Anabel no le daba más importancia. Toda su vida había atraído a los hombres como moscas y sabía cómo lidiar con ellos, sin ofenderlos ni perder la reputación. Además, ahora que había una tregua en las huelgas de Cláusor y los obreros habían logrado gran parte de sus objetivos, ella ya no tenía por qué acercarse a la fábrica. Es cierto que alguna vez, sólo entre sus más íntimas, admitió haber visto a Terrades rondando por su calle haciéndose el encontradizo, y que incluso un día estuvo a punto de advertirle que, si seguía empeñado en camelársela, tendría que hablar con su marido. Anabel lo contaba entre risas, sin disimular que se sentía halagada por aquel interés procedente de alguien de mayor poder económico. En ese momento ya estaba embarazada de su cuarto hijo, que por fin resultaría ser una niña y que esos rumores maledicentes adjudicaron luego a Pedro Terrades. «La niña era igual que Emilio», sentenció mi madre, en un tono que no admitía réplica.

Creo que fue la primera vez que yo conté en casa algo relacionado con el Moco. Estaba tan impresionado por aquella tunda atroz que se lo expliqué a mi hermano Nico, que por aquel entonces tenía diecinueve años, siete más que yo. En general no me hacía mucho caso y tampoco era el típico hermano mayor cariñoso. Además, andaba siempre de broncas con mi padre, que había intentado meterlo en Cláusor, algo a lo que Nico se negaba con firmeza aunque sin ofrecer ninguna alternativa. Recuerdo que esos días apenas se hablaban, ante la desesperación de mi madre, que sentía por su hijo mayor un amor especial. Por lo que supimos más adelante, es posible que ya entonces Nico tonteara con las drogas; tal vez aún no había llegado a la heroína, no lo sé, pero seguro que fumaba porros porque yo lo había visto hacerlo con sus amigos. Se reunían en un rincón oscuro de la calle y se pasaban el porro sin decir nada, como si estuvieran realizando un ritual esotérico en el que el silencio era tan importante como la compañía o el humo que exhalaban.

Esa tarde estaba en casa cuando yo llegué del colegio, cosa rara porque en general salía tanto como podía. Creo que las paredes y las expectativas de mi padre lo ahogaban por igual y en la calle se sentía libre de ambas. No sé si fui yo quien se lo explicó todo de manera espontánea o si él me vio llegar con cara de asustado y me preguntó. En cualquier caso, no pude callarme y el pobre Nico, por una vez, actuó de hermano mayor. Me dijo que recurriera a él si Vázquez o cualquier otro se metía conmigo e hizo que se lo prometiera con una solemnidad que encajaba poco con él. Esa tarde no salió: me preparó la merienda y se quedó en el comedor mirando la tele, haciéndome compañía. A ratos me preguntaba por el colegio, por el Cromañón y por el Moco, e intentaba asegurarse de que yo no había sufrido nada parecido a manos de aquel bruto. Casi estuve a punto de mentirle, porque me habría hecho ilusión ver a Nico y a sus amigos dando una lección al subnormal de Joaquín Vázquez.

No puedo afirmarlo, claro, pero supongo que en ese rato, o en los días siguientes, Víctor y Juanpe dedicaron esas mismas horas de la tarde a trazar su plan. Como auténticos piratas o bandoleros, sabían que para lograr su objetivo tenían que atraer a su presa hasta un lugar donde atacarlo. Lo más difícil era conseguir algo que Vázquez valorara lo bastante para dar ese paso, arrebatarle un objeto que quisiera recuperar a toda costa. El álbum de cromos de Mazinger era la prenda perfecta, ahora que Joaquín ya lo tenía completo y alardeaba de él ante los niños del colegio. De hecho, era perfecto e imposible a la vez porque el Cromañón lo guardaba como oro en paño y no se despegaba de él.

Víctor y Juanpe tuvieron suerte, al final, el día 15 de

diciembre por la tarde, si es que puede llamarse suerte al inicio de todo lo que pasó después. Vázquez no solía molestar demasiado en clase; a lo sumo, incordiaba con su apatía y su nulo interés. Aquella tarde, sin embargo, debía de estar nervioso o más inquieto de lo normal. Teníamos Lengua con una sustituta que se empeñaba en que leyéramos en voz alta fragmentos del *Cantar de Mio Cid*. Los demás profes solían pedir voluntarios y siempre había alguna niña que se ofrecía, pero la recién llegada se empeñó en que pasáramos todos por esa prueba, empezando por los últimos de la lista. Leyó Juanpe, luego Víctor y, después, le tocó el turno a Vázquez.

Ya he dicho que Joaquín Vázquez no solía ser maleducado, así que no sé por qué diablos armó un lío que lo envió directamente al despacho del director. Casi podría decirse que se levantó de la silla con satisfacción y se puso a recoger sus cosas, y la sonrisa se le borró de la cara cuando la *señu* le ordenó que lo dejara todo allí y saliera del aula inmediatamente.

Cuando sonó el timbre a las seis de la tarde él aún no había vuelto, y lo que hasta entonces había parecido una misión imposible se convirtió en la más sencilla del mundo. Vi a Juanpe coger el álbum del pupitre de Vázquez y dejar allí un papel. La nota se encontró luego, en el cadáver del Cromañón, así que sé lo que ponía: «Si quieres recuperarlo ven esta tarde a los pisos *avandonados* del otro lado de la carretera».

De todos modos, a mí no me hizo falta ver la nota. Para alguien tan observador como yo, estaba claro que Juanpe y Víctor tramaban algo, así que me dediqué a seguirlos, pero si hubiera leído ese papel, como hizo después Joaquín Vázquez, también habría sabido adónde dirigirme. Era una obra enorme que se había quedado a medias, apenas en los cimientos, porque los de la constructora se habían largado y habían dejado a los albañiles a dos velas. De hecho, en verano se había puesto de moda jugar por allí cerca por las tardes, a matar o a cualquier otra cosa, aunque a nuestros padres no les gustaba mucho ya que había que cruzar la carretera y, además, en los alrededores había cascotes, hierros, runa y restos de la obra por terminar. Ahora que lo recuerdo, uno de los momentos más divertidos del final de aquel verano de 1978 fue un día en que Joaquín Vázquez, el padre, acudió al descampado a buscar a su hijo y lo llevó, tan grande como era, a pescozones por toda la calle. Los que estábamos allí lamentamos que el Moco no estuviera delante, porque se merecía ver aquella escena. Por las noches la obra se poblaba de yonquis, o eso decían. Yo nunca me acerqué a ella pasadas las ocho porque el lugar presentaba un aspecto lúgubre, desangelado y tenebroso. Los cimientos del bloque recordaban a una atracción fantasma, un castillo del terror oscuro, rodeado de una explanada llena de desniveles.

Observé a los dos dirigirse hacia allí y los perdí de vista cuando entraron en la obra, porque si los seguía más allá corría el riesgo de que me descubrieran. Era diciembre, y estaba oscuro. La luz de la calle iluminaba la obra a medias, y me aposté en la vieja puerta que alguna vez había tenido una cadena y un candado. No había nadie más por allí. En aquella tierra no crecía la hierba y los únicos frutos eran las jeringuillas usadas, dispersas como setas letales.

Pasó bastante rato, no sé muy bien cuánto, hasta que vi que el Cromañón subía la calle en dirección hacia allí. Para entonces yo estaba seguro de que Víctor y el Moco habían preparado algo memorable y no estaba dispuesto a perdérmelo por nada del mundo. Me alejé antes de que Vázquez pudiera verme y volví enseguida, en cuanto cruzó la verja y fue andando, con paso más lento, hasta llegar frente al esqueleto del edificio.

Creo que fue Víctor el que corrió hacia él, por su espalda, y lo embistió con tanta fuerza que lo derribó. No lo habría logrado en condiciones normales, pero Vázquez estaba desprevenido y se dio de bruces contra el suelo. Juanpe le atizó el primer golpe con algo que parecía una barra de hierro de las que había a cientos a un lado de la obra. No sé dónde le dio, no alcanzaba a verlo, pero sí que los golpes de ambos siguieron. Víctor también llevaba en la mano algo que parecía un palo de madera. Supongo que el Cromañón intentó resistirse, aunque la verdad es que a mí me dio la impresión de que el primer porrazo lo había dejado medio aturdido. Apenas se movía. Juanpe soltaba toda la rabia acumulada durante años y continuó pegándole, una y otra vez, mientras yo observaba la escena, hechizado por esa violencia aunque sin sentir la satisfacción que había previsto. Una vez en el suelo, Joaquín Vázquez había perdido su aura de matón y ya no despertaba en mí ansias de venganza o placer ante su sufrimiento. Tampoco despertaba compasión, la verdad, sólo indiferencia y algo parecido al horror ante el ensañamiento de los otros.

Me aparté de la verja antes de que me vieran, eché a correr y llegué a casa con el corazón latiéndome como si fuera un caballo asustado.

He narrado ya los acontecimientos que sucedieron después, la noticia que alarmó al barrio, los comentarios y la charla que nos endosó el director; mi malestar y mi confesión, el lunes siguiente. También he explicado ya que a lo largo de ese fin de semana la Guardia Civil detuvo a un par de quinquis de la zona para interrogarlos, pero no señalé que uno de ellos era el mejor amigo de Nico, su compañero de porros. No sé por qué lo detuvieron a él, si fue casualidad o tuvo la mala fortuna de que alguien lo viera por allí cerca. En cualquier caso, Nico volvió a casa hecho una furia, acusando a los picoletos de franquistas y clamando a voz en grito que España era una mierda. Mi padre le asestó un bofetón, lo recuerdo porque eso en casa no era para nada habitual y menos con alguien que ya tenía casi veinte años.

Nico se encerró en su cuarto, pero un rato después vino a verme. En su mejilla era visible el trazo rojo de la mano de mi padre. «Ese chico al que se han cargado es el matón del que me hablabas el otro día, ¿no?» Asentí, mudo, y él debió de notar algo porque se sentó a mi lado en la cama y añadió: «Tú sabes que en estas cosas es importante decir la verdad. Que no podemos dejar que unos inocentes paguen el pato». Y yo lo sabía, claro que lo sabía, pero se trataba de mi amigo, de ese amigo que no quería serlo pero que yo sentía igualmente como tal. Nico esperó; al ver que yo seguía en silencio, se fue y me dejó solo con mis pesadillas.

El martes siguiente se lo conté todo a mi madre. Todo, sin omitir detalle.

Y a partir de ahí ya nada fue igual.

«Han matado a un crío.» «Son unos niños, Anabel.» «¡Me cago en Dios, esto nos va a joder la vida!» Oí esas frases desde mi cuarto convencido de que se dirigían a mí, aunque, por supuesto, no era así. Desde el momento en que se lo confesé a mi madre, y ella al cabeza de familia, las cosas siguieron su curso, un trayecto inexorable, plagado de vacilaciones, de llantos y de imprecaciones. Mi padre era buen amigo de Emilio Yagüe, igual que mi madre lo era de Anabel, y esa misma tarde se reunieron los cuatro en mi casa. Se suponía que estábamos cerca de Navidad, el belén estaba montado, pero en el comedor no se respiraba el menor espíritu festivo. Sabía que acabarían llamándome, entrando en mi cuarto. Oía la voz de Nico diciendo que su amigo no podía estar detenido ni un minuto más; la de mi padre mandándolo callar y la de mi madre pidiendo paz. Y a Emilio y a Anabel, que se enzarzaron en una pelea de la que apenas conseguí entender nada.

Un rato más tarde, mi padre y Emilio Yagüe entraron en mi cuarto con los semblantes serios. Nico vino poco después. Creo que Anabel ya se había marchado o puede que estuviera fuera, con mi madre. Me senté en la cama, oí lo que tenían que decir, respondí a sus preguntas tan bien como supe. Y sí, claro que yo apreciaba a Víctor, que era un chico estupendo, que seguramente había hecho eso por ayudar a un amigo. Porque quien quería hacer daño al chaval de los Vázquez era el otro, ¿verdad? Ese pobre crío con aquella madre ebria y un padre que era un asilvestrado. No como Víctor, que los tenía a ellos, a sus hermanos, que se portaba bien y que podría ser un adulto de provecho. Los razonamientos entre los hombres iban y venían, hasta que mi padre se cansó y me soltó: «Escucha bien: Emilio es un buen amigo y un compañero ejemplar. Es como un hermano para mí. Así que ahora me atiendes y haces lo que yo te diga, ¿está claro?».

Lo estaba. De hecho, era bastante sencillo porque en el fondo era lo mismo que yo quería. Proteger a Víctor, mantener su nombre al margen. Recuerdo que, mi hermano dijo: «¿Y el otro crío? ¿Cómo podéis estar seguros de que no abrirá la boca?». «De eso ya me ocupo yo», dijo Emilio Yagüe, aunque nunca supe a qué se refería.

Me vestí y fui con mi padre al cuartelillo. Repetí la misma historia que había contado a mi madre, salvo que dejé a Juanpe solo, sin mencionar a nadie más. No era difícil porque todo era verdad. El empujón y el primer golpe podían haber sido dados por la misma persona, la que tenía verdaderos motivos para vengarse de Joaquín Vázquez: Juan Pedro Zamora, el Moco.

No sé por qué Juanpe no delató a Víctor; a veces pienso que quizá lo hizo pero nadie le hizo caso, y otras que fue mucho más leal que yo y mantuvo la amistad hasta las últimas consecuencias. Yo tuve que volver a contar mi historia ante el juez, en privado, y luego nos enteramos de que Juanpe iría a un reformatorio. La sorpresa, cuando pasó la Navidad, fue que Víctor tampoco estaba en clase. Adujeron que el abuelo necesitaba compañía en el pueblo y que habían decidido mandarlo con él por un tiempo, y aunque corrieron rumores de que era demasiada coincidencia que los dos amigos hubieran desaparecido del mapa, nadie quiso profundizar demasiado por afecto a los Yagüe. Al fin y al cabo, así se habían hecho siempre las cosas. Podían cambiar los tiempos y los escenarios, pero las costumbres se resistían, al menos en la Ciudad Satélite.

Los primeros días el aula se veía distinta sin ellos. Luego nos fuimos acostumbrando a esa última fila vacía. Los Vázquez abrieron la papelería después de Reyes, aunque Salud no volvió a trabajar allí. Se decía por el barrio que apenas salía de casa, que se pasaba el día en su cuarto, con las persianas bajadas como si la luz le doliera. Al poco tiempo se mudaron, llevándose consigo muebles, enseres y tristeza al piso nuevo.

Un amanecer, cuando habían transcurrido pocos meses de 1979, Juan Zamora se esfumó con la Viuda. Decían que a él le había venido bien no tener que ocuparse de Juanpe, que renegó de su hijo ante el juez y culpó de las faltas del chico a una madre borracha y loca, y que aprovechó la tragedia para largarse con aquella mujer que le tenía sorbido el seso. Fuera cierto o no, volvimos a verlo reaparecer unos años más tarde, envejecido y solo. Las malas lenguas comentaron que la Viuda se cansó de él y lo dejó tirado y sin un céntimo, aunque había quien apuntaba que el Lobo no había perdido el gusto de sacar a pasear el cinto y que la Viuda, que no era como la Rosi, lo había mandado al carajo sin pensárselo dos veces.

Rosi había pasado por todo el asunto de Juanpe en el mismo estado de estupefacción alcohólica de siempre. Lloró por su hijo, pero los llantos eran como los fantasmas: la desesperaban y la abocaban al vino. Creo que tocó fondo cuando se vio sola, abandonada por su marido y sin un hijo en el que apoyarse o aliviar sus miedos. Y fue entonces cuando se produjo el milagro: uno pagano, casi herético, pero igualmente benéfico al fin y al cabo. Alguien que se había interesado por ella en el pasado, con poco acierto, apareció de nuevo, y sus circunstancias, como las de Rosi, también habían cambiado. El mosén que nos dio la comunión, el mismo que ya había intentado ayudarla años atrás, la encontró una noche, sin conocimiento, en mitad de la calle. La reconoció, seguramente porque no había podido olvidarse de la historia de esa mujer, y se dispuso a ayudarla ya no como párroco sino como hombre, porque, si bien en esos años él había colgado los hábitos, las ganas de hacer el bien seguían intactas. La llevó al médico, la ayudó a pasar el mono, la puso en tratamiento y poco a poco, como en el cuento del patito feo, Rosi fue convirtiéndose si no en un cisne, sí en una persona tímida, siempre temerosa, pero libre de adicciones. Nadie sabía muy bien qué historia se traían ella y el cura, pero los tiempos habían cambiado y las vecinas que la habían criticado por borracha defendían ahora el derecho de esa mujer a rehacer su vida con alguien amable y bueno, así que, descartada la bendición de Dios, sí recibieron las del barrio, que en el fondo eran las que contaban. El regreso de Juan Zamora fue, pues, una noticia pésima, porque, siendo como era, se instaló de nuevo en su antiguo piso, donde Rosi aún vivía, manteniéndose con el trabajo en una fábrica que su nuevo amigo le había conseguido. Ahora resulta impensable, pero lo cierto es que, a pesar de todo, Rosi aceptó al Lobo aunque con la condición inquebrantable de que no volviera a ponerle la mano encima. «Una santa —dijeron de ella las vecinas—. Una santa que se merece pasar la vida con un hombre mejor...» Quizá por eso la súbita muerte de Zamora, ocurrida pocos meses después de su retorno, fue más bien una alegría que una tragedia. El corazón le falló en plena escalera, un día que alguien dejó mal cerrado el ascensor y él tuvo que subir los seis pisos a pie. Después de ese fallecimiento, tan inesperado como bienvenido, Rosi y el antiguo mosén ya no tuvieron problema alguno en casarse y seguir viviendo en ese piso, ahora, por fin, libre de fantasmas y de amenazas. Por lo que sé, fueron felices, no tuvieron más hijos y compartieron una madurez tranquila y amable hasta el fallecimiento de ambos en 2013 en un accidente de automóvil, un detalle que añadió un toque románticamente macabro a su peculiar historia de amor.

El barrio no fue tan amable ni empático con quienes habían sido sus héroes. «Adúltera» fue la palabra que usaron los más amables para describir la acción de Anabel Llobera al año siguiente de la muerte de Joaquín Vázquez. Otros la llamaron de maneras más crueles, y algunos las pensaron sin decirlas. Cierto es que la familia no era la misma desde que mandaron al niño mayor a Granada, algo que la mayor parte del barrio nunca llegó a explicarse, y que las desgracias parecían caerles unas sobre otras como si hubieran sido víctimas de una maldición gitana. Primero fue un parto difícil, una niña prematura que se debatió entre la vida y la muerte, y que gracias a Dios salió adelante. Luego el niño, el pequeño, Emilio, que se puso enfermo, enfermo de verdad, una de esas cosas de la sangre, y casi no lo cuenta. Y para terminar, para redondear la desgracia para el padre de familia, Anabel se marchó un buen día con el encargado de la fábrica, un tipo con dinero y no tan viejo como decían algunas.

Nadie se explicaba el porqué de aquel abandono, aunque muchos lo achacaron a simple codicia sin caer en la cuenta de que a los Yagüe no les faltaba de nada. Mi madre calló, como deben hacer las amigas leales, y, aunque estoy seguro de que no aprobaba esa decisión, se guardó mucho de criticarla en público. En casa, alguna vez que mi padre osó mentarla, ella cortó la charla diciendo una frase que, para mí al menos, sugería más un misterio que una explicación: «Anabel amaba a su marido por su hombría y por sus ideas, y cuando las ideas se echaron a perder se dio cuenta de que con la hombría ya no le bastaba».

Ninguno lo entendíamos del todo, pero también es verdad que con el tiempo llegamos a olvidarlos, a ellos y a sus hijos, a la pobre Rosi y al salvaje de Juan Zamora, de la misma manera que fuimos olvidando tantas otras cosas del barrio, entre ellas su nombre, que cayó en desuso pocos años después, quizá porque sus habitantes nunca supieron qué diablos significaba eso de la Ciudad Satélite.

46

Les está quedando muy bien todo esto. Muy elegante, sí señor. Yo conocía este hotel, ¿sabe? Incluso me había alojado en él alguna vez, hace años ya. Nada que ver con lo que he visto ahora, y eso que no ha sido mucho.

Conrado Baños es un tipo ya mayor, rozando los setenta, ni alto ni bajo y más elegante que vulgar, que se mueve y habla con el aplomo de quienes están habituados a ser tenidos en cuenta. Víctor casi no ha tenido oportunidad de preguntarle cómo ha llegado hasta su despacho o cuál es el motivo de su visita.

—Me alegro de que le guste… La verdad es que estaba a punto de marcharme a casa, así que si desea algo relacionado con el hotel será mejor que concierte una cita con mi secretaria.

—Debo pedirle disculpas. Los viejos vamos perdiendo los modales, ¿sabe? De hecho quería hablar con usted en privado, y no sobre algo referido al hotel, o al menos no directamente. Llamé hace un rato por teléfono y su secretaria me informó de que estaba ocupado. No vivo muy lejos, así que se me ha ocurrido acercarme. Me temo que he engañado un poco a su portero, no se lo tenga en cuenta.

Le he dicho que tenía una cita con usted y me ha dejado subir. La tercera edad tiene pocas ventajas y una es esta: la gente tiende a mostrarnos su cara más amable.

Hay algo en ese hombre, en sus rasgos duros y su voz profunda, que desmiente esa perorata del abuelito benévolo, pero en ese momento su sonrisa es afable, un poco campechana, y Víctor se siente más curioso que importunado.

—Y dígame, pues, ¿qué le trae hasta aquí?

El viejo mueve la cabeza y se rasca ligeramente la parte izquierda del cuello.

—Verá, es un tema de cierta delicadeza. Si le soy sincero, no sé si esto ha sido muy buena idea...

—Ahora ya está aquí.

—También tiene razón. Vaya, no envejezca, señor Yagüe. Yo solía ser mucho más contundente hace sólo unos años. La vejez implica un estado de duda casi constante.

No hay la menor muestra de falta de seguridad en ese hombre, por mucho que se empeñe, y la mezcla entre su papel impostado y la verdad que se intuye detrás consigue despertar más aún el interés de Víctor.

—No le dé más vueltas. ¿Para qué ha venido?

—Cierto. Baños, no seas melindroso... —se dice a sí mismo—. Si en el fondo yo creo que va a entenderlo perfectamente. Ando algo preocupado por un amigo que usted y yo tenemos en común.

—Perdone, pero no sé de quién me habla.

—De Juanpe, ¿de quién va a ser si no? Es un buen tipo... Un buen tipo que ha tenido muy mala suerte. No sé si conoce todos los detalles.

Todo en su vida parece tener que ver con Juanpe últimamente, piensa Víctor. Su almuerzo con Ismael, sus pensamientos durante la tarde y ahora ese visitante inesperado.

—Sé que su vida no ha sido fácil —le dice, sin comprometerse demasiado.

—¿Sí? ¿Se lo contó? —El viejo lo mira con renovado interés—. Es un hombre honesto, Juanpe. A veces incluso demasiado. Yo lo he tratado en los últimos años y sé de lo que hablo.

De repente a Víctor se le ocurre que ese anciano quizá conoció a Juanpe en la cárcel. Piensa que su amigo le ha hablado poco de esos años y que tal vez sea el momento de recomponer parte de ese puzle que es la vida de Juan Pedro Zamora.

—¿Y cuál ha sido su relación con él?

—Laboral, básicamente. Mire, le seré totalmente franco. Yo era policía cuando conocí a nuestro amigo común. Él estaba en prisión...

—Me consta.

Baños asiente, si bien con aire de ligera sorpresa.

—A pesar de las circunstancias en que nos conocimos, no puedo negar que le he cobrado bastante afecto. Durante unos años trabajó para mí: nada importante, me hacía algún que otro recado... Lo que pasa es que con el tiempo mis encargos se terminaron. Ya estoy jubilado, como comprenderá.

—Ya. —Recuerda que Juanpe le habló de algo parecido sobre unos trabajos esporádicos cuando acudió a la entrevista en diciembre—. Bueno, ahora tendrá un empleo de verdad.

—¡Eso me comentó! Y, la verdad, me extrañó mucho... Alguien como él, con sus antecedentes y su falta de experiencia. Verá, le pareceré un viejo chocho pero me sentí en la obligación de averiguar algo más. Llámelo instinto policial, costumbre o puro aburrimiento. Y hay otra cosa: aunque ahora todo es distinto, en mis años uno se preocupaba realmente de sus empleados. Sobre todo de alguien tan... desamparado como Juanpe.

—¿Y ha venido a saber si la oferta iba en serio?

—¿Le parece ridículo? Mire, Juanpe es un buen tipo, insisto, pero es un bendito, susceptible de caer en las garras de cualquier desaprensivo que lo meta en líos. Ya le sucedió en el pasado y tuvo que recurrir a mí para que lo ayudara.

—¿Qué clase de líos?

—Veo que no se lo ha contado todo... ¿Qué sabe usted exactamente?

—Sé que estuvo en el reformatorio y luego en la cárcel. Oiga, me consta que Juanpe no ha tenido una vida ejemplar, pero sinceramente creo que debo ayudarlo sin hacerle más preguntas. A menos que exista algo que, según usted, deba saber. Por mí, la vida laboral de Juanpe empezará dentro de tres semanas, cuando comience a trabajar aquí; sus experiencias anteriores no me incumben ni deseo tener más conocimiento de ellas que el imprescindible.

El viejo sonríe, y es la primera vez que ese gesto le sale con franqueza.

—En absoluto. Me alegro de que Juanpe haya encontrado un buen amigo que desea su bien. Con esto ya me voy tranquilo... Y no, de verdad, no hay nada más que usted deba saber. Es más, yo secundo su idea: el pobre se merece una oportunidad real. Y entre nosotros, aparte de ese asunto tan macabro con el doctor Bosch, no hay apenas nada más que deba preocuparle. Algún error mínimo, delitos de poca monta. Nada que la influencia de un empleo sólido no pueda enmendar para siempre.

Baños se levanta con más decisión de la que había hecho gala al sentarse, como si se hubiera quitado realmente un peso de encima y sus piernas se movieran con más agilidad.

—No le entretengo más. Ah, y si algún día le llegan rumores o el propio Juanpe le comenta algo que le resulta extraño… hable conmigo antes de hacerlo con nadie. Aquí tiene mi tarjeta. De verdad, ambos queremos lo mejor para él, puede estar seguro de ello. Y si al final usted decidiera cambiar de opinión en lo del empleo, no se preocupe. Yo me ocuparé de Juanpe, en la medida de mis posibilidades, como he hecho hasta ahora…

Víctor echa un vistazo a la tarjeta, en la que consta simplemente un nombre y un número de teléfono.

—De acuerdo, señor Baños.

—Ah, le pido un último favor. —El visitante se ajusta la bufanda blanca por dentro del abrigo—. Mantengamos este encuentro en secreto. No le diga que me ha visto. A él no le gustaría, se sentiría incómodo… Desea cambiar de vida, y comprendo que eso implica dejarme atrás, pero no me habría quedado del todo tranquilo si no hubiera hablado con usted. Espero que lo entienda, manías de viejos… ¿Puedo contar con su pequeña complicidad en esto?

Baños le extiende una mano que Víctor estrecha. Si la manera de encajar la mano de un hombre es una señal de algo, como indican los manuales de comportamiento no verbal, no hay la menor vacilación ni senilidad en ese hombre que ahora vuelve a mirarlo fijamente, casi con dureza.

—Trato hecho —dice sin demasiado convencimiento.

47

Se han cruzado varias veces desde aquella primera charla en el parque. En la escalera, en la calle y de nuevo en los alrededores del estanque. A veces Juanpe la ve salir por las mañanas, desde el balcón de su piso, y sabe a ciencia cierta que en ocasiones falta a clase sin que ella se lo haya contado. Ese día fue una auténtica sorpresa porque las chicas no suelen dirigirle la palabra, al menos no con ánimo de entablar conversación, algo que él no lamenta demasiado ya. Su experiencia con las mujeres es muy limitada, en gran parte por voluntad propia, pero Alena no le habló en tono de suficiencia o coqueteo, y Juanpe se sintió si no cómodo, al menos no amenazado en modo alguno.

Y así, a partir del nuevo encuentro casual, se ha establecido entre ambos una especie de rutina disonante. No acuerdan una cita específica, Juanpe nunca se atrevería y a ella no se le ha ocurrido, sino que simplemente coinciden. Y en algún momento, si la chica se cansa de leer y se dirige a él, acaban charlando un rato. Nunca entran en temas personales, pero Juanpe le va contando historias del barrio, recuerdos de infancia de cuando ese parque era un bosque abandonado a su suerte. Le ha hablado de las cuevas que sirvieron de alojamiento a los primeros inmigrantes, del pánico que despertaba en él ese lugar en el que se encuentran ahora cuando era un niño, de las bandas de yonquis que lo usaban en los años setenta como lugar de reunión. Le ha contado historias sobre la heroína, sobre cómo eran las calles entonces, sobre lugares que ya no existen y que él, a medida que piensa en ello, va recordando. Y Alena no parece aburrirse; de hecho, es una oyente atenta, que pregunta sin atosigar y que deja que Juanpe divague o no, y siga su ritmo. A su vez, ella le explica de vez en cuando algunas cosas de su pasado, de su infancia en el Maresme y del paisaje azul que echa de menos. También le lee poemas que él no termina de comprender, aunque la voz de la chica le resulta muy armoniosa al oído y algunas frases lo atrapan con su sonoridad especial. En ocasiones, si ella no tiene ganas de hablar, él se limita a sentarse como hacía antes, en un banco del parque, sin tan siquiera mirarla.

Por su parte, Alena siente curiosidad por ese hombre, Juan Pedro, y ha desterrado cualquier temor que pudiera sentir en los primeros momentos. Es un tipo inofensivo, buen conocedor del barrio y poco tendente a molestarla con los típicos pretextos adultos. Después de aquella semana en que fingió estar enferma y no pisó el instituto, se decidió a volver porque intuía que, tal como Iago le decía, la falta de asistencia prolongada sólo serviría para crearle más problemas. Ha aprendido a sentirse invisible, a ignorar cualquier indirecta o ataque; se sienta al fondo, sola, en un rincón del aula, e intenta pasar lo más desapercibida posible. Es difícil sustraerse a la antipatía general, pero poco a poco, clase a clase, Alena ha ido construyendo un muro imaginario, una barrera de hielo que la rodea y repele las indirectas, los comentarios hirientes y alguna que otra mirada de desprecio. Cuenta los días que quedan de curso y se permite el lujo de saltarse alguna clase, no demasiadas para no llamar la atención en exceso, al tiempo que procura estudiar más que nunca. Algunos días se dice que ese es su plan, el único que le permite soportarlo todo: refugiarse tras ese muro, elevarse por encima de esos imbéciles con la esperanza de que, apenas dos meses y medio después, podrá ir a casa, presentar unas notas excelentes y, entonces sí, pedir un cambio de instituto. Otros días, quizá demasiados, deja que la apatía impregne todo su cuerpo y se apoderan de ella unas irresistibles ganas de llorar. Ya ha desistido de averiguar los porqués, ya que presiente que existe algo en todo el asunto que se le escapa. Lara parece hacer buenas migas con Saray y las otras ahora, y Alena está segura de que ella ha sido el pasaporte para eso, la contraseña que le ha permitido acceder al grupo. Ni siquiera le importa ya, aunque a veces, cuando las ve juntas, la corriente de desprecio que emana de ellas consigue derribar su muro y dejarla a la intemperie.

Es entonces cuando desaparece, huye al parque, dejándolo todo atrás. Es entonces cuando se encuentra con ese hombre, una especie de tío lejano desconocido que de repente ha aparecido en su vida, un acompañante para algunos ratos de agobio, capaz de dejarla en paz cuando no está de humor para charlas. Y así, con ese nuevo amigo, el mes de abril va deslizándose como si estuviera en una carrera plagada de desniveles, a ratos sencilla y llana, a ratos empinada: una cuesta imposible de la que, en ocasiones, no llega a ver el final.

—¿Siempre has vivido aquí? —le preguntó Alena uno de esos días en que no soportó la mañana entera en el instituto.

Lo había visto en cuanto pisó el parque y se había dejado llevar por esa rara sensación de sentirse bienvenida, esperada incluso.

—Qué va… He dado bastantes vueltas. Tuve que regresar hace unos meses. La crisis no perdona. Pero tengo buenas perspectivas: pronto empezaré a trabajar. En unas semanas ya no rondaré por aquí como un jubilado.

Juanpe sonríe a medias; a veces Alena piensa que no se atreve a hacerlo del todo.

—Pero ¿de pequeño sí? Todo eso que me has contado, del barrio, de sus gentes…

—Al barrio llegué con siete años, en 1973. Después de la riada…

—¿La riada?

—¿No os lo enseñan en el colegio? Fue abajo, en el pueblo, en el año setenta y uno o puede que en el setenta y dos… no me acuerdo. El río se desbordó. Nosotros vivíamos por ahí en aquel entonces. El agua arrambló con todo: muebles, coches. Recuerdo haber visto a la gente en balsas por la calle Rubió i Ors.

—¿De verdad? ¿Y no hubo víctimas?

—No. Al menos por lo que yo sé. Era muy pequeño entonces. Me acuerdo de que perdimos los muebles, la ropa. El agua es diabólica, siempre encuentra por donde meterse. Y el olor a barro. Las manchas en las paredes. Tuvimos que vivir ahí unos meses aún antes de mudarnos, y aunque pintaron el piso y lo limpiaron a fondo, meses después seguían apareciendo rastros de ese fango. Era un asco, y por eso nos vinimos aquí, lejos del río, a salvo de otras crecidas.

Juanpe se detiene y recuerda a su madre por aquel entonces. Rosi aún no bebía, o al menos no con tanta desesperación. Fue llegar al piso nuevo, al que él ocupa ahora, y empezar esa paranoia de los fantasmas; piensa en el niñato y se dice que tal vez su madre se encontró con uno como él, no con el mismo, claro, sino con otro ser de esa misma especie que habitaba allí. También se dice que si esa inundación no se hubiera producido él habría seguido en su antiguo colegio y su camino no se habría cruzado con el del Cromañón ni con el de Víctor. Tampoco, seguramente, con el de esa chica que ahora lo mira, esperando la continuación de la historia.

—¿Sabes una cosa? Hay algo más que recuerdo de esa inundación. Estaba todo hecho un desastre y los vecinos acudieron, en silencio, a las puertas del ayuntamiento, a manifestarse por la falta de ayuda. Los vecinos y los obreros de las fábricas... que pararon en pleno para echar una mano. En esos tiempos las manifestaciones eran frecuentes, pero peligrosas.

—¿Peligrosas?

—Bueno, los guardias las disolvían a porrazos. Con esa no lo hicieron, o al menos no lo recuerdo. Ya te he dicho que era un crío, tenía cinco o seis años, no más. —Hace una pausa y mira hacia la torre, que se encuentra por encima del parque—. Había algo bonito en todo aquello; no en los golpes de porra, claro, pero sí en el hecho de protestar juntos... Antes los del pueblo miraban mal a los que acabábamos de llegar. Las desgracias unen mucho.

—La solidaridad.

—Eso. A veces me cuesta encontrar la palabra.

—No importa. Bueno, al menos aquí no llegaba el río...

—No. Llegaron otras cosas. Otras cosas malas, pero el agua no alcanza tan arriba.

Ojalá lo hiciera, piensa Alena. Ojalá una lluvia gigantesca limpiara estas calles, ojalá una desgracia nos volviera solidarios en lugar de egoístas. Ojalá pasara algo.

—¿Los ves? Ya te he dicho que es para flipar. Queda con tipos mayores, aquí, para...

—¡Sólo están charlando!

—Ya, seguro... Con un friki como ese. Te digo que esa pava no es legal.

Iago observa a Alena desde la glorieta. Odia hacerlo y únicamente ha aceptado porque Lara puso todo su empeño en persuadirlo.

—¿No crees que deberíamos hacer algo? —pregunta Lara—. ¿Y si se lo contamos a sus padres, o a Cecilia al menos? Debería estar en clase.

—Nosotros también.

—No es lo mismo. Todo el mundo hace pellas de vez en cuando, pero no para... para esto.

Desde donde están distinguen perfectamente a Alena, que parece estar leyendo algo en voz alta mientras el hombre que la acompaña, a quien no ven la cara, la escucha con atención. Iago no puede negar que la escena lo sorprende, aunque no llega a creer las insinuaciones de Lara.

—Hoy se están cortando —dice ella—. Te juro que el otro día no se dedicaban a leer precisamente.

—Calla.

—Eh, tío, no te mosquees conmigo.

En ese momento las cabezas de Alena y el desconocido se acercan. Ella se ríe, una risa que Iago no ha visto mucho últimamente. Con él siempre parece estar de mal humor.

—Vamos —dice—. Esto no es asunto nuestro.

—¿Ah, no? ¿Acaso no es tu novia? Joder, tío, no me dirás que te importa una mierda que tu chica se encuentre con viejos en el parque.

No, no le importa una mierda, claro que no. Iago intenta controlar la voz, alejar de su interior esa furia urgente, sofocar la necesidad de bajar, armar un escándalo... No tienes derecho a hacerlo, se dice. Ni a seguirla, ni a espiarla ni a montar un pollo allí en medio. Entonces el hombre del banco se levanta, como si necesitara estirar las piernas, y al hacerlo se coloca de cara a ellos.

—¡Mierda!

—¿Qué pasa? Tío, ¿adónde vas?

Ahora que lo ha visto, Iago corre por el sendero a toda velocidad, tanta que acaba cayéndose y arrastrándose los últimos metros. Lara no consigue oír lo que se dicen, y algo en ella la mantiene allí, observando, tomando fotos de la escena. Alena de pie, sorprendida. Iago encarándose con aquel hombre. El hombre dándole un empujón. Alena implorando paz y cordura con los brazos abiertos. Clic.

Se acabó el juego, rubia, piensa Lara mientras las fotos vuelan al grupo de WhatsApp, unidas a otras que sacó la vez anterior, cuando los vio juntos por primera vez.

La rubia la chupa en el parque, y a Iago no le ha molado nada ;-)

48

Qué te ha pasado? Deja que te vea...

Iago se aparta, le brillan los ojos y trae la ropa cubierta de polvo. Ha entrado en casa con mucho más estrépito del habitual, lanzando el monopatín contra la pared del recibidor y dando un portazo tan inusual que Miriam ha salido de la cocina.

—¡Eh! Ven aquí y mírame. ¡Si tienes sangre en el labio...!

Se siente un poco ridícula usando esas frases con un hijo de quince años, más alto que ella, aunque al mismo tiempo le salen sin esfuerzo, como si no existiera otra manera de dirigirse a él en momentos como ese.

—No es nada —murmura Iago entre dientes.

—No será nada, pero vas a contármelo todo, chaval. Y ahora mismo.

Iago se lleva la mano izquierda al labio. En una cosa sí tiene razón: no es nada, él mismo se mordió al caerse, cuando el tipo aquel le propinó el empujón. No le duele la caída, sino el orgullo. Y los gritos de Alena. Y las fotos que ha visto luego... ¿Por qué tuvo Lara que mandarlas? Ahora toda la clase empezará con el asunto otra vez; se imagina los comentarios de Christian y los otros. Eso si no llega por fin a oídos de los profes, de los padres de Alena. Alena... Joder, ¿por qué no para de meterse en líos? Iago se deja caer en la silla de la cocina; cuando levanta la vista se encuentra con la cara preocupada de su madre y comprende que para salir de esa sin dar una explicación coherente tendría que ser mucho más borde, algo que no le apetece en absoluto. Lo que sucede es que no sabe muy bien por dónde empezar.

—Me he peleado... —dice sin mirarla—. Por una chica. En el parque...

El correo electrónico ha llegado a primera hora acompañado de un mensaje escueto:

> Espero que responda a tus preguntas. Seguimos en contacto, si así lo quieres. Ismael

Víctor ha tenido que contener su impaciencia hasta la hora de comer, cuando ha decidido que no podía aguardar más y se ha llevado las cincuenta páginas impresas a su estudio. Y ahora, tumbado en el sofá, no se atreve a empezar a leerlas. Las sostiene en la mano mientras piensa en la conversación con aquel policía retirado, y en Juanpe, a quien hace días que ni tan siquiera llama, y en Miriam, con quien ha quedado para mañana por la noche.

Si alguien le hubiera dicho hace apenas seis meses que se encontraría así, lo habría tomado por loco. Enamorado de otra mujer, enredado en una historia cuyo origen tal vez se encuentre allí, en ese manuscrito que desea y teme a la par. No tiene sentido demorar la lectura porque la verdad, sea cual sea, ya está ahí, esperándolo.

Ciudad Satélite,
años setenta

Nadie sabe muy bien por qué la llamaban la Ciudad Satélite. Creo que fue un periodista quien acuñó la expresión para describir aquella zona, antiguos campos de cereales y algarrobos convertidos en suelo edificable, donde crecieron viviendas para los inmigrantes que llegaron alrededor de los años sesenta. Hileras de bloques idénticos de ventanas pequeñas, rectángulos de inspiración soviética levantados en pleno franquismo. Un espacio construido sin orden ni concierto que, una década después, albergaba ya a más de cuarenta mil personas.

Miriam ha escuchado a Iago sin interrumpirlo, tan absorta en sus palabras que se ha olvidado del pollo que tenía en la cazuela y que ahora parece una ofrenda macabra y negra al dios del fuego. A trompicones, sin demasiada coherencia, Iago le ha hablado de esa chica, Alena, y le ha contado una larga y complicada historia de unas fotos enviadas desde su móvil que dieron lugar a un montón de sucesos desagradables. Ha entendido también cosas sin que su hijo llegara a decirlas (sus dudas, su enamoramiento, sus primeros besos) y ha sentido por dentro una punzada de nostalgia al darse cuenta de que ese chaval que ahora balbucea ya no es un niño; nostalgia y cierto orgullo de madre, porque sí, porque se lo ha ganado, y porque lo ha hecho sola, al oír sus reticencias a la hora de seguir a Alena, a pesar de la pelea final con aquel individuo en el parque. Y en ese punto él ha callado, de repente, como si lo que viniera a continuación fuera a molestarla. Se ha sonrojado y la ha llevado a su cuarto para buscar algo, una fotografía que ha puesto sobre el escritorio. «Es este, Juanpe. Lo llamaban el Moco. Él mató a... tu hermano.» Y luego ha seguido hablando, contándole su conversación con el director del colegio, su visita espontánea al piso de los bloques verdes, y, de nuevo, la pelea con ese tipo que parecía estar en el centro de ambas historias, hasta que el olor a quemado les ha llegado desde la cocina y ambos han corrido hacia allí, a tiempo de evitar un estropicio mayor.

El pollo al ajillo es ahora pollo al carbón, piensa Miriam mientras prepara unos bocadillos para ellos dos y el abuelo sin poder quitarse de la cabeza todo lo que acaba de oír. Hace un esfuerzo por centrarse, por apuntar hacia lo importante, que ahora mismo es su hijo, y de rebote esa chica que, buena o mala, víctima o culpable, es alguien especial para él. Lo otro, lo de su hermano, puede esperar.

—Habla con ella —le dice a su hijo, con la esperanza de no equivocarse y el miedo a hacerlo—. No la juzgues, limítate a prestarle atención. Ella te necesita ahora más que nunca. Olvídate de ese tipo del parque. Alena es quien debe preocuparte. Escucha lo que tenga que decirte.

—No creo que ella vaya al insti esta tarde...

—Quizá no. Pero tú sí que irás.

Iago la mira, sorprendido del tono, y el abuelo, que ha entendido a medias lo de la comida quemada, levanta la vista del plato.

—Irás porque esa chica necesita también que alguien la defienda allí. No, no vayas pegándote con todo el mundo. Simplemente sé esa voz que lleva la contraria a la masa y que lo dice en voz alta, sin esconderse. La masa es cobarde, Iago. Si tú te muestras seguro de ti mismo se callarán. Dale un voto de confianza y aléjate de quienes le desean mal.

—¿Y si me equivoco?

—No puedes equivocarte si haces lo correcto.

—Joder, mamá, ya...

—Sé que suena absurdo, pero no lo es. Tú sabes lo que debes hacer, Iago. Puedes creerla o no, pero no te unas a quienes la atacan por el simple placer de hacerlo. Esos, digan lo que digan, nunca tendrán razón.

Hace tiempo que Miriam no recibe de Iago un beso de verdad, de esos que le daba cuando era un niño, y al recibirlo ahora, justo antes de que él se marche hacia el instituto, piensa que tal vez sea el último en mucho tiempo. Entra en la habitación de su hijo y ve la fotografía antigua sobre el escritorio. ¿Qué dijo su padre? Lo recuerda bien: «Ese crío no andaba solo, aunque él cargó con todas las culpas. Había otro, pero se libró del castigo. El hijo de Emilio. Sandokán lo llamaban, al padre, no al hijo».

Miriam coge la foto y la mira de cerca, observa con atención a los dos niños y algo en esas caras la intranquiliza. Iago le ha señalado a uno de ellos, pero es el otro quien llama su atención. Ese chaval moreno de ojos claros podría ser el hijo de Emilio. Y juraría que ese era el nombre que pronunció su padre el otro día, cuando lo encontraron. «¡Emilio! ¿Has visto a mi hijo? ¿A mi Joaquín?»

A Miriam le tiembla un poco el párpado pero el pulso lo tiene firme, y la voz también. Se dirige directa hacia su padre, rezando para que la memoria del pasado más remoto siga funcionándole, y le espeta la pregunta a bocajarro, sin poder esperar.

—Papá, te acuerdas del Emilio, ¿verdad? ¿Ese del barrio al que llamaban Sandokán?

Su padre se encoge de hombros.

—¿Te acuerdas de su apellido?

—No. ¿Por qué? ¿Qué pasa?

—Este es su hijo, ¿no? Este, el moreno que tiene un brazo por encima de los hombros del otro crío.

Su padre busca las gafas para ver la imagen.

—¡Ahí está Joaquín!

Miriam se sienta a su lado, agachada, y percibe los jadeos del anciano, que no es capaz de quitarse las gafas para secarse unas lágrimas que le empañan la visión.

—Sí, papá. No llores, por favor. Está Joaquín, y sus compañeros del último curso. Y este es Juan Pedro Zamora, y el que está a su lado es el hijo del Emilio, o podría serlo.

—Sí. Había un hijo que se llamaba como él, creo que se les puso enfermo o algo así. Pero este era el mayor, Víctor.

—¿Víctor qué, papá? Por favor...

—Pues como su padre. Yagüe. Víctor Yagüe.

Tumbado en el sofá de su estudio, Víctor deja sobre la mesita las páginas que acaba de leer sin saber el tiempo que ha transcurrido e intentando sobreponerse a una oleada de emociones opuestas. Apoya los pies en el suelo y siente una especie de mareo, la misma desorientación que asaltaría a alguien después de una de esas siestas largas de sueño profundo.

Ha leído esa historia, con recelo primero y absorbido por ella después, mientras su cabeza se iba poblando de imágenes. Su padre joven, Anabel, don Eduardo... Dios, ¿cómo podía acordarse ese Ismael de algo que incluso él mismo había olvidado? Y en cambio ahora veía al viejo maestro ahí delante, serio y facha, y casi notaba el escozor de la regla en la palma de la mano. Pero no es eso en lo que quiere pensar ahora, sino en él y el Moco, en esa parte del relato que aparece nítido en su cerebro, casi como si viera una película protagonizada por esos dos críos, y vuelve a sentir ese afecto espontáneo por aquel chaval delgaducho, torpe y de buen corazón. Porque hay algo que Ismael ignora, y es que Juanpe, el Moco, hacía a veces que te partieras de la risa con sus meteduras de pata, y que era un buen tipo, tan ingenuo que, tras pasar un rato con él, no sabías si darle un pescozón o un abrazo. Recuerda el verano, ese verano, para él uno casi normal salvo por la presencia de su amigo en casa y la cara de asombro que este ponía ante cualquier nimiedad.

Son demasiadas cosas, demasiadas imágenes para asumirlas de golpe, y Víctor siente la necesidad de levantarse y salir a la terraza, dejarse abrumar por el tráfico de la calle Aragón, regresar a la vida de hoy. Al ahora. Pero no puede, porque incluso fuera, al aire libre, su cerebro sigue revisitando ese pasado, llenándolo de emociones contrapuestas, y, por primera vez en muchos años, se permite pensar en Anabel, en su madre, despojando su recuerdo de cualquier rencor. Es consciente de todo lo que podría echarle en cara: Anabel nunca fue a visitarlo a Granada y, aunque al principio la añoró, luego decidió ignorarla; supo que había abandonado a su padre y que se había ido a vivir con otro hombre. Víctor conoció a su hermana pequeña cuando la niña tenía unos cinco años y él dieciocho, pero la sensación fue tan extraña que Víctor decidió no volver nunca más a esa casa. Ni sus hermanos parecían serlo ni sentía por su madre lo que había sentido por ella, no después de seis años sin verse. Pero ahora piensa en Anabel tal como fue, como era antes de que pasara todo, y casi cree oír su voz cantando ese «Dama, dama, de alta cuna, de baja cama» de Cecilia, y oírla lamentar la muerte de la cantautora por accidente de tráfico cuando se enteró de la noticia por la radio («Pobrecita, iba detrás en el coche, seguro que se dormiría y ya no despertó»). Esa Anabel no era la misma que vio años después ni la misma que se despidió de él, con un beso rápido, la mañana que su padre lo llevó al pueblo. Y ahora, poco a poco, Víctor comprendía por qué. Ella los había visto jugar juntos, Anabel sabía que, dijeran lo que dijesen los otros, si alguien llevaba la batuta en cualquier actividad ese era él. Por eso había discutido con su padre, porque tenía que parecerle injusto que el Moco, ese pobre desgraciado, cargara con toda la culpa. Anabel no deseaba entregar a su hijo, pero tuvo que resultarle aberrante que su marido, que hablaba siempre de la clase obrera, de su orgullo y de su falta de privilegios, usara los que tenía a su alcance para salvar a su hijo, como habían hecho los señoritos, los pijos, desde el origen del mundo. «Anabel amaba a su marido por su hombría y por sus ideas, y cuando las ideas se echaron a perder se dio cuenta de que con la hombría ya no le bastaba.»

Bah, no te preocupes, el cromo me da lo mismo.

¡No debería darte lo mismo! Es un subnormal. Pero la culpa es nuestra, por dejarnos pegar.

Lleva toda la vida haciéndolo.

¡Será a ti!

¡No te joroba, claro que me lo hace a mí...! ¿Te duele?

¡No! Pero nadie me había pegado así. Nunca.

Ya. Eso es porque tu padre no os sacude.

Esto no puede quedar así. No me da la gana.

¿Y qué quieres hacer? Ahora ya está, Víctor. Olvídalo.

¡Ni hablar! Yo no soy como tú. A mí no se me sacude así. ¿No te das cuenta? ¿Vas a dejar que te casque hasta que se canse de hacerlo?

¿Y qué quieres que haga? ¿Que le dé una paliza? Yo solo no puedo.

No. Es verdad. Solo no puedes.

¿Y entonces? No pongas esa cara, Víctor. Me das miedo.

No pongo ninguna cara, memo. Es que no te enteras. ¿No ves que ya no estás solo? Ahora somos dos. Ahora también estoy yo.

Víctor vuelve a la realidad, a esa terraza, a esa calle, a ese año, y se da cuenta de que ha oscurecido ya. La porción de ciudad que ve ahora cobra un brillo distinto, más ágil, más canalla. Esta sería una buena noche para beber hasta fundir las farolas, hasta que el amanecer insolente te golpee en la cara, hasta que el estómago no admita ni una gota más de alcohol, piensa, pero hace años que no sucumbe a una de esas juergas ni tiene un compañero de barra con quien salir a tragarse la noche o a dejar que sea ella la que lo devore para luego arrojar su cuerpo maltrecho de madrugada. Regresa al interior y, por primera vez en horas, coge el móvil. Hay cinco llamadas perdidas, una de Juanpe, otra de Mercedes, dos de Miriam y una quinta de un número oculto. Este es mi mundo ahora, piensa: un amigo, dos mujeres y un montón de secretos. Y está a punto de llamar a quien más le importa cuando otro timbre lo distrae de su cometido.

Ya no hace falta que marque el número de Miriam. Está abajo, sube ahora, y Víctor intuye que algo va mal.

49

Qué diablos has estado haciendo conmigo?

Miriam ha formulado la pregunta nada más cruzar la puerta, y con ella ha entrado una ráfaga de noche amarga.

—No sé a qué te refieres.

—¿Te lo explico, señor Víctor Yagüe? Quizá, si no quieres contestarme, tenga que llamar a tu amigo del colegio, Juan Pedro Zamora. Supongo que era a él a quien ibas a ver el día que viniste por primera vez a la peluquería. ¿Qué buscabas? ¿Ver qué cara tenía la hermana del chico al que os cargasteis?

Víctor se queda inmóvil, paralizado por una verdad que, como muchas, tiene más matices, más pliegues y aristas de lo que la persona que la dice quiere admitir.

—¿Os daba morbo? ¿O quizá os divertía? «Anda, ve a ligarte a la hermana del muerto. Tíratela. Así terminamos el trabajo y, de paso, nos enteramos de si está jodida por lo que pasó.»

—No fue así. No tiene nada que ver con eso.

—Ah, ¿fue casualidad? Simplemente pasabas por ahí y dijiste, venga, voy a enrollarme con la peluquera.

—¡Basta, Miriam!

—No me hagas callar. ¡No te atrevas!

—Sólo te pido un poco de calma. Todo... todo tiene una explicación.

—¿De verdad? Dámela, soy toda oídos.

Toda oídos y un cuerpo tenso, y una mirada llena de rabia y, lo que es peor, de dolor. Eso es lo que Víctor no puede soportar, que los ojos demuestren que Miriam está haciendo un esfuerzo para contener las lágrimas; que los gritos, los imperativos y las preguntas airadas son el único muro de contención que la mantiene erguida y controla su llanto.

—Iba a contártelo.

—¿Cuándo? ¿El treinta de abril o quizá el dos de mayo, con el hotel ya inaugurado? «Ha sido bonito, Miriam, pero tengo que irme. Por cierto, se me olvidó comentarte que hace un porrón de años un amigo y yo nos cargamos a tu hermano. Cosas que pasan, ya nos llamamos, ¿eh, cielo?»

—¿Cómo lo sabes?

—¿Qué?

—¿Cómo sabes que fuimos dos? ¿Que lo hicimos entre los dos?

—¿Piensas negarlo?

—¡No! Si te tranquilizas te lo explicaré todo. Pero antes, por favor, responde a mi pregunta. Por favor —repite.

—Mi padre me lo dijo. Y también que luego te habían mandado al pueblo en lugar de al correccional, como al otro. ¿Qué pasa, Víctor? ¿Ya de pequeño eras un cabrón con suerte?

Lo peor de todo es que no existe una respuesta fácil. O, mejor dicho, la respuesta, larga y compleja, no logrará convencerla. Llega tarde, como una carta de amor extraviada que llega a su destino cuando el remitente ya ha fallecido.

—¿Eso es lo único que te preocupa? —pregunta Miriam—. Por Dios, eres... Lo siento, no tengo palabras normales para definirte. Ni siquiera los insultos corrientes me sirven. No, no te acerques. No me toques...

Pero Víctor lo hace, desobedece a expensas de esos avisos porque, al igual que ella, tampoco tiene palabras, y espera que un gesto sirva como preámbulo. Se equivoca. Miriam da un paso atrás y su cuerpo se yergue como el de una cobra.

—Lo siento —dice él—. Tienes razón. No hay nada que justifique lo que he hecho. Soy un bastardo, un cobarde, un cabrón. Pero si no he tenido el valor de contártelo ha sido porque me importas.

—¿Quien bien te quiere te hará llorar? ¿Ese es tu lema?

—¿De verdad quieres que te explique cómo ha sido todo?

—Ahora que lo pienso, creo que no. Me basta con saber que he estado acostándome con el mayor miserable que me he cruzado en la vida. Pero ¿sabes una cosa? Mi idiotez ha durado unos meses; lo tuyo es peor, porque tú tienes que meterte en la cama todas las noches sabiendo que te cargaste a un crío de catorce años y destrozaste las vidas de sus padres. Si creyera en el infierno esperaría verte allí, pero no es así. Sí que creo en las noches de insomnio, en la conciencia traicionera que te clava los dientes cuando no te lo esperas, incluso a tíos como tú. Quizá no suceda pronto, pero, créeme, la hora de sufrir te llegará algún día.

—Ya está aquí —murmura Víctor.

—¿Qué quieres decir? ¿Que tu hora de sufrir soy yo? ¿La peluquera boba a la que te has estado camelando? Anda ya, Víctor, no seas ridículo.

—No vuelvas a decirlo. Llámame lo que quieras, pero no repitas eso. No eres la peluquera boba. Eres una mujer sensacional. Y te quiero mucho más de lo que te imaginas, más incluso de lo que creo yo mismo. Te quiero.

Si la verdad es tan poderosa como dicen, debería atravesar la coraza de escepticismo de Miriam, arañarle el corazón y hacerse entender. Y tal vez así sea porque por unos instantes ella lo mira con otros ojos, menos rabiosos, más heridos, y un Víctor esperanzado emprende de nuevo ese paso, que esta vez Miriam le permite hasta que ambos están muy cerca, tan juntos como sólo lo están los amantes. Por eso sus siguientes frases son tan certeras y duelen tanto, porque Miriam puede decirlas en un susurro, sin alzar la voz.

—Yo también empezaba a sentir algo especial, pero ya sólo quiero perderte de vista. Para siempre.

Víctor puede lidiar más fácilmente con el enfado anterior que con la niebla oscura que se desprende de ese tono, sobre todo porque no existe manera humana de disiparla, al menos no ahora. La ve dar media vuelta y dirigirse a la puerta, recorrer esa breve distancia despacio; no es capaz de insistir ni hace el menor intento por retenerla.

—Y dile a tu amigo que no se acerque a mi hijo —añade Miriam justo antes de salir, ya no en un susurro sino con voz dura y nítida—. Si vuelve a tocarlo, me ocuparé de que ninguno de los dos tengáis un solo día de paz en vuestras vidas.

50

Existen pocas cosas más frustrantes que las llamadas urgentes que nadie atiende, que no son devueltas. Juanpe lleva varios días encerrado en casa, pendiente del teléfono, viendo cómo se acerca el día en que deberá cumplir su último encargo. Son dos las llamadas que espera, aunque sólo una conseguiría traerle la paz de espíritu necesaria para afrontar el futuro inmediato con algo parecido a la entereza. Víctor no se ha puesto en contacto con él; en su lugar le ha enviado un mensaje escueto, alegando exceso de trabajo ahora que la fecha de inauguración se encuentra tan próxima, a menos de una semana. Necesitaba hablar con él, necesitaba oír de nuevo que el empleo lo aguardaba: lo último que le dijo era que lo esperaban para una reunión de trabajo con el equipo de mantenimiento el día 28 de abril, y faltan ya pocos días.

No ha vuelto a ver a Alena desde aquella escena desagradable en el parque cuando aquel chico los interrumpió. Al principio no lo reconoció, bastante tuvo con quitárselo de encima; fue luego, ya en casa, cuando recordó que lo había visto antes, y el miedo, la sensación de acoso, empezó a trenzarse con la impaciencia y la soledad. Las preguntas se le enredan en la cabeza, lo aturden, y las intervenciones del niñato, siempre ofensivas, no contribuyen a sosegarlo.

Apenas duerme, se olvida de tomar las pastillas, y la primavera, que le había alegrado el ánimo en las últimas semanas, se ha convertido ahora en una afrenta diaria. El sol que entra a raudales y le muestra la vida exterior no hace más que reírse de él, de recordarle que su lugar está entre esas cuatro paredes, sin nadie que le preste atención.

Y por fin llega el día. Juanpe sabía que Valeria regresaba a finales de abril, y el Míster efectúa la llamada el día 23, a media tarde, cuando las calles aún huelen a rosas y la gente deambula, eufórica, con libros en las manos. «El lunes 25 —le dice—. Sobre las ocho de la tarde. Ella espera a Rai y está mosqueada porque sólo ha recibido mensajes y ni una sola llamada, así que ten cuidado. Y, por lo que más quieras, no me falles.»

La hora llega de manera inexorable, como en las ejecuciones de las cárceles estadounidenses. Juanpe recuerda haber visto una película en la tele sobre esos minutos agónicos y a un preso negro que aguardaba en el corredor de la muerte, pendiente de un reloj implacable. Ignora por qué el Míster marcó las ocho y no las siete o más tarde, ya en plena noche, pero seguro que tiene sus razones y él no es quién para cuestionarlas. Poco antes de las ocho regresa al coche a por los guantes y se fuma un cigarrillo más, aunque hoy nota los pulmones cargados y tiene la sensación de que ha pasado el día entero con uno en la mano.

Está allí, en el asiento del conductor; espera que el reloj del salpicadero marque a las 19.45 mientras piensa que esa mujer merece apurar todos los minutos que le quedan de vida y que, al menos en su caso, está ahorrándose una gran parte del sufrimiento. El negro de la película deseaba que llegara el momento para terminar de una vez, aseguraba que esa última noche era mucho más angustiosa de lo que podía ser la silla eléctrica, pero a la hora de la verdad, cuando iban a buscarlo, el hombre, grande y fuerte, se derrumbaba como un castillo de arena. Juanpe se ajusta los guantes y se palpa el interior de la chaqueta por enésima vez: la cuerda, por supuesto, continúa allí.

Mira a ambos lados al salir del coche, intentando disimular las manos enguantadas, impropias de un atardecer de primavera. En realidad nadie se fija en él. Eso le dijo un día el Míster, en un tono que quería ser elogioso: «Eres tan normal, tan anodino, que resultas invisible. Nadie se acordaría de tu cara a menos que hablara contigo, y la verdad es que tampoco eres precisamente un tipo locuaz». Supone que eso es una ventaja, al menos en días como hoy. Pero aunque es posible que pase desapercibido, sí se molesta en observar la calle, y a las dos chicas que caminan en su dirección charlando entre sí. Y el coche. Lo ve aparcado en batería justo enfrente, el Golf de color negro. Se quita la idea de la cabeza, hay muchos como ese, casi tantos como el suyo, pero no puede dejar de decirse que en realidad parece el mismo que lo siguió o, al menos, está tan reluciente como aquel.

Intenta andar con la cabeza baja, ocultando la cara, y en todo el camino se cruza sólo con un individuo más o menos de su edad, si bien a primera vista, por su atuendo, parece más joven. A las ocho en punto llega a la dirección que lleva anotada, ya ha pasado antes por allí, pero lo comprueba igualmente. Toma aire y llama al timbre.

La puerta tarda en abrirse, y lo hace con el zumbido metálico característico sin que nadie le haya preguntado nada a través del interfono. Juanpe sube por una escalera empinada y estrecha, que luego se vuelve más manejable, menos agotadora. De todos modos, llega al ático casi sin resuello después de varios tramos de escalones. Sólo hay dos puertas por rellano y la que le interesa está entreabierta.

Lo recibe un interior oscuro. La única luz procede de una habitación situada al fondo y Juanpe avanza hacia ella despacio, para no tropezar con las maletas abiertas que cubren parte del suelo. La voz de Valeria llega hasta él, claramente distorsionada por una generosa dosis de alcohol.

—Pasá, flaco, estoy esperándote. Bebí un poco para entonarme después el viaje. Estos vuelos son lo peor.

Justo al lado de la puerta Valeria ha colocado una mesita con cajones, un mueble absurdo sin utilidad aparente. En el centro hay un cuenco redondo de vidrio transparente lleno de condones que parecen caramelos. Y al lado de ese recipiente, una fotografía. Valeria, sin duda más joven, en la playa abrazando a un niño con gorra que hace pucheros a la cámara.

—Eh, ¿venís o no? Me rompiste las bolas con eso de no querer hablar...

El tono indica de manera inequívoca que ha bebido. Quizá el alcohol sea su manera de superar el trabajo o quizá simplemente sea una adicta. Como su madre. Juanpe no puede evitarlo: la ropa por el suelo, la foto con el crío, la voz de borracha... todo se parece demasiado a esas escenas que ha tratado de olvidar. Y se dice que, en esa nueva recreación, él se ha convertido en una especie de padre brutal que llega a casa sólo para castigar.

—Rai, joder, ¿pensás entrar de una vez?

Adelante, imbécil: saca la cuerda, entra ahí y acaba con ella; luego lárgate a toda prisa. Y esa vez no son órdenes del niñato sino de sí mismo, así que obedece la primera. Extrae la cuerda del bolsillo y dibuja con ella un lazo, que anuda con mano experta. No es que tenga muchas habilidades, sólo que eso lo ha practicado mucho.

La habitación huele a perfume sucio, a cerrado y a alcohol, sobre todo a esto último. O quizá no sea así, tal vez ese olor proceda del cuarto que ha aparecido en su mente.

Se oye a sí mismo intentando despertar a su madre sin conseguirlo, y luego recogiendo las cosas, guardando la ropa, fregando los platos acumulados antes de que llegue su padre y empiece la bronca.

—¿Y vos quién coño sos?

Valeria puede estar borracha pero no tanto para no saber quién ha entrado en su habitación. Hay indignación en su pregunta y, en cuestión de segundos, alarma en sus ojos. Está desnuda, acostada, y se tapa la mitad superior del cuerpo como si a esas alturas le quedara un mínimo de pudor.

—¿Qué hacés acá? —pregunta con voz ya más débil, temblorosa.

«¿Qué haces aquí? Deberías estar jugando. Mamá no se encuentra bien, ya lo sabes.»

Juanpe parpadea para ahuyentar esa voz, la misma que pedía clemencia después o la que, al final, ya simplemente no se oía porque los gritos sólo servían para enfurecer más a la bestia, para excitarla y prolongar la paliza.

—¿Te mandó Rai? ¿No va a venir?

Tal vez Valeria no haya visto la cuerda, aunque lo más probable es que esté fingiendo no verla, porque asumir su presencia implica entender que está a punto de morir y eso es algo que su mente, cualquier mente, se niega a aceptar. Juanpe da dos pasos hacia la cama. Debería soltarle un puñetazo rápido, dejarla aturdida y luego estrangularla. Es la mejor manera. Cierra el puño con fuerza.

—¿Qué hacés? ¡Andate!

Valeria rueda sobre la cama hasta caer al suelo y luego gatea por el espacio estrecho que le queda entre el lecho y la pared. Se arrastra como una cucaracha buscando la oscuridad al otro lado de la puerta, y Juanpe se interpone en su camino. La ve en el suelo, desnuda, y la agarra del cabello. Ella grita e intenta golpearlo en las piernas, pero es inútil. No podría hacer nada en condiciones normales; borracha y tirada en el suelo, enfrentada a un hombre más corpulento que ella y decidido a hacerle daño, sus posibilidades son inexistentes. Juanpe la abofetea, y la cabeza de Valeria choca contra la pared. Ha llegado el momento; la cuerda está preparada y el cuello de ella, largo y sugerente, es una invitación a terminar el trabajo. Serán sólo unos minutos, piensa él. Unos minutos de presión y, a cambio, la libertad.

«No le pegues. Papá, por favor. No le pegues más.»

Juanpe siente que sus ojos se llenan de lágrimas, y no por Valeria, que, inconsciente, casi parece ya más muerta que viva.

«Mamá, mamá. ¿Estás bien? ¡Contesta, por favor!»

Da un paso atrás y se apoya en la misma pared donde Valeria rebotó hace sólo un instante. La cuerda se le escapa de las manos y cae sobre los pies de la mujer, como una serpiente blanca y flácida.

Diez minutos después Juanpe está en el coche, y si en ese trayecto a pie se hubiera cruzado con alguien seguro que se habría fijado en él. Nota que le tiemblan las manos y tiene la sensación de que la agitación se extiende a todo su cuerpo. A sus piernas, a su cara, a sus ojos, que no logran enfocar nada con claridad. Sólo cuando el temblor remite un poco se dice que no puede volver a casa. Las llaves de la masía están en la guantera, y él se conoce bien el camino. Sólo tiene que calmarse, esperar un rato, y ponerse en marcha.

51

Sentada en su cama, Alena contempla las rosas de Sant Jordi que le regalaron dos días atrás, la de su padre y otra que apareció en el buzón con un trozo de papel pegado al tallo, firmado por Iago. No puede negar que le hizo ilusión ver los pétalos rojos asomando por la ranura, que el chico se hubiera tomado esa molestia a pesar de que hace días que no quiere hablar con él. Iago se lo explicó todo en un larguísimo wasap, le dijo quién era Juanpe, por qué se había vuelto medio loco al verla con él. Explicaciones coherentes y casi razonables que a ella, de momento, no le importan demasiado. Porque ahora, con la nueva munición que recorre Snapchat, los perfiles y los comentarios, la guerra contra ella ha vuelto a empezar. Y Alena siente que no le quedan fuerzas, ni siquiera las mínimas que se requieren para presentar batalla.

Una de las rosas, la de Iago, languidece a ojos vista; su tallo se dobla, agotado, y ya flota alguna lágrima roja en la superficie de su escritorio, pétalos que caen y van marcando el final de esa flor cortada. Es lunes y debería haber ido al instituto, pero ni siquiera el miedo a las consecuencias ha conseguido sacarla de su habitación en todo el día. Quizá sea lo mejor, se dice, encerrarse allí, con las persianas bajadas, tocar fondo hasta que el mundo reaccione, y a la vez, a medida que la tarde avanza hacia el anochecer, se siente incapaz de enfrentarse a su madre, que llegará sobre las siete y media. Es más de lo que podría soportar hoy, así que justo antes de esa hora decide irse a ninguna parte, a donde sea.

Suena el reloj cuando baja por la escalera porque teme cruzarse con Lidia en el ascensor, y cuando llega a la calle se demora unos minutos antes de decidir adónde ir. No se atreve a volver al parque, que de repente ha pasado de ser su jardín secreto a convertirse en un lugar prohibido. Quiere andar, estar sola pero también rodeada de gente que no conoce, sentir que hay vida a su alrededor, alejarse de ese barrio que va quitándole los pétalos, uno a uno.

El centro comercial es el mejor sitio para todo eso, ya que le queda a una media hora larga andando, la aleja del barrio y está siempre lleno. Quizá porque el buen tiempo ya anima a salir por las tardes, el Splau se encuentra hasta la bandera, no tanto las tiendas como la zona de ocio: hay gente esperando para entrar en los cines, y los bares y las cafeterías están a rebosar, mucho más de lo que esperaba para tratarse de un lunes de finales de abril.

Alena respira hondo y camina sin mucho interés por nada de lo que la rodea. Los sillones que conforman esa original sala de espera al aire libre están vacíos y decide sentarse un rato. La vida pasa a su alrededor sin que sea muy consciente del gentío que la rodea. Piensa en Saray, en la pelea que mantuvieron allí, y todo se le antoja extrañamente lejano, como si le hubiera sucedido a otra persona... o a ella pero en una vida distinta. Hace sólo tres meses y medio de eso y parece que haya transcurrido un siglo. Ella ya no es la misma, se siente como si hubiera envejecido por dentro, como si sus órganos estuvieran cansados. Nadie parece darse cuenta de ello porque su aspecto exterior no se ha alterado, pero tiene la impresión de que el corazón se le ha llenado de arrugas y late más despacio, de que las tripas se le han endurecido. De que su interior está apagándose poco a poco sin que el mundo lo perciba.

Sigue pensando sin que sea consciente del tiempo y, al ver que las tiendas empiezan a cerrar, se decide a salir. Llega muy tarde a cenar, pero esas tonterías ya le importan poco. Baja por las escaleras mecánicas y sale por la entrada principal. A su derecha sólo hay un polígono industrial, fábricas cerradas y camiones aparcados.

—Eh, rubia.

La voz le resulta familiar, y al darse la vuelta se encuentra con Christian y un chico que no conoce. Mayor y sonriente.

—Cuánto tiempo sin verte —dice Christian, y ella acelera el paso, sin responder—. Oye, no corras.

Alena los presiente cerca, el desconocido está a su izquierda y Christian al otro lado.

—Va, no te hagas la estrecha ahora. Si todos sabemos lo que te mola.

—Déjame en paz.

—Mira, si es por pasta, mi amigo tiene un montón.

Ella intenta no mirarlo, fijar la vista en el suelo, fingir que eso no le está sucediendo aquí y ahora. Entonces nota la mano del otro agarrándola del brazo.

—No me toques.

—Joder, tía. —Es la primera vez que le oye la voz, y no le gusta—. ¿Te va la marcha o qué? El Christian me ha dicho que la chupas de puta madre.

—¡Suéltame, capullo!

Christian le cierra el paso, colocándose delante, y el que acaba de hablar la mantiene cogida del brazo. No hay mucha gente en la calle, pero Alena sabe que puede gritar, que está en medio de la ciudad, que alguien acudirá en su ayuda. Lo siguiente que ve es una navaja en la mano del desconocido, y eso la deja sin palabras.

—¿Me has llamado capullo? ¿La puta de tu amiguita me ha insultado, Christian?

Este no responde, sólo se ríe.

—Las zorritas como tú necesitan que les den una lección.

Alena nota en la cara el aliento a cerveza y la hoja de la navaja apoyada en su estómago. Las manos de Christian la sujetan ahora por la cintura, a su espalda.

—Vendrás con nosotros un rato. Y te vas a enterar de lo bien que sabe una buena polla en la boca.

Ella cierra los ojos. El miedo ya no es algo que la impulse a huir, sino una tenaza que la paraliza. Va con ellos, ya sin molestarse en pedir ayuda.

—Así me gusta —le susurra el amigo de Christian al oído—. Si en el fondo vas a disfrutar con nosotros como nunca, ya lo verás.

Ni siquiera sabe adónde la llevan. De repente ve que está en una calle totalmente vacía, mal iluminada, con fábricas a ambos lados. Lo siguiente que percibe es que una boca asquerosa le babea el cuello y un bofetón, no muy fuerte, cuando intenta apartarlo.

—Vamos a relajarnos, ¿eh, rubia? No hagas que me cabree o será peor.

Nada puede ser peor, piensa Alena. Ni siquiera la muerte. Cierra los ojos y piensa en aquel verso tantas veces leído. Ojalá estuviera muerta, ojalá el musgo me llegue a los labios y cubra mi nombre.

52

No había creído que Iago volvería a llorar como un niño, con ese llanto sin consuelo, mezclado con una rabia que su madre no le ha visto nunca. Acaban de regresar de la comisaría, los dos, después de recibir la visita de unos *mossos d'esquadra* que, amables pero exigentes, consiguieron meterle el miedo en el cuerpo. Iago ha aguantado las preguntas, ha contado todo lo que sabía, les ha hablado de las fotos, del acoso, del parque, de Alena. Dios, pobre chica... Los agentes les han dado poca información; sólo al final, cuando se convencieron de que el chaval no tenía nada que ver con la agresión, les dijeron que estaba ingresada, estable pero sin recuerdos, ajena a todo y sin mostrar reacción alguna. Le durará unos días, afirmaron; por el shock. No les han explicado lo que le han hecho, pero tampoco hacía falta. Un guardia municipal la encontró a medianoche, cuando sus padres llevaban horas de búsqueda enloquecida. Ambulancia, coches patrulla, luces anaranjadas y azules que centelleaban en aquella zona oscura, desierta por las noches. Miriam no quiere ni imaginarlo, ni sabe ahora mismo cómo contener la crisis emocional de su hijo más que dejando que llore, que expulse de dentro los nervios, la tensión y la furia hasta quedar exhausto.

Piensa en ese hombre, el que aparece en las fotos, el mismo que Iago vio en el parque con la chica, y debe hacer un esfuerzo para contener ese instinto vengativo que nos vuelve malévolos cuando la tragedia nos golpea de cerca. Al parecer tiene antecedentes por abusos, además de otros que ella sabe bien, y no puede evitar dejarse llevar por esa corriente fácil que hace a la gente pedir sentencias extremas, penas capitales. Se acuerda por un momento de su madre y la culpabilidad la corroe de nuevo. No quiere, ni siquiera en esos instantes de enojo, volver a evocar a Víctor y se concentra en su hijo, que poco a poco va tranquilizándose.

—¿Estás mejor? ¿Te preparo algo para comer?

El chico niega con la cabeza; la calma incipiente le ha dejado el cuerpo tenso y una mirada fría a pesar del brillo de las lágrimas. Miriam ve que Iago avanza hacia la puerta y, sin dudarlo, se coloca en medio.

—¿Adónde vas?

—Déjame salir. Quiero ir a buscar a ese cerdo.

—¡No! No vas a ir a ninguna parte.

Miriam intuye el peligro en los ojos de Iago y está dispuesta a todo, a sujetarlo si hace falta, para evitar que cruce esa puerta.

—Ven conmigo —le dice usando su tono más dulce—. Por favor.

Él la aparta, y es la primera vez que Miriam percibe la fuerza de su hijo. A pesar de las lágrimas, ya no es ningún niño.

—¡Eh! —La voz del abuelo les llega a ambos y lo siguiente que Miriam ve es que el anciano ha cogido a Iago del brazo—. A tu madre no le levantes la mano o te muelo a palos.

Quizá sea lo ridículo de la situación, un anciano amenazando a un chaval que podría derribarlo sin el menor esfuerzo, o tal vez que el tono del viejo es tan contundente que, a esas alturas, los pilla por sorpresa a los dos; lo cierto es que Iago se deja conducir, mansamente, hacia el comedor y Miriam puede cerrar la puerta con llave y guardársela en el bolsillo. Nadie va a salir de casa esta noche.

53

Juanpe podría soportarlo todo —el desosiego, el lenguaje policial, los interrogatorios, los traslados de una comisaría a otra, el calabozo— si no fuera porque durante todo ese tiempo, en las horas que lleva detenido, el niñato no ha dejado de burlarse de él, ni siquiera cuando le enseñaron las fotos de Alena. Eso sí que consiguió sacarlo de quicio, oír sus mofas crueles sobre la chica, sus *pues tiene buenas tetas* y *qué pena que no pudieras aprovecharlo, imbécil,* tanto que acabó soltando un exabrupto que ya ni recuerda y que el agente que lo cuestionaba anotó puntualmente, con una expresión neutra que no engañaba a nadie. Ni siquiera a él. No era la primera vez que entraba en una comisaría: la diferencia estribaba que en las otras ocasiones sí sabía de qué lo acusaban porque había cometido esos delitos. Siempre había sido un imputado modelo: confesaba sin necesidad de insistencia.

Pero ahora no puede ni tiene la menor intención de hacerlo simplemente porque es inocente, aunque incluso él se da cuenta de que negarse a decir dónde estaba el lunes en que se cometieron «los hechos» sólo sirve para armar mejor el caso en su contra. Intentó declarar que estuvo en Lleida y luego en Rialp, sin mencionar la masía o al Míster. A otro se le habría ocurrido un pretexto, una mentira o una simple desviación de la verdad; a él le resultaba imposible. *Imbécil. Ni siquiera sirves para eso. Tienes una coartada inútil y ellos, en cambio, han hecho bien los deberes. ¿Quién va a creerte con tu historial? ¡Y tampoco puedes decir que no se te levanta, jaja! Eso te da más vergüenza aún que todo lo demás.* ¡Calla! Cállate o... *¿O qué, imbécil? ¿Qué vas a hacerme, si ni siquiera me ves?*

—Tranquilo —le dice el tipo que ocupa el calabozo de al lado, un borracho al que han traído de madrugada y que ahora intenta dormir—. Siempre me tocan los tarados, joder. ¿Por qué no te haces una paja y te relajas?

¿Lo ves? Hasta él se ha dado cuenta. Tarado. Pichafloja. Imbécil.

Juanpe no sabe cuánto tiempo lleva metido en el calabozo. El miércoles por la tarde salió de Rialp, aunque, por extraño que parezca, en el interior de la masía se sentía a salvo; era un espacio conocido y más amplio que su piso, rodeado de campos abiertos, aunque su pudor natural lo obligó a no usar más que la cocina y su habitación de siempre. A seguir fumando en la puerta, sin dejar de vigilar la carretera por si se acercaba algún vehículo. El primer mensaje del Míster le llegó esa misma noche, de madrugada, y contenía sólo una frase: «Has vuelto a fallar».

Estuvo en la masía durante tres días más, setenta y dos horas en las que al menos disfrutó del placer del silencio. No hubo voces ni tampoco visitas, sólo él en una casa grande y vacía aunque poblada por cabezas disecadas de animales muertos, bustos feroces inmortalizados para la eternidad. Él podía terminar también así: abatido por el Míster, su cabeza expuesta, a la vista de todos, para amedrentar a futuros traidores e ineptos. En ese negocio, deslealtad e inoperancia eran sinónimos, o cuando menos a todos los inútiles se los trataba como a traidores. La primera vez le habían amputado los meñiques; ahora acabarían con él, no tenía la menor duda al respecto.

Su futuro, ese hermoso castillo construido en aires probables, se había venido abajo derribado por su propia torpeza. Ya no habría empleo en el hotel, ya no habría más charlas con Víctor ni más paseos por el parque. En realidad, tampoco es que él pidiera mucho: desde niño se había acostumbrado a recibir más bien poco y a esperar menos aún. Un día en que su madre no estaba bebida era ya una fiesta, y escabullirse intacto del Cromañón constituía una victoria, pero en ambos casos se trataba sólo de un alivio, de una tregua temporal, como si la desgracia se limitara a concederle un poco de espacio para respirar. Para sobrevivir.

Sobrevivir era, precisamente, lo que ya no iba a pasarle. No a menos que huyera, pero para eso se necesitaba imaginación. Juanpe nunca había huido de nada. No escapó de su casa siendo un niño ni del reformatorio; ni luego, más tarde, de la cárcel. Ni siquiera ha conseguido escapar de un piso de los bloques verdes al que ha tenido que volver. Y entonces, en todas esas horas de soledad angustiosa, sólo se le ocurría una posibilidad para huir sin ser atrapado: Montefrío, en Granada, aquel lugar cálido donde pasó el único verano auténtico de su vida, y tampoco podía llegar hasta allí solo y con el poco dinero que tenía. Tal vez Víctor pudiera ayudarlo: sólo tenía que esperar a verlo, contarle la verdad y confiar en él. Y para eso, sin duda, debía correr el riesgo de volver a casa.

Animado por esa posibilidad remota que en su cabeza iba cobrando forma, abrió uno de los armeros y extrajo una escopeta. Dedicó un rato a limpiarla y a cargarla, cogió munición de sobra; si el Míster o alguno de sus hombres aparecía por su piso antes de que Víctor lo ayudara a resolverlo todo, al menos dispondría de algo con lo que defenderse. Guardó el arma en el maletero del coche y condujo hasta casa. Aparcó muy cerca de los bloques verdes, y tuvo la impresión de que había más polis de los habituales en el barrio. Por eso dejó la escopeta en el maletero, al menos de momento. Anduvo hacia su piso con las manos en los bolsillos y, justo cuando estaba a punto de entrar en el inmueble, una pareja de *mossos* se acercó a él. Y ahí empezó esta pesadilla en la que sólo le queda una esperanza: utilizó esa llamada a la que tenía derecho para ponerse en contacto con Víctor, y ahora espera que no le falle.

54

Hace mucho que el Víctor Yagüe abogado dejó de frecuentar comisarías y juzgados, y aun así, cuando recibe la llamada de Juanpe, no se detiene a pensarlo, quizá porque sabe que si le dedica unos minutos de reflexión se impondrá otro instinto, la comodidad o el egoísmo, que a veces son más fuertes, más viscerales que el de la amistad.

Y ahora está en la comisaría de Cornellà, a la espera de ver a Juanpe, recuperando el argot olvidado, exigiendo que le muestren el expediente a una agente para quien esa historia es, por supuesto, una más, cuando de repente otro *mosso* aparece y la reclama de la mesa. Los aguarda, impaciente, con la intuición de que ese recado tiene algo que ver con el cargo de agresión sexual contra el pobre Juanpe. Víctor está dispuesto a creer muchas cosas sobre su amigo, prácticamente todas, salvo esa, porque en ningún momento de esos últimos meses ha demostrado, ni siquiera en comentarios o en miradas, la menor inclinación sexual. Él sabe que eso puede ser frecuente en víctimas de abusos, de modo que le cuesta creer que Juanpe atacara a una cría de quince años a pesar de que las pruebas contra él (los encuentros, la falta de coartada y una denuncia por una agresión similar puesta más de veinticinco años atrás) lo convierten en el sospechoso ideal.

Los agentes regresan, cariacontecidos, como si la noticia les complicara la vida.

—Ha aparecido una coartada —le dice ella—. Tenemos que comprobarla, pero en principio coincidiría con lo que el detenido nos ha dicho.

—¿Una coartada?

—Sí. Un tal Ismael López se cruzó con él en Lleida la noche de los hechos. Se ha enterado de la detención y ha venido a declarar esta mañana. Si todo se confirma, su cliente podrá irse a casa.

Y se confirma, por supuesto. Las cámaras de la autopista muestran con toda claridad el coche que Juanpe conducía. En ese rato, mientras los agentes hacían las diligencias, Víctor ha salido de la comisaría y ha efectuado una llamada.

—¿Ismael?

—Hola…

—Oye, no tengo mucho tiempo. Estoy en la comisaría, esperando a Juanpe.

—Ya. Entonces ¿te has enterado?

—Sí. Ismael, gracias.

—No hay de qué. Es la verdad. A la poli no le he dicho que lo seguía, sólo que me lo encontré allí. Creo que soy lo que llaman «un testigo de fiar». ¿No te parece irónico todo? Después de tantos años…

Víctor asiente con el teléfono en la mano, como si el otro pudiera verlo.

—Yo lo denuncié cuando éramos niños porque os seguía a los dos. Y ahora, por lo mismo, he conseguido salvarlo.

—¿Sabes… sabes qué iba a hacer allí?

—No tengo ni idea. Aparcó el coche, se ausentó un rato y regresó. Estaba alterado. Se quedó casi una hora sentado en el asiento del conductor, como si no supiera adónde dirigirse. Luego arrancó y se marchó. Cuando vi que en lugar de volver a Barcelona tomaba una carretera hacia el interior di media vuelta. Pero eran casi las diez, así que es imposible que alrededor de esa hora estuviera por aquí violando a nadie.

Juanpe recibe la noticia de su liberación con una mezcla de incredulidad y apatía. Ser libre significa otra cosa, piensa; significa tener un hogar al que regresar, alguien que se alegre de verlo, una vida a la que reintegrarse. Para él la libertad, la calle, es el inicio de otra condena, mucho más desoladora, letal incluso, y en esas horas de encierro ha empezado a pensar que, en el fondo, lo mejor sea asumirla, abrazar su destino con resignación y dejar de pelear contra lo inevitable. Encerrarse en casa y esperar a que vengan, presentar batalla sólo para tener la satisfacción de disfrutar de cierta dignidad final. Se acabó la partida, has llegado hasta aquí y, al menos, no estás del todo solo. Un amigo te ha echado una mano.

Víctor está ahí, mirándolo con ese aire de condescendencia simpática que recuerda en él de cuando eran niños. Una media sonrisa muy parecida a la de su padre, a la de un Sandokán de barrio, acompañada de ese encogimiento de hombros que venía a decir: ¿Ya te has metido en otro lío? Tienes suerte de que esté yo aquí para echarte un cable.

—Gracias por venir… y por sacarme de aquí.

—No ha sido sólo cosa mía, te lo prometo. Te lo contaré todo con calma, pero no ahora, no aquí.

Salen a la calle, y Juanpe mira a ambos lados. En el calabozo estaba a salvo, piensa, por extraño que parezca. Es consciente de que el Míster y los suyos no tardarán en aparecer, de que quizá estén apostados ahí, esperándolo. O tal vez no, se dice; tal vez antes tengan otra prioridad, alguien a quien matar primero, alguien a quien él dejó con vida.

—¿Qué diablos hacías en Lleida? ¿Tienes una amiguita por ahí? —pregunta Víctor, y Juanpe se encoge de hombros porque aún no ha conseguido inventar una historia convincente que deje a su amigo tranquilo y, al mismo tiempo, no suponga meterlo en problemas.

—Ya no importa.

—Claro que sí. Pero ando mal de tiempo. Tengo el hotel lleno de invitados, un montón de cosas por rematar...

—¿Y aun así has venido?

—¿Qué iba a hacer si no? ¿Quién te habría sacado de aquí tan rápido como yo? Ahora debo largarme o necesitaré a un ejército de Mazingers para librarme de la bronca de mi suegro. Otra cosa: no puedes quedarte en tu casa, al menos no de momento.

Por un instante Juanpe teme que Víctor sepa algo más, que esté al tanto de la condena que pesa sobre él, que presienta incluso el peligro que lo acecha. Afortunadamente su amigo sigue hablando, sin darle ocasión a meter baza, y entonces comprende que sigue al margen de todo, que se refería a otra cosa.

—Esa pobre chica a la que han agredido vive en tu bloque, ¿no? Un par de plantas más abajo, ¿verdad? No creo que sea buena idea que vuelvas a tu piso. No parece sensato que te arriesgues a un encuentro desagradable con sus padres, aunque te hayan soltado.

Juanpe procesa la información; ni siquiera había caído en eso porque para él Alena no era tanto una vecina como alguien con quien se encontraba en el parque. En algún momento, en sueños, la había imaginado como a una de esas ninfas de los estanques que corretean por el bosque cuando creen que nadie las ve.

—Hagamos una cosa. Yo estaré el fin de semana entero en el hotel, así que mi estudio estará libre. Allí estarás tranquilo, ¿de acuerdo? No tengo mucha comida en la nevera, pero ya te espabilarás. Ah, y voy a mantenerte entretenido. Tengo algo para ti que creo que te interesará. Te prometí que averiguaría lo que pasó ese día, ¿no? Pues pronto verás cumplida esa promesa.

Juanpe permanece en silencio mientras Víctor intenta parar un taxi. Lo ve caminar hasta la esquina, en una búsqueda infructuosa porque por la zona no hay demasiados. Piensa que debería huir, demostrarle que es su amigo librándolo de la responsabilidad y de las consecuencias de estar a su lado. Era lo que pensaba hacer, pero las últimas palabras de Víctor lo han cambiado todo. Antes de morir necesita saber. Recordar los detalles de ese momento en que ambos fueron tigres ignorando que la vida se les rompería en pedazos.

55

Ninguno lo entendíamos del todo, pero también es verdad que con el tiempo llegamos a olvidarlos, a ellos y a sus hijos, a la pobre Rosi y al salvaje de Juan Zamora, de la misma manera que fuimos olvidando tantas otras cosas del barrio, entre ellas su nombre, que cayó en desuso pocos años después, quizá porque sus habitantes nunca supieron qué diablos significaba eso de la Ciudad Satélite.

Juanpe deja las páginas sobre la mesita auxiliar del apartamento de Víctor. Ha tardado mucho en leerlas porque hacerlo le supone mucho esfuerzo, y jamás habría dedicado tantas horas a un texto tan largo si este no hubiera despertado su más absoluto interés.

¿Ya estás satisfecho? ¿Es esto lo que querías? Entonces ya puedes morirte tranquilo.

No lo oía desde el interrogatorio; como tragado por el viento, el niñato parecía haberse extraviado. Le gustaría leerle en voz alta las partes que el autor del texto le dedica a él, eso le enseñaría a ser menos insolente, pero está seguro de que se limitaría a reírse. A veces piensa en lo maravilloso que sería tenerlo delante de nuevo ahora que él es un adulto, y poder golpearlo como le hacía el otro, sin llegar a matarlo, eso no, sólo para que aprendiera la lección. Pero el niñato, el Cromañón, es apenas una voz incorpórea contra la que no puede luchar.

Es curioso porque, después de tanto tiempo, no consigue albergar rencor alguno contra ese tipo, el chaval que los delató, alguien cuyo nombre apenas recuerda vagamente ahora. Era más fácil odiar a alguien anónimo, a un chivato sin nombre ni historia, que a un chaval que estaba tan asustado como ellos. Al fin y al cabo, eso habían sido todos: unos críos con mala suerte. Cuando lo dejó en su apartamento, hace ya más de un día, Víctor le contó rápidamente que había sido ese tal Ismael quien le había proporcionado la coartada que necesitaba. Juanpe ignora por qué, y ya no le importa mucho saberlo. Todo lo que quería averiguar ya está allí, consignado en esas páginas, su pasado y el de su familia, el de Víctor, el del barrio. El del traidor al que aborreció antes de conocer sus razones y que ahora ha compensado ese error. Estamos en paz, Ismael López Arnal.

Sale a la terraza y desde ella contempla la vista de una calle desconocida. Piensa que, a esas horas, Víctor estará en plena fiesta, celebrando la cena de gala de la inauguración del hotel. Se lo merece, se lo ha merecido siempre, desde que eran niños. Ni siquiera por el pobre Rai, a quien luego consideró su amigo, sintió nunca tanto afecto, y hay algo que ha callado hasta ahora, algo que no ha querido contarle en esos últimos meses, aunque es posible que Víctor lo haya adivinado al leer esas páginas. Es curioso cómo unos recuerdos disparan otros, cómo la memoria se atasca o se desvanece y en cambio deja destellos brillantes. Juanpe no ha olvidado nunca una escena de su vida, uno de esos momentos en que se sintió importante. «Tú eres su mejor amigo —le dijo Emilio Yagüe la noche antes de que fueran a por él—. Yo sé que eres un valiente, y los valientes aguantan lo que les echen. Nunca traicionan a sus compañeros.

Tú también piensas lo mismo, ¿verdad, chaval?» Y él asintió, se abrazó a aquel hombre que lo había tratado como a un hijo y le prometió que así sería: valiente como un Tigre de Malasia, duro como Mazinger. Porque él se lo pedía y porque Víctor era su amigo. Y eso le dijo al juez, exactamente eso a pesar de que en algún momento la presión para delatar a un posible cómplice le resultó casi insoportable.

También ahora debo hacer algo por ti, piensa Juanpe. Por la calzada, muchos metros más abajo, los coches huyen a través de un bosque de asfalto y luces verdes. Verdes como los bloques, se dice con una sonrisa. Es allí adonde debe ir ya, sentarse en su casa como había previsto y terminar con todo. Y así, cuando lleguen, porque llegarán, Juanpe lo sabe sin el menor atisbo de dudas, él ya estará muerto y lejos de Víctor. Podría hacerlo aquí, piensa, saltar al vacío desde este ático, pero eso sería muy feo. Uno no se suicida en un piso prestado.

—Este será mi último favor, chaval —le dice en voz alta—. A lo mejor no lo entiendes, Víctor, pero ya te lo contaré algún día, si es verdad eso de que las almas se cruzan en el más allá. Te diré que lo que voy a hacer te ha ahorrado un montón de problemas, que la gente con la que he andado es peligrosa y que lo mejor para todos es que yo desaparezca del mundo. Espero que estés un poco triste al menos. Suena egoísta, ya lo sé, pero a todos nos gusta que alguien nos eche de menos, ¿no crees? Ya, ya sé que tú crees que puedes ayudarme siempre, como hiciste en el pueblo y luego con el Cromañón, pero créeme, este es peor. Contra este cabrón no se puede luchar: la única victoria posible es rendirse de antemano. ¿Sabes una cosa? Quitarles la satisfacción de cumplir con sus planes ya me parece una inmejorable forma de venganza.

Contra ese no te atreves, ¿eh? ¡Eras más valiente contra un niñato como yo!

Entonces aún creía que merecía la pena. Ya no. Estoy cansado, la verdad. Muy muy cansado.

¿Y te vas a conformar con eso? ¿Con rendirte así como así? ¿Eh, adónde vas, imbécil? ¿No te han dicho que no salgas de aquí?

Te jode, ¿eh, niñato? No lo había pensado hasta ahora. Si me pasa algo, tú también te esfumarás, te perderás en el olvido más absoluto porque ya nadie te quiere, y yo no estaré aquí para odiarte. Existes sólo mientras yo viva, Joaquín Vázquez. Y a ambos nos queda poco.

Juanpe sale a la calle, decidido a volver a su casa, coger la escopeta y darse el tiro de gracia. Caerá en el piso, abatido por una bala como un jabalí, pero al menos tendrá la satisfacción de apretar él el gatillo, de ser la víctima y el verdugo a la vez; de morir, en definitiva, exactamente igual que ha vivido.

¿Y te vas a ir así? ¿Sin despedirte de ella?

Estás desesperado, niñato. Sí, me iré. Ella no me necesita.

Cobarde... ¿Ni siquiera quieres saber cómo está? Esa pobre chica... ¿No crees que se merece una visita? Será sólo una hora. ¿Tanta prisa tienes por matarte?

Sé lo que pretendes. Quieres hacerme cambiar de idea para sobrevivir. Quieres que yo siga vivo y que Víctor acabe metiéndose en un lío por mi culpa. Es eso, ¿no? Quieres vengarte de los dos.

Piensa lo que te dé la gana. Pero ella ha sido lo único decente que te ha pasado en mucho tiempo y ahora está en un hospital. Tú sabes dónde, lo has oído en comisaría...

No me dejarán entrar. Me detendrán.

¡Ya estamos! Siempre tan pesimista. No me extraña que pienses en pegarte un tiro. Los valientes lo intentan antes de darse por vencidos, pero tú no.

Víctor le ha dejado algo de dinero y con él coge un taxi, por primera vez en años.

—Al Hospital de Bellvitge —le dice al conductor.

56

Lunes, 2 de mayo de 2016

La enfermera de la mañana es una chica de aspecto tan juvenil que Alena se ha sorprendido al saber que tiene casi treinta años y es madre de dos niñas. «¿Cómo estás hoy?», le ha preguntado al entrar, y a ella le gustaría haber contestado que mejor, que apenas ha dormido pero que los brazos y las piernas ya no le duelen, que puede moverlos y, sobre todo, que se ha disipado esa bruma espesa que la mantenía en un estado de semiinconsciencia, atenta a cuanto sucedía a su alrededor y a la vez incapaz de manifestar su parecer.

Fue anoche, alrededor de las nueve, con su madre aún en la habitación, cuando se vio asaltada por un ataque de llanto violento que parecía salirle del estómago: vomitó lágrimas y, tal vez, piensa ahora, fue ese torrente de agua salada el que deshizo la niebla porque poco después, a medida que se calmaba, iba apoderándose de ella la sensación de que su cerebro presentaba la misma textura que el cielo después de una tormenta y que ese dolor difuso, abrumador, había dado paso a un sentimiento más enérgico y más revitalizador: la furia. Un odio intenso hacia Christian y ese amigo desconocido cuyo rostro veía por fin con absoluta claridad, pero también hacia los otros, hacia Lara, Saray, Oriol y la clase en general. Iba a contárselo a su madre, pero esta, alterada por aquellos sollozos convulsos, avisó a las enfermeras y una mujer mucho menos paciente le administró un sedante leve a pesar de sus protestas, las primeras que expresaba desde que llegó al hospital, seis días atrás, muda y rígida como una muerta. No deseaba dormirse por miedo a perder ese estado de nitidez mental, de conciencia activa, y luchó con todas sus fuerzas para mantenerse despierta, incluso cuando su madre, viéndola más tranquila, siguió el consejo de la enfermera que, pragmática por edad y temperamento, le había dicho que aprovechara ese rato para bajar a comer algo: «Antes de que le cierren la cafetería, señora, que no gana nada usted poniéndose enferma y lo de la niña a lo mejor va para largo».

A Alena no le importó quedarse sola porque, en realidad, el sedante la hacía sentirse ligera, capaz de vencer la gravedad y elevarse de la cama, flotando como si estuviera en una cápsula espacial, sin condenarla a la oscuridad del sueño. Vio salir a su madre y pensó: Cuando vuelvas te lo contaré todo, te diré que estoy bien, que fue horrible pero saldré adelante. Le vino a la cabeza uno de esos poemas que leía: «Es la esperanza lo que lleva plumas y se posa en el alma», y ahora sí podría decir que lo comprendía del todo, que cada letra tenía sentido y que no existía nada más sincero, más brutalmente honesto, que esos versos que no parecían estar escritos con el cerebro sino surgir de otras partes del cuerpo, la piel, las tripas, el corazón, más sensibles y menos racionales. Entonces, cuando reflexionaba sobre todo eso y esperaba con ansiedad a que llegara su madre, se abrió la puerta y apareció la última persona que habría imaginado ver allí.

Y en ese momento, mientras le sirven el desayuno a esa hora intempestiva de los hospitales, mientras la enfermera joven se esfuerza por animarla a comer, Alena es consciente de que tuvo que dormirse en algún momento entre la llegada de Juanpe y la de su madre, pero no es capaz de decir cuándo. Sí recuerda que habló con él, o mejor dicho que habló ella mientras ese hombre la miraba con afecto y, como siempre, la escuchaba sin interrumpirla, y le parece verlo, sonriente y a la vez serio, como un rey mago, prometiéndole en un susurro: «Duérmete tranquila. Nadie volverá a hacerte daño».

Las cenas copiosas suelen provocar algo parecido a la resaca de una juerga, y la mañana siguiente a la cena de inauguración Víctor despierta con el estómago ligeramente revuelto y una banda de tambores en la cabeza. Se levanta de la cama para no despertar a Mercedes, que duerme un sueño profundo como si nada en el mundo perturbara su descanso, y mira el reloj de la mesita que marca las 6.52.

Ambos han dormido en el hotel nuevo, ellos y cincuenta invitados que disfrutan de ese fin de semana gratis. Muchos, procedentes de Madrid, personalidades más o menos conocidas, aprovechan que el 2 de mayo, a pesar de ser lunes, sigue siendo festivo y se marcharán a lo largo de la mañana, encantados, o eso le han dicho, de la comodidad y el estilo del Carballo Bcn. Víctor saborea su triunfo entre oleadas ácidas del cava bebido, y recuerda la felicitación pública de su suegro en uno de esos discursos condescendientes que a él, a esas alturas, casi le resultan humillantes.

Hay un servicio de cápsulas de café en la propia habitación y Víctor necesita uno para emprender una jornada que promete ser larga y ardua, sobre todo porque tiene que ocuparse del tema de Juanpe. Lo llamó anoche y aún estaba en su apartamento, obediente como un buen mastín, y le prometió ir a verlo a primera hora, sobre las nueve, para acompañarlo a su casa. «Ya empezarás a trabajar con nosotros la semana próxima —le dijo en tono ligero, y añadió—: Tienes enchufe, puedes tomarte un par de días libres.» Mientras se toma ese café, enciende la tableta que su esposa lleva siempre con ella, más para comprobar que funcione bien el wifi que porque tenga algún interés en las noticias. Y sin embargo, una vez que la tiene delante, lee los titulares de los periódicos, bajo los que aparece, en una fotografía a todo color, el cuerpo desnudo y casi obsceno de un tipo mayor. «Orgía de sexo y drogas en una masía catalana», dice *El País*; «El magistrado Josep Maria Serrater, en su última noche», reza *El Mundo*, y los medios digitales, siempre más hirientes, encabezan las fotografías con frases del estilo de: «¿Fue una muerte natural?» o «Dudas sobre el fallecimiento de Josep Maria Serrater».

Víctor no es muy aficionado a los temas de sucesos, pero este destaca sobre otros por esa mezcla tan habitual en los últimos tiempos, ese cóctel de corrupción, sexo y muerte que parece afectar a tipos de mediana edad con grandes cotas de poder. Así que por una vez lee el cuerpo de la noticia, según el cual una testigo presencial, amenazada de muerte, había llevado esas fotos a uno de los medios, que publicó la noticia en la versión digital el día anterior; hoy lunes ya las tenían casi todos, y los que no, las describían con todo lujo de detalles. Se hablaba de un intento de asesinato en Lleida, de putas y de caza de animales, de gorritos rojos y médicos en plena juerga que firmaban certificados de defunción sobre una mesita con restos de cocaína. Pero, claro, los periodistas más avispados iban más allá, y se regodeaban en la corrupción de las élites, sugerían la posible exhumación del cadáver y, en general, planteaban un escenario oscuro y perverso, una trama de novela negra con un muerto en pleno éxtasis, vestido de Santa Claus, que había fallecido en la masía de un expolicía reconvertido en hombre de negocios. Un tal Conrado Baños.

Víctor tarda apenas unos minutos en vestirse y salir del hotel porque, ahora sí, presiente que tiene que hablar muy en serio con Juanpe antes de dar el siguiente paso. Le falta tanta información que, antes de dirigirse a toda prisa a su estudio, tiene que detenerse para intentar ordenar las pocas piezas de que dispone. Conrado Baños, aquel visitante que apareció en el hotel, tenía muchos números para acabar implicado en un asunto de lo más turbio. Y Juanpe había ido a Lleida, esa era precisamente su coartada, la que lo había librado de la cárcel y que ahora podía devolverlo de una patada al mismo calabozo. Mierda, Juanpe, ¿en qué lío te has metido? Corre hacia su apartamento, con un mal presagio trenzado en la boca del estómago, y casi siente alivio al encontrarlo impoluto, impecable y vacío. Juanpe no responde al teléfono y a Víctor sólo se le ocurre la posibilidad de que haya regresado a la Ciudad Satélite.

Un taxi lo lleva hasta allí, hasta esos bloques verdes que han vuelto a convertirse en su paisaje vital. Llama al interfono, casi convencido de que no encontrará a nadie, y exhala un suspiro de tranquilidad cuando el zumbido metálico le abre la puerta. ¿Cuántas veces he venido aquí en los últimos meses?, piensa. Muchas más que cuando era niño, la verdad, aunque fue aquí donde planeamos lo del Cromañón y aquí donde dejé mi ropa sucia, tan manchada de polvo que mi madre habría sospechado, seguro. La de Juanpe no, claro. Nada bueno ha pasado nunca en este piso, piensa cuando empuja la puerta del sexto primera, que está entreabierta, y esa simple idea lo frena como si el interior fuera el fondo de un pozo, una fosa oscura donde sólo habitan los monstruos.

Su precaución llega unos segundos demasiado tarde. La puerta se cierra a su espalda al tiempo que alguien le asesta el primer puñetazo. El golpe es tan fuerte, tan inesperado, que Víctor pierde el equilibrio y cae hacia atrás, aunque no llega a tocar el suelo. Otro tipo lo detiene, interrumpe su caída, pero no es un aliado, no. Es un cómplice que lo agarra con fuerza a la vez que le pregunta al oído: «¿Dónde diablos está tu amigo?».

Víctor casi sonríe, a pesar de la situación. Sonríe porque no tiene la menor idea de dónde está Juanpe y así podrá aguantar la tortura que le espera sin sentir la menor tentación de dejarse llevar por el miedo y dejar a su amigo en la estacada.

A las nueve menos cuarto del lunes el aseo de las chicas del instituto parece el guardarropía de una discoteca en el momento del cierre. Lara sabe que encontrará a Saray y las demás allí dentro, si es que tiene suerte y han llegado un poco antes de la hora. Lleva unos días de mensajes frenéticos con ellas, de histeria casi colectiva, porque la agresión de Alena ha dado un vuelco a sus maniobras y las ha situado a las puertas del delito. Por suerte, se dice Lara, ella es una más, y a excepción de las últimas fotos virales, las de la escena del parque, nadie puede achacarle otra actuación que la de seguir el ejemplo de los otros y, en realidad, en menor medida. Aun así no le gustó el tono del agente que la interrogó, con su madre presente e indignada, y sabe que lo mismo les sucedió a Saray Lozano y a Christian Ruiz. Y eso que en esos momentos ya tenían al culpable, ese friki loco con quien Alena se citaba en el parque, aunque se rumorea por el barrio que el tipo al final se había librado, porque ya sabemos cómo es la justicia y esos cabrones siempre se salen con la suya.

No ve a Saray, que llega tarde, como siempre, pero sí a Noelia y a Wendy, y las tres comentan frente a los espejos de los baños los últimos acontecimientos: ¿De verdad que lo han soltado? ¡Qué fuerte, tía! Un horror. ¿Y ahora qué? Dicen que ella no recuerda nada. Bueno, yo también preferiría no recordar. Pues será cualquier otro, cualquiera de los tipos esos que se tiraba cuando no venía a clase. ¿Se lo dijiste a la poli? ¿Que era una zorra? No, tía, claro que no. Pero ahí están los wasaps y las fotos. Oye, ¿y sabéis algo de Christian? Saray me ha dicho que no lo ha visto en todo el finde. Me lo contó ayer; estaba hecha una fiera, la dejó colgada. Joder, todos los tíos son iguales. Un asco, tía. Vamos, que esa bruja de la Cecilia va a cerrar la puerta y nos quedaremos en la calle. No creo que esté para clases hoy, ya verás, después de la charla que nos metió la semana pasada hoy va a seguir, como si nosotros tuviéramos la culpa de que esa tía esté loca. Bueno, pobre, ¿no? A mí me da pena. Mira, tía, qué quieres que te diga, quien juega con fuego... Si no llega Saray, te sientas conmigo, Lara, ¿vale? ¡Corred, que cierra!

No se ha atrevido a subir a su piso en toda la noche ni a refugiarse en el coche, así que ha deambulado como un sonámbulo hasta ahora desde que salió del hospital. Once horas nocturnas de vigilia dan para mucho, y en la cabeza de Juanpe se mezcla todo, pasado y presente, miedo y decisión, tigres y palos, el Cromañón, el Míster, Valeria y Alena, el colegio y las collejas, la voz del niñato y sus propios pensamientos, en un torbellino entrecortado que, si bien lo mantiene despierto, también le acelera el pulso, le corta el aire y a ratos, cuando gira a toda velocidad en su cabeza, lo sume en una especie de autismo y lo deja inmóvil, en un banco de la plaza Catalunya, cual vagabundo sin hogar ni cordura. Sabe que el frío que siente no es real sino producto del cansancio, pero agradece que el sol salga a calentarlo y aguarda con impaciencia a que abran los bares porque, para colmo, sobre las cuatro de la madrugada se quedó sin cigarrillos y tiene ahora una tos seca, de pulmones roncos y sedientos que piden la dosis de nicotina necesaria para conseguir ese falso alivio.

La mañana y el tabaco traen consigo una claridad obsesiva, una voluntad férrea, un deseo que se impone a toda la maraña de ideas. Por eso avanza hacia el coche, donde dejó la escopeta de caza; por eso la saca y se la echa al hombro antes de cerrar de nuevo el maletero; por eso mira a su alrededor, sorprendido de no distinguir a ningún tipo sospechoso, a un emisario del Míster que pueda impedirle llevar a cabo su tarea. La última. La definitiva.

¿Estás loco? ¿Crees que te van a dejar entrar así, armado? Alguien te detendrá por el camino.

Juanpe sabe que no lo harán. Porque hace siglos que nadie se fija en él, que nadie lo ve, que nadie le presta la menor atención, y al fin y al cabo ese es su único atributo aparente, la capacidad de pasar desapercibido. Pero tiene otro que pocos conocen y que ahora siente crecer desde las puntas de los pies, extenderse por sus piernas y ensancharle el pecho. La determinación de hacer justicia, el convencimiento absoluto de que hay gente que merece morir, como el Cromañón, como el doctor Bosch, y la seguridad de que no le temblará el pulso porque ya, a día de hoy, no tiene nada que perder.

Debo reconocerte cierta dignidad, idiota. Casi me sorprende y todo.

Ya. Víctor siempre decía que tenía golpes ocultos.

Víctor, Víctor… No pienses en él ahora. Concéntrate en la tarea, subnormal.

Calla.

Sucio, apestoso; tan guarro como tu madre, que no espabila ni a hostias.

Cállate.

Si en el fondo te gusta, es lo que necesitas: conservar este punto de rabia hasta el final.

Vete a la mierda.

Ya estoy en ella, jaja. ¿Recuerdas que te lo decían en el colegio cuando te tocaban? En ese mismo puto sitio. Ahora ve y haz de una vez lo que tienes que hacer. Al menos así pasaremos a la historia, tú y yo.

Llega tan justo a las puertas del instituto que casi arrolla a una pareja de crías de primero que tonteaban junto a la verja. Con los cascos puestos, la voz de Chester Bennington sonando a todo volumen, Iago ha recorrido la distancia que separa su domicilio del centro en apenas unos minutos; ahora frena el monopatín, le da un toque experto con la punta del pie y lo coloca en posición vertical para, acto seguido, cogerlo y salir pitando hacia el interior. En el pasillo ve a Lara y a las chicas, bastante por delante de él, ya cerca de la puerta, y a Cecilia, que sale del corredor lateral en la misma dirección. Llegas a tiempo, piensa, y eso hace que se relaje un poco, que recobre el aliento, y es entonces, justo al apagar la música, cuando nota la vibración del móvil. Se dice que ya lo mirará en clase, pero sabe que Cecilia es capaz de confiscárselo si le pilla, de manera que sigue avanzando con él en la mano e intenta leer el mensaje mientras camina. Es Alena, y al verlo frena en seco:

Estoy mejor. X k no vienes a verme?

Cuando salga m scapo

Ven ahora. Por favor

Iago mira hacia delante. Cecilia lo espera, se da cuenta porque mantiene la puerta abierta ahora que las chicas han entrado ya. Kevin casi lo empuja en su carrera por alcanzar la meta antes de las nueve. Y Iago duda, porque sabe que se va a meter en un lío si no entra a la clase de mates puesto que Cecilia lo ha visto, y al mismo tiempo todo su cuerpo le pide dar media vuelta, descender hasta Bellvitge y ver a Alena.

No es inhabitual que alguien esté esperando en la puerta de la peluquería a las nueve en punto y que luego, después de las prisas y la mala cara si Miriam llega cinco minutos tarde, se pase media mañana dentro del local como si no tuviera nada mejor que hacer. Pero ese no es el caso de Claudia, y por esa razón a la peluquera le sabe mal haberla hecho esperar.

—Perdona, se me han pegado las sábanas.

—¡No sabes la envidia que me das! Con la peque no hay manera.

Miriam respira, aliviada, porque pocas cosas la solivian más que las exigencias a primera hora del lunes. Claro que conoce a Claudia desde hace años, y es de las pocas clientas fieles que le quedan. Recuerda que en su día compararon barrigas y luego bebés, niña y niño, Lara y Iago.

—¿No trabajas hoy?

—Me he tomado el día libre. Total, la mayor parte de mis clientes son madrileños y allí es fiesta. Y mira, una necesita un día para ella sola: con la niña en la guardería, Daniel en el taxi, Lara en el instituto… Por cierto, qué horror lo de esa chica, ¿no?

—Tremendo —asiente Miriam mientras se pone el quimono negro que usa en la peluquería.

—Tendrían que castrarlos. Ya es demasiado que, en el siglo veintiuno, una cría no pueda andar segura por su propia ciudad. Luego los enchironan cuatro días y a la calle. ¡Es un asco!

—Siéntate. ¿Qué quieres hacerte?

—No sé. Algo que me vuelva joven y guapa.

—Eres joven y guapa.

—Anda ya… No te cases con un tipo al que llevas siete años, Miriam.

—¡Dicho así no me parece tan mal plan! Hace mucho que no te hago esas mechas…

—¿Tú crees? Hoy tengo tiempo, la verdad.

—Va, no te lo pienses. Te quedan genial. Y ahora que se acerca el verano unos toques de rubio sientan muy bien. Oye, ¿y Lara cómo está? Creo que tu hija y esa pobre chica eran amigas, ¿no?

—Lara está… Ay, Miriam, no sé. Es tan rara esa cría… Y ya no eran amigas, o al menos no tanto. Los *mossos* estuvieron haciéndole preguntas sobre unos mensajes… y sobre el tipo ese. Tu Iago también andaba por ahí, ¿no? Chica, daría lo que fuera por tener dos varones en lugar de dos niñas. Una no sufre tanto, la verdad.

—No creas…

—Que sí. Aunque, entre tú y yo, esa niña rusa…

—Polaca.

—Rusa, polaca, ¿qué más da? De fuera. Lara me ha dicho que no era muy normal: que se veía con tíos, que todo el instituto lo comentaba. ¿Te imaginas? Con quince años tú y yo éramos unas tontas.

—Bueno, luego ya espabilamos.

—Sí. Oye, ¿te he dicho que me encontré con Rober el otro día? Joder, los tíos envejecen mucho mejor, te lo aseguro.

La cháchara prosigue, porque están solas y pueden cotillear con libertad, aunque en algún momento Miriam calla, sobre todo cuando Claudia retoma el tema de Alena, la rusa, polaca o de donde sea, lo mismo da, porque a todas les tiran demasiado los tíos, eso lo sabe todo el mundo, y se plantea si ella hace lo mismo alguna vez cuando critica a las chinas de la peluquería porque no le gusta oírlo, ni siquiera en su amiga. Anda pensando en eso, en lo fácil que es dejarse llevar por los prejuicios, cuando oyen la primera sirena, seguida de un coro estruendoso y alarmante, y Miriam deja a Claudia un momento con las mechas puestas y se asoma a la puerta: ambulancias y coches de policía giran por la plaza Catalunya en dirección a la avenida de San Ildefonso. Y justo en ese momento, ensordecida por los agudos pitidos de los vehículos de emergencias, oye a una mujer que comenta a otra que al parecer ha pasado algo en el instituto, sí, el que está ahí mismo, en la avenida. Que te lo digo yo, que he oído unos petardazos tan fuertes que a mi pobre perro casi le da un infarto. Mira, mira las ambulancias yendo para allá.

Epílogo

San Ildefonso, Cornellà de Llobregat,
15 de diciembre de 2016

El cementerio está más tranquilo que la última vez que lo pisó, el día de Todos los Santos, y Miriam lo prefiere así, silencioso y amortiguado, más sobrio que en esas fechas en que todo el mundo recuerda a sus muertos y las lápidas se llenan de coronas brillantes, de flores coloridas que pretenden contrarrestar los tonos neutros que le son propios: el verde de los cipreses, el ocre de los panteones y el blanco veteado de las lápidas. Ella ha llevado hoy unas flores sencillas, dos ramitos violáceos que caben en los jarritos laterales, y dedica un rato a pasar un paño al mármol, pensando que, más que a su hermano, es a su madre a quien rinde homenaje. Allí está la inscripción, bien visible, en letras negras: Joaquín Vázquez Guerrero, 1964-1978.

Hace frío, son las cuatro de la tarde y luce un sol escuálido que apenas calienta, y ella no se entretiene mucho rato. En realidad, una vez que ha cumplido con su tarea tiene pocas cosas que hacer allí, y en los últimos seis meses ha habido demasiadas visitas al cementerio, más de las que habría imaginado ni en su peor pesadilla, y fue en la primera de ellas, en mayo, durante el entierro agónico de los chicos, cuando buscó la lápida de su hermano y la descubrió sucia, abandonada, y sintió una vez más esa punzada de vergüenza. Y aunque ese día su dolor estaba en otro lado, con las familias de Omar Salid, Kevin Jurado, Noelia Castaño y, sobre todo, de Lara Carrión —con Claudia, por Dios, porque ambas subieron juntas, con el corazón en la boca, sin atreverse a preguntar y sin poder evitarlo, hasta que supieron que había seis muertos y algún herido; que el agresor se había suicidado, que la profesora de Matemáticas había sido la primera víctima, y que no hacía falta ser un genio para dilucidar que los otros cuatro eran chavales, que uno podía ser Iago, que una fue finalmente la pobre Lara—, se prometió regresar un día para adecentar la lápida y su propio espíritu.

El asalto al instituto tiñó la primavera de negro, transformó el mes de mayo en un noviembre anticipado y conmocionó al barrio entero. Poco a poco fueron surgiendo detalles, recuerdos de ese lunes a las 9.35 cuando, en mitad de la clase, Juan Pedro Zamora irrumpió en el aula provocando esa cruenta matanza antes de volarse la cabeza con el último proyectil de la escopeta. Algunos decían que, después del primer tiro, el que acabó con la vida de Cecilia Puente, aquel salvaje abrió fuego indiscriminadamente hacia los cuatro extremos de la sala. Unos sostienen que Noelia fue la primera víctima y otros afirman que aquel loco disparó antes que nada hacia el grupo de los chicos del fondo, matando a Kevin Jurado, y que fue luego cuando pareció enloquecer y disparar a diestro y siniestro, aunque ahí ya todos se habían agachado, entre gritos, intentando evitar las balas. En cualquier caso, la matanza, que dejó el suelo cubierto de sangre y de pánico, no duró más de cinco minutos.

Luego llegaron los análisis, las preguntas y las respuestas, los expertos y los aprovechados, que llenaron las tertulias de suposiciones contundentes. Había varios hechos ciertos: el agresor había sido alumno del colegio, lo habían detenido como sospechoso del ataque a una de las niñas si bien luego lo pusieron en libertad, algo que suscitó de nuevo la controversia sobre los métodos policiales y terminó quedando en agua de borrajas cuando Alena Kieverski hizo una declaración formal acusando a Christian Ruiz y a un tipo desconocido, que resultó ser José Villa, un compañero de gimnasio, de la agresión sufrida. Christian no estaba ese día en clase, así que se libró del horror de presenciar la tragedia pero no de una condena porque, con dieciséis años cumplidos, tenía la mayoría de edad penal. Tampoco estaba Iago, por suerte y porque en el último momento decidió ir a ver a Alena al hospital, algo que Miriam nunca ha agradecido lo suficiente a pesar de esos momentos de puro terror, cuando los supervivientes iban saliendo y su hijo no estaba entre ellos. Alguna vez, en esos meses, cuando lo ve en casa siente la necesidad de tocarlo, de palparlo con ambas manos y asegurarse de que está allí, sano y salvo gracias a un mensaje de móvil y a una decisión rápida.

Poco a poco las víctimas dejaron de importar en los medios, y estos se centraron en la figura del psicópata, en el asesino, en el suicida, cuya biografía fue desmenuzada y sacada a la luz pública. Delincuente juvenil, víctima de acoso y de violencia familiar, asesino de nuevo y luego involucrado en asuntos turbios con ese tal Conrado Baños, no parecía haber ni un ápice de bondad en Juan Pedro Zamora. Para todos, incluida Miriam, era un monstruo abyecto, un error del sistema, que debería haber previsto que alguien así nunca podría reinsertarse. Por eso se sorprendió cuando, hace un par de meses, Víctor surgió de la nada a través del teléfono y le pidió una cita. «Hay cosas que debes saber —le dijo—. Cosas sobre Juanpe.»

Miriam no puede decir que le apeteciera verlo, incluso pensó en la posibilidad de cancelar la cita, pero sabía que había estado muy grave, ingresado en el hospital durante semanas, víctima de una paliza de los hombres de Baños. En cuanto se recuperó lo bastante para comunicarse, le envió un mensaje lleno de consternación por lo sucedido en el instituto: según Víctor, sólo deseaba asegurarse de que Iago estaba bien. A ese lo siguieron otros, que Miriam apenas respondió porque en su cabeza Víctor y Juanpe formaban una unidad de culpas repartidas. Víctor debió de entenderlo ya que dejó de escribir... Hasta octubre, cuando le propuso una cena, para «dejar zanjado el tema». Quizá sí, pensó, quizá Víctor merecía la oportunidad de explicarse. También él había sufrido con todo eso.

Por fin quedaron para cenar hace apenas un mes, medio año después de la última vez que se vieron y, mientras empujaba la puerta del restaurante, Miriam respiró hondo intentando tragarse esas ganas de verlo que chocaban de manera insolente con sus más firmes resoluciones. Víctor ya estaba allí, esperándola, y la recibió con una mirada de agradecimiento y una alegría espontánea e insegura. Estaba totalmente recuperado de la paliza, aunque algo en sus rasgos había cambiado. «Dicen que esta nariz me da un aire más peligroso», le dijo sonriente. Y quizá fuera verdad: tenía el aspecto de un boxeador retirado, un poco más canalla que el Víctor que Miriam había conocido. Cenaron solos en un reservado que de entrada se le antojó demasiado íntimo, aunque luego, poco a poco, a medida que avanzaba la conversación y el vino caldeaba la atmósfera, resultó ser el escenario idóneo. Hablaron de Juan Pedro Zamora, claro, de su locura y de la matanza, de las víctimas; hablaron de todo, eludiendo los aspectos más personales.

—¿Y cómo estás? —le dijo Víctor al llegar al postre.

—Creo que agradecida —respondió Miriam—. Más que cualquier otra cosa. No hay momento del día, al menos hasta ahora, en que no sea consciente de que Iago podría haber estado allí. Él lo lleva mejor, creo; supongo que los jóvenes se lo toman todo de otra manera. Y está enamorado.

—Eso siempre ayuda.

—Sí. Sobre todo la primera vez. Luego una ya carga con demasiadas historias para lanzarse a la aventura con los ojos cerrados. Y tú, ¿qué es de tu vida?

Lo preguntó en un tono falsamente casual mientras daba otro sorbo a un vino que empezaba a subírsele a la cabeza.

—Bien, supongo. O no... No lo sé. Todo esto ha sido duro, me ha hecho pensar.

Y entonces le habló de Conrado Baños, de ese tipo en la sombra cuyos actos, en cierto modo, también habían marcado el devenir de los acontecimientos.

—No lo digo para disculpar a Juanpe, créeme, pero a veces, en las tragedias, existe más de un culpable. Ese tipo puso a Juanpe en una situación de máxima tensión y me he asegurado de que pague por ello. Esta nariz, que puede que resulte interesante, dolió mucho, te lo juro. Y aún tuve suerte de que no terminaran la faena... Al menos habrá servido para meter en la cárcel a ese indeseable, pero él no es el único. El país está lleno de Conrados Baños.

Lo dijo en un tono inflexible, que revelaba algo parecido a la obsesión vengativa.

—Mercedes tampoco termina de entenderlo, me insiste en que pase página, que me olvide. Soy consciente de que es una vía para canalizar mi culpa, ya lo sé, y aun así no puedo evitarlo. He vuelto al Derecho Penal, ¿sabes?

—¿Así que no más hoteles? Creía que habías venido a Barcelona para echar un vistazo al de aquí.

—No. He venido a verte.

La miró a los ojos, y no había vino suficiente en la mesa para resistirlo.

—Víctor...

—Espera. Ya dijiste todo lo que querías decir esa noche en mi casa. Y tenías razón, aunque, como siempre: hay otra versión de esos mismos hechos en la que se me puede acusar de inconsciente, pero no de perverso.

—Es igual, Víctor. Ya da lo mismo.

—Yo te escuché. Al menos, haz lo mismo por mí. La primera vez que me acerqué a la peluquería fue por pura nostalgia, sí, y porque esos días mi cabeza intentaba recomponer un puzle en el que ese local era una de las piezas. Y sí, quería conocer a la hermana de Joaquín Vázquez, quería verla, no sé muy bien por qué. Pero...

—No lo digas. No me digas ahora que luego te enamoraste mientras me recordabas que lo nuestro ya comenzaba con fecha de caducidad. No me lo merezco.

—Fue así.

—Fue mentira, Víctor. Avanzaste con las espaldas cubiertas, sin contarme la verdad, amparado en esa falta de futuro. Eso no es querer a nadie... No para mí.

—Quizá tenga que aprender a hacerlo.

—Yo diría que sí.

Llegaron a una pausa eterna, al final de una conversación en la que todo estaba dicho, al desenlace de una historia que no iba a tener un final feliz.

—Quiero que sepas algo más —añadió Víctor—. Durante años viví como si lo que pasó cuando era un crío no hubiera sucedido. Ahora ya no puedo. Creo que debo... no sé, que me corresponde compensar ese hecho, ese crimen. Juanpe lo ha pagado con creces y yo... bueno, digamos que también pagué por ello, de otra forma, aunque no lo suficiente. Y hay algo que quiero darte. No es una confesión, aunque podría serlo. Me gustaría que lo leyeras algún día.

Le entregó un sobre abultado que Miriam miró con algo parecido a la indiferencia.

—Llévatelo, por favor. Alguien lo escribió para sí mismo, tal vez también para mí y para Juanpe. Sólo nosotros tres lo hemos leído, y creo que mereces hacerlo tú también si así lo quieres. No es una disculpa... es sólo, no sé, una crónica, un relato fidedigno de esos años y de ese día.

—¿No entiendes que ese relato no cambiará nada? ¿Aún no has comprendido que ese chico al que matasteis era mi hermano, que fue mi madre la que se hundió, que todos lo sufrimos de una u otra forma?

Miriam se levantó para irse y apoyó una mano en el hombro de Víctor antes de salir. Sabía que él la acariciaría y en el fondo deseaba ese último roce.

—Gracias por venir —dijo Víctor—. ¿De verdad no vas a llevártelo? Aunque no lo leas ahora. Me gustaría que lo tuvieras.

Miriam se encogió de hombros y aceptó el sobre.

—Adiós.

Hay muchas cosas por las que dar gracias, piensa ahora Miriam mientras entra en casa. Demasiadas para sentir añoranza por una historia condenada al fracaso, aunque le duela, aunque les duela a los dos.

Ha dejado a Evelyn sola en la peluquería, pero el trabajo es escaso, en eso sí que hay poco que agradecer, y se echa en el sofá. Como de costumbre a esa hora, su padre tiene la tele puesta y parece haberse dormido. Por eso le extraña que unos minutos después, cuando se halla en ese punto dulce que precede al sueño, se ponga a gritar llamando a Salud, aunque es a ella a quien sacude, alterado y con la mirada de un demente.

—¡Háblame, mujer! Dime lo que quieras, llámame asesino, monstruo o salvaje, pero dime algo, por el amor de Dios. Tu silencio está matándome.

—Papá...

—No me mires así. No fue culpa mía.

—¿Qué? Papá, por favor, tranquilízate.

Él la ha cogido por los hombros y la zarandea con una fuerza inusitada.

—¿Cómo iba a saber que le habían pegado esos críos? Estaba oscuro, apenas se veía nada...

—¿De qué hablas?

Lo pregunta aunque lo sabe. Ella es plenamente consciente de qué está hablando, y la sorpresa la sobresalta más que esas sacudidas.

—Lo encontré allí, cubierto de polvo, después de haber estado un buen rato buscándolo. Tú misma me habías dicho que al niño había que meterlo en cintura, que ya estaba bien. Porque nos robaba, ¿te acuerdas? ¡A nosotros, a sus propios padres! Nos cogía dinero y se lo gastaba en Dios sabe qué. En drogas, pensábamos. Por eso fui allí, a la obra, donde decían que se reunían los drogadictos.

Miriam siente un frío poderoso y paralizante, el aliento de su padre huele ligeramente a viejo y ahora que lo tiene tan cerca no puede evitar una mueca de asco.

—¡No pongas esa cara! Yo no quería hacerle daño, sólo darle ese bofetón que tanta falta le hacía. Y él cayó hacia atrás, cayó en ese hoyo, y le dije que se levantara, que viniera conmigo, que en casa íbamos a ajustar cuentas. «En casa te espero», le solté, y di media vuelta. Pero él ya no vino. No vino nunca...

El llanto le quiebra la voz y le debilita las manos, y Miriam aprovecha el momento para zafarse de él. Lo sienta en el mismo sofá donde antes descansaba ella, lo cubre con la manta y escucha su llanto, muy débil, lágrimas que parecen fluir hacia dentro hasta que, poco a poco, los espasmos cesan y los párpados bajan, y Miriam se deja caer a su lado, agotada, exhausta como si fuera ella a quien acaban de lanzar a un foso.

Su padre se ha dormido, y Miriam, sentada a su lado, duda por unos instantes si eso ha sido una pesadilla, un sueño malévolo o una confesión real. La verdad después de tanto tiempo, de tantas cosas.

Tarda unos segundos en moverse y cuando lo hace sólo tiene en mente una cosa. Busca el relato que Víctor le dio, que había guardado en un cajón el mismo día que él se lo entregó, y lo lee despacio, absorbiendo cada palabra, desde el inicio hasta ese desenlace anunciado en que los chicos, Víctor y Juanpe, atacan a su hermano. Lo relee varias veces mientras en cada línea ve la imagen de la cara de su madre. ¿Cuánto sabías, mamá? ¿Por qué callaste?

Allí, en su habitación que va cubriéndose de la penumbra invernal, repasa una vez más los detalles de esas páginas que recogen la historia de Juanpe, la de Víctor, la de sus padres y su hermano, la memoria del barrio. Y al hacerlo a la luz de lo que acaba de oír comprende que el relato toma una dimensión más trágica, porque si lo que su padre le ha confesado es cierto, las vidas de todos pudieron haber sido muy distintas. La de Víctor y la del Moco, y quizá, piensa, también la suya propia, y las de los chicos que murieron en el instituto. En definitiva, todo, absolutamente todo, habría sido diferente si ese hombre a quien ella quiere hubiera tenido el valor de dar la cara.

Siente en sus hombros el peso de esa verdad que nadie más conoce, ni siquiera el autor que ha creído dejar constancia de ella en un relato sincero: el mismo peso con el que su madre cargó el resto de sus días. Nota que la incertidumbre llena el cuarto de sombras: la de su hermano, que no murió exactamente como todos creen; la de los dos niños que pagaron por él, en distinta medida; las de Anabel y Emilio; la de la pobre Rosi y la de Salud; incluso la figura amenazante y odiosa de Juan Zamora. Siluetas que forman un círculo alrededor de Miriam; expectantes, más que acusadoras, parecen aguardar en silencio que ella tome una decisión, que les dé una respuesta.

Callasteis, les dice. Sobre todo vosotras: ellos decidieron y vosotras aceptasteis, más o menos mansamente. Calló Anabel por su hijo y puede que por respeto a un marido que impuso su opinión. Callaste, mamá, y dejaste que el dolor te matara desde dentro; guardaste este secreto, tal vez por mí. Quizá yo debería devolverte el favor ahora: sepultar esta verdad en un sótano oscuro, cerrarlo y tirar la llave.

Oye voces en el exterior. Son Iago y Alena, que llegan a casa como todas las tardes. Desde ese refugio, desde esa habitación convertida en una especie de capilla oscura, Miriam oye el ruido, ve el brillo fugaz de la lámpara del pasillo, distingue, sin quererlo, el rumor contenido de un beso. Ese es el futuro, se dice: dos jóvenes enamorados, felices, desbordantes de ilusión, heridos ya pero capaces de avanzar.

También yo tengo un futuro, mamá, y lo quiero tan luminoso como el de los chicos, despejado y libre de sombras. Esas que ahora, en la pared de su cuarto, se han reducido sólo a una que parece rogarle que no la borre, que la deje estar allí un poco más, que conserve la verdad a buen recaudo. Por su hijo, por su padre, por su familia. Por ella. Por el valor de tantos años de silencio.

Lo siento, mamá. Te prometo que cuidaré de papá igualmente, hasta el final, pero hay una persona que merece saberlo. Espero que lo entiendas, estés donde estés.

Y tiene que cerrar los ojos para no ceder ante esa silueta mientras su mano se desliza, muy despacio, hacia el interruptor de la luz.

Agradecimientos

Han sido bastantes las personas que me han ayudado a lo largo de la escritura de esta novela, y estoy seguro de que citarlas implicará olvidarme del nombre de alguna de ellas. Pido, por tanto, disculpas de antemano si ese es el caso.

Sobre el tema escolar y el *bullying* en las aulas fueron muy importantes mis conversaciones con Ángel Muñoz, Álex Chico y Sònia Cervantes; Empar Fernández, que junto con Júlia Tardà escribió un precioso libro titulado *La jornada interminable*, resultó una gran ayuda a la hora de recrear la vida de esos andaluces y extremeños que llegaron en los sesenta a la entonces llamada Ciudad Satélite, y Alejandro Pedregosa fue un espléndido guía en la ciudad de Granada y el pueblo de Montefrío. Y, por supuesto, un gracias muy especial a Nieves, Rafa y a toda la tropa de Coruña.

Aparte de ellos, debo agradecer a amigos de siempre su esfuerzo por recordar conmigo detalles de aquellos años. Vosotros ya sabéis quiénes sois (Martín, Carol...), así que, de nuevo, ¡gracias!

Y por último, estos *Tigres de cristal* serían mucho peores sin la dedicación y la sabiduría de mi editora, Ana Liarás, y el buen hacer de todo el equipo de Penguin Random House. A todos, una vez más, mi más sincera gratitud.